本書由河南大學黄河文明省部共建協同創新中心資助出版
本書爲國家社科基金一般項目《清代婉約詞批評的焦點及其衍變研究》（18BZW102）階段性成果

劉榛集

〔清〕劉榛 撰

劉軍政 點校

◎清代中州名家叢書

中州古籍出版社
·鄭州·

圖書在版編目（CIP）數據

劉榛集 /（清）劉榛撰；劉軍政點校 . —鄭州：中州古籍出版社，2021. 8
（清代中州名家叢書）
ISBN 978-7-5348-9773-3

Ⅰ.①劉… Ⅱ.①劉…②劉… Ⅲ.①中國文學－古典文學－作品綜合集－清代 Ⅳ.I214.92

中國版本圖書館 CIP 數據核字（2021）第 171755 號

LIU ZHEN JI
劉榛集

出 版 人　許紹山
策劃編輯　馬　達
統　　籌　劉　曉
責任編輯　劉　曉
責任校對　唐志輝
裝幀設計　曾晶晶

出 版 社　中州古籍出版社（地址：鄭州市鄭東新區祥盛街 27 號 6 層
郵編：450016　電話：0371-65788693）
發行單位　河南省新華書店發行集團有限公司
承印單位　河南大美印刷有限公司
開　　本　890 mm × 1240 mm　1/32
印　　張　18.625
字　　數　416 千字
版　　次　2021 年 8 月第 1 版
印　　次　2021 年 8 月第 1 次印刷
定　　價　59.00 元

序言

劉榛（一六三五—一六九〇），字山蔚，號董園，晚號事庵，河南商丘人，諸生。有《虚直堂文集》《女史》《韻統》等著作，晚年致力於整理刊行先賢文集遺稿。

劉榛秉承宋明理學傳統，身體力行，對商丘地區的學風、文風影響都比較深刻。他一生没有入仕，但曾三度入幕，交遊廣泛。劉榛不僅與商丘地區的知名文士、儒者，如賈開宗（一五九四—一六六一）、徐鄰唐（一六一一—一六七九）、徐作肅（一六一六—一六八四）、侯方域（一六一八—一六五五）、湯斌（一六二七—一六八七）、田蘭芳（一六二八—一七〇一）、鄭廉（一六二八—一七一〇）、宋犖（一六三四—一六七四）、宋炘、宋炌（一六四三—一六八三）等過從甚密，也與當時文壇的著名人物施閏章（一六一八—一六八三）、陳維崧（一六二五—一六八二）、王士禛（一六三四—一七一一）、蔣景祁（一六四六—一六九五）等相與唱和。在這些知名文人中，侯方域、徐作肅對劉榛文風的形成有較大影響；賈開宗和宋犖則授詩法於劉榛，劉榛詩雖未洗去明代七子風氣，但已顯示出清逸樸質、自然新雅的面貌；陳維崧和劉榛亦師亦友，劉榛學詞於陳維崧，一洗當時詞壇學花間而形成的綺豔風氣，詞風清雅秀麗。

一、劉榛的家世

劉榛先世原籍爲河南桐柏，七世祖由於立下軍功，封賞至歸德府衛籍。劉榛在《劉氏祭田碑記》中追述甚明：『吾家戍籍也。故明之初，削平海内，論血戰之功，大者封，小者賞，山礪河帶，享分土而及苗裔。即凡執殳荷戈之士，亦無不有百畝之敷錫者。故是時，去桐栢之籍，隸商丘之伍，有爲吾之始祖者，受田於閼伯臺右，蓋三百載之先疇矣。』（《虚直堂文集》卷八）自此劉氏移居商丘，漸爲中州大族。劉榛曾祖父名劉經、祖父名劉思敬、父劉浩。

同屬歸德府衛籍的還有原籍爲開封的侯氏家族，劉、侯兩家交厚，世代爲姻親，劉浩即娶太常寺卿侯進的孫女侯氏爲嫡妻，侯氏無子，生一女，爲劉榛長姊，年十八嫁給侯氏堂兄太常寺卿侯執蒲三子侯忭爲妻，『明末四公子』之一的侯方域即爲侯忭長兄侯恂之子。

崇禎十五年（一六四二）三月，侯氏前往侯忭家看望劉榛長姊。逢李自成猛攻歸德府，後歸德城淪陷，侯氏罵賊，爲賊射殺，其長姊亦罵賊被殺。劉榛在《終天遺憾記》中記載了侯氏被殺的經過：『明年三月，母省吾長姊於其壻侯忭家。李自成攻城，礮石如雨，不能歸。城陷……忭使至，述母在許氏宅，賊驅之磨，母曰：「不能！」賊臨以刃，母厲聲曰：「即能，亦不爲賊役。況不能乎？」賊怒，捽之出。適有他賊俘忭至，母目之忭，恐俱死不敢言。賊指忭問母曰：「此汝何人？」母曰：「不識也，何問爲？」賊愈怒，縛之庭樹，解胸前衣，拔三矢立射殺之。』（《虛直堂文集》卷七）又在《烈姊傳》中記録了其長姊罹難的經過：『崇禎辛巳夏，父卒，姊日夜哭，遂失明。明年李自成陷歸德，姊敝衣垢面坐厨下，賊至欲俘之。一僕婦在側曰：「此盲者也，不任行步。」賊疑爲謳者，曰：「試謳！當逭爾死。」姊曰：「吾侯太常婦，寧謳者乎？」賊曰：「從我去。」姊曰：「寧死不能去也。」賊反刃撻之，姊據地罵曰：「逆賊殺即殺耳，何撻爲？」賊怒刃其項，仆而未絶。賊去，其僕婦竊以飲食進，輒揮去，輾轉嗚咽，血流徧竈陘間，越一日夜乃死，時年二十八。』（《虛直堂文集》卷九）

劉浩晚年又娶如夫人沙河張氏、禹州張氏，五十二歲時，沙河張氏始爲他生子劉榛。崇禎十四年（一六四一）五月，劉浩過世，劉榛方七歲。次年李自成軍陷歸德府，劉榛生母張氏抱劉榛逃入城外尼姑庵避難，後避至侯忭家，其間數歷險境，待事平後歸家，家貲已爲豪奴盡數掠去，劉家遂家道敗落。

劉榛初娶沈氏，沈氏生二女，於康熙乙巳（一六六五）五月卒。繼娶楊氏，又娶側室李氏，李氏生二子劉丕、劉壢。劉壢九歲而殤，《虛直堂文集》卷十四《壢兒壙誌》敘述甚詳。

二、劉榛的人生經歷与交游

(一)年幼失怙,遭逢戰亂

明崇禎八年(一六三五)劉榛出生,其父廣庵公劉浩已經五十二歲,老來得子,劉浩對劉榛疼惜有加。『吾父五十二始生榛,惜之甚。七歲就外傅,爲王克義先生,書字誤,先生引手怖之,曰:「當抶。」榛恐而啼,父聞之牽榛手曰:「設先生徑抶之,豈不痛吾心,爲之掩泣。」……一日,父據食案坐。榛來,喚而前,雙手摩榛,順久之,梜蒲芽飼於口,曰:「何物乎?」榛曰:「兒頃所讀書有之矣。蒲盧也。」父大喜,呼母氏姊氏徧告之曰:「兒初授書,便能解説,非凡器也。」』(《虚直堂文集》卷七)然而,在劉榛七歲的時候,父親就去世了,自此失去了父親的關愛和教導。

劉浩去世時,爲崇禎十四年,此時的中原,連遭旱災和蝗災,物價飛漲,李自成的農民軍借機進軍河南,災民群起依附,一時間聲勢浩大。李自成在正月攻破洛陽後,一年半之内,三圍開封,最終決黄河水沖毁開封,緊接著於崇禎十五年攻陷歸德府(商丘)。歸德城破後,劉榛的嫡母侯氏罵賊而死,生母張氏則帶劉榛輾轉逃難,九死一生,後來隨姐夫侯忭逃難至曹南等地。在《終天遺憾記》中劉榛記述了他幼年逃難時的經歷,『一賊來欲略予,而予方在衰絰中,惡其服,曰:「爲覓好衣來著之,從我去。」生母懼,偃櫝覆之,賊旋提錦襖袴至,問曰:「衣小兒。」僉以不知謝，久之方免，發視幾悶死。……袁時中賊又至，生母抱榛，仍避前尼庵中。有三賊誤爲讐家兒，將提而殺之，告以吾父姓字，然後解』（《虛直堂文集》卷七）。

這一場劫難，商丘一地死難者十餘萬人，可謂十室九空。計東《偶更堂詩稿》序談及當時的情形：『壬午歲，中州即大被寇難，屠戮梁園名士幾盡，制科事亦不行。自是以後風流凋喪，南北聲問阻絶不通者數年。』（徐作肅《偶更堂集》）戰亂之後，劉氏凋零，甚至於劉家的後世子孫已難以説清楚祖輩的傳承事蹟。劉榛《〈劉氏闕譜〉序》所言即爲當時的實際情況：『吾家族姓不繁，而又益以疫鬼凶賊之慘，落落無幾人存……至於落落無幾人存者，而猶不知其支分之於何世，高曾之何名，匹配之何姓氏。』（《虛直堂文集》卷三）

（二）立學雪苑，淡泊明志

劉榛家族的敗落是明末清初戰亂的一個縮影，雖然如此，劉氏畢竟是歸德大族，各支劉氏族人彙聚在祖宅祖地，休養生息。劉榛《敬亨約序》稱：『顧吾家自辛巳之疫、壬午之寇，彫傷零落，所幸而存者，五六髫齔之童孫幼子而已。』（《虛直堂文集》卷一）這些劉氏後人讀書守業，漸漸成長起來。劉氏族人雖然凋零，但是與之親近的侯氏、徐氏、吴氏、宋氏等，相互照拂，劉榛得以依附姐夫侯忭，獲得了系統的傳統教育。

順治八年（一六五一）劉榛在十七歲時，補爲博士弟子，這對他的成長來説是一個重要的轉折點，劉榛自此立志於學，且在商丘文壇開始初露頭角。這一年恰逢侯方域再起『雪苑社』，劉榛積極參與其中，雖奉於末座，但商丘學人的文采風流在他的心中埋下了文學的種子。他在《徐作肅本傳》中對此記載道：『順治辛卯，作肅登賢書，方域復修社事，而益以徐鄰唐、世琛、宋犖爲六子，海内之相與求應者落落矣。』（《偶更堂集》）『雪苑社』是明清之際有影響的文社。『雪苑』之名來自西漢梁孝王的梁苑，又稱梁園、東苑、菟園，司馬遷《史記》説：『孝王築東苑，方三百餘里，廣睢陽城七十里。』『雪苑社』初起於天啓七年（一六二七），十歲的侯方域文采初露，即參與社事，曆練文筆，受益良多。崇禎十三年（一六四〇），侯方域自南京回到歸德，雪苑社再度興起，他成爲主盟者，徐作霖、吴伯裔、吴伯胤、侯方鎮、張渭、賈開宗等都是社中成員。因此時天下大亂，懷才不遇、憤世憂時，社中諸人多有慷慨激昂的創作。清初，侯方域再次返鄉，雪苑社成員多在戰亂中死去，數年後，才再樹『雪苑社』。

此時雪苑諸子的創作更多表現出疏離社會現實的志趣。侯方域文宗韓、歐，『倡韓歐之學於舉世不爲之日，遂以古文雄視一時』（《四憶堂詩集校箋》）。方域屢經離難，雖於順治八年（一六五一）參與鄉試，中副榜，但繼而悔之，築壯悔堂以明志，自此隱於鄉野，在抑鬱中逝去。賈開宗亦爲『雪苑社』元老，早年落拓不羈，曾效仿阮籍大醉六十日，詩學杜甫，後學陶淵明、韋應物，自成一體，論明詩則推崇李夢陽。徐鄰唐性格剛正清介，不合時俗，恬淡自守，不事幹謁，有雄駿之才，古文奇倔駘蕩，對先儒語録篤志躬行。徐作肅是徐作霖的五弟，順治八年中河南鄉試舉人，曾與侯方嶽、賈開宗、徐鄰唐編修《歸德商丘縣誌》。徐作肅淡泊名利，此後未繼續應試，爲人『性疎散，峻風采，精悍之色奕奕，流眉宇間，狷潔自命』（《偶更堂集》），詩以五言古詩見長，『窈然以幽，巉然以峭。正如先生之岩岩不可躋攀，而瀟澹於塵外，其真意無與同也。』（劉榛《偶更堂詩稿序》）徐世琛則有竹林名士阮咸之風。宋犖的詩文創作成績斐然，其詩工於近體，亦長於歌行，近體詩工麗清新氣勢剛健，歌行體縱橫雄放恢宏奇麗，與王士禛齊名。

劉榛在與這些人的唱和中，詩文素養得以提升，其中古文功夫得益於侯方域的提點，詩歌創作踵賈開宗之途，後來又求教於好友宋犖。當然社中諸子的創作都是劉榛悉心追摹的對象，而社中諸人也大都成爲劉榛終生的師友。

劉榛除了參加『雪苑社』的活動，砥礪詩文創作，還跟隨上虞先生蔡覺春學作制舉文。他在《蔡徐兩先生傳》中談及此事：『予年十八從上虞先生學，然後知書有句讀、字有點畫、文有理脉，而進退周旋應對有儀度。』（《虛直堂文集》卷九）學作制舉文，目的在於應試，然而劉榛却逐漸荒於舉業，大概與他的人生追求改變有很大關係，這種改變或受到『雪苑社』諸子的影響。其中，侯方域的早逝對他影響頗大，他在《吾黨八憶·朝宗》中寫道：『朝宗早能文，才名走南北。

精悍呈眉眶，懸河沛胸臆。狂陵白日暝，氣壓群動息。四座逢君來，往往攝影匿。予時冠將加，猶未厚學殖。根柢雖莫窮，梗槩略能識。駢辭鬭月露，大雅拋莽棘。君獨回俗轍，揚鞭逐愈軾。山空花爲明，風薄江自湜。忽然薦南烹，亦易别藿食。所以倡一人，和以千萬億。晚從我庵生，捫花將求實。假使忍死學，詎不厭窺測。浮聲既相誤，前路復陻塞。鬱鬱二十年，所餘此篆刻。掩卷三嘆吁，吾因惕所得。』當然，雪苑諸子疏離現實、淡泊歸隱的志趣對他産生著潛移默化的影響。

劉榛與好友田蘭芳在順治十四年（一六五七）同遊河南輝縣蘇門山。田蘭芳（一六二八—一七〇一），字梁紫，號簣山，是徐鄰唐的弟子，也是劉榛終生的至交。面對蘇門山的勝景和百門泉的清洌，二人油然生出歸隱山水田園之感，劉榛《百門泉記》曰：『順治丁酉，予遊衛之蘇門山百門泉，則湧於其山之陽，在《詩》所謂「毖彼泉水」是也。……以予所見天下之泉，莫雄於趵突，莫幽於百門，予固幽者之同氣相求也。……憩蘇門之麓者，咸疑鸞鳳之嘯在耳。隱士孤蹤，猶令人百世向往之。』（《虚直堂文集》卷八）又作《感懷四首》，詩境平淡而意味雋永，抒發自己不求榮華富貴的澹泊心志，如其第二首：『種花須種蘭，栽樹須栽竹。種蘭有餘馨，栽竹有餘緑。君子慎因依，澹泊兩情足。素心不可期，揮雲閉空谷。』第四首：『萬山摧無遺，一幹青不了。由來禁歲寒，乃信能壽考。豺狼自難群，榮名非所寶。不見顔平原，孤懷獨矯矯。』田蘭芳認爲這幾首詩『淡而雋，使人咀之味遠』。（《虛直堂文集》卷十八）從這些作品中流露出來的心聲，大概可以從一個側面瞭解到劉榛懈於舉業，安於鄉曲的人生追求了。

（三）江南之遊，論交迦陵

劉榛交厚的朋友中，以宋犖仕途最爲得意。宋犖（一六三五—一七一四），字牧仲，號漫堂、西陂、綿津山人，晚號西陂老人、西陂放鴨翁，與王士禛、施閏章等人同稱『康熙年間十大才子』。康熙三年（一六六四），宋犖被授予湖廣黄州通判，累官至江西巡撫、江蘇巡撫、吏部尚書。正是由於宋犖的邀約，劉榛才離開中州，步入江南，是年十二月，劉榛遊黄州，登黄州城樓，憑古吊今，在《登黄州城樓》中發出了感嘆：『古今形勝還眼前，魏武周郎獨何有。山自矗矗水自流，荒涼空嘆古黄州。樓下人指猛虎迹，城邊時見麃鹿遊。風物處處供愁惱，况是輸轉西山道。一身禍患那足言，欲爲蒼生叫有昊。』（《虛直堂文集》卷十八）隨著足迹所至，相繼作了《臨蔡道中口號》《汝陽道中苦風暮宿三橋店》《楚山行》《僧舍對雨柬牧仲》等詩。在黄州宋犖官署，劉榛遇到魏裔介門客彭士報，作詩相贈，魏裔介對劉榛的詩作評價頗高：『山蔚黄州諸詩，伉爽之餘出以温麗，可謂詩人之藴藉者。』

康熙四年秋，劉榛抵達金陵，開始了江蘇之行。在金陵，他遊訪雨花臺，踏足侯方域舊迹，追懷方域舊事，和方域舊作《九日雨花臺五首》韻，作《九日雨花臺次侯朝宗舊韻五首》，宋犖認爲這幾首詩寫得『悲壯雄渾』，如其一：『茱萸此際插清秋，獨倚晴巒孰與儔。自是沈烟消王氣，猶然綺日麗皇州。幽憂亦對千頭菊，形勢翻憐百尺樓。閑向遊人聽往事，六朝次第説風流。』

此次南行，劉榛得以結識了宜興陳維崧。陳維崧（一六二五—一六八二），字其年，號迦陵，江蘇宜興人，清初陽羨詞派領袖。兩人一見如故，劉榛爲陳維崧的風采折服，向他學習作詞，自此與陳維崧亦師亦友，相交莫逆。劉榛一生填詞自此開始，而絶筆於陳維崧謝世之後。

陳維崧康熙七年（一六六八）由於入河南提學史逸裘幕，自此長居中州至康熙十一年（一六七二），由於他的四弟陳宗石娶侯方域的女兒而入贅侯家，在商丘時，陳維崧依宗石而居，開館授徒，納妾生子。其間，與侯方岩、侯方嶽、劉榛、田蘭芳、徐作肅、宋犖、徐鄰唐等往來密切。（陳維崧《胡海樓詩集》卷三己酉卷《過仲衡西村看牡丹同恭士、叔岱、梁紫、子萬弟賦》）陳維崧寓居中州期間，足迹徧布大河南北，這一時期也是陳維崧詩詞風格的重要轉折期。嚴迪昌在《清詞史》中指出：『考察河南詞人的審美傾向，對豫東（商丘、睢州、祥符一綫）詞風略作關注，有助於認識陳維崧沛然飆舉的「湖海豪氣」，因爲他的在康熙十年左右專力爲詞，正是他結束商丘滯留的生涯之不久。』陳維崧詩文的變化也發生在這一時期，其弟陳維嶽在《湖海樓詩集》跋中説：『大兄詩，凡三變……既而，客遊羈旅，跌蕩頓挫，浸淫於六季三唐，才情流溢，而詩一變。』徐乾學在

《陳迦陵文集序》中説：『薄遊大梁，訪舊雉皋，多故人寂寞之遊，所至輒徙倚窮年，少亦累月，當花對酒，感慨悲涼，一以文章自遣。』陳維崧詩、詞、文的變化，正是在與以劉榛爲代表的商丘文人群的密切互動中發生的，劉榛詞的創作即追隨陳維崧的路徑，無論詞的題材選擇，還是藝術風格，皆打上了深刻的陽羨印迹，由此可見陳維崧對豫東這一時期文學活動的影響何其明顯。

康熙十一年（一六七二）暮春，陳維崧結束了中州的生活，留妾於梁園，獨自南下返鄉，爲此劉榛作《阮郎歸·戲送陳其年》相别：『一聲折柳不堪聞。長途誰伴君？六郎憔悴益丰神。深閨當妒人。　無恙月，有分春。魂隨去馬塵。今朝先比舊緗裙。來時寬幾分。』兩年後，夏秋之際，陳維崧再至商丘，其妾爲他誕下的兒子獅兒已經五歲，陳維崧見之甚喜，盤桓數月，在秋末，載妾與子返回宜興，宋犖、劉榛等爲其餞行，劉榛等與陳維崧以《行香子》《陽關引》《最高樓》《金菊對芙蓉》等詞牌相互酬唱贈答，賓主盡歡而别。

（四）三度入幕，名動京師

劉榛在中年之後，聲名漸顯，在他人生的最後十幾年，分别被宋炘、張衡和宋犖邀請到江南入幕，期間也曾北遊京師，其他時間，他的全部身心都投入到了整理前輩遺文中，直至生命的盡頭。

宋犖的二弟宋炘於康熙十六年（一六七七）出任奉政大夫，監督蕪湖關税，四十三歲的劉榛受邀入幕，協助公務。劉榛跟隨宋炘一路巡視，飽覽沿途風光，先從建康北上，至滁州，訪醉翁亭，再過宿州，一路行之吟詠，如《醉翁亭》《宿州道中二首》等詩記録了遊蹤所至。轉而南下回到建康，在建康夜遊佟園，作《秉燭遊佟園記》：『丁巳，予同宋子昭員外過建康。有稱佟中丞園亭者，子昭趣治具往遊焉。日已暮，客有諫者，不聽。及至，陰霾四塞，但辨人聲而已。從者皆竊笑，張燈列炬，導而入，攀以躋乎山，掖以循乎橋，仰乎樹，花灼灼也。俯乎池，鶴翩翩也。亭半敞而受風，閣静聳以封雲，凡物之情態皆若異觀。而蕭爽之氣沁人肌膚，灑灑乎不復知爲人間世也。拂石榻而憩，從者酌巨觴來獻，歌兒按檀板奏吴歈侑之。』（《虚直堂文集》卷七）文中可見出二人興致之濃。在建康稍作停留後，二人繼續乘舟溯流而上，夜泊采石磯，劉榛在《遊采石記》中敘述拜訪翰林祠、謫仙樓、捉月亭，又登高俯瞰長江，『壁立數百仞，虚崖之危欲墜焉，蓋天下之至險也』，感慨天險之雄奇，轉而回憶起明太祖伐元的采石之戰。同年冬天，劉榛與詞壇名家周在浚在蕪湖識舟亭結伴同遊，觀賞江邊雪景，以詩詞相唱和，發古今之哀愁。

劉榛於康熙二十一年（一六八二）秋天北遊京師，與王士禛、施閏章、黄虞稷、蔣景祁、馮廷櫆、謝重輝等知名文人唱酬，應和之詩頗多，一時間名動京師。劉榛寫下了《王阮亭先生見招，限『秋菊有佳色』句爲韻，同馮大木、蔣京少、錢介維各賦五首》《施愚山先生招飲》《黄俞邰見訪》

《謝方山先生席上言别，阮亭先生以『菊垂今秋花』句分韻得『菊』字》《次韻詶方山送别》《次韻詶大木送别》《次韻詶京少送别》，以及《盧溝道中》《枯松嘆》等作品。劉榛的這一次唱酬贈答活動，參與者多爲當時詩壇執牛耳者，足見劉榛的影響已經不再局限於中州一地，其詩名文采已爲文壇認可。

劉榛自京城返回後，次年春天，接到浙江督學張衡聘請入幕的邀約，劉榛告别了親人和朋友，再次南下，開始了第二次幕府經歷。在張衡幕府，劉榛結識了潘雙南、毛季蓮、雷健初等，他們詩文相交，同遊越地，『予乃與毛子季蓮來遊，溯錢塘而上，登嚴先生之磯，謁吕成公之祠，訪誠意伯里居，瞻文丞相題詩處。凡山川之勝，古蹟之所存者，無不流連祇徊而不忍去。』（《毛季蓮詩序》）這一年中，從春至秋，歷時八個月，劉榛的足迹踏偏富春江、衢州、處州、婺州、杭州等地，在此期間作《浦上紀事》《浦上寒食三首》《嚴先生釣臺》《衢州登樓有感二首》《夜宿縉雲》《度桃花隘》等詩，作《嚴先生釣臺記》《衢州署樓記》等遊記。行程『相從渡錢唐而東歷睦州，轉太末及於東甌之國，返而括蒼，而婺州，北至於檇李，又西至於昭慶。其爲時自春徂秋，凡八閱月。其與文事始睦州訖檇李，凡六郡。其讀文，總諸生及童子凡三千七百一十三卷……』（《浙牘分存序》）。劉榛的工作量很大，但是他完成得井井有條。期間因思念家中年已七十五歲的母親，兩次向張衡請辭歸家，都被張衡極力挽留，足見劉榛工作的重要。

劉榛的好友宋犖於康熙二十七年（一六八八）升任江西巡撫，宋犖招劉榛趕赴江西。這是劉榛人生中的第三次入幕活動，在江西期間，劉榛與宋犖、宋至、張長人、袁士旦和衆多江西文人談經論文，詩酒唱酬贈答，所作甚多，結成詩集《秋屏草》。此外，宋犖整理了自己的詩集《綿津山人集》，劉榛爲之作《綿津山人詩序》，劉榛也再度整理了自己的文集，宋犖爲《虛直堂文集》作序。這年除夕，劉榛與宋犖等人聚會宴飲，作詩唱和。劉榛的這次江西之行長達兩年之久，直到康熙二十九年春末，才由江西返鄉，秋後即一病不起而逝。

三、劉榛的主要著作

劉榛一生未仕，除了一些短暫的幕府經歷外，終生居住於歸德，讀書作文，整理先賢遺著，終生筆耕不輟，故而著述頗多。所作詩、文、詞收入《虛直堂文集》，另有《女史》《韻統》曾行世。

《虛直堂文集》的版本不多，流傳至今的有三種刻本，分别是康熙二十七年刻本，康熙刻補修本，清刻本，國内多家圖書館均有收藏。目前常見的影印本爲北京出版社二〇〇〇年版的《四庫未收書輯刊》本和上海古籍出版社二〇一〇年版的《清代詩文集彙編》本，二者的底本皆依據康熙刻補修本。

《虛直堂文集》共計二十四卷首一卷。卷首收録序文七篇，分别爲徐鄰唐、徐作肅、田蘭芳、宋犖、湯斌、王嘉生所作和劉榛自序，又有各卷目録和竇克勤所作本傳。正文二十四卷，其中序、書、記、傳、説、論、議、墓誌銘、祭文、雜著、行狀、答問等各類古文十六卷一百九十六篇，賦一卷十篇，詩六卷四百三十九首，詞一卷六十八首。至於文集『虚直堂』的得名，在卷七《虚直堂記》中有清楚的記載：『予多欲人也，近稍知自檢。又賴一二良友，相與提警，欲漸寡。然對鄉之多欲而言則較寡，對古人之無欲而言則正多矣。夫吾心之體本虚也，有物以入之則實；吾心之用本直也，有物以撓之則屈。程子曰：「纔有所向，便是欲。」一日之間，危吾心者顧可數計哉？予顔其堂曰「虚直」，志無欲也。』

《女史》一書，是劉榛仿效劉向的《烈女傳》所作的，計十二篇，在《虚直堂文集》卷十二收録了《女史》一書的傳論：《女史母德傳論》《女史孝行傳論》《女史賢淑傳論》《女史貞一傳論》《女史節烈傳論》《女史義烈傳論》《女史哲慧傳論》《女史才藝傳論》《女史妒媢傳論》《女史傾邪傳論》《女史淫亂傳論》《女史逆惡傳論》，由此可知全書的結構，提倡德、孝、賢、貞、節、義、慧、才八善，警戒妒、邪、淫、逆四惡。對於編撰此書的目的，劉榛在《虚直堂文集》卷一的《女史序》中説得十分明白，他認爲『從來齊家之難，難於治國平天下，而家之難齊，尤難於婦人』，『且自古婦人之禍人家國，毒於敵國外患。而原其所以致之者，又未可徒咎婦人也，何也？無宿昔之教，無身範之端，無思患預防之法，因循驕縱，以至於家破國亡，爲天下笑，君子有專責矣！』鑒於這樣的認識，劉榛認爲需要爲女子撰寫一部書，使得女子雖不讀書，但能夠明理，遇事知道應對之方，並且認爲這不僅僅是女子的事情，本質上是『齊家』之道。

《韻統》則是一部音韻普及讀物，共三卷，對於編著此書的目的，劉榛也言之甚詳，他認爲文字本身傳遞聖人之道的載體：『道之在天地古今者，不能人人默識而通也，聖人不得已而有言。言之不能遠且久也，聖人不得已而制文字。故道之昭，乖於天地，章施於古今，如日星河嶽之不可掩没者，聖人之言爲之，聖人之文字爲之也。』但是，後世的學者，往往在文字功夫上存在不足，『雖以歐陽子之賢，猶謂儒之學者遠且大，而用功多，文字莫暇精也』，他指出了忽視文字功夫的弊端，『况儒者之學始於格致，而展卷親聆聖人之提命，即安於茫昧而弗曉，將格物致知俱有所弗暇也哉？其尤惑者……於是承訛襲陋，或據之於半形，或窺之於近似，朗誦高談，恬不知怪，弗畏聖人之言孰大，於是且見天地古今之道將日晦於人心也。』鑒於現實中的這些問題，他認爲急需編撰一部字書，於是就有了這部著作。

劉榛作爲清代初期中州文壇的名宿，學識淵博、品行端方，以重建理學的秩序，恢復與保存傳統文化爲己任。因此，劉榛一生的活動和創作，都與實現這些目標密切相關。比如，他積極參與和組織文人結社活動與唱和活動，他在十七歲的時候，就參與了由侯方域組織的雪苑社，在《徐恭士墓誌銘》中記載了當時的情形：『君與朝宗、静子、邇黄、牧仲及其兄子世琛爲「六子」社時，予年方十七，一日朝宗季父輔之置酒，所召皆一時名流宿士，予與參。』（《虚直堂文集》卷十四）在他的詩集中，有大量唱和酬贈之作，如《贈徐季畏》《贈樊奕文先生二首》《贈湯潛庵先生》《次韻詶方山送别》《次韻詶京少送别》《贈張晴峰先生》《贈張子白先生》《次宋山言大梁夜雨韻二首》《九日詶宋山言見贈韻》《詶陸林崖别後見懷用原韻》《節庵喜予〈遥青園賦〉而形於詩，依韻奉詶并述鄙懷》《詶袁士旦送别原韻六首》《詶宋中丞送别原韻四首》等。這些交往活動，充分説明劉榛在當時是積極地和文壇進行着交流和互動的，他借助於這些活動和交流互動，使自己的學養與文學趣味得以充分展示。因此，劉榛事實上成爲了商丘地區文化和文學活動的一個中心人物，他的文化和文學活動在他的《虚直堂文集》中有全面的體現。

徐鄰唐序

己未春，我庵徐子讀《易》至『何思何慮』，怳然失悔。曩來思慮之憧憧也，已而悏然，已而嗒然。頃之，山蔚劉子緘其所爲古文辭見示，徐子受而讀之，至《悔賦》諸篇復不禁辴然喜，擊節嘆曰：『甚矣！劉子之肆力於文也，蓋能鑱思研慮，抒其所自得矣！』

客有詰之曰：『子今方從事於「何思何慮」之學，而復重有意於劉子之「能思能慮」也，義何居？』曰：『非然也。天下豈有無思無慮之心乎哉？無思無慮，是槁木也，是寒灰也。天不予人以槁木寒灰之心，思慮而可禁乎哉？』

曰：『然則《大易》之言「何思何慮」也，義何居？』曰：『「何思何慮」，非無思無慮也。且子毋遽言「何思何慮」也，必先審其思慮者何在，而後「何思何慮」久之而可得也。劉子肆力於文者也，請即以文論。六經、四子非以文名也，而爲文之至。今讀其書，囊括萬有，而不見其涯也；彌六合，亘古今，而不能易也。然不曰「極深而研幾」乎？不曰「繼日夜而忘寢食」乎？是神聖亦不廢思慮也。濂伊關閩發皇千載之絕學，直接鄒魯，其六經、四子之嫡系乎？然其學之要，則曰「居敬窮理」矣，曰「析之極其精」矣，「合之盡其大」矣。不思不慮而何以窮也？何以析也？且何以合也？獨其所爲思慮者有異耳。至若賈、馬、班、揚，以迨韓、歐諸大家，其立言之旨雖未盡合於六經、四子，然其文深厚雄傑，光明俊偉，爲後代行文者之楷橅。其自道則曰：「不敢以輕心與之，不敢以昏氣乘之。抑之欲其奥也，揚之欲其明也。儼乎其若思，茫乎其若迷也。」是非深思極慮而得之者乎？然其所爲思慮則有間矣，乃若大道之裂也。堅白同異，譎詭而洸洋；月露風雲，妝綴而塗抹。高下不同，同於害道，然其奇奥艱深，聲采炳振，要非能思能慮不至此，顧其思慮則又有間矣。泝厥源流，綜其本末，何去何從乎？審之審之。閑之，存之，精之，一之，毋雜而支也，毋剽而躁也，毋高而虚也，毋深而鑿也，毋欽啓而自喜，毋炫采而邀名也。併心於伊洛，覃精於鄒魯，優而游之，漸而漬之，厭而飫之，久之而涣然其冰釋也，怡然其理順也。蓋實有見於性命身心之微，天地萬物之奥，而一衷之於殊塗同歸、百慮一致之旨。蓄之極其深，養之極其厚，而後本其所得者，以行之口與手如是，而先儒所謂造道之言與有德之言，其庶幾乎？故予非禁人之思慮也，誠欲其審之也。審其思慮而正用之，則可以進於「何思何慮」，否則言韓、歐，言程、朱，猶然憧憧耳。」

客曰：『子之言至矣。然則劉子之文何居？』曰：『劉子之文，温醇爾雅，不悖於古人。是思慮而能審者也，是由韓、歐而遡伊洛，以求合於六經、四子者也，非復譎詭而洸洋，塗抹而妝綴者也。不觀其《悔賦》乎？能思能慮則能悔，審於思慮而正用之則愈知悔。悔今是而昨非，悔則存是而去非，悔則不見是而止見非，悔則盡去非而獨存其是，悔則益去其是中之非而存其至是。學底於至是則聖功之極也，寧獨文事哉？予今而後知劉子之所進不可量也。』

劉子聞之曰：『善哉，我庵！子之言是益重予悔也。』

同里徐鄰唐邇黃撰。

徐作肅序

予年十二三，即耳里中劉千之名。記崇禎之辛未，隣邑有新進士某假千之文以行，一時無不嘉予。而虞山楊子常、顧麟士，尤極賞嘆，久之始知爲千之也。予雖幼，已聞而慕之。又六七年，予出交諸人士，而千之時逃於禪，不得近。又四五年，千之死城破之難。今老矣，乃更得與千之之叔山蔚遊。

山蔚之與千之，蓋劉氏後先相映者也。十年來，予每讀山蔚之詩若詞而喜，近益出其所爲古文命序於予，而喜復踰望。其立言本於道，修辭準於古，神明變化於作者之間。縱横揮灑，無不如意，以暢其所欲言，而程度不失。嘗觀遷、固以來及唐宋諸家，文美矣，理不必醇，宋儒語録要不可作文字觀。今山蔚志專於道而追琢其文，抵掌古人，予之俯首山蔚豈有際乎？韓子有云：『思元賓而不見，見元賓之所與，則如見元賓焉。』

予不幸而不能獲交千之，猶幸而獲交山蔚，不差足慰乎？然當千之之知名也，尚未暇作爲古文，而山蔚與之比蹤，乃不止於制舉藝。千之盡節於賊，義正矣，而旁入釋氏。山蔚則粹然儒者也，予之慕山蔚，安得不較千之爲尤至也哉？獨是千之稍出予先，當予不知爲文時，既不能進交其人，而遭亂以死；而山蔚又稍出予後，即與之遊，年紀逾邁，精力日以去，而已無意於兹，豈能從而相砥礪也？然則予後先其叔姪之間，亦秖深其感嘆也已。

康熙己未，同里徐作肅恭士書。

田蘭芳序

言以形其心也。心之正者其言確，心之達者其言暢，心之密者其言周，心之深者其言摯。昔聖之心不可得而見矣，而其所以形其心者爲説孔備，大抵開物成務以前民用而已。不立規格，不塗粉澤，探之則淵邈而不可測也，咀之則雋永而未易盡也，雖不可以文名，其殆天下之至文乎？

衰周以還，儀、秦挾縱横之談，韓、商尚法律之説，屈子哀怨以沈身，莊生洸洋於曳尾，鼂家令之重農，賈太傅之立國，趙營平之軍簿，張廷尉之爰書，豈嘗有爲文之意在其胸中哉？惟其知之深，故皆言之切。瀠洄曲折，明白簡當，使天下難明之事無不瞭然于紙上。雖其得失固有不同，其爲指事陳辭則一而已矣。其流愈降，大樸日漓，然猶各獻其妍，人呈其巧，未聞假他人之渥丹以自飾其貌，而博城北徐公之譽也。乃昌黎從而厭之，戛戛乎剞劂追鏤，務革曩習，創而方圓，額而廣袤，亦如範金隄水，授形製性，使不得軼我軌則焉。倘所謂整之齊之，而馬之死者過半與，於是輾轉相傳，緣飾爲貴，自有之精神意旨，不知銷歸何許？譬之器也，尊罍彝鼎，商周特爲適用作耳，乃贋者不求其故，而惟形之似焉，則頑然之質，又何如一陶一匏之適時而取用哉？

予嘗持此説與二三同志相往復，山蔚劉子信之爲最早。山蔚沈謐嚴靖，函關終日，圖史而外泊如也，故其爲文必本我之心，以暢我之言，我所不欲者弗言也。而或猶有人之見存，人之見不去，則我之天不出。蹀躞雖工，其於齕草飲水之本性爲已遠矣。山蔚屢改舊習，漸復本真，可謂每變日上者也。今兹其文具在，不本於心而惟人是效焉，蓋已寡矣。苟山蔚益治其所爲出言之本，擴於中而順應於外，將見探之淵邈而不可測也，咀之雋永而未易盡也，豈僅爲衰周以下之人，區區自言其所見而已哉？雖以前民用可也。

己未睢州田蘭芳撰。

宋犖序

文不歷變不工，學不歷變不至。昔吾友侯子朝宗，少喜六朝瑰麗之文，已而悔焉，盡棄其宿昔所爲，而一意於八家，則亦居然並八家之轡矣。是時予初起與社事，諸君子所相與上下討論者，八家之文已耳，或七子之詩已耳。朝宗不幸早亡，而所就止此。其後，徐子邇黄則一變而講作聖之道。予近亦且悔宿昔之詩，未盡古人之變脱，使朝宗至今猶存，則其變而愈上，庸詎知其何如哉？

吾黨學而善變者，劉子山蔚其人也。予與山蔚論文於丙申，山蔚温温然、循循然，人未有奇之者。顧間質予以詩，或分題爲文，輒有清機妙緒，引而愈長，予既已心異之矣。迨予出從王事，數年而一歸，歸而讀山蔚之所著，初則雲蒸而霞蔚也，繼則源遠而流長也，終則華斂而實茂也。駸駸乎儒先見道之言，有非業八家者之所及聞矣。蓋山蔚訥於揮麈而敏於操觚，潛心於大業而恥安於小成，每進必悔，每悔必變，本其有得於已者，而隨目之所接，身之所經，心之所感，觸乎其天機而流之於筆墨，韓、歐諸家之法在是，濂、洛諸家之理亦在是，而實山蔚之人盡在是也。他日予歸老西陂，與山蔚上下討論，當不但詩與文多歷其變，而山蔚益精進不輟，則予又能究其所至也哉？

戊辰夏六月，同里宋犖牧仲書於西江漫堂。

湯斌序

詩者，心之聲也。《尚書》曰：『詩言志。』孔子删詩三百，而蔽以『思無邪』之一言，此千古論詩者之宗也。騷雅而後言詩者無慮千家，吾所推重獨靖節、少陵耳。靖節真懷高寄，簞瓢晏如，蓋置身羲皇以上，而不知有漢魏者也；少陵間關氛祲，曾無虚日而感時憂國，忠愛纏緜，即一飯一吟不忘君父。吾謂『思無邪』一言，惟二子足以當之，即以之續三百篇可也。

近代空同、大復振衰復古，爲風雅準的，或慷慨豪岸，或俊朗風流，實各肖其性情。糾彈戚畹，中夜悲歌，抗表閶闔，脱屣簪紱，勁節清風，至今猶可想見於長歌、短詠之間，故二子者猶得靖節、少陵遺意。今人好譏刺《大雅》，而獨於《子夜》之歌、《懊儂》之曲倣而效之，何歟？中州爲空同、大復之鄉，蘇門浚川、木庵、林宗諸君子先後主盟詞壇，吾意今日必有能似續風雅者，求之同里，而得簣山、田子焉，又因田子而得商丘劉子山蔚焉。山蔚温粹冲遠，渾金璞玉，嘗隱居西村，疏籬竹徑，圖書萬卷，焚香吟咏，聲琅然達户外，獨與簣山往來唱和無間也。露下天高，攜酒偕登平臺，問清冷池、竹圃遺迹，憑弔鄒、枚、司馬之風流，真有不可一世之志。余讀其詩，春容藴藉，聲調如朱絃疏越，不作衰草寒蛩之響。而天真爛漫，深有得於言志之義，絶非雕繢纂組、佶屈纖巧者比。吾信其能繼蘇門諸君子，而復見空同、大復之盛者也！

夫靖節、少陵同時詞章，瑰麗樹幟。藝林蓋不乏人，然或馳情富貴，濡迹風塵，康樂、摩詰未免遺恨。二子窮愁著書，志意皭然，聲名獨翺翔雲漢星日之表。石門、輞川舊蹟具在，後人過之，豈能與栗里、浣花同歆慕哉？山蔚孝友敦行，鄉黨無間，言其性情有大過人者。自此益加砥礪，感遇莫移其志，拂逆莫動其心。蓄焉、暢焉、肆焉、擇焉，且欲已之而不得焉，比興、寄託，自合三百篇之旨歸，靖節少陵何難千載輝映乎？

山蔚將刻集問世，託簣山索予一言，予不敢以固陋辭，因爲序之，如此不知有當焉否也？康熙丙午仲冬，睢陽湯斌題。

王嘉生序

詞與詩體格不同而氣運同，然變化則亦因之以各異。唐人之詞猶詩之有漢魏也，宋人之詞猶詩之有唐宋也。近世作者，摹宋而溺於藻，采格以唐人，則不免言澀而意短，非古今人之不相及也，氣運使然也。雖然，厚立言之本，而精變化之才者，則又非氣運所能囿。

雪苑劉子山蔚，學本六經，實充而華茂，未嘗以詞矜長也，而亦長於詞。余客歲過郡城，山蔚出所爲《蕫園詞》示余，雅淡蒼凉，避柳、秦之淫媟，若将浼焉。其神明變化之奇，又非花間諸子所及知。蓋其立言之本有所自，裕非徒掇華采艷之技也。

山蔚事親孝行，已介淳静，居業而慷慨，篤摯於友朋，故區區填詞餘技，能使讀之者窈然以深，倏然以遠，油油然、惻惻然，如春聞鳴鳥而欣，如秋見落葉而感也。然譬諸水，其餘波耳，溯而上之，不有滔滔汩汩，排山倒峽而不可窮竭者乎？譬諸山，其支垤耳，循而攀之，不有嵯嵯巢巢，興雲雨、見怪物，而不可方物者乎？若乃習櫂涔港，局步坡陀，其不失域外之觀者幾何哉？亦在讀者神遇之而已。

睢州王嘉生書。

自序

君子之學，言焉已乎？君子之言，飾觀聽焉已乎？學期於積，而積期於厚，言期於行，而行期於遠。左聽而右説，恥也；多言而無補於天下，躁也。雖然，厚其積，而不汲汲焉。志於行，尤君子之默成者也。《小畜》之君子，不能也，《小畜》之象曰：『风行天上，小畜；君子以懿文德。』

夫風颯然而來，飄然而止，未有所謂積之厚而行之遠者也，故君子體之以爲文章之觀。蓋學之淺事焉爾，是故行之遠與不遠，君子不敢知，而積之厚與不厚，君子恒自省，豈惟自省又復出而正之於有道，凡以積吾學而已。

予年垂暮而學無所積，如風之塕然起於窮巷之間，豈能有行遠之望也者，然而沾沾以文章自喜，則亦徒爲躁人之言矣。或曰：『知其然則文之刊也，何居？』予曰：『自省之餘，出而正之於有道耳。』蓋天地之氣，鬱而宣之則有雄雌之風；人之氣，鬱而宣之則有可否之言。予不能默成而無言也，尚蕲天下之可否我也。

康熙丙寅夏五月自題。

本傳

劉山蔚先生，諱榛，河南商丘人。質聰穎，嗜古人，挹其文采風雅，因號爲文學士云。

山蔚七歲而孤，十七補博士弟子，卒得肆力於學，以文章鳴諸世。其所刻《虛直堂文集》，條考制作之興廢，剖晰經傳之異同，皆粹然儒者之言，非復談天雕龍之説，山蔚之文有關世道類此。其爲人性至孝，嘗以不及事其父廣庵公，爲終天遺恨，因自名其廬曰『事庵』。其母侯孺人死於難，逮事生母張孺人不難，倣古人杖泣舞綵故事以爲常。蚤年遭時弗顺，内訌外侮交作，於喪亂流離之秋，豪奴裂其家貲而致之危地。人有憤懣弗能甘焉者，山蔚獨鎮静安之，不爲害。

中歲歷齐、魯、吴、越之邦，與當世之賢士大夫交遊，往往贤人君子過其地者，必造其廬，相與盱衡古今得失，人物臧否。上下數千百年間，出其博考廣覽之所得，一一瞭然如指諸掌，胸次纚纚，人不能測其所至也。山蔚學益深，其懷益退焉不自足。嘗與田簣山先生往復論辨，義必求其可安衷，未愜，雖數復不厭，語具載文集中。

晚益舍己從人，欲公所得於世。會予建朱陽書院，屢訂學旨，山蔚報書亦不以擁皐比爲辭，方將具束帛以聘，而山蔚死矣，卒年五十有六。嗣君丕忱屬予作傳，且以簣山書來，今春始得讀鄭介夫所撰行狀，因傳其梗槩，以告世之稱山蔚文學者，勿徒畧行誼，而以辭章士目山蔚，則山蔚傳也。

論曰：學之於人大矣哉！方山蔚之始學辭賦也，喜徵逐交貴少，而蜚語鬼訟之禍起。迨遭家難而後，其所爲詩賦古文辭，率得之躬行閱歷之實，學斯變矣。至與徐邇黄、湯潛庵、田簣山、宋牧仲諸先生遊，道義切劘，斐然粹然，一文行並茂之君子也，非學而能有是乎？倘天假之年，更充以養，其所造安可量？雖然始終植立於孝，而於人世震憾非常之遭淡焉若忘，曾不以之動於中。嗚呼！山蔚之自得其度，越於人遠矣！朱陽賓克勤撰。

目録

卷一　序

卷二　序

卷三　序

卷四　序

卷五　書

卷六　書

卷七　記

卷八　記

卷九　傳

卷十　傳

卷十一　説

卷十二 論議

卷十三　答問

卷十四　墓誌銘

卷十五　祭文

卷十六 雜著

卷十七　賦

卷十八 《瑶圃詩》起丁酉訖丁巳

卷十九 《鈴語集》起戊午訖甲子

卷二十 《乙丙詩》

卷二十一　《陶斯編》起丙寅秋訖戊辰夏

卷二十二 《秋屏草》上 戊辰夏秋

卷二十三 《秋屏草》下 起戊辰秋訖己巳夏

卷二十四 《董園詞》起乙巳訖己未

卷一　序

《秋詠倡和》序

《秋詠倡和》者，何也？宋君介山倡之，吾黨諸君子和之也。其詠乎秋，何也？感其候與物也。然則秋固感人乎？曰：『感在我不在秋也。』不在秋，何以詠乎秋也？曰：『適當乎秋，則適詠乎秋焉。』

爾夫觸物起興，流連諷嘆以自暢。其情之所欲言者，古風人之旨也。介山既有感矣，亦何必不詠也？昔曾點氏固嘗詠於春矣，雖其文辭不傳，而聖人與之説者，且謂有堯舜氣象焉。夫其時至情生，悠然泰然，實有與天地萬物，同其暢遂之機於斯時也，蓋欲不一倡群酬而不可得也。介山之秋，當亦如曾點之春也，乃其詠具在，後世而有讀其文辭，想其氣象者，吾不知以爲何如也？雖然曾點而後，至於今二千年間，遊斯詠斯，何時無人，而曾點獨不可及者，蓋其志自有所在，非世之悠忽嬉戲消磨歲月以爲達也。吾於此亦將問介山之志也。

介山首倡詩八章：曰雲、曰月、曰風、曰雨、曰鴈、曰碪、曰螢、曰蛩，其和者亦人各八章也。閒淡。寫來自有旨味，非徒流連光景而已。徐邇黄。

孟氏孝行序

一日與田子簣山論及風俗禮教，相與慨然太息久之。余謂：『時雖非古，而人性則未嘗異焉。當吾世而遂謂至行無人，吾不信也。』簣山曰：『然。吾姻有孟氏者，昆弟八人，其父病痹，輾轉牀褥間，且數載矣。而八人者，嘗藥、奉膳、刮磨、厠牏，久彌篤，且其家貧，力供甘脆，必豐必潔。雖其八人中有尤不能給者，亦勉焉恐後。蓋孝之出於天性，而萃於一家者也。使八人者樹風聲於此，聞之者未必無興起於彼，無如雖有其人，而莫或彰之風教之不加美也，宜哉！』予曰：『嗟乎，信矣！』有力者既不暇計此，而吾儕又無力以副之，則亦終無如天下何矣。雖然，吾固知斯世未嘗無人也。

昔萬石君名以孝謹傳家，長子建每五日洗沐歸謁親，入子舍，取親中帬厠牏，身自澣洒。《漢史》稱之，至今以爲美談。夫萬石君固無恙也，而建與諸弟皆二千石，有廩禄，具侍者，足以奉養其親，而建特五日一入子舍，以少將其愛親之誠，而諸弟亦未聞皆能若是否也。設〔一〕萬石君如孟翁之遘疾，而建與諸弟又如八人者之爲布衣，家貧不能具侍者，無廩禄以爲養，而早夜躬自勞瘁，力奉甘旨，兄無怠色，弟無倦容，勤勤矻矻歷久如一朝，吾不知史臣之嘉與又當何如。然則建一人爲其易則已傳矣，孟氏八人爲其難而聲稱不溢於里黨，豈非不得其人以彰之哉？

予固無力以彰孟氏者也，姑與八人者言禮可乎？《曲禮》曰：『父母有疾，冠者不櫛，行不翔，言不惰，琴瑟不御，食肉不至變味，飲酒不至變貌，笑不至矧，怒不至詈。』八人之侍疾其已幾於此乎？其或猶有未幾於此乎？吾知八人者必不自以爲已幾，也。倘不自以爲已幾，而益勉之天下，未必不聞其風而共勉之天下；果聞其風而共勉之，則〔二〕孟氏之孝庶乎其不没，而風教之隆庶乎其可望。余雖無力，敢靳一言以爲風聲之樹哉？篔山曰：『善。請書之以〔三〕勉八人而風天下。』

變化歷落如絳雲在霄，令觀者目眩。徐邇黄。

【校記】

〔二〕原文右側夾注：就上翻入，文勢一片，點不斷。

〔三〕原文右側夾注：應前，卷收如風擘雲。

〔三〕原文右側夾注：嶄然。

《女史》序

從來齊家之難，難於治國、平天下，而家之難齊，尤難於婦人。故堯之試舜，不汲汲於天下之事，而先之以二女；『二南』咏文王之化，首《關雎》，次《葛覃》《卷耳》《樛木》諸詩。皆惓惓於女德焉，豈不以閨闈所係之重乎？

且自古婦人之禍人家國，毒於敵國外患。而原其所以致之者，又〔一〕未可徒咎婦人也，何也？無宿昔之教，無身範之端，無思患預防之法，因循驕縱，以至於家破國亡，爲天下笑，君子有專責矣！《易·家人》之卦可玩也，曰〔二〕：『利女貞。』蓋女不貞則大不利，女貞焉，而後家可言耳。初九曰：『閑有家，悔亡。』猶《坤》之初六『履霜，堅冰至』也，不及其『志未變』而閑之悔，何及矣？九二，女之能貞者也，曰『無攸遂』，則牝雞之晨可知矣。《詩》不云乎『無非無儀，惟酒食是議』，在中饋之旨也。然而治家之道，與其以情勝也，無寧以禮勝。故九三之過剛有『嗃嗃』之吉，無『嘻嘻』之吝焉。夫誠如初之能閑家也，二之能正内也，三之位乎外而惟嚴，四又以柔順保其所有，而謂不富家大吉，吾不信也。况以九五剛中臨乎上，而又得六二内助之賢，則王假有家，勿恤而吉，可想琴瑟鐘鼓之盛已然。而致此者，其惟端型於己乎？正家長久之道，不必如三之過剛，則上之『有孚威如』，庶幾其無偏勝焉。孔子曰：『反身之謂也。』其探本之論哉！不然閨閤之中不習詩書之文，不聞古今興亡治亂之故，理義之言不熟於耳，是非之介不明於心，而又臨以不行道之身，無端而責其貞且順，必不得之數矣。

故予推廣劉向《列女傳》，述女史十二篇，有家者早以是訓之興亡治亂之故，班班可考，由是以熟理義於耳，由是以明是非於心，其爲家人之助豈眇歟？夫君子修己之學，不但齊家已也，而夫婦居室之間，實道之所託始。然則吾十二篇之法戒，顧特爲女子設哉？其亦反身之謂焉爾。否則一家之内，且無宿昔之教，無身範之端，無思患預防之法，又何論國與天下也？嗚呼！是亦不占而已矣。

深醇而有法，子固之佳篇也。説《易》一段更極參差錯落，當爲輔嗣所難。簣山。

【校記】

〔二〕原文右側夾注：所謂滴滴歸原。

〔三〕原文右側夾注：説六爻伸縮變化，如神龍戲海。

贈孟氏序

天限人以力，朝廷禁人以分。而力之所窮，分之所不得爲者，君子無如何也？雖然吾竭吾力，力窮矣，因其窮而竭之人皆有力焉。吾盡吾分，分不得爲矣，勉其得爲者而盡之人，皆可爲焉。苟極吾得爲之分，而無所遺吾力，則即謂天未嘗限其力，朝廷未嘗禁其分，亦可也。

睢人有孟氏者，知事親，嘗私自念以貧賤故，無由能尊顯之心，怏怏也。其父且老，鄉黨稱其有行，白於守。守察知非妄，旌其門。孟乃加額自慶曰〔一〕：『吾編户賤氓，不知學問，不能博一命爲朝廷效犬馬，積涓埃之勤，邀貤封於父母。又今鄉飲酒禮，率非貧窮野老所得與，即富室貴族有司猶憚，一出與之拜跪，行觴歌《宵雅》，伸朝廷德意。而僅以十數豆登頒受於家，吾儕更何望乎？顧賴守之賢猶能表吾宅里，使吾父之德昭，聞於鄉曲遠邇，在吾之分與力，無異致華衮於吾親矣。』是時也，州太守具額署銜，命兩吏登堂致辭。孟乃爲父具鮮衣冠，肩籃輿，鼓吹招摇於市而迎之，同里無少長親疎争持羊酒爲壽。孟置廣座，大張供具，扶其父謝守，吏畢酌滿巵爲父獻壽，次第拜賓客。觀者莫不感嗟爲榮。

夫朝廷方亟亟課郡國，崇起雅化，勵人心而厚風俗。設使以孟氏聞之天子，下尺寸之詔，以其父爲鄉三老，而孟膺孝弟力田之選，如漢故事，則風聲所樹，人争濯磨以殫其事父之力，以盡其得爲之分，比户之間當可盡封也，孟益勉之。吾將望於采風者。

尋常事不必别有奇思，只通幅叙置竟是遷固，便令人驚爲奇絶。徐恭士。

【校記】

〔一〕原文右側夾注：以下序次，直是班孟堅。

敬享約序

《祭義》曰：『君子生則敬養，死則敬享。』又曰：『祭不欲數，數則煩，煩則不敬。祭不欲疏，疏則怠，怠則忘。』嗟乎！生不及奉菽水，没而俎豆闕。如焉，其何以爲奉先事死哉？

顧吾家自辛巳之疫、壬午之寇，彫傷零落，所幸而存者，五六髫齔之童孫幼子而已。纍纍丘墳峙於白楊青草之中者，一世二世僅以位次辨，而歲時伏臘典祀徒豐於昵，則遠之莫追也，抑亦久矣。夫吾幸存之髫而齔者，賴厥先祖之靈，又復各生厥子若髫而若齔矣。然而一本之誼，未講長幼之節，未習骨肉之情，落落也。甚而肥瘠莫速，孔懷不聞，幾何而不爲塗人哉？嗟〔一〕乎！以一人之身侵尋而爲塗人，不其悲歟？

丁未三月，兄子勳來請，曰：『吾家祭忘其本，而情日以涣。勳擬月一聚，各少醵錢，積半歲次第，主之以供祀事。而吾數人者祼獻拜跪，於洋洋如在之前，而復餕餘於昭穆，上下揖讓進退之際，或者一本之誼，可以明長幼之節，可以諳骨肉之情，可以庶幾而漸洽乎。』

榛曰：『嗟乎！勳之言也，可謂孝矣。吾聞之祭則觀其敬而時。春生秋死，草木之時也，而君子念之。自今伊始，期以寒食孟冬之朔，兩羞饋祀。既不病於數，又不病於疏，弗敢煩也，弗敢怠也。洞洞屬屬，惟誠惟孝，以上通於神明，庶乎其爲〔二〕敬享者歟？』古之人親族而族睦，不得其親之之方而欲睦，無由可知也。然則從事於敬享之約，即其體夫親族之義。而吾數人之幸存者，其〔三〕從此易塗人之心而睦之也乎。噫！

油然仁孝之音。簣山。

【校記】

〔一〕原文右側夾注：聲淚齊發。

〔二〕原文右側夾注：完首段意。

〔三〕原文右側夾注：完次段，悲而婉，足感動人。

贈姚生序

丁未冬，姚生溶自山左歸道，過梁園，謁吾門，再拜謝曰：『溶，黄安童子也。乙巳春試於郡，太守分其卷於别駕宋公，辱宋公之知，以第一人許焉。久之，謁宋公，乃知先生舊臨宋公之署，而知溶者先生也。溶不肖，不遇於世，而先生獨知溶，溶其敢忘乎？』其辭謙以婉，其貌和而恭，生其知道之士乎哉！

於是摘蔬貰酒與之言，而上下今古，娓娓動人，余益敬之。顧察其容有抑鬱憤惋無聊之情，問其故，曰：『曩之第一人，既爲有力者所奪，而學使者試，又不得當也。』

余曰：『嗟乎！生之不遇也，固也。然遇不遇者，命也。持可遇之具而不能必其遇者，文也。雖具必遇之文而不敢自以爲足〔一〕者，學也。脱然於遇不遇之外而自有以樂其志者，道也。命既聖人所罕言，文則生之所已至，而學又生之日進，而不可量者也，吾獨願生之樂乎道焉。夫遇有窮通，道無窮通。以孔子之聖，終身栖栖而不得一當；以顔子之賢，日困於陋巷簞瓢，曾無一命之榮，而況不及孔、顔者乎？然則聖賢固不以遇不遇爲欣戚也。其不以遇不遇爲欣戚者，蓋有道焉，足以樂吾之志也。周茂叔嘗令學者尋孔、顔樂處，夫孔、顔之樂，人人共有之樂也。』

生歸而尋之，則鄉之抑鬱憤惋無聊之情，不患不灑然而冰釋矣。雖然龍潛虎伏，不終朝而際風雲，生又何憂不遇，而世之知生者，豈遂無人哉？生知道之士也，於其別故，以樂道之説贈焉。

道字作骨，足以消世俗苟圖速化之心，而行文亦婉宕多姿。徐邇黄。

温潤縝密，得永叔之神。宋牧仲。

【校記】

〔一〕原文右側夾注：確正之論，又勢亦淪褳。

劉山人詩序

孔子删《詩》，次十五國風，以吴楚之大而不得與焉，豈果其外之歟？抑其俗不爲詩，而無可采録耶？何親逢聖人之論定，而顧不能有一言以傳於後者？

今〔一〕之産於其國，不獨學士大夫，競以詩雄。即藥肆、星壓、黄冠、緇流，與夫遷有無、執藝事，刀筆在官而《簡兮》玩世，凡挾所長以走天下，爲吾耳聞而目接者，無不能長歌短詠以自快，所欲言有非十五國之人士所能及者。則其俗豈異於古耶？或傷其先不得與於十五國之中，抑鬱憤積而大洩其不平之氣於今日哉？今天下同爲禮樂文物之國，既無可外者，而又爲詩之盛，若此，聖人復起將必取之，以補三百之闕亦可知矣。

江右劉山人來遊雪苑，喜爲詩，持二帙謁予諸序焉。夫江右固吴楚之交也，山人雖不得志於時，然猶有詩足以備後聖之采録，而附於古作者之林，山人即歸而終老於鄱陽、椒丘之間，亦已不患其泯没。又何必慕〔二〕十五國之風而遨遊之，而又將奚所求也？

一片筋力團成煙波，其命意、結體、選字、造句無不妙絶。徐恭士。

【校記】

〔一〕原文右側夾注：一氣貫注一百二十字，作一句讀。

〔二〕原文右側夾注：絶好收煞。

示徐生序

古〔一〕之教者何教？學者何學？曰：『道而已矣。』今之教者何教？學者何學？曰：『文而已矣。』古之教以道，學以道，而文莫盛於古；今之教以文，學以文，而文莫衰於今，何也？曰：『風漸使然也。』雖然，豪傑之士惟有自立已。耳風之漸，人如疫焉，惟不培養其元氣，得以乘虚而染。比其染也，又一聽於庸醫之手，熱則投之以寒劑而寒，過寒則投之以熱劑而熱，又過病豈有已時乎？蓋道者，文之元氣也。元氣充實，雖有百邪，烏得而侵哉？

同里徐生假紹介以進曰：『願侍先生而學文焉。』夫予非工於文者，生學文必有意於時，而時文尤非予所工。生抑然俛首從吾遊而不疑，將非謂有自立之志乎？以生之遜志，出而問天下賢人君子，必有樂告以〔二〕道者。而區區學文於予，予亦庸醫，第不敢以寒熱之劑漫相投耳。生能自立，是元氣之得於天者優也。苟堅其志而不爲邪氣所染，然後可漸告以培養之方〔三〕焉，顧天又可恃乎哉。

婉摯。逦黄。

【校記】

〔一〕原文右側夾注：空際突起。

〔二〕原文右側夾注：照映。

〔三〕原文右側夾注：掉尾翛然自遠。

送湯潛庵先生序

今天子方嚮學，命廷臣三品，洎外之藩臬以上，各舉所知，以備顧問，甚盛典也。於是少司農魏公、副憲金公，先後争以吾郡潛庵湯先生登薦章。於戲！二公可謂能知人矣。檄至，有司趣先生行。先〔一〕生難之，不得辭行有日矣。

凡知先生者，無親疎，設供張祖道稱觴，且各賦詩以侑之。其詩之義或以名位爲榮，或以得行其志爲先生幸，或以先生之用爲吾道光。劉榛曰：『此非先生意也。』先生懸車二十年，羸馬敝裘，讀書考道，爲〔二〕吾道之光不少矣，豈關用不用哉？先生弱冠掇巍科，入列侍從，出領方面。

先帝未嘗不用先生，先生之遇，亦非不足以行其志也，而先生毅然致政歸，先生又豈以名位爲榮者哉？榛故曰『非先生意也』。

蓋先生之起，有所以難焉者矣。內而獻納，與前所爲方面於外其事任，顧可同日語乎？且先生夙擅清望，又於其列爲先進，計日可登台輔。先生之位，則任愈大、責愈重之位也；先生之道，則格其心、沃其心之道也；先生之志，則不枉己、不徇人、不易進、不難退之志也。於戲〔三〕！當吾世而欲不負其位、不負其道、不負其志，厥惟艱哉！先生二十年羸馬敝裘，讀書考道，蓄之也厚，當發之也易。而先生〔四〕難之，若有所不得已而行者，則先生之意可知矣。

雖〔五〕然，君子乘時，原不以難易爲趨避也。今天子既嚮學，求才若渴，是大有爲之基也。先生熟觀行政之得失、用人之臧否、民間之疾苦利弊、邊疆用兵之機宜，與夫天時人事之吉凶，人心風俗之隆汙，君德所以消長之幾，天下國家所以治亂之由，當必一一而入告我。后焉榛將翹首企足，以觀先生獻納之效也。先生行矣，願先生無忘二十年羸馬敝裘讀書考道時。

先生與山蔚相勗於道者，宜其贈言如此，而文在送，温石處士間變化不覺。恭士。

【校記】

〔一〕原文右側夾注：全篇本此發議。

〔二〕原文右側夾注：應上三層錯綜。
〔三〕原文右側夾注：此世所以難。
〔四〕原文右側夾注：應前作煞。
〔五〕原文右側夾注：至此，方勉之以行。

《沈氏族譜》序

沈君開陽續修其族譜成，問序於予，予讀之，竊有感也。予家與沈氏皆以軍戍來歸德，創造之艱與有同焉。而三世四世之間不過三數人，又不顯，兩家亦同。其後皆釋耒耜而服詩書，又同。閱五世而沈氏建寧公貴，又再傳而文端公相天子，予家僅有取科名者，不得同於沈氏矣。沈氏以恩澤致通顯，冠舄交錯而被服儒者，常數十人。乃約予族而計之，寥寥十數而已，此又不得同於沈氏者也。顧鼎革以來中落不振，兩家同焉，而沈氏族姓繁滋，多至二百餘人，而予家寥寥益甚，是又同而不同者也。凡此者皆天也，且予家譜牒亡於兵燹中，三四世之祖求其名諱而不得。沈氏之譜文，端公修於前，開陽君續於後，繩貫縷分，瞭然在目，更予所掩卷三嘆，而憾莫能同也已。

夫凡事之係於天者，不可得而强也，所可强者，人事爾。予聞之惟和可以召祥，惟德可以動天，惟學可以致顯揚，嘗欲以此倡勵同姓而未能。乃今爲沈氏之族者，覽譜牒而溯淵源，詎〔一〕不瞿然念曰：『今日之參商仇讎，皆其初一體而分者也。一體而可異視乎？吾知必相篤於和矣。』試再念曰：『三孝表里以來，世有懿行爲降祥之基，豈至我而斁之耶？吾知必相進於德矣。』抑更念曰：『祖宗非生而貴者，羨前人之隆遇，而憚前人之攻勤，是裹足而求前也。吾知必相勉於學矣夫。』然續〔二〕譜之功何其大也，而豈徒區區別支系紀名數已哉？夫天人相與之際甚微，而倚伏循環之理不爽，無謂已往之盛，不可復見於將來也，予亦願〔三〕與同强乎人事而已。

恭士。

通篇以『同』字點染，歷落作姿而節節合法，處處有力，精細生其烟波，讀之移情不盡。

【校記】

〔一〕原文右側夾注：點斷處皆有據，文章妙在得此助精采。

〔二〕原文右側夾注：一句陡收。

〔三〕原文右側夾注：完匝。

贈張玉標序

遇合之故，天定之哉？抑人定之耶？定之自天，可不問挾持之具矣。若定之自人，人皆謂挾持之非其具者，而竟遇焉，又何説與？張子玉標從田簣山先生遊，人皆曰：『惜哉！玉標之必不遇也。』卜之於簣山矣，簣山之挾持非其具也。

辛亥冬，學使者來試士，玉標先爲郡守所擯，及試簣山，又不得高列。人益信簣山之果非其具，而〔一〕益卜玉標之必不能遇也。無何，郡守復收玉標，而學使者亦遂奇而録之。則其所挾持者，依然簣山之具也。遇合之故果有定耶？抑無定耶？夫世之所爲挾持者，何具也哉？簣山與吾同學二三人皆不欲爲，亦遂皆不能遇而終，亦皆不欲變也。玉標之遇不益堅吾二三人之素志哉？玉標猶遇之小者也。而前之必其不遇者，皆轉而奇其遇矣，進而復大遇焉。吾知群然且自悔其挾持之非，而問玉標以必遇之方也，玉標勉之矣。

層層跌，層層轉，裊如春絲。簣山。

【校記】

〔一〕原文右側夾注：翻跌有力。

《韻統》序

道之在天地古今者，不能人人默識而通也，聖人不得已而有言。言之不能遠且久也，聖人不得已而制文字。故道之昭，乖於天地，章施於古今，如日星河嶽之不可掩没者，聖人之言爲之，聖人之文字爲之也。

學者生千百世之後，欲上考古聖人相傳之統，興亡治亂之規模，君臣父子人道之大經大法，天命人心危微之幾，陰陽動静吉凶消長之變。與夫鬼神之情狀，日用酬酢萬事萬物之機宜，無不賴聖人之文字，以通聖人之言。然〔一〕後道之在天地古今者，始灼然曉著於人心而不晦，由是言之，文字顧可忽乎哉？後世不察，雖以歐陽子之賢，猶謂儒之學者遠且大，而用功多，文字莫暇精也，蓋有不兩能者矣。夫文以載道，謂之兩焉可乎？况儒者之學始於格致，而展卷親聆聖人之提命，即安於茫昧而弗曉，將格物致知俱有所弗暇也哉？其尤惑者，且曰：『非所求於上也，不必異於俗也。得其義何必區區詳其聲也？』於是承訛襲陋，或據之於半形，或窺之於近似，朗誦高談，恬不知怪，弗畏聖人之言孰大，於是且見天地古今之道將日晦於人心也。

予不自量，輯《韻統》三卷，辯疑誤於既往，釋畏難於將來。其法簡，其旨明。學者苟降心以從事焉，則不崇朝可了也，由是以通聖人之言，由是以求所謂天地古今之道，不亦致知格物之大者乎？予非敢欲〔二〕驅天下之不暇及者，而必及於此也，蓋聖人之言，予自不容不畏耳！

不施斧鑿而法度森然，如漢工製玉，渾朴之中饒有精思。簣山。

【校記】

〔二〕原文右側夾注：何等重大，而文亦關懷之極。

〔三〕原文右側夾注：結迴然使人思而得之。

卷二　序

《徐邇黄先生制義》序

聖人之書何爲而作耶？豈逆知有裂其言而雕繪之，以餌利而弋名者哉？使逆知有裂其言而雕繪之，以餌利而弋名，則聖人寧無言已矣，况裂其言而雕繪之，以餌利弋名也，而又浮濫而苟且焉？聖人之怛焉心傷，可逆想於千載〔一〕之上矣。且夫我之所以裂其言而雕繪之者，詎我之言也與哉？蓋代聖人而言也。代聖人而言，而不失乎聖人之言之意，未必爲聖人之徒也；代聖人而言，而不恤失聖人之言之意，則其不爲聖人之徒可知矣；夫代聖人而言，而不失聖人之言之意，雖裂其言而雕繪之，聖人之所許也；代聖人而言，而不恤失聖人之言之意，則雕繪之愈工，餌利弋名之愈捷，而聖人之心愈以傷，何也？聖人之書，示人〔二〕以入道之方耳。顧其旨約而渾，引而不盡發，而嘗俟乎善學者心解而自得。即制義之取士，蓋亦欲心解而自得者，而多所發明耳，豈欲其浮濫苟且，不恤失聖人之言之意也哉？

吾里徐邇黄先生，學聖人之道有年矣，其於所謂入道之旨，心解而自得者，嘗不欲徒託於文字，故三十年不應舉子試。獨有時爲門弟子所請，不得已代聖人而言，淳古淡泊，務不失聖人之言之意。蓋當其發言之初，早已與世之餌利弋名者分途矣。先生既没，予檢其遺笥録而訂之，屬其門人侯方至授之梓，所以益廣人以入道之方也。學者欲從事於聖人之道，而求其約而渾，引而不盡發者，取先生之文讀之當無難，心解而共得也。是故〔三〕欲學聖人者，必先求其爲聖人之徒而學之，而後聖人可以學；欲得聖人之言之意者，必先求心解聖人之言而得其意者，而後聖人之言之意可以得。先生得聖人之言之意，而又爲聖人之徒者也，學者於今既不能得先生而學之，而先生之心解而自得者，猶幸有此言也，則可不亟公之同好哉。雖然葉公好龍，見真龍，走匿而不敢窺。先生之文真龍也，讀者尚熟觀其所以飛動變化之神哉！

『當其下筆風雨快，筆所未到氣已吞。』子瞻言之，山蔚有之。恭士。

【校記】

〔一〕原文右側夾注：愈轉愈微，愈轉愈警，用筆如神龍夭矯。

〔二〕原文右側夾注：點破。

〔三〕原文右側夾注：有前起勢，極難作收。看他兩兩對峙，力可扛鼎。

《侯輔之文》序

遇合之故，顧足論哉？輔之與其兩兄，同奉太常公之家學，先後同以文名，而兩兄大用於世，輔之獨不遇以死，意者其天乎！不修於人而言天誣也，同一脩而遇不遇頓殊，此必有操其故者矣。吾不及見輔之少時，聞其以任子結髮，挾策遊南雍，聲藉甚與一時。南北名流馳騁，上下豪邁自喜，有不可一世之槩，然而不遇也。及天下大亂，輔之走河朔，泛淮浮江，竄身吳會，瀕於死者屢矣。久之，歸函關別墅，種花漉酒，不復言文事也。又數年，予方學爲文，時時從輔之質問，輔之必退然讓，氣静而和，意沈而斂，於吾所聞少時之豪况，幾不可信矣。輔之其與時偕變者耶？已而出試，有司其文亦且變，然而卒不遇也，豈非天哉？

輔之没十七年，其子方至刻其遺稿，問言於予。予曰：『嗟乎！輔之不遇，死矣。』今其文皆三刖之餘智也，其誰能信之？夫以遇爲信，則輔之之文即以不祥棄之也。宜不然，亦當有擊節而讀，拊膺而悲者。嗟乎！天下之遇者何限？非輔之之文而遇者何限？且并〔一〕無所事乎其文也，而遇者又何限？而輔之獨不遇以死。遇合之故，顧足論哉！然則天下後世，觀其修於人者，亦尚有解於其天也耶？斯集也，少時之馳騁者什九，而後之變者一二耳。蓋自予學爲文時，輔之已不樂爲文矣。然則文〔二〕又何必樂爲也哉？

慨折處，一往而深。恭士。

【校記】

〔一〕原文右側夾注：感慨時事。

〔二〕原文右側夾注：結語深有味。

《我庵語略》序

徐邇黄先生既没，其門人田子蘭芳，搜輯其平日筆札所存爲一帙，曰《我庵語略》。予受而讀之，皆精義微言也。曰：『此豈可秘諸篋笥哉？』遂授之梓而爲之序曰：自孔子有《論語》而後世諸儒有語録，雖其純駁精觕不同，而引人以入道之心則一也。《論語》非孔子自著，而後世諸儒之語，亦其門人録之。雖其師説之能傳與否不盡同，而尊師重道之心則又一也。顧其言駁且觕者，無論矣。《法言》中説『幾幾乎』，摹聖人之言而似之，而終不能與聖人之言同其用，豈非徒摹其言者，不足以邀人信從耶？太史公傳孔子弟子，不得一言以紀其生平者，什之六七矣。而顔、閔之流亦終其身曾不數言見於世，然稱善言德行者必歸焉。由此觀之，君子惟患行之不修耳，不患言之不著也；惟患言之不足以傳耳，不患其言之寡也。

先生究心性命之學三十年，不欲以文詞名。或勸其著書曰：『目前檢點，未能自信，遑滕口説耶？』而時與同志往復，片札寸牘皆有發明，其引人入道之心不可没也，然已略矣。雖然性命之微，折軸充棟而不加詳，亦片言隻語而不爲少也。天下後世即此略者以求先生，則先生之訥焉，而不盡發者，固亦未嘗有隱焉，而不可聞者也。善學者得其一言已足終身，又豈必多乎哉？或曰：『孔子之書如日月經天，今之學者尚不知其作何用也，矧兹略者乎？』然則田子亦自盡其尊師重道之心而已矣。予曰：『雖然，亦安可輕量斯人也？』

極朴茂。文字無一粉澤語，是閫中肆外之業。簀山。

《贈曹生》序

間嘗與二三同志，慨然杯酒之餘，論及士習所由敝，皆曰：『上無教，下無學，故淪胥以溺而不知返也。』予曰：『固然，夫豈無誦先王之言，飾長者之容，儼然自命以儒，修而探其中藏，有不可以對妻孥者。至於掞華摛藻，鬬博矜妍，益以佐其罔利盗名之具，而倫常日用之間，無非反道而敗德也。若而人者，即窮年矻矻以從事於詩書絃誦，庸有愈於不學者乎？』吾意有志者疾士風之偷，悲實學之喪，必有厭棄乎黨庠術序之途，而逃之於方技藝能之中，以自行其意者〔一〕。而曹生果負藥籠自黄山出。

夫生既不屑操三寸之管，以儒業自緣飾，而提刀匕，坐市廛爲韓伯休生涯。世有不以生爲藝士者乎？猶夫見魯國之峩〔二〕冠博帶者，無不目之爲儒也。而吾之相天下士正不在此，何也？君子之行，惟隨遇而盡其在我，不使一毫希冀僞妄之心，雜於其間。存則必忠，發則必信。幸而達也，匹夫匹婦必被其澤；不幸而窮也，一鄉一井亦食其德，如是而已。試問今之〔三〕學者何如也哉？

吾自與生遊，察其衷則坦白也，迹其行則朴愨也，《易》所謂『有孚盈缶』者。是耶？非耶？且蕭然客千里外，以售其術爲生業，而乃泊然不以利言，惟生物之懷，爲不能自已，將不得謂仁人之用心乎？宜其厭〔四〕棄乎黨庠術序之途，而逃之於方技藝能之中，以自行其意也。使生逢西河上，于有不許以爲能學之士乎哉？於戲！可以風已。

倔特處，如虹盤銕屈。

激於中，發於外，與安排作如何文者生死不同。簣山。

【校記】

〔一〕原文右側夾注：入得陡峭。

〔二〕原文右側夾注：映帶妙。

〔三〕原文右側夾注：綽有風神。

〔四〕原文右側夾注：應前收煞。

《侯若思遺稿》序

侯敷文梓其先君子之遺稿，既問言於田子簣山矣，而又屬序於予。

予曰：異哉！敷文之欲闡幽於其先也，豈未達乎顯〔一〕晦之故與？夫人而顯者也，雖無足以動天下之傳，而人固美之；夫人而晦者也，雖有可以傳天下之具，而人弗信焉。即不幸而其人晦矣，得顯者以爲之託，而亦可依附以傳；不幸而其人晦矣，乃復有晦者，詡詡然揚厲於天下曰：『此其人可以傳也。』不堪當群情之一粲矣。

敷文先君子若思不幸不得志於時，蓋所稱晦者流也。當明思宗時，其族子朝宗諸昆從，以及吾家千之，與徐霖蒼、張伊人、吴讓伯、延仲、賈靜子輩，修社事於雪園，一時人文稱彬彬焉。而若思亦上下於諸君子之間，有聲也。未幾遭寇變，諸君子多以身殉，存者三數人耳。而若思卒亦困頓流離，鬱鬱悲憤以死，死今三十有五年，世無復知有若思者，則若思竟晦矣。雖然，幸尚有若思之文，存什一於千百，其文傳而其人猶未嘗晦也。然則是文也，顧可不慎其所託哉？

異哉！敷文之欲闡幽於其先也，乃盡置夫當世之名高而顯者，獨予與簣山二人是問，豈晦與晦固當各從其類與？不然，則予二人何足託？而予二人詡詡揚厲於天下，又誰能信之哉？意者天下之文之傳者，盡顯者矣。天下之文之託以傳者，無非顯者矣。一〔二〕旦有其文出焉，則晦而莫知其誰也。而觀其所託以揚厲於天下者，則益晦而莫知其誰，人情必大異矣。異則思，思則疑，疑則轉，相傳告曰：夫夫也，皆何爲者也？此其傳之之一術與。言未已，敷文肅然正色曰：『先生何言之戲耶！顯晦顧足論哉，先君子之文已幸，百里之内，兩先生皆見許，又何慮乎天下之大，後世之遠？而且傳與不傳，固不問之耳食者也。』

予既感敷文之誠，而尤奇其無流俗之見，於是即綴其所與言者，書以遺之，以俟後世之子雲焉。

以顯晦爲骨，一意剥卸，層層見意，文情如輕雲籠月。簣山。

【校記】

〔二〕原文右側夾注：一篇血脉從此流注。

〔三〕原文右側夾注：一路似莊似謔，八面玲瓏，千古人情都盡。

《送曹生南歸》序

予性不喜妄交人，即里〔一〕黨伏臘之聚，亦率不過三數人而已。有責予之隘者，予唯唯歌《有杕之杜》以謝之。一日見蒲坂李蓉懷，不數語間遂與論交焉，退而誇於睢之田簣山。簣山信之，與之交且久，益許予之能知人也。蓉懷者，所謂靖慤先生是也。靖慤先生既亡，予與簣山有絶弦之嘆。

而[二]曹生濟臣自石照山至，隱於醫，予遇之，曰：『生方技之士乎哉！』遂與遊甚驩。未幾，買棹歸。簣山恨未識也。戊午，生復遊梁，予亟介簣山友之，三人之契合，不異在靖慤先生時，而獨惜靖慤不能少待，以見濟臣也。或曰：『君於里[三]黨恒落落，而二十年間獨與異國人遊也，何居？』予唯唯又問曰：『占[四]《同人》之九五，未占六二也。』

庚申冬，濟臣言還，予與簣山祖於道離觴，再舉黯然，進而請曰：『生之行後，期不可知。予有痼疾爲世所憎，生所熟覩也。忍無方以瘳我乎！』生曰：『何？』予曰：『身不能隨人俯仰，項不能因時轉側，耳難聞噂沓之言，目羞視掩著之行。群争捷徑，有足而弗前；群逞嘗指，有脣而莫啓。其痹頑也如此。』言未竟，生笑起曰：『君善保此疾，以待吾復來！』

清微孤發。不收拾處無一往不顧之失，煞見文字灑落。簣山。

【校記】

〔二〕原文右側夾注：伏案。

〔二〕原文右側夾注：入得無迹，反覺管晏之傳，有刻露態。

〔三〕原文右側夾注：照映。

〔四〕原文右側夾注：完上段意。

《續敬享約》序

康熙丁未，聚族爲敬享約，追遠也。《酒誥》曰：『爾尚克羞饋祀，爾乃自介用逸。』善矣。行八九年，有萋斐誤人者，遂中輟。輟五六年，幸前所儲未之竭，猶〔一〕能薦廣牲也。辛酉前所儲竭矣，榛懼焉，爰告族衆曰：『祖宗裹糧荷戈而來，胥宇綢繆，爲子孫創垂至艱也。三百年箕裘相承，寖熾寖昌，而溯源反本，顧能一日忘所自哉？且夫祀，大事也；比族而親之，厚道也；棄讒言而慰在天之靈，明且孝也，其能忍自外乎？』於是卜日爲供具，復召族衆至，皆願如舊約，一切稍變通而儉之，俾其力長足也。

約定坐酒三行。榛曰：『古人讌必賦詩，今日無以奉衆驩，請歌詩以侑一觴可乎？』乃歌《揚之水》，曰：『揚之水，不流束楚。終鮮兄弟，維予與女。無信人之言，人實迋女。』有賡《杕杜》以答者，曰：『有杕之杜，其葉菁菁。獨行睘睘。豈無他人？不如我同姓。』四座愴然〔二〕，欷歔欲泣。榛起，徧酌於衆曰：『吾儕孝享而宴樂之，蓋紹庭陟降之思，於是焉寄，匪但酒食相徵逐也。』雖然，烏可不盡驩，復爲歌《頍弁》曰：『有頍者弁，實維伊何，爾酒既旨，爾殽既嘉。豈伊異人，兄弟匪他，蔦與女蘿，施于松栢。未見君子，憂心奕奕，既見君子，庶幾悦懌。』衆乃齊覆一觴曰：『敢不永佩誨言！』再拜，賡《楚茨》之卒章而去曰：『樂具入奏，以綏後禄。爾殽既將，莫怨具慶。既醉既飽，小大稽首。神嗜飲食，使君壽考。孔惠孔時，維其盡之。子子孫孫，勿替引之。』

莊敬之中逸氣横溢。簣山。

【校記】

〔一〕原文右側夾注：句有逸氣。

〔二〕原文右側夾注：小煞。

《贈張侯》序

癸亥履端之辰，睢之廣文樊奕文先生使至，具書介其庠士，禮幣爲言於榛曰：攝睢政刺史，今沙隨張侯也。公莅沙隨二年許，其治理效，當已厭飫於君之聞，兹來視睢，篆纔浹旬耳。善政不可一二數，即如運柳之役，嘗騷動兩河士之釋經太息者夥矣。公曰：『是豈可擾及膠庠哉？』

除之一蔬一粒，非先予其直不入，賈販之所償，往往浮於民間漕糧之費，宿弊叢焉，剥民脂以益之例也。公曰：『例當自我破之，吾無染指，朝廷之發帑自足。』其德施之普於四民也如此，此豈可忘也哉？人日，生甫辰也。庠之士欲躋堂而稱兕僉曰：『是必得劉子之言以侑，之子信人也，庶幾傳之天下，與浮辭溢美者殊科，子其無辭？』

榛瞿然再拜，答使者曰：言之足以取重者，必出於大人先生有力之口，而後天下聞風興慕，傾信而不疑。即古循吏之傳，亦必得龍門、扶風之文辭，然後可以行之於遠，未有草野無文之子，狷狂一言可以倖天下，後世之我信也。知天下後世之不我信，而故言之則惑，匪惟榛惑，且辱公并辱先生與多士，將安取爾也？

顧榛思之，世之大人先生有力之口多矣，求其譽，未有不譽者矣。即不必親出於其口，而但以其名譽之，則人亦未有不貴其譽者矣。而顧舍之以下詢於草莽，非徒以三代之直，猶有存於鄉曲術序之間乎？且榛聞公之爲治也，優游坦易，灑然自行，其志大，遠於俗吏之爲。故世〔一〕人一切之頌揚，弗以爲榮，而里歌巷謡，或時一傾耳，以自考政治之得失，未可知也。若然，榛請爲公賦詩。其詞曰：『互寒皮肉苦凍皴，一聲太簇春生匀。爲吏那須有奇神，但願〔二〕不愛朱提銀。君不見，孔奮昔時治姑臧，笑〔三〕殺人間輕薄郎！身處脂膏不自潤，區區浮名何短長。況公之來纔幾時，民曰父母士曰師。若道廉吏不可爲，請觀今日張沙隨！』

清思素質。意法兼到，有獨往獨來之樂。樊奕文。

【校記】

〔一〕原文右側夾注：好出脱已與人之身分皆有。

〔二〕原文右側夾注：正愁無人割愛。

〔三〕原文右側夾注：世情如此。

《匏客先生詩册》序

至暫者，身也；至無用者，名也；至無關於有無之數者，詞人韻士之技也。夫以至暫之身，而勞勞於至無關之技，以冀倖他年無用之名，學士之惑非一日矣。

顧天下古今之不工其技者，無論矣。工矣，而有名有不名。有名之悠且遠而無當於有無者，自若也；有名之惟患其悠且遠，而有之不如〔一〕其無之也；有名之不幸其悠且遠，而里閈病之，子若孫羞之，至欲澌滅其迹而不能也。夫名果累人若此哉？毋亦人之自累其名也實甚。

嘗觀古昔聖賢，但不欲虚此至暫者之生於兩間耳。至骨之化於土壤，不知幾千百世，而語言行事，彪然人寰，與日星河嶽而惟新然，則君子詎貴以技能見乎？雖然，一器一物猶有手澤，而况其筆墨之蹟。

甯君之寶，此册也，爲匏客先生重也。非重其弄月吟風、飛毫拂素之技也，即先生之技不必工亦可。緣先生以名無窮，而矧其清思老筆，又儼然先生之勁骨也。西〔二〕山之歌無有親見之者，而又激且淺，後儒往往贋之，然而感人已多。先生之詩無怨烈之情，甯君又親見其蕭灑之吟、盤礴之書傳之後世。吾知頑焉於此興，懦焉於此起，固日星河嶽之乘在是也。

然則人苟如先生之立身，則〔三〕身非暫；苟如先生之成名，則名非無用；苟如先生之兼擅其技，則其關於天下後世亦大矣。然則人可不自重哉？又可不如甯君之知所重哉？

清言滔滔，自成機杼，筆墨外會心殊遠。簣山。

【校記】

〔一〕原文右側夾注：康樂摩詰且不免，何況其餘。

〔二〕原文右側夾注：無中生有。

〔三〕原文右側夾注：繳完首段。

《贈張醫士》序

匏客、皀客兩先生託於浮屠以行其心之所安，至於抱其蘊老死而無所施，蓋天不予以可施之時，遂亦竟不施焉已。

君兩先生之從孫也，顧天又窮其遇，而無所得施，於是託於醫，以行其心之所不忍而指神劑。良其驅二豎也，如鑠春冰焉。

夫君子擇術而處，隨分以善其所爲，苟際可施之時，得可施之遇，拓其生平之藴於一時，流其無窮之澤於後世，幸也。不然，一鄉一國無不可試其所學，而曲藝小道，皆足以觀仁人君子之用心焉。君雖有可施之時，而不得可施之遇，姑小試其不忍人之心，以起斯人之疾苦，而予以吉康，亦可謂善於擇術者矣。

夫今天下〔一〕疲癃殘疾，顛連而無告者，詎獨一鄉一國哉？推一鄉一國之不忍，而并使天下後世同躋於仁壽，以樂德施之普，吾不知天意又將誰屬矣。噫！

尺幅之中具大波瀾，起伏更眩人目。石廊。

【校記】

〔一〕原文右側夾注：忽發大慨，所謂：『行走坐卧，不离这个。』

《鄭石廊詩》序

徐吴諸子樹幟雪園，距今且五十年，天下往往猶艷道之，夷考其所工，蓋特在制舉藝，而詩與古文辭，猶研求之有未及也。石廊生雖晚才，豈後於諸子者。龍門之文，少陵之詩，且駸駸乎有得心之趣，而顧名字不溢於鄉邑〔一〕，豈貧士失職，固應難以自見歟？

雖然，君子患所以法今傳後者無具耳。鬭薄技而弋浮聲，即使長留天地亦如無有，况其逝水飄風，過眼而澌滅頓盡哉！石廊其必有以知此矣。

一日，石廊請序其詩。予曰：『君詩之雄，天下所共見，予何言？』然歲月不我待也，而〔二〕髮種種矣；將伯不我助也，而行睘睘矣。意必有惕，時過之難，成跂桑榆於末路，知與不知，付之百世，勉與不勉，存之此日者。少陵曰：『不辭辛苦行，迫此短景急。』石廊其專於詩也者，則詩之中，豈無别會？石廊不僅專於詩也者，則〔三〕詩之外，可汲汲者亦多矣。石廊苟然，吾言獨駸駸乎得心於少陵哉？吾亦從此操魯陽之戈，與君相周旋，則前之徐吴諸子，或未必不憮然生回首之憾也。

大雅，特標。興致滿眼。篔山。

【校記】

〔一〕原文右側夾注：無限索歔。

〔二〕原文右側夾注：危語可怖。

〔三〕原文右側夾注：愈進愈上。

卷三　序

《詩經纂》序

六經所以明道也，而自爲帖括之用則經亡矣。且《易》不可爲典要，而《詩》與《春秋》亦然，泥其文而求之則其義愈晦。蓋《詩》也者，隨感而言其志也。言之所指，未必爲志之所存，則其温厚醞藉〔一〕，同時之人未必盡知之，況在數千百年之後乎？顧聖人之所取，惟〔二〕其止乎理義，而使諷之者涵泳而曰，得其性情之正。故古人之學不必依賴訓詁，而往往因之能興也。迨至後世，先王之教澤既熄，人不知斯道之存而遺經將廢，於是不得已誘〔三〕天下於帖括之中，使之不棄屣而去也，可以〔四〕慨世變矣。則夫爲之學者，應上所求不得不以文爲業，以文爲業不得不以言是循，以言是循不得不字櫛句比、抽絲穿穴以求明也，其勢蓋不能已焉矣。

吾里前輩安君履吉者業《詩》，病世之説《詩》者，其明猶未至也，而爲之纂。蓋引綱張目，揭作者之肝膈而示之，帖括之習不除〔五〕，其功當與天壤同壽矣。或曰：『然則經不以帖括而愈明乎？而謂之亡也，何居？』曰：『經以明道〔六〕，道亡而經何有？彼夫汲汲焉懷利以馳章句之末，而希工於文藝，即區區草木鳥獸之名，亦不暇識，遑問其「興觀群怨」「事君」「事父」之益哉？古人〔七〕之言志者，而適以爲奪志者也，其謂之亡乎？其不謂之亡乎？』雖然，有志者誠因是而反之於性情之間，法其所美，戒其所刺，而六義之指歸，無不爲一身之實用，則經明而道益明。以之修齊、以之治平，將無往而非《詩》教之所興矣。然則安君之纂又豈獨可爲帖括之用歟？安君舉明天啓甲子孝廉，其書久湮没於戎馬灰燼之餘，而今始解頤於天下也，然則〔八〕一書之顯晦，顧亦有時哉。

直抒胸臆。不求工而工至，此之謂辭達。簣山。

【校記】

〔一〕原文右側夾注：匡説詩解人頤。

〔二〕原文右側夾注：解脱如是，斯爲善諱書。

〔三〕原文右側夾注：誰知時王苦心。

〔四〕原文右側夾注：於論。

〔五〕原文右側夾注：斟酌。

〔六〕原文右側夾注：筆鋒如刀。

〔七〕原文右側夾注：警快，使世之讀書者毛髮欲豎

〔八〕原文右側夾注：寄慨無限。

《介雅堂遺詩》序

萬〔一〕物生於氣，而氣有常，不無變其常也，昷然旁礴於宇宙，群生共結於一氣之中而無可見，變則見矣。變而消，甚而消之幾於盡，而氣之爲氣自在也，所以爲氣者無盡也。猶之雲布濩瀰漫，幾不可見其烝烝之迹矣，漸而消焉，而變態，見變而至於消之盡，而雲之爲雲終在也，所以爲雲者無消亡也。是故氣在世，而爲運在人，而爲節當其運之盛也。人人懷臣忠子孝之心，熙熙然相忘於渾厖，無可以節見也。迨天氣變於上，人氣變於下，而非常之故作矣。顧變極於非常，必猶有變之不盡。變者結其氣於一二人之身，而後君子之節見，脱並此變極之餘氣，亦消亡而無有存，則天地萬物一息俱盡矣。然則同焉是人，而獨能承此不變之氣以結於身夫？豈偶焉者哉？

榛少讀金正希先生之文，而因以知其人，今論交於潘子雙南，又得讀其先君子江如先生遺詩，而因並知其人。蓋與正希先生同爲其所不能爲，於黄山白嶽間，更輾轉楚越甌閩，卒窮且死而以節見者也。夫天既以不盡之氣結於先生之身，而事去無聊，復以一身不盡〔二〕之氣結之而爲言，然則是言也，顧可以言視之哉。天地之氣無終消，則先生之節、先生之言亦無終磨。雙南抱是集，深藏名山，閲浮雲之變態可也。

雄警，有生氣。所謂勁矢着石，其末猶動。毛季蓮氣力似王道思。簣山。

【校記】

〔一〕原文右側夾注：閑論天問。

〔二〕原文右側夾注：千里來龍至此結穴。

《潘雙南越吟》序

詩以宣志，非其志則妄焉耳，肆其志則邪焉耳，邪與妄非詩也。是故發乎情，必〔二〕端其發情之本；止乎理義，必踐其所以爲理義之實。苟不其然，猶然邪與妄也。吾友潘子雙南有無悶之志，遊於越，觸而發之爲詩。其沈雄激昂，不減古作者發憤之爲，其諸所謂立言之本，與實得歟。天下後世讀其詩，信其志，論其本末，而想其所以爲人，恐亦不徒繫乎聲韻之迹也。吾與雙南同客越，將移先歸之櫂。雙南曰：『請論予詩而序之。』予曰：『是予責也。』雖然，他日爲西山餓夫之傳，爲北山逋客之檄，皆惟予責，又獨區區於今爲之揚其肆好哉？

言短意長，此謂吉人之辭。夏戍六。秋水出芙蓉，天然去雕飾。季蓮。先生越遊還道，雙南不去，口觀先生之所以期於雙南者，則雙南益令人生向往矣。其人其詩，數言重於泰岳。石廊。

【校記】

〔一〕原文右側夾注：透宗之論。

《毛季蓮詩》序

康熙十三年，朝廷罷三藩兵。耿精忠逆命反於閩，遠近望風解體，不戰而下者數十城，東越無全郡焉。凡七年而逆藩伏誅。又二年，予乃與毛子季蓮來遊，溯錢塘而上，登嚴先生之磯，謁呂成公之祠，訪誠意伯里居，瞻文丞相題詩處。凡山川之勝，古蹟之所存者，無不流連徙徊而不忍去。而毛子長於詩，才尤敏鋭，出之若夙搆。風帆雨櫂，朝花夜月之所見，一形之於長歌短詠，而尤能誌東越一時治亂之蹟。咏物寫景皆足，愾我寤嘆也，殆所謂風雅之變者乎？予時與毛子陟芝溪之嶺，度桃花之隘，俯仰三嘆，以爲形勢之奇險莫加矣，古人比之劍閣，不誠然乎哉！設使一夫能守，百萬之衆莫能翹首而西窺也。而精忠得長驅以入〔一〕，吾不知其故矣。毛〔二〕子曰：『吾詩已成帙，幸爲我序之。』予曰：『詩自君家物，何待予言？』予有長太息而已，天下之讀其詩追想其治亂之蹟者，亦〔三〕當同予長太息也夫。

斷續歷落，如游絲裊空，桃花飄澗。張晴峰。

【校記】

〔一〕原文右側夾注：不説，煞，味長。

〔二〕原文右側夾注：起伏夭矯如此。

〔三〕原文右側夾注：去路悠然。

《雷氏譜》序

予與雷孝廉健初者同客於越，誼至驩也，間與論今人族派之亂，牽附〔一〕成風，苟一姓遇不欲別爲系焉。因戲曰：『君宗亦有是乎？』健初曰：『幸無之。雖然，亦孤危莫甚矣。吾先世家秦諱震者，以壯勇明英宗選充陛楯郎，始爲順天人，土木之役，震以百户執瓜扈上，有所擊殺，敵醢之。上復踐位，論功，授子英世襲錦衣衛百户。英生通，通生觀，降彭城衛總旗。子鳴，曾大父也，而大父則曰起龍。六世一綫相續，及父始有三昆弟焉。噫！危何如哉。夫前既以孤系幸免非種之淆，而後漸繁則將不可知。請試譜於版，君其丐我一言乎？』予曰：『嗟乎！健初其斯以爲知本哉。夫先王以小史「奠系世、辨昭穆」，意思深遠矣。而隋唐之際，尤家爲譜狀，上於官濫者，官爲糾之。蓋祖德於以尊，宗法於以明，而不謂侵尋陵遲，以至於有今日也。顧其情泛〔二〕於彼，則必竭於此，溷戚疎於異學，君子罪其無父，然則反本者，其宜何如慎歟？』健初曰：『然。請書之以告我後人。』

説得關係纔是有用文字。恭士蒼質古韻，不屑爲妖韶態，文之松桂也。簣山。

【校記】

〔一〕原文右側夾注：此風不知自誰而始。

〔二〕原文右側夾注：誰復念此。

《浙牘分存》序

康熙癸亥，學使者廣川張晴峰先生招予於浙之幕。相從渡錢唐而東歷睦州，轉太末及於東甌之國，返而括蒼，而婺州，北至於檇李，又西至於昭慶。其〔一〕爲時自春徂秋，凡八閱月。其與文事始睦州訖檇李，凡六郡。其讀文，總諸生及童子凡三千七百一十三卷，而武不與焉。玆牘五府者，檇李之錄有待，而抵昭慶纔一日，即發興盡之櫂也，顧分而存之者何也？志同遊且破疑也，其破疑何也？往往一主司之所收，而其爲文則不同，故疑也，乃今而知中有其人之不能同也。不能同則亦各成乎其人之所收，而主之者曾無暇以同〔二〕也，其不同固無疑也。然則文之得與於收，而易其人則不必收，此其中或有天乎？顧同事者六人，而剞劂則又非六人所與知也，其得與於今之存者，抑又有天焉？已推而春秋闈，皆如是亦無疑也。君子知此，惟宜盡在〔三〕我以受命耳，而顧曰『揣而摩之將有幸也』，吾不信也。

小中寓大。轆轤回環不足喻其圓轉之捷。簣山。

【校記】

〔一〕原文右側夾注：敘次朴勁。

〔二〕原文右側夾注：筆之瘦硬如鐵。

〔三〕原文右側夾注：一篇之骨。

《今文雜存》序

今之文與日俱增而存不勝存者也，顧好者存之，好而無力者弗能多其存，有力而不好者亦莫知所存，況無力而又不沾沾以好者乎？

予少氣浮而志狂，旁馳棼騖，不屑事舉子業。每一科逢時之技出，輒一笑置之。或於其中一二當意者，别拈之、丹之、裝而帙之，畢其事於庋閣上矣。餘則婢僕竊以覆罌瓿裹，細碎充碩鼠之腸，飽蠹魚之腹，而解事者搜摭讀之，愈不禁也，是故積三十載之所有，僅餘若干卷。近數年始知悔本分之疎，而定氣平心，掇長置短，頗能見作〔一〕者闡經之精義，謀篇之活法，翻奇化腐之苦心。而俛焉欲學，又已時過而就衰，無如勤苦難成何矣？雖然悔之於前，豈可仍之於後，無所得於已？又烏敢輕於人，因哀乎散棄之餘，并囊所别拈之、丹之、裝而帙之者，統編次而存焉，志予過也。

其雜者何也？不别今昔，不區名類，不擇高下好醜，所謂善不善皆我師爾。且夫文亦未有不雜者也。一科也，而雜於登興；一主司也，而雜於掄拔；一選家也，而雜於挹取。將非有幸有不幸者，在乎至於散棄而莫收，而徒追，而痛惜焉。痛惜之，而文〔二〕之不幸亦已久矣。雖然歐陽文忠公立雜傳以愧五代之士大夫，然〔三〕則散棄而不入於雜者，其又果爲不幸也哉！

不立間架，不着議論，而間架自老，議論自大。此所謂無意爲文，已得文家三昧者，必如此，乃非不情之語。簣山。

【校記】

〔一〕原文右側夾注：論簡而括。

〔二〕原文右側夾注：千古同嘆。

〔三〕原文右側夾注：掉尾處，感慨更深。

《劉氏闕譜》序

劉氏系出陶唐氏，至於晉士會奔秦，其子留者爲劉氏。而周大夫亦有食采於劉者。漢高帝又賜婁敬、項〔一〕伯皆姓劉，淵與知遠又以外裔冒劉氏，元魏改獨孤氏亦曰劉氏。

而吾家之所由來，不能上溯而求其源之何從矣。商丘劉氏有數家，而吾家尤著，至今邑中別而稱之曰『赫劉氏』，或曰：『黑劉，徵往祖之色也。』或曰：『不然，邑之勒馬鎮有陳劉二姓一宗也，君家或與赫連爲一宗，故曰「赫劉氏」。』東晉之末，屈丐據有統萬，易姓稱赫連，或如所云未可知也。然而邑固有赫連氏，亦不聞〔二〕其通系派，不可追其故矣。

周小史掌邦國之志，奠世系，辨昭穆。世系、昭穆定而後宗法明，宗法明而後家有序，國有紀，朝廷有提綱挈領之政，人民有反本復始之心。是以官有簿狀，家有譜系，故家大族皆得上其家狀於朝，而藏之於秘閣至重矣。後世不世其官，不重婚媾之選，故不尚地望，而始散佚其書，譜學亦不傳。其在今日益輕世派，無慮秦越之人輒引而爲宗黨，其真一人之分者，或路人棄之，亂倫而逆施，具弊不勝悲矣。

吾家族姓不繁，而又益以疫鬼凶賊之慘，落落無幾人存，而終不敢妄爲依附，所以尊祖宗敬後人也。顧聞事亭兄修譜於前代，不一二十年銷滅於燹燐之燼，無復一字之可徵。至於落落無幾人存者，而猶不知其支分之於何世，高曾之何名，匹配之何姓氏。嗚呼！一樹而枝零幹折，離本根而莫附，則生意之傷多矣。若復遲之又久，必將疎棄而不可聯。故榛攟摭遺聞，追思已事，亟亟纂述之爲八卷。其不可得而知〔三〕者，則雖欲不闕而不可得也。嗚呼！慟之矣。

篇首叙次極參差歷落；中述古者立譜學之意，所關最大；末及譜之所由闕，無限感惻，較老泉《族譜引》，尤覺力厚而思沈。賓山。

【校記】

〔一〕原文右側夾注：如亂巘疊峰，運引一處。

〔二〕原文右側夾注：只是設疑，以見闕譜之所由名。

〔三〕原文右側夾注：繳明闕譜之稱。

《睢陽徐氏族譜》序

事之不〔一〕可知者，君子無如何也。因其不知，而不知其不可知，則智焉而不鑿矣。禹之治河自積石始，非不知積石之上有自來也，積石之上不可知，則無寧就其可知者治之。沇之源既不可知，及見於濟則又不可知，入於河溢爲滎則又不可知，至陶丘以下，然後爲可知，禹因其可知而導焉。則千古之智遂無有過於禹。不然如司馬遷之爲帝王世系也，强不知以知其不可知，至於舜爲堯四世孫而相授受，武王爲紂十四世祖而相征伐，其舛謬爲萬世之笑者，惟不知闕其不知，故至此。

雖然君子之學，固不窮遠以爲能，而至於祖宗一氣之源流，亦不得已而闕略焉，其痛心又何如哉？予方修劉氏闕譜，發源之所由來，既不可溯而港分汊别，又莫能匯而爲一，姑因其不知，而不知其不可知，至痛矣。一日，徐孝廉杜出其族譜請序焉，予受而讀之，其間官號、世次、名諱亦多有不可知者，因其不知，而不知其不可知。其痛蓋與予同，其慎蓋先得我心矣。徐氏德厚族顯，固非吾家所敢並，而人户繁昌，又不啻十倍於吾家，顧其世譜亦湮亡而無有存，不得已而抱闕略之憾〔二〕如予也，何哉？夫水闕則無由達於海，族殺則非以敬其宗。不可知者已矣，而可知者復不貽後人以使之知，則他日又皆不可知者也，其誰之咎哉？兩間之秘萬物之賾，君子無不引爲己事，而况其一姓之裔，一身之分乎？嗚呼！可以觀徐君之智矣。

老到。如天造地設，雖極力鑪錘，而冶氣已化。簣山。

【校記】

〔一〕原文右側夾注：便從闕譜發慨。

〔三〕原文右側夾注：悽惻。

《送李先生》序

郡博士李先生以計典罷，聞命登筕輿去，弟子載壺榼祖道於郊。既酌，有爲先生太息憤惋曰：『先生乃竟罷耶！罷之抑何名也？』先生曰：『躁也。』

四座譁然，曰：『國家之法，陟必明，黜必幽，而予奪之衡不平，其何以示畏慕？曩見有肆二千石之勢恣睢，無忌毒千里之生靈於一考再考，而泰然卒至貫滿於十年，而僅以躁去。同時更有肆銅墨之勢恣睢，無忌毒百里之生靈於一考再考，而泰然卒至貫滿於九年，而且擢刺史以去。即今又豈無肆銅墨之勢恣睢，無忌毒百里之生靈，而泰然不去者，乃獨於先生，斥之以應故事。夫天下之元惡大憝，而薄之以其罪曰「躁也」。先生之含淳抱質，而加之以其辭亦曰「躁也」，名實是非之不相應，公理乃如是哉？』

劉生囅然笑曰：『諸君何見之晚耶？留之者在彼，則〔一〕去之者自在此，有能爲留之之力則留，無能爲不去之力則去。此即近世之公理，習安之而不足愕矣。且孔子不云乎：「君子能修其道，不必其能容。」顔氏子曰：「世不我用，有國者之醜也，夫子何病焉？不容，然後見君子。」先生行矣，司勳書於朝，百姓議於巷，自有爲國家任其醜者。而先生何病？諸君又何諱？」

四座嘿然。先生起，登篴輿，舉手謝曰：『得子言，吾去滎於九遷矣。』

怒雷激電之餘，清風沁骨，令人滿腹隗磊不澆自破。石廊。

【校記】

〔一〕原文右側夾注：益復勝於怒駡。

《睢陽四烈婦傳》序

夫婦者，人道之始。有夫婦然後有父子君臣，而天地生生之大德於以不窮，緊人倫之至重也哉。是故有二氣之感應，則即有從一之終，所謂夫婦之道不可以不久，而受之以恒者，固人道之大常也。然不幸而不能恒於天之數，則偶於共牢者，亦還即偶於同穴，抑又天理之大常，不可謂賢智之過矣，何則？地以承天，無天則地不能塊然以獨立；陰以配陽，無陽則陰〔一〕不能孑然以孤行。生焉齊生，盡焉同盡，道之本然固如是者。是故夫之死也稱未亡人，言爲之婦而應與偕亡,勢有所不可遽,亡者則姑衍餘生於歲月,以代夫而有爲,非委其賦命於修短之不齊,而可自幸以獨存也。

顧無如氣拘物蔽,惡死愛生,而此義不明於人心,因之婦有再醮,臣有二事,以至於彝倫之斁有不可勝言者。然後有捐一日之軀命,而遂以名千秋之奇節,不知自人之不皆然,視之則驚爲奇,自道之所以然,體之則適爲常焉爾。雖然,學士大夫往往貪昧隱忍,不知天地之大義,而婦人女子能之,則又烏容以常理置而不爲之表暴也哉。

此《睢陽四烈婦傳》,田子簣山所由作也。夫數十里之間,十餘年之内,即知有無可獨立孤行之誼,而殉夫以亡者且四人焉,况天下之大,古今之遠,見聞之所不及,可知懿德之不泯,綱常之不墜,雖末季猶隆古矣。簣山史筆之妙不讓龍門,而侯生敷文鋟刊以傳,欲以興起當世,皆不待揄揚而知之。第慮世以死殉爲奇,而視爲賢智之過,則皆得以中道,自文其偷生之迹,故予探原以示,使知所以不容偏存者,乃夫婦之常道,庶幾人有定志也哉!

立論極奇極確,從不曾有人道,一經説出便不可易。而行文亦朴茂古雅,鄙文賴以不朽矣。簣山。

【校記】

〔一〕原文右側夾注：論思奇確。

《送鄭石廊》序

古大臣得自辟士，不矜一已之才，棄天下之才，久之察其才果濟，則推而升諸公焉。而士之貧賤沈淪，不能自振於功名者，亦猶賴有賢主人之辟召，得以宣布其才之蘊，則上下〔一〕之相需皆不苟然也。今大臣無徵辟之典，而士苟沈淪不能自振，則終老於草莽，雖抱其不可一世之志，無由少試其才没。没焉草枯木朽，而不見知於一人者豈少哉？

鄭子石廊乃得承撫軍湯先生之招致，蓋不禁蹈舞而爲之幸矣。夫長安出一官，則營營於其幕者嘗至數十人，幕之客爲主人賤薄，而隸役之有氣操者，嘗避其辱名而不肯就，其爲石廊幸也夫。何居？蓋石廊少志管樂，垂老猶不能自振於功名，懷奇莫試，已自分終身已矣。且石廊以不得志之故，往往縱酒激昂，放言慷慨，數年來雖斂才自好，循循於繩檢之中，而有時少年之〔二〕倜儻，或發於不及覺，將非草野孤踪無人焉，足以嚴憚而爲之表範哉。潛庵先生立身謀國，無小無大，一張一弛，莫不原本於道德，石廊苟静體動察，安往而非日益之端者。石廊出其生平之蓄積，以佐先生於不逮，先生本其自得之日用，以進石廊於精純，則所以相得相成者微，但非世人之主賓所得與聞，而〔三〕石廊亦當悔管樂之不足尚矣。石廊勉之！

主人賢則賓佐之道不屈，賓佐賢則主人之政彌光，予亦曾再忝人幕矣。縻俸荒業，兩無所益，回首思之，殊苟然也。石廊今一旦爲大君子所知，必有所以兢兢不負其知，而不若予之苟然者，則先生之知人何如也。

一氣而運。不用關鎖而紆瀹之姿自然天成。李子金。

康熙丙寅春，簣山致撫軍先生之命，捧檄而喜，盖幸得師也。未行，先生晉宗伯去。雖未往侍，嚴憚然得此，固佩切磋之益矣。鄭廉識。

【校記】

〔一〕原文右側夾注：一篇綱領。

〔二〕原文右側夾注：所謂已失之友得之。

〔三〕原文右側夾注：晦翁曰：『未酬管樂平生志，且作羲皇向上人。』

《送樊奕文先生》序

先生教睢九年，擢粤東之三水，令聞者莫不賀曰：『善地哉。』夫粤之東西距豫皆遠境，而得西者率怏怏如有失，其戚故里黨與凡名字相聞知者，無弗扼腕而嗟惜之，顧不以其蝮蟲毒瘴之惡也，曰：『其地瘠貧也。』得東則非無〔二〕川溪之險、燠熱之烝、龍蛇非常之慮，率夾額相慶，喜其戚故里黨與凡名字相聞知者，則莫不引頸如鳧之於藻焉。何也？曰：『其地饒裕也。』

夫君子得百里，而父母之豈漁於澤、羅於藪、應脂膏之自潤於囊橐，而朝廷付百里之父老子弟，將登魚肉於几俎乎？且夫爲吏之道，原不僅懸魚飲水，奉一潔〔二〕以博廉静之名，而獨是源泉，苟濁則沙壅淖滯，又安望其用汲而不窮所養哉？先生聞命不加喜，其喜者蓋不知官之所以命，人民社稷之所以承，而益不知先生之操爲何如者也。先生於睢朝夕嘗不充，而弟子以貨交者則若浼焉，其進士如不及才而有行者，忘年下之樂道不惜齒牙。即以予之不肖，一被容接，輒顧盼剪拂有加無已。由其師焉而愛士，則其父母而愛民，不待觀其行政可知也。

夫今之號爲父母者，方捫口而奪兒哺，捩胸而褫兒衣，蹙蹙焉女啼男號，匝地同聲。而〔三〕粤東獨否乎哉？苟三水口有餘哺，身有餘衣，則先生繼此之施設更有餘憂，而况其未必然也。先生往，乃今而後見官之命，果有爲人民社稷之承，果不苟，而先生亦果，不但廉静之操，使不知者愧其慶喜之失已也，則予言〔四〕其信矣乎。

轉變倏忽，如龍隱雲際，不能名其屈伸上下之迹。簣山。

【校記】

〔一〕原文右側夾注：變動。

〔二〕原文右側夾注：其論更大。

〔三〕原文右側夾注：轉掣甚陡。

〔四〕原文右側夾注：結有含蓄。

卷四　序

《容庵詩》序

君子於天觀其同，於人觀其獨，人事之失得專與分其逕庭也。予讀沈生一儒之詩而自疚矣。予與一儒方總角時即喜爲詩，詩成，彼此密相質裁三寸小册子，繕而藏之，交作序言，以古詩人相詩許。雖心知其兒戲，然亦沾沾然，竊自喜也。久之，又同問詩於范召，得所謂聲病之説，爽然各燬其舊而新是圖。或有以妨業諫，則拒之曰：『誠如君言，唐虞之子弟皆誤於后夔之言志乎？』嗟夫！誠知爲學之方，早如爲詩之篤，則學不至傷白首之紛矣。誠能爲詩之力，終如宿昔之勤，則詩亦闖風人之藩矣。

未幾，一儒卜居於平臺之東，予離索無輔，遂如脱羈之馬，左馳右鶩不知有一路之歸，雖亦未嘗不汗竭蹄穿，而終渺渺於千里也。一儒既好詩，猶恐諸生業之誤詩也，而謝去其籍，一意討風論雅觸物而起興曰：『詩，窮者事也，吾盡吾分而已。』然則一儒之詩之工，蓋四十年之專如一日矣。

夫詩本性情之自，具非先王以六義强人，而加其事於不必有也。予與一儒當智，故一無所鑿，時而獨知好之，其天豈可誣乎？而不謂歲月忽忽，頓成衰老，一儒雖與予遇同窮，猶能殫人事之專，工窮者之詩，予則麗雜轇轕，并此一奠之室而莫能入也。然則學之貴專惡分，詎不信然哉？嗟夫！予既自分無工詩之日矣，然時過而學，欲勉法一儒之專，已不能回既昃之日，又况其〔一〕麗雜轇轕之如故也哉。

點染生動，章法尤奇。簣山。

【校記】

〔一〕原文右側夾注：看他絶不收勒。

《尚書正》序

二帝三王之世既遠，其道法長存於人心而不墜者，書有力焉；二帝三王之道法既邈，其典、謨、訓、誥，猶昭揭於萬世而不廢者，漢伏生、歐陽、大小夏侯、孔安國、兒寬之屬有力焉。

顧朱子起而一芟漢以來諸儒之説，門人蔡氏本其意以作傳，從前紛紜異同之辨如日麗中天，而星芒燭影與野燐爝火齊息，今益奉有功，令不得人爲異説。苟由蔡氏以潛會於二帝三王之道法，則二帝三王之所垂固甚光昭而無可疑，雖大全諸書皆駢贅矣。苟由二帝三王之道法以默體於日用，則知能行習之常，自可發典、謨、訓、誥之精，雖蔡氏亦煩言矣。而顧帖括之用則彌期其詳也。彌期其詳，苟不詳之自我，猶不足以厭其詳之志，是故今代之傳經益紛於漢氏。

朱子嘗言解釋經文須似漢儒毛、鄭之流，略釋訓詁及文義理致之尤難明者，而其易明者更不須貼句相續乃爲得體。夫朱子不取漢儒傳經之言，而取漢儒傳經之體，何也？蓋慮學者淺其心，浮其氣，恃傳忘經，潛會默體之味不出也。

吾黨張君宗奂家，世業《尚書》，病前之説《尚書》者，尤不足以詳帖括之用也，而自爲一書，曰《尚書正》，示予而請序焉。予未能究窮其所以然之藴，而觀其體則固非拘拘然貼句以相續者，朱子復起，必以爲得傳經者之體之正矣，其謂之正也亦宜。

夫漢繼秦火之餘，六藝殘滅，昭宣元成之際，所稱通一經者如《書》，或《禹貢》，或《説命》，或《洪範》，輒得補文學掌故，能傳全經者寡矣。宗奂方貢於禮部，設際漢尊經重儒之世，挾其所爲《尚書正》者，而與諸儒講同異於白虎之觀，則張氏《尚書》不取而列於學官也耶？宗奂其藏之名山，俟有能潛會默體之人而傳之，則他日論典、謨、訓、誥之昭揭，未必不曰張氏之書與有力矣。

紆徐朴質。古意未漓，而用意尤深湛可思。簣山。

《何叔獻詩》序

予角丱時，即聞人稱高陽何大次庶常，而未及以成人見也。久之，得交其兩弟次仲、叔獻。

叔獻與予生同年，文聲早震於時，人以爲庶常後勁。而惜於今猶老其才未試也，然工於詩，尤工於論詩，上下源流，娓娓窮日夜，如數甲乙。予聞而畏之。

一日，叔獻衝炎暑而來，肅然拜乎曰：『予自少喜爲詩，昔嘗見許於嚴灝亭、趙錦帆兩先生，竊未敢自信也。今欲裒而刊之質於世，子其爲我序之。』予三辭不獲，乃進而請於叔獻曰：『詩亦有時乎？』曰：『然。唐之初而盛、中而晚，不相襲也。』曰：『唐之前不知有漢魏乎而不漢魏也，唐之後不知有唐乎而不唐也，何也？』曰：『果時也。』『雖然，天地之化機日新，而性情之蓄洩在我，惟我〔一〕見而自信淺也，規規於古之人而莫知所變滯也，鑿我之天而忘乎發情止義之本陋也。君子去是三者，而厚以蓄其氣，精以辨其體；老之以法，遠之以神；淡不隣於枯，險不病於怪；清也非山中之臞，麗也無粉澤之污；充充乎其有所養也，由由乎其自得也；巉然而峭其致，淵然而含其情，滂乎沛然而自流其機；言者不得已，感者不自知也，若是乎又無時而不可也。』叔獻曰：『善。即書以遺我，我將益求新得焉。』

論詩處確不可磨。簣山。

【校記】

〔一〕原文右側夾注：三語盡爲詩之變。

《逸德軒文集》序

君子之學，斂而治乎已，推而及乎天下後世。窮與達均也，窮則何以及乎天下後世也？達者推事功有力，窮者推其言亦有力。夫言豈汲汲焉爲天下後世而衒之哉？聞聖人之〔一〕道，發攄於倫常日用飲食動定之間，而因物起興，觸顯明微，則邕乎感通之機，而洩其慎餘之蘊，固君子之欲已而不能者也。雖然，自有詩書文字以來何代無能言之士，而及於天下後世則落落無幾。夫其銷蝕幽晦，澌滅於無傳者，豈盡其不必傳者乎？毋亦無人焉，相與贊助發揚，則風飄而雲散，天下後世無從考其言語之迹，而挹其道德之光，固窮者之不幸也。而同時之人，必有任其責焉而不容辭。

睢之田簣山先生學聖人之道，斂之既實，而推之既裕矣。然窮於人世之遭，僅託於空言，同時縉帶之交與執經之士翕然同起，慮他日或不免風飄而雲散也，請其集而板之。簣山三辭讓，然後出文若干卷、詩若干卷，授予論定而問於世。予惟天下之能言者，率天下之飾言者也。言不出於所履，則是簿籍他人之廩藏，而自位於白圭猗頓之間，操銖兩者皆得以驕之，宜其不饜於天下後世而常至落落也。試由簣山所及之緒餘，溯其所治之本原，則簣山固異於世所謂能言之士矣。而當世相與贊助發揚，不惜捐衣廩之奉以公天下，吾黨之厚亦可並見也。雖然，天下後世從此〔三〕争窺簣山之所有矣，簣山又能不惕然而益實其昭宣之本哉？

落落寫來，俱聖賢有本之學，而大雅之舉相期之厚，尤不禁慨嘆而服膺也。陸節庵。

【校記】

〔二〕原文右側夾注：修辭立誠如是。

〔三〕原文右側夾注：方是知己相期。

《展園詩》序

世稱梁園風雅〔一〕，而實枚叟、鄒生、司馬長卿之徒，皆不産於其地，而其産以傳者，獨揠苗之愚夫耳。

上下二千年間，於勝國則有侯司成木庵以詩聞於時，而今之争槃血狎齊盟者，宋中丞牧仲之外無稱焉。豈窮愁拓落不遇之士，雖工於言而不能自見於世，其化爲飄風逝水者不少歟？不然則梁園闃寥無人甚矣，安在其風昌雅振也？

周君引青者，所謂窮愁拓落不遇之士也。嘗洩其鬱抑無聊之氣於詩，然既不能自見於世而又善自晦。雖予比閭而居，未得窺其有也。丙寅秋始以生平所爲《展園詩》示予，曰：『爲我序之。』予受讀卒業，不禁憮然太息曰：『予其淺鄙也哉！』予固不減引青之窮愁拓落，而亦嘗洩其鬱抑無聊之氣於詩，然所謂温柔敦厚之教未嘗聞也。顧十餘年前，早沾沾爲版木災既醜，其宿昔而火之矣。又復不能已於自見之心，如引青之善自晦，蓋殊生揠苗之愧矣。夫以引青之言之工，猶不出而問壇坫於當世，將不慮飄風逝水之悲耶！梁園之風，昌雅振端，復誰屬哉？記言深於詩者，温柔敦厚而不愚，引青顧不早以其不愚而破予之愚焉何與？

鍼線完密，行間復有嗚咽之氣，冷然動人。簣山。

【校記】

〔一〕原文右側夾注：突兀點入。

《陸節庵萬里吟》序

古王臣使於外，即極要荒之遠，不過二千五百里而止。若齊、秦、宋、衛所往來，特數百里或千里之近耳。而鏘鸞濡轡，雍容於旬月之間，天子猶下體其勞臣之隱，爲之賦《皇華》、賦《四牡》，其室家言念君子亦有《草蟲》《殷其靁》《汝墳》諸咏，而行〔一〕役之大夫則反無詩焉。其無詩者何也？無所苦於心，自無所形於言也。

吾里陸節庵先生，以民部大夫奉使主黔中試，而獨爲萬里，吟洋洋百餘篇。蓋自五月登星軺，明年三月反命，飽歷山川險阻。而斯時大難甫平，流亡未復，往往泠驛無人，荒箐塞路，負脱粟以自炊焉。節庵又善病，骨棱棱如山中臞，而回首白雲，則七十六歲之母不遑將也，不但蠻煙瘴雨，毒龍驕虎之虞矣。

夫萬里孤臣，經年旅思，欲優游翺翔如古行役之大夫，默默焉不自鳴其憂勞之苦，其可得哉？其詩悲壯之音如嶺猿塞笳，讀之使人生幽怨焉意者，其風雅之變乎？存以續《北山》《大車》可也。

歷落，古淡。最有法度，而神于變化文字。簣山。

【校記】

〔一〕原文右側夾注：翻空出奇。

《四侯詩》序

吾里故司成侯木庵先生，在啓、禎朝有清望，而工於書，嗜酒，以詩名天下，世所傳《遂園巢》二十卷是也。先生之子四，曰：方鎮長華、方岳仲衡、方巖叔岱、方聞季嵩，皆能業先生之業而嗜先生之嗜。

長華早殉於難，賈子、靜子、徐子恭士遇豪飲者，必舉似長華，言長華有阮步兵風，惜予未及見之。見季〔一〕嵩，結二三酒徒縱飲西村，常至忘食，客有呼餅餌者，厭其鄙摽之不與共桮杓，而卒以之死，不悔也。仲衡爲家督不暇醉，興到亦能累數十卮。每淩曉見叔岱，醺醺面烝紅霞，蓋漏壺未盡，而叔岱已小酌解宿酲矣。

昆季之間，叔岱獨壽而才藝亦多。腰壺矢上馬無虛發，撫絃按徽自謂得嵇中散遺調，年七十餘猶時時有飛揚少年之興，筆札皆〔二〕不苟作。而叔岱尤名噪一時，聞長華酒後盤礴得意，臨池亦相亞也。季嵩醒時常少，故詩不多有。長華詩散佚於兵燹，十存一二耳。仲衡好客而喜爲人解紛，以事請者如市，左然右諾無少閒，不知何時休暇得據几案也，而亦不廢咏哦，異矣！最專〔三〕於詩者叔岱，行思坐吟大機不能自已，故卷帙獨豐。一日，裒而合刻之，屬予爲之序。予惟宋延清兄弟各得父一絶世已豔道之，豈若侯氏濟濟翩翩，具有司成先生之衆美乎？

吾宋能世祖父之學者，千餘年來惟稱桓少傅子孫，然亦無侯氏同産之盛也。觀其倡壎和篪，累牘連篇，而各以自見其性情。百世下讀其詩如見其人，其子若孫寶函之，猶之伯仲叔季翕然聚一堂也，顧不美哉？予伶仃一軀，雖疏屬無與齒叙者，而族姓間亦少究心風雅得相賡酬，讀是集有餘慨矣。四詩之品藻各有專序，不具論，論其濟濟翩翩，不愧爲司成先生之似而已。

敍酒與書與詩，段落錯綜，與接續歷落處，各具其美，每段歸重。叔岱序所由作也，更爲探驪得珠。簣山。

【校記】

〔一〕原文右側夾注：妙接。

〔二〕原文右側夾注：略法。

〔三〕原文右側夾注：□重。

《宋山言詩》序

詩之爲理至微，爲用至大，於人至切而易能，而於所以然，多不得其解。夫人之遇乎〔一〕物也，何故而不得不感感於心也，何故而不得不言言，何故而不得不長，又何故而不得不應律諧聲，源必有所發流，必有所歸正也。於何而正變也？於何而變不此之求，而但視爲贈答酬應之具？宜其放焉者而流於淫泆，拘焉者而失之固陋，掇其華不過月露之色，取其精亦祇衣冠之似。苟詩如此而已，先王當且防禁之慮，爲人心之害，而又肯用以教胄，用以燕天格祖，用以考國政而觀民風乎？

顧詩之情，人人而具，而不人人而能者，無他，不學〔二〕焉故也。古人之學惟是節性陶情，化其虐傲偏黨之質，而復乎精純无妄之天。故時而本其所自得，言其所不容己，而往往爲聖人之所取，參於帝典王謨之間，而無愧今之爲詩者，其何學乎？即日孳孳於學，又庸愈於不學者乎？古之學既不講於世，則有志者雖欲爲之，而亦無從聞其方焉矣。

吾黨宋子山言有志於學，而乃得淵源於家學之深，其早以能詩名也，不亦宜乎？予少無父兄之承，老不得學問之歸，孤情自疑，恒恐蹉跎於歧路，而山言顧以詩問言於予。山言今中丞牧仲先生之子也。中丞公執牛耳於詩壇者三十餘年，而山言庭趨膝侍，暮命朝提，意無非四始六義之教，而於所謂正變源流，究極而領會之，當已無不熟矣。予間以詩自怡，亦不過竊聞中丞公之緒論，而予之言又能有所加乎哉？惟願山言益深其學，益返而求古人之所以自得者，則山言當且不獨以詩名天下矣。

章法完密，論詩尤有本末。簣山。

【校記】

〔二〕原文右側夾注：無上議論。

〔三〕原文右側夾注：要歸。

《今文呂論》序

道之不明，朝廷不得已而牖天下以文。文雖工於天下，何補哉？然而卒不廢者，非以文之果足以得天下士也，以士庶幾〔一〕以文之故，求聖賢之言，庶幾以習聖賢之言之故，反而思所以爲道。則文也者，所以誘之以趨於道之路也。

顧世之爲文者，鹵莽而詭遇，衡文者復冒昧以掇拾。於是天下踵陋沿俗以倖適然之時，命朝而佔，畢夕而操觚，并不知聖賢之言何用，我之代聖賢而言何心，朝廷之需此言也何爲。以是聖賢之言日益晦，天下之人心日益乖，而千聖百王之道不但置之爲魚筌兔蹄也。不有君子講貫其所以離合之故，發明其所以日用之切，孰知我之言於聖賢之言不似也，孰知我之言於聖賢之言近似而猶非也，又孰知我之言似聖賢之言於此，而仍不能似之於彼也。且非有諸〔二〕已者，則剽竊其言，愈似而自欺愈可恥也。世教不興，士行不振，斯道明昧之機，蓋祇係乎論文者之識，以端學文者之趣矣。

近世論文者惟東鄉艾先生，當異學争鳴之日，能獨尊洛閩爲東流之底柱，功誠偉矣，然而理脉猶或有疎焉者。又數十年後，而得晚村呂先生闡微言之奥妙，發絶學之精微，法求其必當，理期其必醇，借形下之藝，説形上之道，示人以慎修之術無不備，而戒人以閑邪之幾無不明。先生所論諸書，非諸家之書也，先生之書也。故予裒其十餘種而彙次於一，曰《今文吕論》。欲由先生之論以反觀於己，而求合聖賢之言於萬一。且以誌予慕悦先生之情有年，而以是書爲晤語焉耳。

丁巳，予客蕪陰周子雪。客謂先生來金陵，可介予而謁也，以事未果。癸亥秋，從張使君於越，意謂歸棹石門，可一叩先生之廬，而先生亡矣。予既不得見先生之人，猶幸於諸文中聞先生之論，即使曩者兩覯先生，諒其所言不踰於此書也，謂予果未覯先生也哉。

步步踏實，語語挈要，可以見先生之心。得文如此，更可以文視乎。簣山。

【校記】

〔一〕原文右側夾注：模糊不清，無法辨認。

〔二〕原文右側夾注：伐毛洗髓之論，令人讀之汗發。

《百藥齋詩》序

人莫不有情，而無以寫之則鬱鬱，則必放放，則將約之而無從。故先王有發情止義之教，習天下於聲詩，而使之知無邪之所歸。是故下而田夫里婦，皆能自咏其勤苦，士大夫披忠憫俗，勞王事而念時艱，無不足以譜之樂正，用之鄉人、邦國，於以考功，叙之成壞，而察風教之淳漓。

蓋古之政治以隆，人心以正，士學以興非無由也。後世不達此義，父兄之所誡、師友之所勉，胥以爲病進取之業，如鳥喙之毒，不可以嘗而試。幸而致身通顯，無可以寄其鬱積之情，則淫泆縱侈，靡所不爲。而原其所由，未必非温柔敦厚之無聞，放其情而不知所以用之也。

客部大夫節庵陸先生，自少攻於詩，歷仕版三十年，簡淡自持，不泛接一人，不輕預一事，不爲無情之贈答，與人言不及詩，即請其集亦不爲之啓。篋笥至於行役之勞，將母之艱，感時觸事之憂喜，而一宣其生平之鬱積，長吟而短咏莫非言志之正，無淫聲無飾響，可謂得古詩人之情，而不惑於流俗者矣。顧不以予爲不知詩，既屬序其《萬里吟》，又出其《百藥齋詩》授予而論定焉。予具春鶯秋蚓之性，喜吟不輟，愛我者每咎其病，吾業矣而終不之悔也。庶幾於今從節庵後，暢興觀之宿志，發慷慨之幽音，倡予和女而得以解自誤之嘲乎？然則弄月吟風，實所以善用其情而不之放也，讀節庵詩，顧不可信乎哉！

沈雄之氣，鬱然言表。簣山。

《綿津山人詩》序

康熙戊辰夏，宋牧仲先生來撫西江，未匝月而百政就。理國以無事，先生乃乘餘暇檢其生平所爲詩，删而合鐫之，爲《綿津山人集》若干卷，屬於榛曰：『吾昔汩於習，聞雙江以後始有新機。

子其爲我審去留焉。』對曰：『榛不知詩，然見夫種樹者矣。方其亭亭初植，雖一病葉不忍摘，久之而繁枝芟焉，又久之而岐幹斲焉。迨閲歲年之多，虬龍盤於雲煙，鱗甲張乎風雨，蒼然而愈老，翠然而彌新，望以託其蔭樾者無遠邇也。而顧使樵斧臨之，丁丁以傷其尺寸，則貽人之恨惜者何窮乎？』

予初讀先生《嘉禾堂集》二百版，今則存四十餘章，何芟其繁枝之多耶！繼讀《將母樓詩》亦百版，今則存九十餘章，是其岐幹之斲又不遺餘力矣。至於雙江以來，吐雲煙之胸，驚風雨之筆，天下之老境盡於是，天下之新色亦盡於是。而予敢復提區區之柯擬於其後哉？

且夫古今之詩凡幾變矣，苟無人焉以正之，則必日趨於衰而不能返。近世厭寒鴉枯木之觀，而飾宫柳宸楓之氣象以爲大雅，在是也。然朝華既披而不知朽株相守而不厭，幾以在我之止義發情。爲他人之妝枝綴葉，縱極其至亦不過隋宫剪綵之觀，豈復有天地生生之新機乎？天地之新機不待襲取於既往，而吾人之新機，自有感通於不可遏，惟視其養爲何如耳。

先生之詩華榮而實茂，質古而色鮮，蓋閲靡於著作之林，積養有年，故森森乎糸青天而直上。然則正風雅之趣，而樹標表於海内，端惟以先生爲模楷焉。榛亦復擲斧拋斤自養其萌蘖之生，以希成材於萬一，培之滋之，先生當不我棄也。雖然，正斯世之趣，又寧無先於聲詩也哉？

全從託喻上生烟波，照映回環，鍼線極密。愧拙集未足以當之。牧仲。

卷五　書

答湯潛庵先生書

辱惠詩序，文高旨鬯，但許可過情，弗敢當！弗敢當！其間論康樂、摩詰與靖節、少陵同時，而後人憑弔追惟，有不能同其歆慕者。嘻！先生之教我深矣。

夫三代而下，不患言之無文，而患行之不至。苟無其行，言何貴焉？聖賢之學，有本有末。託根者深，則枝葉自茂。故曰：仁義之人，其言藹如也。不然，豔蕊繁葩，槁落立待，庸詎知徒言者之愈於不言乎？而世之文人，趨末忘本，苟且以希一日之知。及不得志，顛倒放恣，如所謂康樂、摩詰，貽君子之嗟惜者，良可鑒已。

榛不才，七齡而孤，困頓顛連，忽已三十有二，恒恐窮愁喪志，習俗移情，悠悠此身，不爲君子之所齒。故雖落魄失志而飲蘗自勵，猶不敢苟飾言辭，如世之忘其本者。第賦性疏愚而又交游落落，無蓬麻之輔，隕越之懼，不但履冰焉。譬如有志長安者，知不東其轅矣，而彷彿西馳，未免岐路之悲。先生肯爲我一指南乎？頃聞先生，負笈登蘇門山，謁夏峰先生，折節北面而受學焉。先生年未四十，懸車勇退，修身樂道，亹亹不倦，誠所謂探本窮源，文行一致者也。安〔一〕車駟馬，日千里於康莊之衢，忍聽吾倀倀於道左乎？倘先生不棄其愚，進而教之，則榛之登堂而請益者，當不徒區區詞章之末矣！嗚謝不宣。

情詞斐惻，亦可謂仁義之人，其言藹如矣。邇黄。

【校記】

〔二〕原文右側夾注：又足前喻，筆墨飽滿。

與徐邇黄先生書

先生聖賢之徒也。闡微言，續絶學，其志慮遠矣。方今溺於習俗，知先生之志，尊先生之學，以求附所謂聖賢之徒者，幾人哉？聖人曰：我學不厭而教不倦也。蓋聖賢之所謂學，非一得以自喜；聖賢之所謂教，非必北面而後從事也。《商書》云：惟斅學半。傳曰：斅，教也，言教人居學之半。然則，教〔二〕亦非專爲人矣。

僕與先生處有年。先生即不肯以弟子待僕，僕固無日不以師奉先生者。昨呈文一首，先生曰：息壤在彼，實重違之，却而不覽。僕用是懼且惑焉。因自念曰：僕之不可教也。先生所謂不屑之教也。退而懼也。復自念曰：僕與先生處有年矣，而豈其絶之也。先生之教，亦或有時而倦也，抑必北面而後從事也。不然，先生又豈徒一得以自喜也，退而惑也。

夫天下容有不可教之人，而聖賢斷無以不肖待天下之心。天下無求於我也，我懸一教之之道。天下有求於我也，我予以致之之誠。未有槩天下以不可教也，而遂誓以不教之志。《學記》曰：叩之以小者，則小鳴；叩之以大者，則大鳴。雖未有不叩而鳴，亦未有叩而不鳴者也。先生其叩而不鳴者耶？先生必曰：教人而人諱其過，而人反見尤也。顧尤者在人，而教之在我，使先生有可尤，先〔二〕生之過也。聖人以聞過爲幸，先生無可尤，則尤者之過也。曾何損於先生乎？先生聖賢之徒也，而猶未泯乎？人已之見耶？夫以僕爲世俗諱過之人，僕未敢安先生真慮夫人之尤已也。先生有所未達，不然，一得以自〔三〕喜者，不可以爲聖賢之學，北面而後從事者，又何所見之不廣乎？先生必無絶天下之心，而先生之教必無或倦之時。或僕之愚，真不可教而不屑之教，則僕固〔四〕已蒙其教矣。榛惶恐再拜。

推崇愈婉，攻擊愈嚴，層層逼上，煞有烹鍊之味。宋牧仲。

【校記】

〔二〕原文右側夾注：便令先生無辭。

〔三〕原文右側夾注：窮之盡情。

〔三〕原文右側夾注：收法，得之更生。

〔四〕原文右側夾注：悠然。

答李蓉懷書

辱書反復規諷，直砭膏肓。甚感以足下愛我之深，期我之厚，而不免悠忽歲月，負我益友，甚愧。然得不終爲長者棄絶，懇懇焉，進而教之，又甚幸。

足下窮老，無家投身敝邑。僕一接於舅氏之座，即與杯酒言交，退而誇於篔山，謂三代之遺老猶存。及篔山與足下相見，亦以僕爲知人。而世之皮相，天下士者且群怪而笑之。夫友道，至今日幾廢，此一倫矣。不過飲食遊戲相徵逐，文詞言笑相諛悦，其有相勉以道，相規以過者，誰歟意者庶幾，求之古人乎？

古人論交，如《伐木》之詩，至矣。其始求友也，曰：『相彼〔一〕鳥矣。』猶求友聲矧伊人矣，不求友生其既與人友矣，不可不永篤其好也，曰：『神之聽之，終和且平。』然必時勤式燕也，曰：『於粲洒埽，陳饋八簋。』既有肥牡以速諸舅，速之而不來也，曰：『寧適不來，微我有咎。』其既來而喜也，曰：『籩豆有踐，兄弟無遠。』然天下固容有不得於友者，而怨不在大也，故又慮之曰：『民之失德，乾餱以愆。』而終序其自致之情也，曰：『有酒湑我，無酒酤我。坎坎鼓我，蹲蹲舞我。迨我暇矣，飲此湑矣。』由今考其交游之本末，亦不過飲酒宴樂，式好無訛。至所謂相規相勉，略無一辭之及焉。豈直諒之友，在古猶難其人，而金蘭之好，僅在釃酒肥羜間耶！

僕與足下七年定交，招尋無幾在《伐木》，詩人視之未有不以爲疎也。間一詩文相通，非規則勉，相長無盡，是古今友道之所絶無者。而僕何幸得之於足下哉！孔子曰：『己失之，友得之。』蓋責友以必言也。又曰：『士有争友，則身不離於令名。』蓋勉人以必聽其言也。僕雖不才，猶能朝夕不忘足下之言，以勖後圖，倘自今以往，日策勵而不倦焉，則是人皆虚此一倫，而僕獨蒙其益也。僕將益負能知人矣。

借詩來形容，一反一正，甚整而逸。恭士。

【校記】

〔一〕原文右側夾注：説詩處如劉更生，歷落可愛。

上栢鄉魏相國書

榛觀古之宰相，以用人爲責，以知人爲明，以能羅天下之士而器使之爲賢。是故，宰相惟虚己，以求天下之士。而士之懷才負異者，亦翹首企足，以希宰相之知至。有掃門以求通者，其亦可哀矣乎。夫既用人之權在於相，雖宰相不汲汲以求士，而士愈汲汲以求相。即以韓愈之賢，亦且皇皇奔走，大聲疾呼，以冀一日之援引，甚至嗚急於僕賃，乞憐於升斗，知禄利而不知所以自重焉。夫天下無自重之士，又安望用士者之重之也哉？抑不但季世也，文王作人之化方新，而其時干於周〔一〕公之門者，至令餔不暇吐，髮不暇握。學者不能淡然而無求也，自古已然與。然則權者，士之所前〔二〕利者，士之所聚亦或人情也。

夫近世用人之責不在於相，而士之希榮名者，猶往往委曲鑽營，以求一日之容，接而誇於人。士愈不知自重，而大人先生之待士也，愈可知已。雖然，於此有人焉，窮焉而不以爲戚也，泊焉而不知所求也，陶然而自鳴，其性情而未嘗以爲名也。則其爲大人先生者，勢之所極至，巍然爲天子之相，由士而層累，以數之其級，如天之登也。且是士也，又學〔三〕聖人之道，而無所成就。德不必蓋一鄉，名不能出一邑，即偶形於一咏一吟，亦不過人間雕篆之常技，而不足與於大道之歸也。夫如是，敢望大人先生之一顧否乎？而大人先生之待士也，乃不獨親造其〔四〕門者，如古人吐握之勞，而疎遬而不至焉者。亦且誘之而惟恐不進，掖之而惟恐不前，寵之褒之而惟恐不至。微但師之於弟，提命而不倦焉。然則士雖自重，能不感激奮迅，欲一匍匐於大人先生之門，泥首請益，以謝希世難覯之知遇也哉？然而終不至焉者，蓋大人先生方操政柄於上，雖其心實非希榮而慕利，則其迹不敢不避也。亦知大人先生或益以此重士，而不以爲簡傲而不恭，故硜硜然，寧守貧賤之分，而不敢冒昧而前。爾若大人先生既謝政柄矣，且遲之又久焉。而前之希榮慕利，委曲鑽營，以求一日之容接者，皆去而無復存。然後徐起而奉一言，以布其私，亦庶乎異於世之鳴號於大人先生之側者矣。

小子榛，宋之賤士也。嘗遊於楚，與相君之客彭楚伯者，同留於黄州别駕宋君犖之署，客去别駕，取榛詩一卷，上之相君。榛謂相君必揮而斥焉，且將責别駕之妄矣。已而楚伯來，出榛詩而還之，則丹鉛徹首尾。曰：『相君閲也。』淋漓焜煌，如走龍蛇，曰：『相君書也。』伏而讀之，乃奬藉勸勉交至焉。雖師若友，眷愛洽浹之深者，不是過也。蓋相君之題辭也。嗟乎！榛何幸而得於相君哉！感激之餘，泣欲下焉。楚伯曰：『相君下士之誠，天下莫不聞。子又幸爲相君所知，可懷刺見也。』榛逡巡謝曰：『予何敢？』楚伯又曰：『相君讀書考道，甚於韋布之勤，尤愛文詞，子其上書以謝之。』榛復逡巡謝曰：『予何敢？』楚伯曰：『何謂也？』榛曰：『鑒於〔五〕世之希榮而慕利者，不敢不避其迹也。且相君既重士，必不以士之不自輕者，爲簡傲而不恭也。』久之，相君謝政柄歸，於斯時也，雖匍匐相君之門，泥首請益，以謝希世難覯之知遇，其亦可矣。然而終不敢也，終不敢至相君之門，而又終不敢忘相君之知。於是奉數行於楚伯，以少布其感激之私。而亦并不敢獻半辭之諛，以負相君重士之雅，相君果不以爲簡傲而不恭也耶？昔魏信陵〔六〕知朱亥，亥不答其禮；嚴仲子知聶政，政不應其請。而信陵、仲子，舉莫之怪，卒之亥與政，皆如二人之志，以相報君子嘉其兩無負也。榛不敢以信陵、仲子況，相君而亦不欲置身於亥與政之間。榛之遲回慎重，不輕於一答相君之知，適相似也。然而，卒未敢言報也。庶幾，終勉其身以自重。或一日學聖人之道，而少有成就。不負相君，所以獎藉而勸勉者，其即所以報相君也乎！然則，榛之如是以相報，或亦適如相君之志也。相君又何以教之？

附呈詞一卷，雜文一卷，惟俯賜垂察。幸甚！幸甚！

力大思雄，如萬頃波濤，從天而下，一曲一折皆成巨觀。簣山。

【校記】

〔一〕原文右側夾注：無中生有，文瀾不測。

〔二〕原文右側夾注：結上起下。

〔三〕原文右側夾注：油油然如出岫之雲。

〔四〕原文右側夾注：千轉百折，灝氣奔放。

〔五〕原文右側夾注：一一抱前，應前繁後簡，是章法。

〔六〕原文右側夾注：引二事作民恰好。

與田簣山書

承示詩二卷，雜文一卷，反復展誦，可謂精於立言者。足下學與日進，心以道純。如僕之愚，方當執經北面，而乃虛已下問，愧不能勉，竭一得以裨高深矣。

夫癸卯以前，與足下朝夕與處者三載，引掖提撕，荷益良深。但恨僕於是時謀道不篤，有所講求，率於枝葉處爲多近者，賴足下發我愚蒙。稍知學有本源，又已離群索居，無緣日親提命，舉念自疑，師心獨往，不知將來作何抵止也？《易》之言曰：『同氣相求。』《詩》之言曰：『矧伊人矣，不求友生。』然則所求者將何爲哉？非欲其聞善而勉，見過而規耶？且天下事，成於慎而敗於忽〔一〕。其忽也，大率不自知也。惟不自知，而友朋之責，乃有所任之而不得辭。

僕之所求，惟足下一人。倘孜孜而勉之，不厭於煩；切切而規之，不遺乎細。形迹無存，毫髮無諱，由是陶鎔日久，欲遏理生。亦或庶幾其有進焉？未可知也。此僕皇皇而求足下之心如〔二〕此。然推僕心，以思足下，當亦不欲僕之默默也。故輒先指足下之所忽焉可乎？足下之所忽者，書之點畫是已。所示三卷中，究從丸，湯從易，失增減矣。『母』作『毋』，『溥』作『溥』，失音義矣。他如，奇不從立，往不從生之類，習俗之訛多不免焉。夫常人之情略乎其小，拘牽之士囿於其俗，於是習之而不察，居之而不疑。因仍苟簡，其患有不可勝言者，惟君子細行，必矜群非不顧，曰：一物未格〔三〕知未致也，一念偶欺意未誠也。方且窮理明善，欲凡天下之物，精粗表裏，無所不到。而乃捉筆據案，即不無扞格而未達者，可乎哉？伏惟推此一端，日檢其或有忽者，勤小物而不遺，拔流俗而自信，知日益至行，日益力僕，將拭目計期，觀足下之充實而大也。

不揣狂昧，偶見及此，伏祈容納，幸甚。

鎔鑄甚工，微淡之言入骨深矣。敢不銘佩。簣山。

【校記】

〔一〕原文右側夾注：伏。

〔二〕原文右側夾注：即煞即轉。

〔三〕原文右側夾注：明道作字甚敬，曰『只此是學』，如此如此。

與簣山謝過書

頃者與足下遊平臺，聯轡而歸。會雨，足下所乘驢不任疾驅，僕乃棄足下先馳，避於浮屠氏之廬。有頃足下至，雨亦未甚也。當是之時，足下不以見責，同行不以爲非，僕亦安之若應然也。既歸，輾轉以思，心竊懼焉。曰：是予之過也。夫以微雨之故，而棄吾友，以私吾身耶？已而自諒曰：區區者，不足負吾友也。脱有非常，則當有以處之矣。轉自念曰：顯者微之漸。君子觀人，常於所忽也。未有細行不矜，而大德無累焉者。復自計〔一〕曰：小德出入，賢者許之，相隨而後，又何益於簣山耶？更自危曰：嗟乎！小德云乎哉？孟子曰：疾行先長者，謂之不弟。夫疾徐之間，堯桀所由分也。嗚呼！可〔二〕畏已！因痛自責曰：人之不可無養也。如是，夫造次之敬，肆生平之得失係焉。吾之失所養也，多矣。

顧吾聞之善無大小，貴在友朋足下之不我責也。豈以其小德而寬〔三〕之耶？嗟乎！小德云乎哉！

此古人敬小慎微之旨也。文亦幽哨。邇黄。

【校記】

〔一〕原文右側夾注：一文未平，一波又起。

〔二〕原文右側夾注：所謂慎者，善補過者也。

〔三〕原文右側夾注：叠前句，收煞然。

復徐邇黄先生書

辱承提命，愧感！愧感！榛自七歲而孤，無父兄之教。及長，嗜慾熏心，諸物皆能引去。若非幸有一二良友，爲蓬麻之輔，此身不知流落何似矣，每一念之，惕然骨慄。

其後稍有知識，自悲孱孱一身，上承祖父數世之緒，因發憤學爲文辭，欲冀萬一以階顯揚焉，自以爲得嗜好之正矣。已而聞梁紫之論，始知鄉之諸好同歸於誤也。乃作《悔賦》，力革舊習。雖頻復之吝，嘗多而所悔，諸事亦幾幾乎屏絕七八矣。

然而文辭之癖，終深入而不可拔。蓋見詩歌、文字，先儒不盡廢，而考亭先生猶作迴文小詞。因疑陶情適興，亦不〔二〕妨偶試爲之，而不必焚棄筆研也。且區區浮辭，固聖賢所不貴，亦視其爲之之心何如耳？或並行而不悖，未可知也。惟此一念寬假，所以頃者不憚背盟於梁紫，而攘臂於其年矣。

先生曰：名心之未破也，粉華而炫耀也，浮沈於名而結煞於利也。非飲上池之水，洞見膏肓，而砭之不及此矣。夫榛比年以來，浮名浮利，雖漸淡漠如除草者，縱費芟薙而未絕其根，不能不竊發也。以不能不竊發之根，而苟無良師友以提撕之，則芟薙之功將有時而盡廢，而竊發之私將有時而不可治矣。顧不危乎哉？昌黎謂『悦乎故不能即乎新』，蓋實爲我言之，而仁人信人之告誡，何幸得之於先生也。雖然，此特榛之一失耳。倘肯推類，而盡言之俾，得聞而悉，改致此身不得罪於先人，斯真顯揚之階在此，而不在彼矣。

榛疲駑之質也，鞭之則可少進，聽之則將不前。所仰賴前策而後驅者，惟先生與梁紫耳，蓬麻之恩其敢忘諸！

舒徐委折，藹然儒者之言。恭士。

【校記】

〔一〕原文右側夾注：自是通論。

與張匯宗論服制書

前與足下言除服之禮，未蒙聽采。來示曰：習俗相沿，難於違衆。此天下古今之通證，能毅然拔此根株，良不易也，宜足下之惑不破也。

顧吾聞君子不囿於俗。豈惟不〔一〕囿而已，誰之鄉邑而聽其自爲習俗也？足下乃獨甘心於習俗之中，僕爲足下惜之。又曰：三年之愛，聖訓也，弗敢背也。是知其然，未知其所以然也。或哀毁之餘，未暇深考於禮耶？抑雖讀之而未信也。

夫禮固〔二〕聖訓之詳者也。《喪服·小記》曰：『再期之喪，三年也。期之喪，二年也。』喪服四制，曰期，十三月而練，冠三年而祥。如泥其文，期非十三月也，而況云二年乎？祥非三年也，而三年又何云『再期』乎？此其故三年問，則明言之矣。曰：『三年之喪，二十五月而畢。』而所以二十五月者，則又明言之矣。曰：『至親以期斷。』『天地則已易矣，四時則已變矣。』『然則何以三年也？曰：加隆焉爾也，焉使倍之，故再期也。』是知古先聖王，本天而爲之制。見夫天地萬物，無不更始焉。曰：此其節矣，而不忍已也。又見夫天地萬物，無不更始焉。曰：此庶其可哉？否則是棄天道也。而且無終窮也，北之謂送死有已。復生有節賢者，不得過；不肖者，不得不及，義至精也。然又并禫而爲二十七月者，何也？禫非正服也，再期而大祥是日也。已畢二十五月之禮，中間餘日而禫，禫不可續於正服而别數之是，爲二十六月畢。此月之明日，則二十七月矣。蓋以三年之數，言則二十四月。後之一日，即爲一年。以二十七月之數言，則二十四月後之一日與二十六月後之一日皆爲一月。喪服蓋置餘日而不用也。近制則必滿二十七月，是餘服亦復加隆矣。足下猶以爲未足乎？然則先聖之禮文，時王之律令，足下俱不難違，而獨難於違俗，其何説哉？孔子不云乎，『非弗敢勿除也，患其過於制也』，足下其察之。

抑又聞三年之喪，稱情而立文，居喪者亦自問其情何如耳？時非不久也，且孝子誠愛其親，而不忍忘，終其身何時而可忘者？三年之外，其容已乎。不然，過弗及等耳，區區之素韠、素冠，詎足以報罔極哉？昔子路有姊之喪，而弗除，曰：吾寡兄弟而弗忍也。孔子曰：先王制禮，行道之人皆弗忍也。子路除之。子夏既除喪，予之琴，彈之而不成聲，曰：哀未忘也。先王制禮，而弗敢過也。彼二賢者，篤於情不得不限於制，豈以爲恝乎哉？非然者，人自爲政，鄉各異俗，此大亂之道也。足下謂無害大義，其亦未之思矣。且足下於此，誠察其所以然之故，而毅然以身先之，則鄉國之中，必有悟其往日之非，幡然以相從者。奈之何，反録録因人爲也。雖然〔三〕，君子之失也厚，小人之失也薄，足下寧受過情之責，而有所不忍也，其亦可以觀仁也夫。

辨論明鬯，可以補《禮》經注疏之闕。簣山。

不難其明而難其鬯，非老泉無此裊裊烟波。又評。

【校記】

〔一〕原文右側夾注：淡折有力。

〔二〕原文右側夾注：師從聖訓説入，所謂的納約自牖。

〔三〕原文右側夾注：掉尾。古法亦忠厚之音。

與樊奕文先生書

不接清光，又更寒燠矣。聞先生忽有拂衣之興，多士攀轅上官，維駒先生之去志彌次。榛聞而驚，轉而思，訪其故，不可得。惟與梁紫相對興嗟，傍徨疑慮，而〔一〕不知所出也。

夫今竭西園之入，邀武功之榮，或且屢求而不得，一當終其身，冒不踐之虚階，未有儼然展采。錯事一旦棄去，而博高蹈之名者，顧先生豈〔二〕愛名高者哉？則區區一廣文之官，不足繫先生無疑也。嘗怪今之仕者彌縫夤緣，患失之情靡所不至。雖糾彈擯逐而輾轉鑽營，暮夜乞哀，不欲好爵之去身。若無故而投簪解組，有笑其愚，惜其不自潤而已矣。然而先生怡然甘其笑，且惜亦非於今日而始，信之又何疑也？

先生果掉臂去其桐栢乎？文安乎？文安固無可歸，桐栢亦僅有數椽之廬，而男莫能耕，女莫能織，數十口嗷嗷待哺，而仰給於清風之袖，其又能濟乎？雖然先生果不可留，雖貧餓其何辭？此亦不足爲〔三〕先生慮也。獨是先生之去必有可〔四〕去之義，有可去之義而不去，則爲之友者，尚當援古之知，幾不辱爲勸勉。况肯規規以世俗之情相牽留乎？倘若去焉，爲得而不去，亦未爲失義。介兩可之間，則望先生其熟察而審處之，勿遽也。

榛觀多士，惟恐失師，則先生道行於下矣。上官惟恐失屬，則先生道行於上矣。夫以師儒之席，而能道行於上下如〔五〕此，先生爲不愧於位矣。且計其食禄之久，朝夕可膺民社。以生平有用之學，試設施於百里之間，而逮夫終莫能行也。然後奉身而退，詎爲晚乎哉？

伏惟先生明喻，我以可去之義何在〔六〕？而釋其區區疑慮之衷。倘其猶介兩可，而得摻執以永朝夕也，則幸甚矣！

相勸勉，文字最患直致，雖中懷懇摯而聽者不入。此書層層剥换，如笋抽蕉脱，可謂善於慰留矣。然非奕文先生又誰堪語此。石廊。

【校記】

〔一〕原文右側夾注：伏一篇之案。

〔二〕原文右側夾注：一句斡轉，文勢不可測。

〔三〕原文右側夾注：三層，完上疑慮。

〔四〕原文右側夾注：主意。

〔五〕原文右側夾注：見無可去之義。

〔六〕原文右側夾注：總申前後意，收。

復簣山書

承委侯誌李文，區區微勞，豈敢相却。顧熟思乞高已事，恐於足下有害也。何則？或之乞高非以高之賢，又知其爲富有乎？有之而不應，何以爲義？有之而故假於人，又何以爲名高？縱不掠隣之美，然或乞高不乞隣也。隣即慨焉，非或志也。況乞高者，又必以天下無如高之美隣，雖有豈足厭或之求哉？高之隣惜〔一〕不知道，遂一舉而傷已之惠，成高之吝貽。或以非分之取，不惟喪已，且以病人不直，實甚於高，而顧得略其責備者，無賢者名耳。

僕幸爲足下隣，竊嘗聞緒論於左右，不敢如高隣之貿貿也。則有過舉固在，略其責備之例不足爲一已惜。然獨不〔二〕爲賢者地乎？以是不敢拜承台命，欲各成其直也。

無一字不轉，無一轉不靈，短章中絶調也。石廊。

【校記】

〔一〕原文右側夾注：層層洗發，皆非思議所及。

〔二〕原文右側夾注：好回互。

再復簣山書

來示以製錦行娛喻，竊以爲失辭矣。夫人有美錦，擇人而授之，至慎矣。不爲之製，不受焉，可也。受之而轉付於拙工，所謂子有美錦，不使人學製焉者，而乃欲僕學製之乎。不必論授錦者之非，其志而固已，傷足下之〔一〕忠而形鄙人之妄矣。且女無妍惡，禮具而行，即使南威、西子，見者無不悦其姣。而鳴鴈不及，御輪不至，輒冒他人以副絲緡之釣。將非所謂不有躬者，勿用取乎？而矧復〔二〕燕婉之求，得此戚施哉？所委雖小害，義頗大。由前之説，僕之拙不可爲。由後之説，僕之巧，亦不可爲。伏惟足下，自御刀尺自上舟梁，勿枉已之直而全區區守身之義，幸甚！

義道元無小大，寸寸而積之，便是尋丈，我輩正須於此處檢點。○細憶疇昔，每於此等處，則曰：且放過，讀此兩復簣山書，忽覺不寒而慄。石廊

【校記】

〔一〕原文右側夾注：斬鐵畫沙。

〔二〕原文右側夾注：善戲謔兮。

答陳其年書

使來，知歸途安穩，甚慰。承示抵家之況，迫於試檄，而謂投鉛擲槧。既病，未能逐隊隨行，又添顔甲。吁！可悲矣。

雖然此種景況，實我輩分内事，足下其有所憤惋而未平耶！夫身之所遇，無逆與順，莫非日用之〔一〕正，不可得而辭者。不可得而辭，則喜與悲皆多一意也。是故外之能澹，斯内之能寧；人之見不存，斯天之趣益出。平怨釋尤，無往而非泰然矣。不然，人皆欲通，誰其可窮？人皆惡困，誰其無悶？張子曰：貧賤憂戚，庸玉汝於成也。以玉成之，愛而銜其不平，無乃孤負彼蒼哉。

吾故願與足下順受之也，足下以爲然否？拙詞一卷，附質蒙諾賜序。予日望之矣。
見道名言，使聞者悚惕。山蔚吾師也，亦絶有程度之文。恭士。
戴石屏云：『入妙文章本平淡。』觀此寥寥平淡之語，那令人思索得盡。牧仲。

【校記】

〔一〕原文右側夾注：好言語，人人當佩。

卷六　書

辭作壽文書

壽文昨辱面命，又申之以手教，而逡巡不敢承者，非憚濡毫之勞也。蓋言乎心之所然則謂有物，言乎心之所不然則謂無稽，又況夢夢焉，言他人之所不欲然者乎？

夫壽人則必諛人，諛之不極，其人猶不樂。人樂也，而我則喪矣。劉元城從司馬君實問學，曰：誠請其方。曰：自不妄語始然。則害心固莫妄語若也，由先生命，其人必賢可壽無疑，然而非吾心之所知也。言之則不信，於已所代言者，又不知與其人情事何如？而姑言之，又不信於人，覡人憑鬼物而語，作〔一〕僞愈工，可恥愈甚。又敢出其不工之技，以自蹈夫所深恥也哉？伏惟收其成命，諒其狂衷，幸甚。

作應付文字，真是害心之大者。况又代他人而作，果不異巫覡冒鬼物而語矣。讀拙傭子之友傳與此書，愛山蔚者不可諒之乎！陸節庵。

【校記】

〔一〕原文右側夾注：痛快。

辭張晴峰先生書

榛前兩辭，不蒙俞允縶維之情，慇懇無已其後，託張子受復，申鄙志而得諾，以臘盡之期，重違長者命，不敢更瀆，故又默默勉留至今。然終懷歸心切，不得不再理前説，以塵左右之聽。

榛聞君子之愛人也以德，而人子之懼親也以年。榛以七十有五之母在堂，而遠遊數千里外，冒洶濤峻嶺之險，於禮所謂『不登高，不臨深』者，何如哉？寢門之儀不踰，鷄鳴而榛曠定省者，將九閱月，孺慕之情，人誰無之？是故不憚再三之瀆，仰求閣下之鑒原也。閣下得無曰：與其掉頭而不住，何如裹足而不來乎？然其間有故焉。榛前歲，始舉第二男，欲以後於先世父，續小宗之統，不意客冬除日而殤。而春正三日，宋比部介閣下之寵召，至是時也，舉家悲悼，啼聲徹晝夜。榛幾幾有卜子喪明之慮，故老母力主應命，爲定痛計也。迨痛定〔一〕而悟，遠遊之非禮矣，於茲言還已不可，爲無悔之復，况敢流連忘反乎？

且榛入越以來，思多脾傷，雖有嘉殽式食，無幾憔悴已見於形貌。倘其致一日之疾，以詒母憂，則不孝之罪愈甚。每於夜不成寐時，念老母於今既失含飴之樂，又增以予季行役之嗟。其[二]或一寢不能安，一食不能飽，衰暮之年，何堪當此？輾轉欷歔，未嘗不淚沾衾裯也。茲來槜李顧眄，皆來時路，歸心益如離弦之鏃，斷不能復泛萍梗於異區矣。

伏惟閣下諒投林之野性，憐反哺之癡情，放歸故園，慰倚閭之望，而遂舞綵之私。則閣下以德之愛，更深於推解矣。謹披腹心，不勝悚仄。

予與山蔚先生，風雨聯牀者八月於茲，而見其憂思之積，嘗輾轉竟夜不寐。南望白雲，志切綵舞，今直飄然而歸矣。予亦有母，一水盈盈，羈縻而不能去，讀此有餘愧焉。西陵弟毛遠公識。

絮絮叨叨，纏纏綿綿，無非至性流出，惻然動人。簣山。

【校記】

〔二〕原文右側夾注：情真筆健。

〔三〕原文右側夾注：肫然仁考之旨。

與潘雙南留別書

僕行矣。今之風雨、晨昏、寒暑、明晦，當無望有再得之數矣。不寧風雨、晨昏、寒暑、明晦之無能再也，即一旦之值，一字之通，亦或未可期。人生當此，忍嘿嘿焉揮手而別乎？故僕敢先進一言，以啓足下藥石之賜，惟足下含容之。

僕與足下處八閱月，竊窺足下言論志氣，倜然不可覊靮，可以羞天下齷齪拘攣之習。顧君子須秉志純而始不〔一〕二於其趨，察理明而後不摇於其守，康莊直往，岐路無迷，斯以次疑，定難應變，審幾而無所游移顧慮於其際。自古乞靈於鬼神，要福於二氏，誰其有毫髪益者？盖非其〔二〕鬼則與吾精神邈不相屬，近則爲諂，遠實爲敬，修吉悖凶之理吾自主之。而日僕僕然檠拳蒲伏，求之於不可知之中，謂〔三〕其或憐而徇我，吾不信也。且齋也者，所以齊思慮之憧擾也。而葷穢不可以嚴，對越故〔四〕變食焉，然則齋寧蔬食之謂乎千頭百緒於心，而黄〔五〕白飯於口，曰：吾齋也，異乎吾所聞矣。

足下四十年懷才不試，甘老西山。可謂天下之智大勇沈者，而顧獨鬼神禍福之見未化，豈明於顯，而闇於微，强於人而怯於神乎？夫惟知有不爲也，而後能有爲，知不可有所〔六〕爲而爲也，而後能無所爲而爲。不矜細行，且累大德，而况此邪正之所由以判其轍，義利之所由以別其趣哉！

僕同事幕中，久未敢一啓口於諸君子之前。商及平生所學，知諸君子之不信。僕亦猶僕之不信諸君子也，而終不能三緘於足下。足下亦信及否，若僕者更叢過之身也，伏望切賜誨言，歸而佩之不宣。

義正詞嚴，期於雙南者厚矣。他人不能道，亦不敢道。石廊。

【校記】

〔一〕原文右側夾注：便是誠意致知之學。

〔二〕原文右側夾注：古今不知多少英傑不聞此義。

〔三〕原文右側夾注：總是自己私心，將鬼神亦不以公理相待。

〔四〕原文右側夾注：變食，齋之餘事耳。

〔五〕原文右側夾注：痛快。

〔六〕原文右側夾注：□是□義之學。

與徐生書

昨令兄來言，有里甲之累，想脱然耶！而至謀及從事於公庭，以爲苟免之計。吁！可悲已。夫以我〔一〕庵先生之子，而從事於公庭，不知夢寐之中，何以侍先生之色笑，而没世之辱名，又何以解免於子孫？此豈待商及成敗利鈍，而知其不可乎？況以令兄之疎拙，既不可一日參於在官之班，而空冒辱名，卒無毫髮之濟者。僕昨年又親目其人，親耳其事，頃雖爲令兄切直陳之，唯唯慚謝而去，但恐轉面又惑於人。言此心懸懸〔二〕，爲賢昆季危之。

竊意足下當此境遇，必兄抱弟持，相向痛哭，悔半生之玩愒，羞家門之衰替，而至爲里中所賤輕如此。從此嘗膽眠薪，懸髮刺股，宵晝孜孜，奮迅而讀父書，求以自立於世。尊顯啓佑，胥藉里老之一激，所謂動忍增益，正此際也。乃足下且呼侣招朋，賞雪命酒而宴。然高會若有餘樂者，豈憤懣抑鬱不可奈何，而爲是無聊之消遣乎？抑曠懷達觀，齊榮辱於一致，而不屑爲之，幽憂愁思耶？或者謂殘臘無多，春光可俟。日寬一日，仍復宿昔之悠，忽而力頹氣靡，終不克毅，然自振也。僕蒙足下追昔念舊，推爲父執，而古道交情，僅寄幾希於我輩。僕若復隱默而不言，則取友不端，且上貽辱於先生，不但負賢昆季之好我也。

又足下儼然爲人師，而閒散優游，曠時廢日，恐亦有咏《伐檀》而譏素餐者，成己成物不可兩煩，敬念哉。

昨聞〔三〕靖懃先生之子，流落放棄，至於身笞縣庭，悒悒憫痛者，數日嗟乎。人苟〔四〕不自豎立，祖父之澤，遂自我而斬。而區區七尺之遺體，且不能自保於一旦，祗遹之君子惕乎？不敢懷刑之君子，亦惕乎不敢也。剥牀以膚，易有明戒。不知足下何恃而無恐？激烈戇直，愧非善道，伏惟采納，並恕狂愚。幸甚！

一字一淚，一筆一血，所謂披肝瀝膽之言。那是數白對青之比，不止宇石昆弟當置座右，丕忱王略亦宜鏤心刻骨，永佩此不朽名言。簣山。

【校記】

〔一〕原文右側夾注：四字便冷水直澆，熱淚欲湧。

〔二〕原文右側夾注：方是我輩交情。

〔三〕原文右側夾注：又得此陪愈淋漓。

〔四〕原文右側夾注：凡爲人子，皆當悚然。

再與徐生書

僕狂言，無似宜見嗔訶，而乃虛懷樂受，悔艾交殷，此蓋不可於今人求之。斯其〔一〕爲我庵先生式穀之似也。夫雖然法語之從尚非止境，譬如撼沈眠而呼之〔二〕，不患其不寤也。患其撼止呼停，而昏寐如故，此前儒所以貴惺惺也。

伏讀來書有曰：自罹大故以來，世事灰冷，功名之念亦隨之流水。惟是日夜籌思先人一綫之脉，不能接續此身，無所底止。嗟乎！足下能及於此，度越凡流多多矣，此真我〔三〕庵先生式穀之似也。夫雖然其言則少過矣，請再爲足下陳之。

夫所謂一綫之脉，何脉也？豈其於處世、應事、建功、揚名而相妨相悖，必屏絶身世之務，逃棄軒冕之榮，而後庶幾也乎？若然則山澤之臞，非先生之道也。足下筆之偶及，或不發於誠然之衷，不然先生之咳唾〔四〕猶温，而乃遂誤家學如此哉！竊謂世事、功名，即所謂一綫之脉之所寄也。日用酬酢切已者，何辭自一命以及宰天下，又孰非本分，棄此别求，則即蹉入岐路，不可不知也。大抵我輩爲學之患忘者，十九正助，十一去此入彼，厥病惟均。嘗見有醉仆山蹊者，或告以豺虎之來，則驚懼發狂，陵空而逞捷步。究之尺寸，未陟顛隮，仍卧於前路。此足見正助無益，勢亦仍歸於忘也。故竊願足下不必希心高遠，但當孜孜下學，即尋常讀書作文之程課，而〔五〕簡静篤實，有進無輟，不切已之世事，不隨人以營逐。其倘來之功名，惟聽天爲窮達，如此循序漸往，自可以似續古人。而無愧無益之籌思，蓋不如俛首而學也。足下如不謂然，試向簣山質之。不宣。

慷慨淋漓，足見友誼之篤，苟能佩此勝讀語録數册。簣山嘗見我庵先生戒先生學詞書，懇懇惻惻，非後世友朋所能言。兹先生之戒宇石，尤不啻嚴父師之於子弟，可謂不負我庵先生矣。古道近在，吾黨竊亦有得聞其過之幸。後學宋至拜識。

【校記】

〔一〕原文右側夾注：句有抑揚。

〔二〕原文右側夾注：警切，痛快。

〔三〕原文右側夾注：又一頓。

〔四〕原文右側夾注：字挾風霜。

〔五〕原文右側夾注：沈痛明切，何殊考亭諸書。

答簣山書

承示可謂平心無弊之論。學者定要破除循途守轍之拘攣，然後獨得之趣出。然一意破除，則無忌憚者，將何所不至乎？雖然兩途之間，又不能執一而爲中，必有把握者在也。夫平直方員固天理之自然，而人心所共具，然欲聖人之繩尺規矩，人人自創則大亂，而不可長。學者但善運乎繩準規矩之在我〔一〕，即無非平直方員之在天。苟繩準規矩之在我，不襲而不叛，則平直方員之在天，亦愈求而愈出。何則心如泉引而不窮，繩準規矩如溪澗，隨所至皆成曲折。然獨不許無本者，强鑿沼池也，彼論米畫者曰：貴在氣潤。夫氣潤，非天機之流乎？顧天機何流，而〔二〕所以流乎？天機者何在？此不得人人藉口，曰：吾自流，其天機也。此其把握，尚須足下之教我也。

附來書曰：前朝聞述，賞鑑家論米畫，妙絶而不入宗，不入宗却妙絶。此語甚微，真不空賞鑑之名矣。想南宮作畫時，便有一妙絶而不入宗之趣，蟠結胸中，一如恨二王無臣法者，使後人以其妙絶而牽率入宗，反非作者意也。不但書畫爲然，在詩文亦有之，寸寸而以成律相格，則我之死也十九矣。若夫剖斗折衡，以求合道，則猖狂恣肆之罪，千鍰不足贖也。足下以爲何如？

復何言，惟有相視而笑耳。請述伊川一語相勉曰：『更好涵養。』簣山。

【校記】

〔一〕原文右側夾注：筆如哀梨并剪。

〔二〕原文右側夾注：會悟超然。

與湯潛庵先生書

前於京邸，教誨飲食，中心藏之矣。迨先生拜閤學之命，嗣而出撫東吴，未敢修片言通殷勤，申彈冠之賀，鳴停雲之思者，蓋守貧賤之分，息躁寧心，知非先生之所惡也。

每從邸報讀先生奏牘，及聞賈客士大夫之來，道先生政化，嘗不禁夾額仰天而興嘆，轉相傳誇於草茅之中。以爲吾道之光大如此，不但生鄉國之色，吐交游之氣也。先生學道有年，積養至厚，經綸康濟之心至切，茍不泣此，得爲之地而設施焉。其誰信往聖〔一〕之空言，無非實效哉？天下之人同聲嘖嘖，方先生於前，總制于公。此如觀水者，但見其湛澈之色耳，豈知其中之所有淵源之所發乎？

榛雖學無成就，不能自見於世。然道無彼〔三〕我，流行爲期，脱使孔子居周公之地，滂然大行而無阻，則子騫季次之徒，窮老白屋，亦復何恨？故榛之祝願於先生者至奢，而先生之慰榛者當益無盡也。

敝邑自恭士介山云亡，益復落落無人。榛所與筆陣相周旋者，獨一石廊耳。去年延簣山東來，始幸如兩臂之全。而先生今乃以禮幣羅石廊去，石廊幸矣。榛何如哉？榛有終天之憾，不知所處，拙記哀呈，伏惟於政暇時垂賜省覽，憐而教之，依依不宣。

淡而旨在，如味者自咀之。簣山。

【校記】

〔二〕原文右側夾注：非先生不足當此。

〔三〕原文右側夾注：却是至論。

復陸林屋書

前過尊署晤言，雖僅一夕而拜教已多。歸途有疊子岩韻報謝之句，未及郵致，乃辱鴻章寵頒，殷殷憶別，吟諷反復，佩桃花千尺之情矣。來書言，既在白雲中，未免隨風舒卷。白雲，蘭陽山名。竊謂〔一〕能舒能卷，因時付物，便無遇不可安，無心不可平，無入不可自得。一切尤怨之積，何患不霧霽冰融。夫不躁不擾，無陵無競，静以閲浮雲之變態，胸次是多少灑落，寸心之清寧，當與天地同大也。且人生拂意之遭，何處無有？君子於此，惟有自反一著，三反無慝。然後見真實學問之益，泰然卷舒，不毫髮凝滯，分人之過也。如何？如何？嘗聞先生屬叔岱書『和平』二字，懸以觀省。叔岱忻然拂素揮毫，而先生出户應人，媿怒輒作，叔岱兩手持所書，墨瀋〔二〕淋漓，拱就先生前曰：『和平！和平！』先生改容笑謝。僕之呶呶，亦叔岱毫端餘瀝耳。知先生必能一笑含容也，拙和二章，並前疊韻詩，寄正西風，甚便時惠好音，是所望也。榛再拜。

良箴堪佩。插叔岱一段更具波瀾。簣山。

【校記】

〔一〕原文右側夾注：隨勢便落。

〔二〕原文右側夾注：生動。

與俠五兄書

小兒來傳高誼，言欲倡諸同人助刻拙集，且感且愧，然不敢仰承台命也。夫僕退藏不堅，妄欲自見於世已。嘗掃困傾橐，典衣假債，而災版以自喜矣。今辱足下一倡，好我者揎袖齊起，争欲襄我不繼之力。固宜欣拜嘉惠，了我未畢之願，而乃却焉弗當，得無疑其矯乎？非然也，此蓋有不可者五，試爲足下陳之。

僕於詩古文辭，未有師承，不能探古作者之閫奥興會所至。聊發狂言，上不足以衛道術，下不足以要信從。以無益之筆墨，而糜人有用之金錢，其不可一也。

量一已之力，而從容問世，已非默成之養，然猶謂正有道之便而自勤也。累及里黨，其何以名？此不可二也。

僕昨爲篔山刻《逸德軒集》，固資群力，然事實不同，未可引例。何也？篔山貧無一夫之業，必不能自爲之。僕雖先澤凋零，所存遺田，猶可比古次國之大夫。今年不能，未始不可須於後，田租無餘，未始不可割其産。若惜之於已，而丐之於人，是崇貪而喪恥也。其不可三也。

僕爲篔山將伯，呼助人已，有竊竊然私議者曰：『借人以自媚也。』曰：『好名而喜事也。』甚且曰：『將私其梨棗以自有也。』果尤而效之，則通國之人必粲然一哂曰：『曩固疑之不盡也，若特示成例以蘄自助爾。』不言之夤緣，甚於穿窬，其不可四也。

大凡事之汲汲者，緩則慮弗及焉，而惟文字之出，則不厭其緩。僕雖不能與日俱進，更積歲月，未必不有前言之悔，亦未必不更有新得之益。有何迫急而大聲疾呼，若無來日者，此不可五也。

伏惟體區區之愚衷，收其成命。同人有言及者，即以此五不可謝之。以德之愛，不翅百朋。銜荷之私，銘心鏤骨矣。晤時再鳴謝悃，不宣。

據事直說，剴切，無雕飾痕。予愧鄉者，不能堅謝衆愛矣。簣山。

與陸節庵書

序先生《轘轅吟》，蓋已二十八年事，不復記憶爲何語？頃復覩之，依稀一夢，嘯史之宰木已拱矣。僕於四人中稱最少，今亦復雪刺滿頭，猶然故我，可慨也。諸篇獨粱紫差勝，已不欲存，況僕了不成章，敢辱剞劂乎？

嘗見古名家文字，往往雜以疵章累句，心竊疑之，蓋未必非幼少吐棄之作。愛其人者，收之而適以爲累也。吳門汪鈍翁先生，自訂其集，戒人不得增入一言，深爲有識。故拙詩斷自丁酉，拙文斷自壬寅，前此久化煙燼矣。不謂先生之簏，猶存此迹也。嘗有木工爲予治案，跛一足，如支危壁，予恐羞之，弗言也。越三年，謁吾門而請，曰：小人之技進矣。曩案猶存乎？出則慚笑而亟毁之。僕於今雖無進技，猶知慚笑時也，故敢輒擅毁之，非名之保，實〔一〕心之違。知先生之相愛，必不願以相累也。雖然近益多言他日之視，今又未必不復如今日之悔。昔其又何以教我？榛惶恐再拜。

學無止境，如是而文亦淡逸。張子曰。

【校記】

〔一〕原文右側夾注：此正有辯。

留簣山書

道路之口，言足下去志復萌，其果然耶？其誕耶？足下盡室懷鄉，羈留異國，固良苦矣。以區區蒙童，溷辱臯比，如石承水激焉，而不可入，固良難矣。明知足下之苦，且難而投轄摻袪，必不聽其脂轂而西，固良不情矣。且聞貴州弘開舘宇，高設講座，濟濟待教者，盡一時英尤之士。於以傳千聖之心，得成群才之雨，化君子之樂，固無以尚，而又有展覲丘墳，兒女姻婭往來之便，設身處地以思〔一〕，固宜去此而就彼也。頃顧〔二〕已辱足下，垂涕泣而許留，豈非感於諸同人，提五尺孤兒，泥首蒲伏，羅拜庭除，有不禁發其惻怛不忍之心者乎？敝邑之人，交口稱美，謂然後知聖賢之公理。君子之去就果異於世俗之情，徒牽已私也。

茲復紛紛流言，謂足下追於當路之命。有不能終堅前盟者，雖已三人成虎。僕獨塞耳未信，何也？以足下體道之篤，守義之定，愛名節之深，確乎如丘山之不可撼。三十年肺腑深知，不於一日也。且古之人，不有召之而不來，就之而不見者乎？下不聞責其亢，上益以重其操。蓋愛其人者，必不肯奪其志，而有其德者，必不肯移其守。故王公大人與賢人君子交以成其名，足下寧有他慮哉？

鄉者苦難，不情於足下，而固留之，愛侯氏之孤兒，不暇爲足下謀也。今則愛足下，純粹無間之德，侯氏之孤兒，反在所輕。詩不云乎，『我心匪石，不可轉也』。足下體道之篤，守義之定，愛名節之深，豈其有或轉之心。榛之無稽妄言，適自形其淺鄙耳，依依悚企不宣。

剴摯而運，以婉約之筆，如雪舞迴風，花飄曲澗。陸節庵。

【校記】

〔一〕原文右側夾注：極縱送之致。

〔二〕原文右側夾注：急轉。

與宋牧仲中丞書

日之暄，雨之潤，百物莫不仰承。而天非有所私厚者，天有時若私厚於其間，衆顛頷而獨華滋焉。則得之者，何無意而得也；不得者，何無意而不得也。然而有〔一〕意以得，而憂其不得，而營其得則不必得矣。無意而得，而若不知不得，之可憂而得，之可營則必得矣。蓋天惟知其足，以承吾暄。承吾潤者，而華之，而滋之，而物之，不足以承其暄。承其潤則雖顛頷而不顧，此其爲天之至公。物知天之至公，不可以有意而得，而但自植立，無所容其憂，無所容其營。而無意而得者，益不負其所以華滋之厚，而答天之眷於無窮，斯之謂：善承天。

先生臬齊半載而藩吴，藩吴不四月，而又有中丞之拜，是固皆先生無意而得，非有所憂於不得者也。世之憂於不得而營其得者，卒不可得。而先生得之且有加無已，而得之此何故哉？蓋天子知人之哲，官人之能，而先生之才望德操，適足當之善承天者。天不得不益以厚，而圖其所以不負天之厚，而答天之眷者，先生自每進而愈篤，豈待草野書生一言以相助乎？

榛之顛頷於不得，固無足以承天之厚，然亦未嘗有所憂於不得也。無意而不得於天者，則不知所營。其有意而可得於已者，抑又愧植立之未至焉。先生其何以教我？

續刻拙集，附質空言，鴨質伏惟，鑒照不宣。

瀠洄曲折，説得天意出，亦足使聞者悚然。其爲規也，微而臧矣。簣山。

【校記】

〔一〕原文右側夾注：至理，筆尤纏綿。

寄田簣山書

歲前得小兒報知，足下徑去不返矣。從此夾輔無人，甚懼自立之難也。奈何！奈何！

弟客江署，如在深山，閲文字外，了無一事。静中深悔從前工夫粗疏，已過時而猶碌碌如此。因讀《居業録》，勉試操心之法。然一日之間〔一〕方整，輒紛如絢，朽索不能徑尺不斷，始信日〔二〕月之至，非淺詣也。

《潛庵先生集》，純實朴茂，讀之如復對其正容危論。時感時念舊，往往雪泣，足下論定處，一毫不假借，尤見誠信。獨其中答耿亦羹書，言學者當先明心體，心體既明，只用唤醒法。而足下批曰：『所謂心體，即是五常，因發而驗其離合，即唤醒法矣。』竊疑其有闕誤也。夫心體渾然具衆理，五常是心體中所具有之德，猶之二氣爲太極所涵，不可謂氣爲太極。萬物爲我所備，不可謂萬物爲我私揣。刊寫人或有脱誤之字，不知然否？至曰『因發而驗其離合』，亦落一邉。夫未發時收攝，無適才，有昏馳，即惕然振起而接續之非，尤爲喚醒之密功乎？省躬内驗，固是克復擴充之實。際然動静無端，存省迭致，便至聖人，恐亦只是精熟。自然於此，未可竟删一段涵養工夫也。

弟所悔從前粗疎者，蓋僅知邪妄起時，力爲剗斷而未發，則往往昏去。其倚著將迎，與夫紛紜朋從之擾，又輒寬之曰：未可迫而持也。因循縱容，私根固結，故常爲本體之蔽。力弱而志不堅，恨之亦既晚矣。正欲與足下印證下手之方，忽見尊批，更輾轉而不知所據。足下精於體道，熟於養心，定有不易之旨。弟所不能見及者，若不審問求益，則欺已并欺足下矣。

伏望洞悉指示，豁我蔽錮，雖各一天，猶之一堂。《潛庵集》中字畫疑誤者，附呈别紙，望致元博正之，春盡夏初，方能北還，縷縷懷思，不遑盡及。

箇中親切精微語，足見近功之密。簣山。

【校記】

〔二〕原文右側夾注：過來語自别。

〔三〕原文右側夾注：此解不易到。

與汪鈍翁先生書

榛，宋之鄙人也。道無師傳，學無心得，彷彿窺古人之門庭而倀倀以往。既不免蹉跌自懼，而又不能凜躁人之戒動。如秋蟲春鳥啾啁於荒籬野樹之間，不自知其聲之何似也。然每讀古今有道之文，輒性命以之。

先生自訂，前後彙稿，曩嘗得一再快誦，而執鞭之心久矣。飛越於堯峰之下，但相距千五百里之遠，無力具遊裝，不能受學於門。少拓發其固陋之胸襟，而竊一言之益恨矣。頃爲宋中丞牧仲先生招來豫章，每論文，榛必以堯峰先生爲歸，中丞曰：子識堯峰先生乎？先生爲當代文章宗主，而汲引後進如不及子，盍質以文，吾請爲書介之。榛曰：幸甚。雖然，獨無疑於世之趨名高者乎？中丞曰：天下事，同行者不必同情，其分途惟可自問，畏影而不就日，非人情也。彼病暍者，遠於泉，欲飲而弗能，託瓶罌於其友，可以濟也，而又不果，則將何以自起乎？榛瞿然奉拙集於牧仲先生，曰：榛之瓶罌久虛矣。幸代我滿挹之，而救吾暍。伏惟先生推愛，鑒誠賜以明誨，銜佩之私，曷有窮已。

清健。賁山。

寄謝簣山書

閏三月二十日接手教，知道存書院。問業者，佳士濟濟，遥想其傳道得人之樂，恨弟不得身厠其側也。公子字自宜更之，俟歸里詳請其義，方敢再獻鄙言。承誨殷殷，慮弟有一國非之而不顧之意，恐自信過甚。浮言一槩不察，久之成一麻木症候，將於道，終難合一，是誠弟之痼疾，非足下神砭不能及此也。

弟生平見人，左瞻右顧，畏首畏尾。黠者以退爲進，怯者則游移惶惑，一事不能爲，心竊鑒之，謂苟得義理之正，行之而無愧吾心，何恤乎流俗之口？世之以道義論事者，千不得一，大率在情私得失利害上計較耳，因浮言爲趨避而轉移之，恐或流爲無非無刺之術。且弟天資本柔靡矯强，學剛毅之操，故遇一事裁爲可行，則徑情直遂。行之實有不顧一國非之之心，然亦往往體察不真，鹵莽而致誤，悔之英可追焉？

曩嘗聞足下即迹、即心之説，竊疑拘拘外防，鄰於彌縫而非其真。今始悟檢身不密，即制心之疎人言，縱不中吾，隱而取之以自考自惕，大有助也。置之不聽不聞，則久必陷於無忌憚之域，而不自知矣。捧讀明教，如覺沈寐，惶汗淫淫，浹身冒瞀，將及塹阱而一聲叱止，則生死之感也。伏望膏之下，肓之上，爲我盡驅病。豎苦口回生之劑，非足下其誰望之？北望九頓，鳴謝天氣漸炎，伏惟爲道，自愛不宣。

簣山之忠告，山蔚之虚衷，皆當於古人求之，文亦落落朴茂。袁士旦。

卷七　記

定齋記

徐子次微自名其齋曰『定』，屬予記之。問〔一〕其旨，笑而不答。豈『定』之義，精且大，次微未能驟幾，而不欲空言以自夸歟？抑或雖美其名，猶憚而不敢居歟？否則習俗奪人志氣，未堅遂避焉，而恐爲世所訾議歟？若然，次微之齋〔二〕不必姑爲其名可也。

朱子曰：『君子之學，亦以求定而已矣。』夫吾終日之間往來憧憧，幾不知有統官骸而爲之宰者，即其思慮未起，而懵然昏冥罔覺，則又豈堪爲肆應之本哉？是故聖人之道，必反之於中，正仁義而求定焉，非浮屠氏百〔三〕念俱寂之謂矣。

次微聰明强力蓋一時，年十二即以能文入諸生籍，識者有一日千里之目而。顧與予生同年，今且皆三十有六矣，悠悠歲月，卒不能〔四〕奉有定之主，宰而從事於大道之歸也，何居乎？然次微遠居百里外，或者中正〔五〕仁義之方，求之已熟，非予之愚所能知之也。則次微之齋，予望而愧焉已。

或曰：次微詼謔好言，論取程子所謂心定者，其言安以舒不定者，其辭輕以疾而戒之也。如其然，則自今以往〔六〕，請即以次微之言，徵次微之定焉，可乎？

曩見此記，洋洋六七百言，枝榮葉茂矣。一經剪裁，如老柏參天，別生蒼翠。山蔚之學，與山蔚之文一，皆斂華而就實歟。王豸巖一起一伏，如行巖岫間，不覺身爲上下，任於勢也。此固文之最得勢者。簣山。

【校記】

〔一〕原文右側夾注：從此生出下文。

〔二〕原文右側夾注：一按。

〔三〕原文右側夾注：正有同名異實之冷言辨。

〔四〕原文右側夾注：又一按。

〔五〕原文右側夾注：一縱。

〔六〕原文右側夾注：又一拍。

寓宅壁記

戊申夏，劉子有憂色。客怪之曰：君子知命樂天，戚戚焉，奚爲也？豈猶存乎，貧之見耶？

劉子曰：貧何病哉？雖然古之貧者，至顏子而極矣，至原子而又極矣，然猶有所謂陋巷窮閻者，之足以容其軀也。予質宅而遭逐三市，無枝慮夥夥者，未有所託處耳。

客曰：無乃求安耶？安則何厭？且安難得而憂滋大。劉子曰：嗟乎！予追求安乎哉？千〔一〕金之子遊於市，大者攫而小者羅，左摭右拾，莫不如吾意之所期者，其操厚也。貧兒握一金，徬徨四顧，終其市不能以有獲，非無可獲也，此濟則彼闕，持之者約，而兼之者難也。予於今正徬徨四顧之頃也。

客曰：嘻！有是哉。以子所持，擇其尤急者而謀之，此良醫治標之説也。抑聞之孔子曰：君子有終身之樂，無一日之憂。蓋言身之外者，不足憂也。孟子曰：有終身之憂，無一朝之患。蓋言身之内者，又大可憂也。子無以其外焉者，分其憂之大而已。區區遷逐，何足云？

劉子曰：善哉！吾之志也。吾請歌，子爲我和歌，曰：莫〔二〕高匪天，吾將問其所以然。莫靈匪人，吾將自儗於誰之倫。豈激憤振勵而俾予有所爲兮？胡坎坷困苦抑鬱而莫伸？昔孔子之厄，曰：丘之幸也。二三子之從丘皆幸也。由此觀之，予復奚怨乎《蹇》《屯》，信生人之盡寓於兩間，而不知見逐之先後兮，又何逐於寓之寓者，而自傷其獨貧。客起而賡之曰：天步艱難，之〔三〕子不猶。耿耿不寐，如有隱憂。我思古人，俾無訧兮。不知我者，謂我何求矣。歌闋相視，慷慨欷歔。客曰：今日之談，不可忘也。劉子於是書於寓宅之壁焉。

落落寫來，慨當以慷，可想見其胸次。邇黄。

【校記】

〔一〕原文右側夾注：絶妙國策文字。

〔二〕原文右側夾注：歌參差錯落，在有意無意之間，所以獨絶。

〔三〕原文右側夾注：策古而化。

捕雀記

康熙九年冬，客郭村侯氏之墅，斷中堂三楹，額曰：寧志。中祀先人之主，左陳書史羅几榻，右則貯菽粟三四囷，爲終歲儲。予實託處其中而息游焉。

俄有雀百餘，騰繞而下。初則疑予而驚焉，繼則伺余而啄焉，久之益習予而忘焉。予玩而樂之，以爲海鷗之誠可狎也。顧夜，多棲於梁甍之閒，有遺矢於座者，心竊厭之。未幾留客，則污及盤盂，益惡之而未發也。無何緗帙牙籤，悉遭穢濁。亟命兒以長竿驅之，然去而輒返，散而復聚。明旦，俎豆之側不告潔矣。予因悚然，自責曰：是予之過也。夫羅羶而驅蟻，其能免乎？命臧獲盡，覆其所謂菽與粟者，塞檐間之罅封，牖上之隙，閉門掃迹，謂可以彼我兩安矣。顧穿屋無角，百方乘間而復入，又熟察予慈祥無他，益坦然若遊無人之境焉。予怒其貪而且玩也，曰：好生之仁不赦怙，終而謂予姑息已乎？於是支方尺之木，而爲穽寘盈合之粟，以爲餌。命童子潛掌其機，伺之，一日而殺十四雀，漸有避而去者。越翼日，又戮其八餘。乃皇皇焉，若疑若懼，不敢如鄉者之安以肆矣。

客有見而怪之者，曰：忍哉！何量之不能容一雀也？予曰：嗟兮！子未覩夫小人之涸〔一〕人家園者乎？逞貪而肆暴，見利而忘害，東攫西羅，公行無忌，詎不知按以國憲，有不止於自殞其軀者，而徒謂三尺之下漏網實多，得非大不能法，而遂小不爲廉歟？脱使罪無私庇，法無幸逃，人雖至愚，亦當有瞻顧而忌憚也者，庸詎知忍人之不愈於容奸哉？雖然予亦〔二〕非於此屬，而盡欲甘心也。齊威王烹阿大夫而國以大治，殺一而儆百，要使天下凛凛焉。知法有必行，刑戮之慘，亦以濟寬仁之窮者，而謂予於雀不可以姑試之歟？客聞余言，三嘆而去，因記之。

小文字寓大意思，足徵山蔚異日鋤奸之略。篔山

一肚皮憤懣之氣，借雀洩之，句有餘鍊，調有餘姿。宋介山。

【校記】

〔一〕原文右側夾注：露出正意。陸子云：『於四凶見舜之仁，可担獲。』

〔三〕原文右側夾注：此轉更好。

敬時堂記

幸〔一〕矣哉！當吾世而有知，所謂反古復始之義者，風俗之成有日矣。郡西白雲寺，其僧徽產也。徽之人，廛於宋中者夥矣。有憫其死而不能歸者，醵錢買寺側地以藏之，將非仁人孝子之用心哉？

顧孝子之道有三：養則觀其順也。喪則觀其哀也。祭則觀其敬而時也。三者闕一非孝也。爰是僧又募其鄉人，爲堂三楹於寺陰，俾歲時陳俎豆焉。堂成而禮行，顔之曰：敬時。殆所謂反古復始，不忘其所生者與。夫其肇牽車牛，亦曰：歸而洗腆爾。而不幸死於異國，子若弟又無力以返之，而封且樹焉於此，所以伸其悽愴怵惕之誠者，惟是區區黍稷豆登，薦厥馨香耳。斯時也，裸者，裸獻者，獻洞洞屬屬，僾然見乎其位焉。肅然聞乎，其容聲焉。孝子之心，其亦可以少慰也夫。

是舉也，徽之人，雖特鄉井之私。然而，因此以爲天下反古，復始倡則風俗人心之攸係也。嗚呼！詎不幸哉！

從本處立論，識高而法老。恭士。

【校記】

〔二〕原文右側夾注：突兀

虛直堂記

予多欲人也，近稍知自檢。又賴一二良友，相與提警，欲漸寡。然對鄉之多欲而言則較寡，對古人之無欲而言則正多矣。夫吾心之體本虛也，有物以入之則實；吾心之用本直也，有物以撓之則屈。程子曰：『纔有所向，便是欲。』一日之間，危吾心者顧可數計哉？予顏其堂曰『虛直』，志無欲也。

《易通》曰：『無欲則静虛動直。』夫虛以涵其中，直以蹈其和。雖聖人不加此矣。而於予多欲人也何有？雖然予與聖人同其性也，同其性則同其虛。予與聖人同其情也，同其情則同其直。聖人惟無欲，故虛直迭運而不雜。予惟多欲，故動静危疑而有累。然則虛直，豈本非吾家物哉。譬如失業者，人人有興復之責，而第振弊扶衰，蓄精作氣，不知終能如何耳？然而，吾志存焉已。

夫吾固朝夕於此堂者也。而志隳焉，而欲長焉，而虛者實，直者屈焉。堂則吾師保也，堂則吾夏楚也，堂則吾十手十目鬼瞯神臨也。夫吾固朝夕於此堂者也。

儒先鞭辟，近裏之言警切。堪佩寶。敏修。

秉燭遊佟園記

丁巳，予同宋子昭員外過建康。有稱佟中丞園亭者，子昭趣治具往遊焉。日已暮，客有諫者，不聽。及至，陰霾四塞，但辨人聲而已。從者皆竊笑，張燈列炬，導而入，攀以躋乎山，掖以循乎橋，仰乎樹，花灼灼也。俯乎池，鶴翩翩也。亭半敞而受風，閣静聳以封雲，凡物之情態皆若異觀。而蕭爽之氣沁人肌膚，灑灑乎不復知爲人間世也。拂石榻而憩，從者酌巨觴來獻，歌兒按檀板奏吴歈侑之。

子昭曰：『樂矣哉。古人秉燭夜遊，不知似吾今日否也？』予〔一〕曰：『然。人生無百年之期，而頽然昏夢，自廢於牀榻。即壽必耄耋，亦僅得半耳。况命不于常，豈無少壯强力。一日災害及身，亦遂無幸者。故《山有樞》之詩，古人三致意焉。夫〔二〕逝者不返，老焉將至。即吾明日重來，而人心物候亦當頓異。回念今夜之遊踪，爾我之談讌，固已邈然陳迹，不可復追矣。興言及此，又無悲哉？』

子昭曰：『嗟夫！歲月之不我留也。願乘時以極吾樂焉，可乎？』予曰：『雖然有焚膏繼晷，而歲月之廢更甚於牀榻者，有不必考鐘鼓瑟，而不貽百年之悔者。顧視乎其樂，何如耳？吾子又能尋古人之所以樂乎？』子昭瞿然曰：『吾思之。』感慨而歸于正大，令我無窮豪興，方張而頓斂。宋子昭層轉層上，已入窈巘邃谷矣，而峰迴路轉，别有天地。篔山。

【校記】

〔一〕原文右側夾注：子昭兩議，一予一夺，絶好章法。

〔三〕原文右側夾注：與逸少蘭亭同一寄慨而逸韵過之。

遊采石記

予自毁齒時，即聞李翰林捉月，常鄂公飛奪采石磯事。心豔之而未敢遽信也。及讀《太平志》道：二公事，甚悉。益慨然以不得至其地，觀其蹟爲恨。

丁巳，由建康買舟泝江而上，天已夜，泊山下。陰雲晦塞，四顧無人聲，依稀見漁燈明滅而已。遲明將解，維問其地，曰：『采石磯也。』三十年所向往者，身踐其境，幾乎失之。急起披裘而望，雪徧山，積二寸許。颼颼乎，猶未已也。於是假籜冠芒屩，策笻登岸，命僕夫載醇酒，隨之瑩然，如踏玉屑，行不忍破也。

約里許，翰林祠在焉。其聳然以高者，曰『謫仙樓』。一笠而敞之，曰『捉月亭』。仰而登，俯而弔，喟然太息曰：『翰林於今且千年，婦人小兒皆知名，而祠宇之新如昨日焉。夫翰林，詩〔一〕人酒客之雄耳，而能使天下後世不忘其風烈如此。嗚呼！君子可不自勵哉！』曉寒益甚，爇酒坐翰林前，北向相對〔二〕，且獻且酌，如主賓。曰：『寧適不來，微我有咎也。』微酣，扶杖而西，折而北陟〔三〕最高處，俯瞰大江，壁立數百仞，虛崖之危欲墜焉，蓋天下之至險也。昔明太祖，自和陽乘西北風渡江而來，元以重兵扼磯上。鄂公一夫先登，百萬之衆皆鼠竄瓦解，其後蠻子海牙復踞之，與陳兆先結犄角之勢，謂吴師之歸路可斷，而太平可復也。鄂公又縱火出奇，身先士卒，一鼓大破之。豈險阻之不足恃耶？鄂公其神矣哉。入公廟，灑酒再拜，猶凛凛有生氣焉。

夫天下名山勝蹟，踞以浮屠氏之宫什九，踞以老氏之宫什一，豈獨無人焉？以重其地耶？抑建一日之功，修一日之名者，不足以與之争其俎豆耶，或其地亦有幸不幸耶？是磯也，有翰林於前，復有鄂公於後，幸矣！江山與天地同留，而二公之名與之以俱永，然〔四〕則千秋萬世，又何負於能自建立者也？嗚呼！有志之士可以興矣。

於翰林處便飄逸，於鄂公處便壯慨，合來却是一首，氣格可見，淘洗入妙。恭士山蔚文字不苟作，看其閑閑一遊記，命意何等。子昭。

【校記】

〔一〕原文右側夾注：吊古者，不可無此胸次。
〔二〕原文右側夾注：狂態可敵太白。
〔三〕原文右側夾注：渡入無迹，有兩岸猿聲，輕舟已過之致。
〔四〕原文右側夾注：想其自命。

劉先生義烈記

自古亡國之變，果無人焉？足以禦之耶！抑身不與天〔一〕下之任，雖有其才，亦無如天下何也。

明之季也，推轂於閫外，佩虎符，擁節麾以統。御天下之將帥者，率一二漫不經事之書生，一聞烽警，則股慄不能語。而欲以服武夫悍將之心，驅之用命於疆埸，不亦難乎？故其時，諸大帥率跋扈不聽指揮，而陰縱寇以養驕。及一旦賊犯京廛，啓門納欵亦即其素與廟謨之人，是豈文墨之徒，果不足以禦天下之變乎？顧有志於禦天下之變者，而又不與天下之任，即慷慨無聊，小試其殉國〔二〕之忠，如虞之劉先生墧者，亦徒足以愧天下之膺其任者而已矣。先生青衿耳，憤賊長驅如入無人，於是聯數十百閭里少年，沫血礪兵，期以必死。當是時，詎不知賊勢猖獗，天下瓦解，而數十百人不足燎紅爐之一毛，而顧忠義之憤激，則有不可已焉者。無何賊至，虞先生列陣以待。賊狎而大笑之，先生身先奮擊，有所殺傷。賊怒，厚圍之。先生顧其衆多散去，或伏地乞降，或死，獨困重圍中，力已竭，意恐辱於賊，大呼〔三〕曰：『劉墒於今得死所矣！』乃伏劍自刭。

夫明三百年，養士之澤，豈獨厚於一介青衿。而一介青衿，固不苟愛其生如此。嗟乎！其徒足以愧天下之膺其任者哉！

感激頓挫，神似廬陵五代史。恭士亦似王彦章傳筆法，他文不及也。簣山。

【校記】

〔一〕原文右側夾注：一篇寄慨在此。

〔二〕原文右側夾注：入得无迹。

〔三〕原文右側夾注：有生氣。

微子廟碑祀代胡郡伯

宋，殷墟也。周封微子，以奉殷先王之祀，言能踐修成湯之猷，恪慎克孝，肅恭神人，上帝歆而下民協，故建爲上公作賓而不臣也，詩人於是賦《振鷺賦》。有客在史，亦稱其能仁，賢殷之餘，民甚戴愛之。其諸所謂法施於民，則祀之非歟。

唐天寶時，詔祀歷代忠臣，微子首登祀典。初結宇於城之東曰：象賢祠。宋行新法，盡鬻天下，祠廟而獨得不毀。歷元迄明，凡四徙其地，奠基於此者，嘉靖以來也。宋之祚，雖斬於王偃，而〔一〕微子之血食。實無終窮。

嘗慨人之惑於福報也。相率而奔走於浮屠老氏之廬，孟韓之辯，有所不能闢。故蕭寺之莊嚴，擬於禁闕，而忠臣義士可以興人心而師百世者，或不得一椽之庇。有司過而不問焉，事神化民之職，蓋兩虧矣。

予涖宋來謁是祠，怪其頹陋，不能蔽風雨。不禁俯仰興嘆曰：嗟乎！宋之民，其無反古復始之心乎？雖然，守土者又焉辭其責。因訪其址，有私築而居者，凡爲屋五十楹。又訪其祭田，故有五百四十畝。經河流之浸，没鼎革之變，亂隱占於民間，莫可悉考。今僅得其六之一，於是薄追其逋，而益之以祿，糈新其堂，寢崇其垣墉。所謂有其舉之，莫敢廢焉者也。祭統曰：凡治人之道，莫急於禮。禮有五經，莫重乎祭。予愧有治人之責，無能修復典禮，興起教化，妥百神，康萬姓。惟是幸守仁人之封，致其誠信忠敬，以奉祭祀，或因以倡乎。宋之民反古而復始，未可知也。

嗟乎！讀〔二〕微子之篇，猶足生人靖獻之心，而況居其邦，登其堂，洋洋如在，恍惚與神明交，其不可以興發，其忠孝也乎？後之有司，尚其永體，斯義勿使廢而不舉也，庶幾事神化民之職哉！

步步關鎖，文氣更淵懿渾穆，絶無補苴之勞。子金。

【校記】

〔二〕原文右側夾注：一路蒼古之筆，如老松虬然。

〔三〕原文右側夾注：慨作收，淋漓满志。

終天遺憾記

予生何辜，天降割於我家。七歲喪我父，八歲喪我母，惸惸孤兒在兵刃馬足下輾轉流離，屢瀕於死，安知得自保全，承累世之緒於不墜，以有今日哉？痛定而思，往往心膽猶悸。

顧見人於幼小時事，歷歷能道。説予賦質鈍惛，雖吾父吾母之色貌，不能彷彿於僾然、愾然時也，豈不悲歟？吾父五十二始生榛，惜之甚。七歲就外傅，爲王克義先生，書字誤，先生引手怖之，曰：『當抶。』榛恐而啼，父聞之牽榛手曰：『設先生徑抶之，豈不痛吾心，爲之掩泣。』母笑曰：『師教應如是。君少時，寧未扑哉。』至今，每一念之，淚下不可揮。一日，父據食案坐。榛來，喚而前，雙手摩榛，順久之，梜蒲芽飤於口，曰：『何物乎？』榛曰：『兒頃所讀書有之矣。蒲盧也。』父大喜，呼母氏姊氏徧告之曰：『兒初授書，便能解説，非凡器也。』他時，榛如厠。婢子急呼之，趨至父榻。母撫榛項而哭，榛亦哭，不知所爲。生母其時病且殆，强起蓬頭，負一婢肩上，哭而出。外間傳從兄楨至，母揮婢負之返，蓋即五月十八〔二〕日，吾父屬纊時也，能憶念者僅此耳。

明年三月，母省吾長姊於其壻侯忭家。李自成攻城，礮石如雨，不能歸。城陷，生母抱榛投門前尼庵。一賊來欲略予，而予方在衰絰中，惡其服，曰：『爲覓好衣來著之，從我去。』生母懼，偃櫝覆之，賊旋提錦襖袴至，問曰：『衣小兒。』僉以不知謝，久之方免，發視幾悶死。賊去，生母攜榛至忭家，求母氏不獲，乃獲姊屍。越四日，忭使至，述母在許氏宅，賊驅之磨，母曰：『不能！』賊臨以刃，母厲聲曰：『即能，亦不爲賊役。況不能乎？』賊怒，捽之出。適有他賊俘忭至，母目之忭，恐俱死不敢言。賊指忭問母曰：『此汝何人？』母曰：『不識也，何問爲？』賊愈怒，縛之庭樹，解胸前衣，拔三矢立射殺之。嗚呼！痛矣哉！於是引指其處，買棺舁歸。而父猶塗柩於寢樓，賊劈一角，膠之。袁時中賊又至，生母抱榛，仍避前尼庵中。有三賊誤爲讎家兒，將提而殺之，告以吾父姓字，然後解。嗚呼！殆哉！岌岌乎！已而火吾宅，迫暮攸灼，炎炎達曙不熄，其燬之屋有距樓跬步者，且樓敞其檐牙欄楯在火燄中，巋然獨存，吾父之靈爽赫矣。急乘賊騎一日之遠遷，雙櫬於祖塋。家人言吾父嘗拜掃，徘徊指東林下，慨然曰：『吾他日當藏於此。』因以葬焉。

《禮》曰：『凡祔於棺者，必誠必信，勿之有悔焉耳矣。』嗚呼！倥傯倉卒，掘地而藏，不備祖奠遣奠之儀，明器志石之物，虞祭祔廟之文。而尤痛恨者，一棺之外，侵蝕於土壤，并無稱寸之槨，以託體魄於一日，二人之靈，必不恬然於原下矣。嗚呼！榛終天之罪人也哉！

情至語。如淒風苦雨，讀之使人淚迸。○常事直叙而駘宕可愛，非歸熙甫無此筆力。簣山。

【校記】

〔一〕原文右側夾注：三段叙次，朴而生動，聲色俱出。

終天遺憾記二

先考妣既以亂，不暇沐槨，不能成禮而葬矣。順治六年，庶母卒，榛時年十五，問禮於賈靜子先生。靜子曰：『父妾有子者，於八母爲庶。然女亦名子，孔子以其子，妻之是也。君之父妾有女，當服期。』其後，葬兩姊，欲祔於考妣之穴。又問於靜子先生。靜子曰：『當〔一〕祔而兩姊。』持之又堅，遂從而祔焉。

庶母之槨且高出於考妣之棺盈尺。後稍稍知人事，慟前之葬不以禮。又悔後之祔不知買槨，而加之使考妣反下於庶母。欲别卜馬鬣而遷焉，不幸家落，故業悉爲他人有，無所施青烏之相求者。久之，又竊念曰：數寸之木，未有三四十年不腐敗者，其堪動乎？衰老之人，卧一榻猶苦轉徙，况體魄之久有不忍於言者。即曰：『厚之以槨，飾之以名物，恐無益而所傷滋大也。』嘗哀謀於諸有道先生，不能斷。徐邇黄先生曰：『治大槨無底，冒二棺上，庶其迹，猶可安夫？安知掘土而不腐敗者，即見乎？見矣而又能姑仍之哉？』此弗遷不敢，遷之不敢，不得已而冒槨焉，抑又不敢，榛進退維谷之憂心，終天而不可奈何也。已顧，又聞之妾祔於妾祖，姑言不得正祔於廟也。不得祔於廟，而得祔於穴乎？庶子祭所生母於寢，不得叙於考妣之側也。主不得叙於考妣側，而體魄得於考妣並乎？爰盎〔二〕引却，慎夫人坐死之禮，當不異於生。况其又非真有子者，而三十年抗體平叙，恐不予死者以安也。顧有其舉之，莫敢廢焉，此又榛進退維谷之憂心，終天而不可奈何也已。

嗚呼！幼而失教，長不習禮，浮沈流俗之中，依違悠悠之日，乃至行無一是，身負大戾。垂首而悲思，仰天而悵嘆。徒令涕泗河傾，形神木槁，擗心疾額，百死而不可贖其辜也。嗚呼！世必有達禮之君子，知如何而可以稍慰存没者，尚其憐我而示之。

如怨如慕，如泣如訴，蓼莪諸什，有此沈痛。簣山聖人之禮焉，可以意度到今，真是難事。百思無善處法，惟有三緘吾口，爲猖狂亂道戒耳。石廊。

【校記】

〔二〕原文右側夾注：先生狂言，誤人至是。

〔三〕原文右側夾注：引誠確。

卷八　記

菊山記

許慎《説文》曰：山，宣也。天地宣其氣以生物也。太守胡公曰：不然，宋之九邑無山，豈天地之氣獨有所不宣於此乎？雖然，宣天地之氣，有天地之山。宣吾之氣，則亦安在不有吾之山也？聞者曰：太守將割他山之石，以補宋中之缺矣？太守笑曰：疲吾父老，耗吾府庫，吾豈爲之哉？且如是，特隋宫剪綵之故智，而天地生物之氣何有？於是取盆菊數千，本高下、密疎、近遠而布置之。特出者爲峰，側出者爲岊，狹者爲巒，鋭者爲岑，平而綿亙者爲岡，聯而隆起者爲嶠，朝煙爲嵐，夕雨爲瀑。聞者疑白太傅之香山，觀者擬嚴先生之錦峰繡嶺也。太守顧而樂之曰：此不可以宣吾之氣哉？而天地生物之氣，亦未嘗不宣。雖然，猶未也，更戲命其家伶設茗局於山之麓，沸鐺轟雷，嘉果燦星，縱民得入遊賞焉。而太守亦時時微服掛杖頭錢，攜賓客子弟，命盧椀於其中。庶幾上下之氣俱宣，而無所鬱歟。

夫菊，籬下之物耳，而山則竟山焉，有力者之能爲軒輊固如此。范石湖稱菊有幽人逸士之操，夫幽逸之不重於天下久矣。太守不春穠富貴是愛，而顧移情於晚香淡質，何也？予聞而記之，亦姑以宣吾之氣已矣。

小題目却有濃氣。簣山。

步園記

睢州徐子次微，來讀書於郡。每相見，必屬作《步園記》。其勤至十餘請，未已也。問其地，曰：在鄉所爲定齋之右。問其規模，曰：以丈引計耳。問其命名之意，曰：將以域吾足也。憶予曾爲次微記定齋，末引程子之言曰：心定者，其言重以舒；不定者，其言輕以疾。欲以言驗次微之定也。迄今且二十年，次微之言何如者，或[一]其所謂定者别有在，匪吾所能知乎？

雖[二]然學至於定，大賢以上之事也，求其定而不得，無寧慎防於蹈[三]履之間，俾無妄動於外，而漸以養其内，此又下學之切功次微。學，然後知不足，故進焉而愈遜歟？若然，即於此藏焉，脩焉，息焉，游焉，跬步之内，未始不可以騁千里之足也。

且次微苟信吾[四]言而養之於中，雖逐穆王八駿之迹，朝南交而夕漠北，不失爲凝然有定之學。不然面壁趺坐而蕩然以馳者，莫知其鄉矣。區區[五]裹足又奚爲？

論思精微，非用力深且久者，不能道。湯潛庵理正調高，詞簡意深，更難於尺幅之中，而有萬里之觀。談理之文而挾飛舞之勢，此山蔚刊華就貫，閎中肆外時也。簣山。

【校記】

〔一〕原文右側夾注：含蓄。

〔二〕原文右側夾注：一宕意法皆足。

〔三〕原文右側夾注：闗步字雅。

〔四〕原文右側夾注：一轉更入無際。

〔五〕原文右側夾注：快絶妙絶。

玄帝像記

神也者，至靈而至不可知者也。惟靈也，故莫不奉之。惟不可知也，故解其所以然者鮮矣。吾郡之北，有所謂圓通寺者，冶銅而肖之曰：玄帝。按《五經通義》曰：天神之大者，曰昊天上帝。其佐有四，而北方者，黑帝也。漢高帝立黑帝祠，名曰北畤。或是〔一〕之謂與如世所稱，則不可得而知矣。顧帝之襟裾，足脛間膠以木，曰明神宗時損於盜。其在昭代，又兩遇盜，而卒幸未毀也。夫世之奉神者，非以其神之靈，而倖其庇之乎，而顧不自庇一軀何歟？豈神無形，而肖之者不必然耶。抑神之靈，自在天壤，而不屑於茲式憑耶！或寧忍其犯，而不欲與之校耶！今以盜，故徙於郡子城之陰，乃〔二〕反恃區區以保無虞哉？此其至不可知者也。

夫君子之神明嚴於心，小人之忌憚喪於利。不然，則無〔三〕寧奉其不可知者，以存臨汝之懼已矣。

是役也，倡議者某也，爲之駕者某也，迎迓而妥侑者某也，記之者則劉榛也。

清宕，有識力。只君子之神明嚴於心一語，生出通篇。恭士樊侯廟災記，無此機鋒。〇文字跳脱異常。　簣山。

【校記】

〔一〕原文右側夾注：設疑。

〔二〕原文右側夾注：好笑，不攻自破。

〔三〕原文右側夾注：轉變不可測。

百門泉記

順治丁酉，予遊衛之蘇門山百門泉，則湧於其山之陽，在《詩》所謂『毖彼泉水』是也。流連樂之歸，而愈久不能忘。時與田子簣山，回憶舊遊，蓋已三十年矣，而猶津津乎予口也，渺渺乎予懷也。

簣山曰：予嘗南浮汝漢，東臨汶泗之津，遵會通而北渡易，涉滹沱，又東而南泛揚子，泝魯明，陵長蕩震澤之險帆，錢唐泳蘭溪，洄游白蝦風渚之間，極於甌海，所閱名川巨浸多矣。何獨繫情於斯不已也？意者其有所取爾乎。予曰：然天下之景物，天下之人，各〔一〕有分以相承也。夫四瀆五湖之汪洋，龍怪出没，非天下之至雄者乎？是乘運際時道隆化行者之觀也。洶瀨險壑，雷鬪而雪驚，非天下之至奇者乎？是俠客勇士之觀也。浄匹練於萬里，飽正風於一帆，非天下之至逸者乎？是席寵履順而優游任運者之觀也。予皆非其人也，是故分之所承意惟此泉焉。泉之湛澈，不能涵一物而藏之。蟹爪横來，歷歷可數，不〔二〕類予衷之徑激以淺歟？性沈寒而列清，又類予煦之不可熱，汩之不能濁者也。而溯厥發則不知其所自觀，予闕譜可慨焉。

以予所見天下之泉，莫雄於趵突，莫幽於百門，予固幽者之同氣相求也。泉之岸，森森多翠竹，倘所謂《淇澳》之遺乎？予慕有斐矣。泉之亭曰：宛在。能不興我遡洄耶？渟瀦之可見者無多，則挹注而灌溉者，澤其田數百頃。予雖爲時舍然寒泉之食竊有志焉，其尤異者纍纍，珠貫而上，無窮期，無間斷，隨地歕薄，化爲浮漚而散。其諸所謂逢原者乎？其諸所謂無息者乎？其諸所謂生生而變化者乎？予愧不能體之於身，而〔三〕聲聞每至，愈令人惕然念也。憩蘇門之麓者，咸疑鸞鳳之嘯在耳。隱士孤蹤，猶令人百世向往之。拜邵先生之祠，則肅然於道氣之遺，又當何如者？予故挹高風，而希潛德，將與泉源，俱無盡矣。此所謂吾分之宜，承愈久而不能忘者也，而又能移志於他乎哉？簣山曰：善！子分之所宜，亦吾兮之所宜也。因同追憶，而各著於篇。

二十年前，山蔚曾作《百泉記》，點綴風雅可愛，其稿逸矣。今復追憶，爲之歷落崛奇，又別闢一洞天，殊非思議能到。簣山。

【校記】

〔一〕原文右側夾注：立意。

〔二〕原文右側夾注：顧盼所宜，承奇思焕發。

〔三〕原文右側夾注：可謂造次必於是。

劉氏祭田碑記

吾家戍籍也。故明之初，削平海內，論血戰之功，大者封，小者賞，山礪河帶，享分土而及苗裔。即凡執殳荷戈之士，亦無不有百畝之敷錫者。故是時，去桐栢之籍，隸商丘之伍，有爲吾之始祖者，受田於鬬伯臺右，蓋三百載之先疇矣。

是田也，屬於衛古屯法也。無事則耕而食，有事則行役焉。顧數傳而後，家多爲士，恥列行間，嘗委其田於貧無業者。族兄彬，實身其勞食其利者也。清興罷故衛爲民，方是時，吾伯父仲兄，既死於疫，復死於亂。而藐兹遺孤，僅吾五六人，大者舞象勺，小者負襁褓耳。故彬死其後，得〔一〕以類我者，冒承之，逸居而享非分之利四十年，無違有過而問者。

先是兄子動倡敬享之約，未幾，斷予續之，然終不能保其常也。乃進族人而謀曰：彼久假者，非吾祖宗沐雨櫛風，出萬死一生之業乎？吾後人家殷户厚，無非始基於此，而旁落焉，傷矣。夫欲若敖氏之鬼，永無餒而之嘆者，其惟此爲烝嘗之具哉。衆皆曰：然。因索故物而復之，正疆界，立廬舍，於是始爲劉氏祭田，云：嗟夫！往者謝，來者代，時遷物换三〔二〕百載之變故，多矣。存亡興廢之嬗，有不止於尺土之莫存者，而我疆我理，犁然如故，可不謂祖宗之靈爽式憑乎？子子孫孫庶幾擇賢而司之，歲時伏臘，世羞餽祀，慎無公割私據，干在天不孝之誅也，則劉氏之澤長矣。

叙事處，筆如鐵，畫銀鈎，得班孟堅諸侯王列傳神解。末段烟雲繚繞，讀之無限淒其，又得之柳河東與蕭翰林等書也。簣山。

【校記】

〔一〕原文右側夾注：字字雅練。

〔二〕原文右側夾注：俯仰悲歌，興會殊遠。

蒹葭浦記

侯川如築園於水次，名花異卉裒然集也。請名焉。書之曰：蒹葭浦。客曰：何謂也？曰：川如厭薄市城，選汀岸之幽而相羊焉，其必爲矜華鬬美，摘豔擷芳乎。抑或有『在水一方』之志也。

客曰：是詩也，臨流望遠，撫時興懷意者，傷美人之遲暮，羡冥鴻之莫弋。故曰『蒹葭蒼蒼，白露爲霜。所謂伊人，在水一方』。而川如處壯盛之年，將縻好爵，詎可與高蹈求合哉？予曰：否。非此之謂也。夫德立者，望歸；名高者，物附。合志同方，必將有《褰裳》而願從者。然而君子不輕從人，人亦不得輕相從，故曰『遡洄從之，道阻且長。遡游從之，宛在水中央』。蓋與比德，淫朋輕親而易就者異矣。川如之門，願〔一〕從者何如哉？顧予方有吴越遊，浦上之風檣雨櫂，朝游而夕洄者，不可得而知矣。他日歸，有告予曰：彼茁者葭，室邇人遐則川如之志，不其信乎哉！

規諷處嚴正而婉，微引詩更歷落可愛。簣山。

【校記】

〔一〕原文右側夾注：含蓄。

嚴先生釣臺記

癸亥夏，予從張使君溯錢塘而東，一線山束，清淺可鑒。泊歷山，與二三同人攀緣上下，樂矣。

明日，至富春，尤所稱。錦峰繡嶺者，翠蔚青蔥，迷離布濩，左右不能兩顧，而失者有餘惜焉。岸之陰，雙磯峭峙，左尤峻，上各有小亭如笠。問之，曰『嚴先生釣臺也』。其下有『客星閣』，祀先生遺像。風帆迅駛，未能酹酒一拜，恨也。

夫先生一布衣耳，鼎移〔一〕世變，不知幾傷興廢，幾痛存亡。河帶而山礪者，未有數百年如故也。而先生之清節，獨千秋未墜，豈非富貴爲速朽之器，而貧賤之名行不可終窮也哉？帝王之威權，或不能使人生其敬。詩書之教詔，或不能必人移其心。乃頑然一磯，嘗足以興〔二〕廉而起懦，其何爲也乎？

夫先生遭逢知己，薄非常之榮寵，若將浼焉。而世之曳裾褰裳，曾不得邀國士一日之知，乃汲汲焉。求升斗而不知止，亦獨何哉？

今〔三〕日者，予尤碌碌，因人出攖情好爵者下也。過先生之磯，其能無餘愧也夫？層巒叠嶂，若斷若續，俯仰千載，寄慨遥深，是天地間最有關係文字。潘雙南。

【校記】

〔一〕原文右側夾注：感慨無限。

〔二〕原文右側夾注：其味雋永。

〔三〕原文右側夾注：結歸自己尤奇。

衢州署樓記

予生中州平曠之域，少喜策怒馬，操弓逐雉兎，與鷹鶻競後先。嘗慨然以不得見天下形勝爲恨。聞人談戰蹟，輒忻忻傾耳，反覆窮其詳而不厭。竊自矢不欲以牖下老也，久之無所用，乃幡然悔，更求樂地。二十年來，雖猶故我，然少壯之氣，固已銷磨殆盡矣。

癸亥五月，從張學使遊於衢。衢據浙東上游，山深而險，水淺而激，七閩之咽喉也。逆藩吴三桂反，耿精忠應於閩，天下大半非王土，勢洶洶不可知。總制李公諱之芳。移鎮於此，以静待動，如山岳之不可撼。精忠卒束手就斃，不得一騎渡而北。事平論功，徵李公爲大司馬去，而學使者遂於其署試士焉。危〔一〕樓百尺，眺爛柯九龍諸山，環拱几席，而設伏建壘之迹，歷歷可徵。夫司馬公去此纔兩月耳，變鞮鍪爲儒冠，變長鎗大劍爲毛錐，變熊羆虎賁之士爲白面書生，固彼此一時也。而陵谷桑海，類如此矣。

當其開幕府，招賢士，曳裾而來者，盡天下非常之英傑，争先晝奇，此秘算深謀之帷幄非乎？而〔二〕予漸衰，無可用之才，徒於此朝登夕眺，作仲宣之賦，弄元規之月，顧酒後狂發，往往二十年少壯之氣，又不禁拊髀而動也，何哉？

感慨憤激，情辭俱絶，令人可誦可思。雙南搏抗有筋力，展放有地步，優游感愴，又能生韻動情，永叔得意境也。簣山。

【校記】

〔一〕原文右側夾注：即起即轉不用爐竈。

〔二〕原文右側夾注：應前收繳，最有手法，最有色味，决非歐陽不能。

游孤嶼山記

温之北門外，曰永嘉江，俗曰甌江，盖漢東甌王國。江環而東，三十里至磐石村，則會大海之洋。又聞嘗有蜃氣，結樓閣城櫓之奇，予獨未見也。

江之腹，竦然出兩峰，東西相對。待峰之巔，各插浮圖百尺，如雙笋上刺雲表。其廣衍處，爲佛廬，宋王梅溪先生讀書處也。文丞相嘗至此，欲號召豪傑，從海道與元兵次戰，未果，留詩去。而遺祠荒落，弔之，令人愴然生感焉。

登東浮圖，臨風微動，股慄慄不敢巡檐俯視。相隨有張使君從事，言三年前，曾從戎於此，與耿精忠旗鼓相持，手〔一〕指江南諸山曰：此爲大將軍壁壘，此爲某裨將壁壘，此爲某接應游徼處，此爲糧餉出入之道，此小人風餐雨宿，倚槊聽令地也。而西南綿亘不可望，則皆耿賊營栅焉。顧盼泉山華蓋之間，盖猶疑有陣雲氛氣之結矣。

嗟夫，自古背叛君父，妄生不遑之心者，雖有啗山飲海之勢，亦終必魚爛冰澌，身膏劍鋩，宗覆而祀滅，不可倖免，况其小蠢者乎？當夫兩壘相距，謂我兵未嘗有一矢之加遺，而精忠輒内潰以亡，則天之不可逆，固如此也。

然獨文丞相謀窮志窘，徒泣涕而悲吟，不能少振其一綫之緒於不墜，豈〔二〕所謂天者？亦時有不可恃者耶！吾蓋俯仰於殘山剩水之間，而不能識其故也已。

淡而老，雅而奇，天然無妝，綴意至文也。簣山。

【校記】

〔二〕原文右側夾注：得比最助色。

〔三〕原文右側夾注：一挽多少悲慨。

潛遊西泠記

前人以西泠況西子，嘗寤寐懷之，而未能全也。癸亥，督學張使君招於越，竊幸明聖景色盡入奚囊矣。抵錢唐留十日，曰：庶幾一櫂石甑山下，問秦皇帝艤舟處乎。乃渡江溯睦州，轉姑蔑城，歷括蒼，極東甌王國。予懷渺渺如一日也。自婺州返，草木有變衰〔一〕之象。回思來時苞甲，蓋已三時矣。

復入杭，作歸計未得，鬱鬱如處樊籠中。登亭望孤山，去昔金牛見處，僅一雉垣耳。閱二十七日，而乃有檇李行。是日也，篿輿出武林門，俯仰顧盻，信美而非吾土。自分永謝西泠歸，弄梁園月矣。或曰：使君暮解維，及此上蘇公堤，君志猶可慰。予未敢信，而同幕沈、夏、張、雷四子，牽予袂急行，使〔二〕君未知也。買小艇，盪三里，許逐於壩，登岸而保叔塔見，曰：此苧蘿乎？而西子湖果鑑明璧圓於淡煙杳靄中，入昭慶寺小憩焉。率而西訪輞川，桂門鍵不可啓，花有零落過牆外者。又西步山麓上，人言皆昔日歌榭舞樓也，而衰草殘礫中，盡羽林白骨，砌如小浮圖。或有圍以垣者，甚而有暴者，有燼而未收者，有方爇者，聞莫堪視，弗忍也。嗟乎！殘〔三〕馥賸粉之變，一至此哉。詣岳鄂王祠拜之，及墓又拜之。凛然生人忠憤之心焉。西望天竺飛來諸峰，斜陽隱隱不可到。急招舟子，泛放生池觀飼魚，予非魚，知魚樂也。同人無喜飲酒者，顧亦無暇飲。載餅餌菱芡，採菡萏敗葉爲盤，泊湖心亭，沸泠泉飽酌之。旁有二三畫船，倚洞簫小歌，嗚嗚助予遊樂焉。

暮返，而使君舫逝矣。同人有悔色，予獨喜，問故曰：西泠於今如名姬既衰，無復有過而物色者。即有一二，碌碌利達，富貴子又生平之所辱，見而厭薄之，以爲非己匹儔也，而徒與予兩相待。今白頭西家姝，始入范大夫扁舟中矣。胡弗喜，或曰：雖然嫌疑，君子不處也，而潛遊可乎？予笑曰：君不聞夫易乎？乾之初九，曰『潛龍勿用』，勿用焉已〔四〕矣，又何不可潛之有？

此番狂遊，殊快得此化工之筆，我輩狂踪更且千古矣。雙南點染都有情，文致嫣然。○製題亦奇。簣山。

【校記】

〔一〕原文右側夾注：點染處，總以不得遊爲恨，多少欷歔委折。

〔二〕原文右側夾注：淡語點睛。

〔三〕原文右側夾注：可慨。

〔四〕原文右側夾注：奇趣。

稽中軒記

高輔公鏖於酒戰，雖師老力疲，猶能强相周旋，摧人之鋒。然不免有弗戢自焚之慮焉。一日，悔而止酒，遂堅謝梧杓不復御。可謂能剛制矣。

予至其軒，請錫名題之，曰：稽中。取酒誥，作稽中德以期之也。蓋妹土之臣湎於酒，而荒於德，故武王教其常自觀省，必一念之發，一事之萌，悉稽合於中正之德。然後可祀神明，副宴樂，非是則不敢，亦不暇也。輔公生長世胄公侯之裔，必復其始，將望增修少保公之功名。固不宜銷磨其勇鋭於區區罇罍間，明矣。雖然嗜慾之攻人，何限舍此趨彼，雖破甕覆糟，庸有愈於沈酣乎？輔公苟能推類自慎，朝觀夕省，稽中德而不違，即鯨〔一〕吸百川，亦飲酒孔嘉矣。尚其進於此哉！

規勉極善，文字亦每進愈深。篔山。

【校記】

〔一〕原文右側夾注：誰復如此。

矩齋記

王給諫爲矩齋，出入是齋者，前後皆折旋而中也，屬予記之。予聞東方之神太昊，乘震執規司春。西方之神少昊，乘兑執矩司秋。給諫之職，秉白簡，挾風霜，嚴辭正義。與天子争是非而不阿，所謂執矩而行，秋道非乎宜其一步，履一居室之間，不廢斯義也。

夫天下好員而惡方久矣！軟熟以化其骨，機變以鑿其良，模棱騎牆以轉移其趨，若走丸焉，則群稱之曰：能而踽踽，而棱棱。不徇人不易方者則誚之，則撓之，則排擠而挫折之，而終亦果不克。奉其道以往也，此或〔一〕員行方止之理所必然乎。

顧給諫當樂行之會，而獨有志於用矩焉，何也？《漢志》曰：義者，成成者方，故爲矩也。給諫昔嘗從湯司空問學，或其得於方外之旨，猶歷久而未忘歟？夫規員生矩，矩方生繩，繩直生準，然則矩方於外，繩直於中，而君子之道，無餘事矣。苟有欲給諫破觚而爲員者，願給諫謝之，曰后〔二〕方從繩，臣不爲矩，吾欺吾齋也乎！層層洗發，皆精義微言。簣山。

【校記】

〔二〕原文右側夾注：一處有逸韻，有勁力。

〔三〕原文右側夾注：遥應前段。

大孤山記

予既登小孤，而挹其勝矣。益慕大孤之奇。明日，溯彭蠡，有山挺特，屹立於怒濤駭浪中，四壁嶄焉。如長劍直削，無蹊路可尋，望之有虓虎踞途，猛將當關之威焉。北去勢頗長，尤聳而起，若翹首以望小孤者。插佛圖於巔上，刺白雲中，臨風岌岌然。小孤之隙，或容土壤，一綫蜿蜒，有蛇盤之危磴，故可宫可榭，未若兹山之峻厲，無肯納勺埃而使人得以攀躋者。故黄冠緇衣，盡占天下之名勝，而獨不能有此。君子整躬無間，嚴以杜外物之侵，不當如是耶。

呼長年三老問之，曰『鞋山』也。是夕，風起繫舲山之陽，曰『大孤塘』。問大孤，則旁指一山應之。予怪其庳陋而蕪穢，乃嗟盜虚聲於海内者，不堪人過而一笑也。

及檢《九江志》，然後知所謂『鞋山』者，大孤山之俗稱，非二也。自古披裘箍桶，不欲播傳其姓字於流俗之口，寧異是哉？顧季子伊川，終蓄其疑，而不得聞之者，予則幸矣。

全以烘染見姿態，是得畫家三昧者。牧仲。

宋中丞禦變記

西山不戒於火，鬱而將騰矣。主人曰：撲之！火得撲而大熾，桔槔不及施，瓶罌未有備，主人焚死，井邑巖谷盡於燎，四方來救者竭清漢之波，未濟也。而東山之火復欲然，苟其炎炎攸灼，風牽勢引，寧但續西山之焦枯哉？主人乃聲色弗形，沃甕漿而無事，西山亦以無所助，而焦頭爛額者得以收其功。然則東山之主人，非所謂見幾之君子也乎？宋中丞牧仲先生實類是。

先是楚有去籍之卒，踞山而要餉，撫軍柯公永昇易之，遣十餘騎，往繫焉。卒用以叛公及參政葉公映榴，同日死。妖燄縱横，連破二十餘域，勢洶洶不可知。而先生適受巡撫西江之命，密邇寇氛，人情蠢然。先生飛櫓入境，静以鎮其摇撼，誠以收其心，㬅嚴以飭其戎，行明以申其賞罰，浹旬而秩然有備矣。

六月之晦，日垂没聞，有李美玉、袁大相者，裂紙書『酉』字爲符，勾結城内外三千人，約詰旦礮舉而行事。先生輒乘昏誘二人，禽以來問之，則直承其事不爲諱。文武諸屬，各惶懾無所措。城中士女，半已遁。部下士甲，而坐不敢寐。帷幄中，客有危而去之者，方伯王公業興一悸，不十日死。先生高眠徹曉，從容起，三擂三吹，而升堂再鞫二人，無異辭。命中軍条將詹英，奉天子所賜節，兩力士緑帓首，捉刀擁二人出西轅門外，立斬之。即張示國中曰：倡亂者已誅，餘不復問也。其黨方俟二人指揮如約，俄聞中丞門礮聲，而二人之首已梟於木矣。衆乃疑發露之，自而豕驚魚散，四境帖然以寧。設使是時，需不先發怯，不早斷冦，一舉而〔一〕西連於楚，聲勢互倚，讋及百粤。遺廟堂之憂，不知當如何？而談笑定之楚，亦以平先生之功，誠偉矣哉！

夫今之民，惴惴於烈山之患，而待先生沃以甦之者，非〔二〕一端矣。意者身教於未形，而法制於不敢肆，庶其并省，挹注之勞而不負稱先幾之哲乎？予親見先生禦變方略，奇其以書生而能定大難，且暇豫有餘勇也。故爲紀之，并以勉先生沃民而勿緩焉。

文筆謹嚴，叙事錯落。其品在子長、退之之間，至此事則昔人所謂偶然耳。何幸得大文以不朽，余滋愧矣。牧仲。

文之整暇，適如先生，次幾安詳。簣山。

【校記】

〔一〕原文右側夾注：關係之重，誠如是。

〔二〕原文右側夾注：進一步更妙。

屏記

己巳上元，言有以屏獻中丞，中丞却弗受。問何製，曰：春蚓秋蛇，淋漓也。或曰：非也。蒼山翠樹，其虎頭之煙雲乎！俄又有觀者來曰：豈其然，蓋楚王之細腰，漢宮之長袖也。予已怪其説之紛矣，無何，復有述西洋人物之異〔一〕者，曰：何見？曰：見於屏。曰：幾屏也？曰：一。予哂曰：無信人之言，人實迋女，宜詩詔我也。

言未已，中丞召觀屏，則霧縠籠燭，離離乎，黃荃之花鳥焉。予大笑曰：頃幸能堅吾耳也。中丞問故，予白以前所聞，中丞曰：皆然也。試爲君信之。於是搜索而上，則西域現。引索而下，則美人來。再拽，果山若水，再引，果書也。蓋判三之一於中，而上下各有藏。則疊五屏於一焉，異矣！然而尤有異，中幅之上，各飾紫金，箋而綴之，以勑劍簡鉞車書牀笏几扇之類，皆具體。其幻者爲海之三山，蜃之樓閣，而金鵲之鏡，則美人插花於中焉。其尤異者，周十二葉之圍，箝鼂罇、象罏、彝鼎、瓶觚、投壺、如意之屬，銅皆古色，斑駁疑秦漢物。而宣冶哥陶，無有辨其真贋者。若夫爵盞瓶壺，則金也。磬盃書鎮，則玉也。花枝則翠且珠也，盤或以石以玉，以倭之漆，而盒而匣則以檀以梨，以湘江之淚竹，而其所函者，或棋枰，或博具，或香，或酒籌詩牌，或素毫，或子墨客卿，或研，或壽山之印石，或孔雀之羽。凡人世玩好之物，無不可探而取也。至其思議不及者，如自鳴之鐘，定南之鍼，千里之鏡，滴漏之壺，無弗具焉。而點染繁碎之花果鳥蟲，又不足紀也已。

予不〔二〕禁俯仰三嘆，曰：嘻！古所謂異物之貴，安知有異而至此者。古所謂奇技淫巧，安知有奇巧而至此者。古之人一栝筯戒，其君無乃迂拘之甚乎！夫今天下之民，命竭矣。强有力者，漁之游食者，耗之奢不中禮者，縻之。而又且化憚人之粒，捐數十家之産，爲翫悦無益之具如此也，何怪比閭之間。嗟懸罄哉！中丞曰：然天下之所趣也。如之何其反之？曰：勿謂勢不易反也。公今以清儉先十三郡則已，爲十三郡之福，而化其清儉多矣。進而相天子，以清儉先天下，則天下食其福，朝野未有不可胥化於清儉者。吾知異物不貴，淫巧不作，而反淳還朴之機蓋於公身有厚責也。夫中丞憮然曰：師女昌言。

末段議論關係最大，前幅錦爛花簇矣，是先生小小狡獪。簣山。

【校記】

〔二〕原文右側夾注：敘石屏，錯綜入妙。

〔三〕原文右側夾注：忽發大慨。

卷九　傳

侯崑傳

侯崑，字瞻欽，商丘人也。崇禎壬午，李自成陷郡城，崑年十二，且孱弱，與家人相失八九年，以爲死矣。一日踉蹌入門，望其父母哭且拜，其父母扶而熟視之，則崑也，且悲且喜。

崑居與予鄰，予時受業於睢之楊先生，崑之從遊者睢之胡先生，兩先生友也，命予兩人亦論交焉。崑容貌秀偉，温然如處子，而胸懷介特不苟交，惟與予爲莫逆。予少崑五歲，益落落與人寡合，獨與崑晨夕無間也。

崑好學能悟，爲文不逐時趣，兩先生糾諸塾弟子爲文社，崑必冠軍。社中戲號曰『冠軍侯』。一日〔一〕崑未至，諸人皆喜，自負以爲可得擅場。已而崑來，衆皆大笑曰：『冠軍侯至矣，誰敢與之争鋒乎？』文出果第一。崑居嘗端坐静默，不好嬉遊，惡博戲，人有强者，笑而去之。性孝，友内外無間。言有嫂不愛於其姑，百方調護莫能得，則往往憂鬱不食，或時仰而嘆俯而泣。久之，予察其故，勸以自愛。崑謝曰：『人子無格親之誠，而欲恬焉自慰，得乎？』用是遂病不起。

初崑掠於賊，尚未就外傅。及歸，不逾年輒以文名，人咸怪之。崑曰：『自王師入關，李自成敗死，部下皆散走。吾爲民家所留，頗授書焉。』雖然，崑之得於天者異矣。自崑歸里，里人賀其父，父喜出意外。未幾知崑能文章，里人益賀其父，父益喜出意外。識者方欲觀其成而〔二〕崑死矣。嗚呼！使天假之以年，崑其可量也哉？·崑〔三〕歸四年而死，死時尚未娶也。

隨手收放，風神姿態每從簡處增妍。恭士。

【校記】

〔二〕原文右側夾注：妙有此點綴。

〔三〕原文右側夾注：直收，却饒多少感慨。

〔三〕原文右側夾注：只比無限悲凉。

烈姊傳

烈姊劉氏，商丘人，性孝而慧方。五六歲時父母有疾，輒涕泣不食，家人甚異之。年十八，適太常寺卿侯公執蒲子官監生忭。事舅姑敬順有禮，御下寬仁不妒忌。侍兒何庵爲忭所私，姊覺輒賜衾裯，謂之曰：『善事主人，倘有所出，兒之福也。』侍兒感激出，非望，忭亦嘆美，愈敬禮焉。

崇禎辛巳夏，父卒，姊日夜哭，遂失明。明年李自成陷歸德，姊敝衣垢面坐厨下，賊至欲俘之。一僕婦在側曰：『此盲者也，不任行步。』賊疑爲謳者，曰：『試謳！當逭爾死。』姊曰：『吾侯太常婦，寧謳者乎？』賊曰：『從我去。』姊曰：『寧死不能去也。』賊反刃撻之，姊據地罵曰：『逆賊殺即殺耳，何撻爲？』賊怒刃其項，仆而未絶。賊去，其僕婦竊以飲食進，輒揮去，輾轉嗚〔一〕咽，血流徧竈陘間，越一日夜乃死，時年二十八。忭前所私侍兒何庵者，已有娠。爲賊所執，欲污之，亦大罵不屈死。

其弟榛曰：『哀哀我姊，烈烈其節。血化金石，志炳日月。日月可蝕，金石可折。惟姊之貞，弗毀弗滅。姊秉母訓，得死而悦。侍兒何知，慷慨同次。嗚呼！相彼鬚眉，乃〔二〕曰明哲。』

范書陳志，尚當讓其嚴潔。宋介山。

【校記】

〔一〕原文右側夾注：有生氣。

〔二〕原文右側夾注：含蓄。

周貞女傳

周貞女，字蘊香，遼東廣寧衛人。父祺，浙西太平營叅將。蘊香生而穎慧，喜讀書，一再寓目即成誦。披前人法書，睨〔一〕而熟玩之，數日書輒工。其父愛之，嘗曰：『吾家女學士也。』九歲，隨父之官寧夏都司。金某，爲其子委禽焉。已而金遷粵東，蘊香亦隨父遷浙西。康熙壬子，祺病，解組歸，道過宋，卜居焉。明年，天子詔三藩入朝，三藩叛，粵東道梗。丁巳八月，金書至言『戎馬洶洶，六千里外，聲問莫能通。有威力脇人者，以苟保身命之故，不得已爲吾兒娶矣。負若女然，若女即吾女，請助奩別配也』。蘊香從父側，閱書未竟，嗚咽泣數行下，曰：『父母有成命，尚何言，願死以明吾志之不二也。』其父母驚，且慰曰：『何遽至是，渠生平非棄然諾者，試遣使偵之。』明年二月，使者還曰：『信然也。』蘊香拊膺大慟，輾轉自悲傷，矢死不食。家人以父母在諷譬之曰：『正不敢爲二人辱也。』父母强之食，不得已少試嘗，輒投七箸而泣。無何，形神委頓，遂不起。閏三月十三日，忽索鮮衣，晨起勉櫛沐，臨鏡試妝，從容出拜父母。泣曰：『兒不孝，負鞠育恩。過午即長辭矣，命也。毋以兒爲念。』家之人以爲狂，環守之。蘊香坐交〔二〕牀，支頤盼簾外，日影屆未，垂頭若倦眠狀。亟視之，絶矣，時年十九。歸德守閔公子奇異之，伐石表其墓云。

論曰：志不可奪，不信然乎！蘊香以未嫁女處閨閤之中，少讀書輒識大義。拚一死踐初盟，而學士大夫靦然。鬚眉委質爲人臣子，或反未聞其義也，何哉？昔越姬死，楚昭之命，曰：『妾雖不言，心既許之矣。妾聞信者，不負其心義者，不虛設其事。』嗟乎！此則蘊香之志也與。

澄波静浪之中螭躍蛟蟠，能得史公潔法。牧仲。

【校記】

〔一〕原文右側夾注：一路勁老，於無文之中，至文寓焉。

〔二〕原文右側夾注：倩婉之中，剛大之氣，勃勃旁流。

連尉傳

連尉者，名蔭，福州侯官人也。康熙十九年，來爲商丘尉。鬱鬱常若有大慼者，或問之，嗚咽垂涕曰：『家鄉五千里，莫能將父將母而來，白首倚〔一〕閭。嗟予子行役，嗟予季行役焉。蔭其能爲情乎？』夜常啼，聲徹於外，有聞之感動泣下者。除日，其役辭謁，尉拊膺大慟曰：『若等歸遂〔二〕得拜父母，予其罪人也乎！』失聲久之。父三聘，舊崇安丞也，知蔭生平依膝下，孺慕不能離。强之仕非其好也，必不能堪，遂夫婦跋涉而來。蔭大驚，喜慰疑夢寐事，於是始見舒眉焉。

未幾，父母有念井里色，蔭察之。即日以病辭官，上官勉留者，再固辭，卒得請奉二人歸。商之人皆供張南郊外，設祖道，觀者欷歔嘆咨曰：『孝哉尉也！吾見有母死，不〔三〕去繫墨纓，披縞紈，裼緇綺之衣。南面坐，堂皇上談，笑而治邑政者。乃有戀斑斕於親側，棄冠紳之榮而歸於林壑者乎？尉其善愧天下士大夫哉！』尉再拜謝送者，曰：『慚愧爲吏〔四〕無狀。』怡然御其親，巾車而去。

論曰：利名之溺人甚矣哉！方今以用兵之故，開天下進身之竇。有傾橐〔五〕蕩産以要一命者矣，有傾橐蕩産以要一命之虚階者矣，有一要之而不得，益之以再，再要之而不得，益之以三者矣。且近世公卿大臣有糾彈之而不去，削〔六〕奪斥辱之而不去，甚至寧死而不終去者矣。尉雖卑秩，亦人之所傾橐而未勇即得者也，又泰然無他故，何一旦掉臂去，無少顧惜之色耶？豈非所欲有甚於利名者哉！嗟夫，誰無庭闈尉也，獨行其志異哉！

連尉孝行，此傳可以不愧然傳之。惇摯，自是文生於情。或先有感於時事而成耶？然斯時而有斯人，吾甚敬之，安得不敬同好者？恭士。

文之健悍，字裹行間，無非觔力。簣山。

【校記】

〔一〕原文右側夾注：叙得峭勁。

〔二〕原文右側夾注：聲有餘淚。

〔三〕原文右側夾注：有此反証，才炫爛添精神。

〔四〕原文右側夾注：結，淡甚，妙甚。

〔五〕原文右側夾注：寫一時始盡。

〔六〕原文右側夾注：多少不去，只一個去。

蔡徐兩先生傳

商丘塾師之以嚴名者，曰運寰徐先生。執經而侍，嘗數十人，人嘗自丱齔迄於壯，追隨彌久而不肯去，不勝其繩約者，亦往往不能終歲月。

子三人，最幼者隣唐，字邇黄，晚年别號我庵，世所稱我庵先生者也。先生穎敏，非兩兄比，而父教益嚴於兩兄。兩兄進而質所習，可以無譴訶退者，至先生，必予之杖或跽焉。予師上虞〔一〕先生嘗舉以訓予曰：『以邇黄之才之美，非人不堪之勤苦，未必有今日之成就。况不邇黄若者，顧可優游望逸獲哉？』

上虞〔二〕先生者，姓蔡氏，諱覺春，字繡石。家故貧，生八歲即端拱矩步來問業〔三〕於徐先生。先生目之曰：『童子整方如是，可進也。』已而，家益不給，將廢學。先生勉之卒業，十餘年不責脯脩之奉。崇禎己卯，上虞先生試鄉闈，已中式。主司曰：『宿儒哉！雖然老矣，不若淬少年之鋒。』别求於房，得劉汝松卷，曰：『此真風流年少也。』置先生於副車，僅與明經之選。是時，先生年三十。而劉汝松者，睢州人，乃皤然六十餘矣。

我庵先生少上虞一歲，同〔四〕几席學，同傳《尚書》業，才名同噪於時。每小試，同擅場而賓興去輒同，歸不第。李自成次黄河没汴，興朝初，開貢舉院於蘇門。我庵先生嘗濟河，無舟，夜蹲荒灘上。既渡，惡風濤之險，遂絶意應舉業。以年資貢於禮部，亦不赴，反而求所以爲聖賢之道。上虞先生戲之曰：『聖賢乃閉門爲之哉？我將試於天下矣！』順治己亥，出就上虞縣知縣，改字完冲，然人但稱其官曰『上虞先生云』，我庵先生〔五〕曰：『繡石不量時，而進必敗。』未二年，上虞先生果以不能曲事上官罷。又六年，始得還里。貧益加於未宦時，我庵先生亦戲之曰：『天下殊誤人。』自是兩先生以口語迹，遂疎。

我庵短於視，跬步間聞聲辨人。然其老也，猶能爲蠅頭書，伏几濡墨無虚日。性介特，不喜接見富貴人，即素所與遊者，有富貴人在，召之必不往，闇然修窮理治心之學，惡爲詞章。上虞先生曰：『自古有無文之聖賢乎？亦暢其性情之藴耳矣。』喜爲詩，有〔六〕以文請輒應，漸瞖於目，久之遂盲。童蒙來求者，摸索授以書。以文藝質，則命兒執筆誦聽之，曰丹則丹，曰塗則塗，形神儦於我庵。而我庵乃先卒，年六十九。又四年，上虞先生卒。

劉榛曰：『予年十八從上虞先生學，然後知書有句讀，字有點畫，文有理脉，而進退周旋應對有儀度。如發幽室之蔀，而獲覩日星之光。久之，益聞聖賢大義，不徒作文字用。凡六年，而先生官上虞去。因〔七〕上虞故，識我庵先生也，我庵先生與予交益親，不肯當北面。時時過從論爲學之方，非他人所與聞。戒勿以文人畢其業，而予駑鈍，愧莫副也。其後我庵先生道益廣，睢州田蘭芳來執〔八〕弟子禮事之。而上虞先生罷歸，及門士有不登堂一顧者，兩先生少篤兄弟之歡，而末路分鑣，至死不能合，由今論定，人亦未嘗不兩稱之，而尤惜上虞之遇也。』

出没變幻，神行無迹，而望之渾然大璞，絶非綴文家巧枝可擬。奕文。

叙兩先生分量無毫髮苟，而我見不生。其離合變化，皆妙入自然，吾服其史才。簣山。

【校記】

〔二〕原文右側夾注：入上虞無迹。

〔三〕原文右側夾注：出落都好。

〔三〕原文右側夾注：針線。

〔四〕原文右側夾注：伏末路之不相合。

〔五〕原文右側夾注：離合聯綴處，都如天衣無縫。

〔六〕原文右側夾注：俱是兩相反照，情景如畫。

〔七〕原文右側夾注：關紐。

〔八〕原文右側夾注：餘波中又一相反。

拙傭子之友傳

拙傭子賓山。之道東，有拙傭子之友，久之，愈東又有拙傭子之友石廊。，三拙相望，此其中處者也。拙，醜德也；傭，辱行也。拙者不任傭，傭者不當屬於拙。拙傭子曰：『吾不幸以拙不免也。』而拙傭子之友，益復人争傭之無虚日。

夫貴者不傭而賤者傭，賤之斯傭之矣。富者不傭而貧者傭，顧傭又無〔一〕益于貧也。拙傭子之友不甘也，往謀于拙傭子。拙傭子門清如拭，拙傭子之友退而疑曰：『貧之傭在己，賤之傭在人。賤之不必以其賤也，吾與拙傭子同賤而拙傭子不傭，則〔二〕賤又在人乎哉？』

或曰：『拙傭子非真拙者，人以其非真拙，故罷傭巧拙之炫人久矣。吾子自厭傭者之目，則舍真拙其誰屬？』拙傭子之友瞿然曰：『有是哉，吾愧爲拙傭子之友。』

藏伏伸縮，取法昌黎《雜説》。彼緊轉此緩掉，彼則一團筋力，此則滿紙風韻，令人有蘭菊不同時而同芳之嘆。簣山。

【校記】

〔一〕原文右側夾注：好笑。

〔二〕原文右側夾注：只惕然自省。

侯輔之傳

侯君字輔之，原名勰。少以太常公廕爲國子生，性温温如處女。太常公教之嚴，俛首家塾，無他好。方勝冠，丁名籍，籍於南雍。顧生而孱〔一〕弱，無匹雛之力，且睛芒不及遠席貴盛之勢，所見惟縹緗卷軸，里巷事無聞於耳，無寓於目者。出門南朔惟輿從是，適一櫛一沐，凡舉手之勞，悉傅婢承之。見人提策上馬，咋舌咄咄稱異事。而兩弟恕、慮皆獧〔二〕健，值天下將亂，相尚爲武。備彎弓彀羽，飛身騰怒騎，馳騾圍獵，人咸壯之，而獨爲輔之危。

李自成陷歸德，恕、慮乃不知死所，輔之卒展轉出重圍，單身渡河走曹南，依其兄司徒公恂。

時予亦徙而北，輔之過予曰：『吾經寇亂，增益之能有三焉：梳髮、卷餅、乘馬也。』已而食，折餅貯蔬側吻而就之，汁〔三〕淋漓盈几，去，數從者左右掖持而登鞍，則手甲傷焉，侍人皆回頭竊笑。迨司徒公罷援汴之命，買櫂南下，輔之從焉。

先是司徒公子方域在留都，與東南諸名士攻阮大鋮，無所容。大鋮晉中樞，詗知方域父子所在，出緹騎捕之。而獲輔之於嘉興，疑方域也。縶之去，輔之把《周易》一卷，玩不輟，捕者易其孱閑頗懈。將抵都城登岸，天方暑，蹲輔之夕陽中，衆投凉覓茶瓜。輔之睨無人，手〔四〕擘鎁鐺輒開，急竄桑林中伏。捕者四追，不獲。暮復爇炬搜林中，輔之隨火光趨匿。旦，假卜者行，有詰問，示以《周易》，卒脱。

既北還，改名忭，入諸生籍，甲午以選士貢禮部。優游林泉，無仕進之志，而深居静息，獨與里中賈開宗、徐隣唐、徐作肅、宋犖及予爲文酒往來。嗜花樹，所居蔚然爛然，雖溷厠亦紅紫斑斑也。食不能盡一盂，而獨喜飲酒，飲終不亂。醉則一笑，置杯斝，頹然隱几睡矣。遇人無少長，承以謙敬，愈久不替。口不言人之惡，莊謹中間示詼嘲，無虚諾，事無洪纖，翼翼然畏慎不苟。篤於親串族黨，有施無倦。或負之，或更侵軋之，輔之若惟恐傷其意者，無不惟欲之從，無有後言。雖臧獲婢嫗，皆遇以和厚，終身不見疾言遽色，宜其静而能壽也。乃嗽血，日就羸困，方坐飲酪酒而卒。

論曰：輔之其有天相乎？意其不免而竟免也。乃卒，不得中壽以死，抑又何耶？豈所謂禍患中有生理，而泰樂中有死法哉！予少孤，輔之顧愛甚周，惜其死〔五〕時，予猶未能與之上下論爲學之方，而輔之固載道質也。悲夫！

讀之其人如見，竊以爲古人不過如是，所謂爲生手也。簣山。

【校記】

〔一〕原文右側夾注：一路皆爲下文作照。

〔二〕原文右側夾注：襯托，有精彩。

〔三〕原文右側夾注：點染諧趣，文字之韻在是。

〔四〕原文右側夾注：前幅極形其孱嬌爲此。

〔五〕原文右側夾注：不以尋常報施相如是，何等相知，筆亦轉掉莫測。

節孝曹氏傳

曹氏，商丘人，其父貢士軫明，許字於吏部文選司郎中王公杼之子長年。未幾，天下大亂。年十四，軫明憂之不及待迎。渭之□自送於夫家。而長年已病痦告篤，與其姑鄧宜人居三月而夫亡，姑送之歸。曹截髮誓曰：『此身自許王氏，已王氏人，況入王門乎？知有事姑而已，不知其他！』欲强之，曹曰：『强則速予斃也。』飲蘗而守四十餘年，家中落績紉以自給，或不給，無悔怨色。淑婉能宜家人，尤孝於姑。姑寢然後寢，姑食然後食。無聲之聽，無形之視，惟謹令廉其行聞於上。康熙二十三年，詔旌之曰『節孝』。

論曰：《春秋》書伯姬卒，公羊氏曰：『此未適人，何以卒？許嫁也。』然則許焉，爾義遂與嫁等，若是其重乎？曰：『重何重？重身也，重父母之命也，重恥也。』若既許而又歸焉者，則從一之貞愈可知矣。昔有范妙元者，歸於江文鑄，巹未合而文鑄以痼卒，妙元曰：『吾業已許江氏，豈以夫之存亡爲去留哉？』潔志以守，没其身。嗚呼！乃今而又有長年之妻，可以信人合之重，而羞惡之良不泯也。彼委質事人者謂國士，衆人異其報，固知非通論也哉！

傳簡净，論亦稱核，是得力於承祚手法。篔山。

丁烈婦傳

烈婦者，王友之次女，商丘縣水池舖人。友貧，爲人治田，康熙二十四年夏，嫁其女於同縣丁重吉之子順。順父子皆傭於人，而重吉從主官於温。新婦端容止，寡笑言，楚楚自愛。順之主見而異之曰：『順顧能承此婦哉！』

順無行，時時竊從博徒遊，廢主事。新婦嘗諷勸曰：『君衣食人而荒其職，不憂譴訶辱耶？且歲仰於主者曾〔一〕幾何？而君若此，將溝壑焉，其何悔？』順褎然弗聽。秋八月，順省其父母於温，重吉爲製衣被，並函餘資付順曰：『爾祖老矣，此吾夫婦血汗，辛勤忍口體積累，以歸奉一日之養，且爲異日附身備，其善將之。』順未及家，一擲而盡已，而其祖死，重吉來營葬，知順之所將皆不致，憾之。將治其罪，順懼遁，慮無所往。其時順婦在喪所，順乘昏潛入所，受於主之室脱襪帶繫而死，時十一月之朔也。

烈婦聞之，號慟來奔，至則解其懸，觸壁呼天頭幾碎。隣媪勸止，烈婦曰：『夫亡分與俱亡耳，寧能獨活人世哉？』取其〔二〕夫所繫帶懷之。媪告重吉夫婦曰：『汝家婦懷其帶，意不可測。』重吉夫婦慰之曰：『兒不才，死無足惜。汝不忍於吾兒將忍於我夫婦耶？且汝父母在，尤可念。』婦泣不應，重吉夫婦宵晝閑之，既閱月告滿，復之温，送婦於其父母家，戒之曰：『汝女有死志，幸善伺之。』歲暮，友他出，友妻治菽爲腐，招其女曰：『來共爲之，貧家無長物與汝度歲，恃此耳。』烈婦太息曰：『顧爲二人供，我則寧需此哉？』少頃，友妻爇火就釜爨，心動，呼其女不應，所居門闔，急排之。則烈婦跂足立牀柱前，絓其頸已絶。是爲十二月二十六日，年十七，得於夫者未二百日。先是有見烈婦懷其帶者，曰：『帶不祥，燬之吉。』烈婦曰：『忍乎哉！且吾亦將有所用。』至是卒用其〔三〕帶以殉焉。

論曰：昔梁殖戰死，其妻哭曰：『婦人必有所倚者也，吾內無所依以見吾誠，外無所倚以立吾節。吾豈能二於人哉？』遂赴淄水而死。由此言之，脫〔四〕使內外不至，空無人焉，則其勢猶無死可知也。夫人不幸卒罹禍變，往往意氣所激。捐其軀命而不難，及於存亡禍福得失利鈍而念之，則幡然必易其初心，蓋死生之際綦重矣哉！況如烈婦者，生〔五〕長牛足之下，出入問耕問織之班，安所聞其爲大義也者？又非如殖妻之無所依倚，乃次死，於五十餘日之後而不之回，何其堅也！予表而出之，以告於矜門第，澤詩書者。

琢鍊極有法力，論之爲諷尤遠。簣山。

房聞烈婦事，走告先生。先生驚嘆曰：『人性之善顧不信哉，人彌賤，節彌奇也。』因濡毫爲傳若此，欲聞其事於上而築舍，因循未果。雖然，烈婦得此已足不朽矣。張次房識。

【校記】

〔一〕原文右側夾注：字字從千錘百鍊而出。

〔二〕原文右側夾注：以帶作針線。

〔三〕原文右側夾注：完帶。

〔四〕原文右側夾注：尋出論頭。

〔五〕原文右側夾注：可敬尤在此。

蘇文學傳

蘇君更生，字印三，杞人也。家世業儒，君尤能讀祖父書，以文章氣節自命。

崇禎壬午，李自成陷杞，時自成已僭王號，軍張甚，欲一鼓而北，直犯京塵。念烏合皆草竊之侶，無諳古成敗機宜。高陽，古人才地，當必產非常之士如酈食其者。召軍中俘，有儒生，釋縛來見，諸部曲得三十餘人，君與焉。自成踞佛廬爲宮，矛戟森列，典謁者引三十餘人入。自成問方略，三十餘人皆股栗，俯伏屏息，噤不敢發一辭。君獨抗聲曰：『將軍操百萬之衆，縱橫長驅，所向無堅壘，宜可以速得志於天下。然而事必有名，動必以義，逆風之舟不渡，犯上之兵不祥。國〔一〕家三百年厚澤深仁，民心既固，天命未改，躁舉者無幸，輕敵者必亡。將軍解甲歸命，因罪爲功，猶不失封侯賞。若徒逞兇燄，妄窺神器，非某所敢知也。』自成聞之大怒，呼左右：『砍此狂生頭來！』會有賊將倉黄走白，其黨袁時中拔旗叛走。自成失色，揮三十餘人去，急起鼓衆親追之，械君以從，一日行百八十里。至柘，得間而遁。

天下既定，君與同邑秦如野主恒社，方伯楊猶龍先生讀君文，嘆曰：『維斗天如後再只此生矣。』然卒窮不遇，嗜飲酒，晚年益篤。手不去梧杓，即無賓客，亦用以佐吟誦，發秘思，或夜不成痳，自起爇火而謀醉焉。年五十卒。

論曰：語云成則爲王，敗則亡，此不達逆順〔二〕而與於亂賊之甚者也。李自成已盗天下半，揮裒欲掃神京，妄謂識時務者，争思附翼攀鱗，恐不得出一奇以邀新主之知，而君乃聲其不義，侃侃凛凛，此豈復參一成敗之見於胸中者哉！吾友田蘭芳知其子爾翼，爲予言之如此云。

只撮一大事立言，微以文酒點綴之。中間慷慨説賊處，生氣勃勃，得太史公傳賈長沙法。

簣山。

【校記】

〔二〕原文右側夾注：大義凛然，讀之毛髮欲竪。

〔三〕原文右側夾注：高人一等，議論。

卷十　傳

宋莊敏公傳

宋公諱纁，字伯敬，號栗庵，商丘人。爲諸生同儕，欲以蠲徭請，公曰：『事在令長，請傷恥。』省試，官給馬，公問馬，出里中，却之。中嘉靖三十七年進士，授永平府推官，平其刑不狥，直指爲重輕。擢山東道監察御史，閹人吕用等以傳奉監十二團營，公抗言不可出。按應天徽州知府何東序爲給事趙格所劾，公言東序不畏强禦，而格以私憾論誣，上是公言。鄭少保嘗謂公正直有餘，宜濟之以忠厚。公曰：『今世所少者，寧忠厚哉？纁方愧正直未至耳！』

晉順天府丞，尋拜右僉都御史巡撫保定，故事紫荆等關，春秋兩防，往來士馬八千餘相更代。公言無故而自耗士氣，請罷戍并裁冗。卒歲，省司農金十餘萬。張江陵秉國意不合，引疾歸里，優游十載，復起公巡撫保定。歲大祲，先賑而後聞，或諫公曰：『及得請，則溝中之殍且滿矣。』徵爲户部右侍郎，轉左總督倉場，改京運於通，拜户部尚書。會江北諸省大旱，江南水，國用不充，議開礦。公曰：『開之易，塞之難，且保不中使爲虐乎？』議鬻爵。公曰：『士以賂進，非教之養恥也。』俱力格不行，請發内帑，賑恤之。留漕粟以平糴。』

公性誠直儉朴，不苟然諾，不修恩怨。治家嚴而恕，侍無姬媵，二三老蒼頭，藍襦白裳，如田間來。有郎曹謁公，見布衣，生不爲禮，退而乃知爲公之子也。公言論無虛恢，就事發明，愚者可解，而智者思益不盡。爲政〔一〕尚大體，嘗曰：『小利近功，必將蓄大患。』轉吏部尚書，石公星代爲司農，與公待漏同坐，欣然曰：『今日覈出某省羨金若干。』公曰：『朝廷錢穀不可搜索無餘，且上聞之或生侈心。』有言太倉粟多陳積，明年漕糧可改折者，公曰：『寧可紅腐不可不足，脱有饑，金錢可煮乎？』公力清選法，簡拔淹滯，從前陋習盡革之，無敢以私請者。

上在御日久，厭人情之僞，每見臺諫，指陳曰：『此套例也，即有激直，指斥乘輿，亦不怒。』曰：『若特沽名耳。』翰林學士于慎行嘗稱聖度如天，公獨愀〔二〕然曰：『言官論事，正要人主感動，寧天威震赫，尚有警省。時若一槩置之，如痿痹之疾了無痛痒，則無藥可瘳矣。』其後，章奏一切留中，百政廢弛，閹宦四出，以礦税毒天下，府庫竭。所在軍士脱巾而呼，人咸服公之早鑑云。卒贈太子太保榮禄大夫，謚莊敏。世以公配包公拯、海公瑞，并祀焉。

論曰：莊敏公鑒當世虛標講學之目，徒滕口說，曰：『學視力行何如耳？言入玄窟奚用也？』考公立身謀國事，事無違天，則雖講學者有加乎？夫治貴識體，養之厚且遠，則天下之元氣斯固，而規規於目前之利，君子不謂利也。如公者其斯古大臣之風烈與！

通篇皆形容，尚大體處，謹嚴有史法。簣山。

【校記】

〔二〕原文右側夾注：一篇大綱。

〔三〕原文右側夾注：識極高筆亦健。

沈文端公傳

沈公諱鯉，字仲化，號龍江，商丘人也，十九舉於鄉。夜有奔女，拒弗納。中嘉靖乙丑進士，改庶吉士，授翰林院檢討，累晉侍讀學士，吏部左侍郎，拜禮部尚書太子太保。公方直恪慎，權璫求一刺之投不可得，而積誠悟主，婉轉效謀，一事與上可否，嘗至三四不得，憂鬱形於食寢，得則不敢以爲功。

秦王誼漶請進封其弟奉國中尉誼漇、誼濍爲郡王、將軍，上報可，公力争之。上曰：『此特恩不爲例也。』公曰：『特恩亦私恩也，不爲例亦一例也。自古帝王未有不欲恩施無窮者，顧見人情之不可饜，而朝廷之澤必有所竭，不得不限之以制，以平其不一之情，而示以各足之分。』上曰：『有法在，吾不受私。』下曰：『有法在，不敢言私。畫一相守，尺寸不踰，而後天下之願欲以定。若法制一隳，請乞紛至，臣不知所以善其後矣。』繕宗藩要例宗藩名，封進之。慶成王請封其次妃戚畹，鄭承憲乞卹典翊，聖夫人金氏欲以姪承夫爵，皆援祖宗法，反復力格，不行。

群臣屢請皇長子正儲位，不報。乃下詔封貴妃爲皇貴妃，公請並封恭妃。恭妃者，皇長子所由出也，上無以奪。

光山産麒麟，詔取觀之。公言人主好尚，其端甚微，而傳播於四海九州，傷盛德甚大。此物一進，則天下之進奇異者踵至矣，麟固祥物而斃也，則已不祥。不祥之物宜桃茢以祓除之，而奈何敢達於至尊之前，封還詔旨。其不依徇取容類如此。

請復建文年號，修景帝實録，正文體，毁淫祠，定廟享，禮制上，皆嘉納焉。

萬曆戊子以疾乞歸，辛丑起，公少保兼太子太保東閣大學士，五辭而後拜命。上倦於勤，久不御朝，公特請面見，曰：『人臣不得仰覲天顔，是地天不交也。』其時差中使開礦榷税，所在流毒天下，多以變告。公上章曰：『採榷之役，陛下本以權宜濟國用，而内臣不能仰承德意，濫用群小，虎噬狼吞，窮搜遠獵。礦非取諸山澤，税非得之商旅，率皆科派閭左以足額，激爲禍變，紛紛未已。今日欲弭亂形，必先收人心。欲收人心，必先罷礦税，而撤中使。昔唐涇原之變，百姓操白梃逐官吏，曰：「復能税間架索陌錢耶？」臣愚，誠恐至於此極也。』

公念時艱，列謹天戒、卹民窮等十事上之。慮不省覽，書『天啓聖聰』牌，焚香禱祀。譖者言公詛呪，上密遣小内使取觀之，乃知公獻納之誠。

首輔沈一貫與公多異議，公作協恭約示之，一貫不能用。自張江陵相，嘗於私宅票擬，遂爲故事。公曰：『國政次於私室，非朝廷之體，而機事不密，又安知不有意外之虞？臣不敢也。』

朝臣捐俸錢助工作，公曰：『吾知養廉，不知逢君之欲。』聞者愧焉。

上每以疆場捷聞推恩宰輔，公皆固辭。曰：『此師武臣萬死一生之所致，臣不敢貪天之賜，攘人之功。』

公居政府四年，以小心持大體，老謀遠慮。不圖近小之益，汲引天下賢士大夫，惟恐失之。有嫌怨於公者，則過而輒忘，恢恢有并包之度。每晉秩惕然，以盛滿爲恐，七乞骸骨乃得致位還里。闢『自適園』，與二三故人修文雅社，崇尚儉質，立社倉，設義塾，鰥寡癈疾無告之人，尤極周卹，而使之必得其所。

公無子，有代求好女，盛裝資奉公，公峻却之。病將革，猶進保泰之謨，皆切中時事。年八十餘薨，上震悼輟朝，贈太師，謚文端。著有《亦玉堂文集》行世。

論曰：人之際時，幸不幸顧有定哉！公當神廟，倦於天下之政，朝綱盡弛，躬居帷幄，曾不得請一日清閒之燕。接天顏於咫尺，閹寺竊弄，威福煽虐四海，百官章奏如投弱水，沈淪而不省。公之憂時慮危，未嘗不羡古皋夔伊傅，而嘆遭逢之不幸者矣。顧考公之始末，進而難不以爲矯情也，退而力不以爲忘國也，指陳乘輿之非，封還成命，不以爲戇忤也。宵小之媒蘖，不辯而冰消，而言天下之難言，亦時得轉圜焉。吾見後人之望公，又將如古皋夔伊傅之不可企而及矣。嗚呼！公果不幸也哉！

點次大臣，謇謇氣象，如見垂紳正笏之色，論尤感慨而醞藉。簣山。

余司馬傳

余司馬，字洪崖，名城，河南商丘人。家貧，夜無膏照書，而所居又不容月就屋，上隙梯而誦之，光盡移乃已。中明萬曆丙辰進士，授中書舍人。熹宗即位，拜貴州道監察御史。

時魏璫竊國柄，公連劾其私人，直聲特震。歲當計吏，公上言曰：『方今天下之吏，鱗集京師，眡眡而覘。主德必朝廷，實有一番德意〔一〕流布，而後可觀感而化，不徒託董正之空言也。《詩》曰：「惠此中國，以綏四方。」蓋畿輔者，天下之根本，根本固而後枝幹榮。臣竊觀輦轂之下，百姓皇皇，幾無樂生之心，其何以示多方？夫膏澤不流，爲法多敝，未可委之天時也。』因條時事之切於行者甚悉，上嘉納之。巡視南城，禁演劇。朝臣有用以置酒者，亦召公。公至麾役，收伶人徑去，四坐悚然。權璫出私人，羅攝異已者，公輒捕之，復上章言：『清狐鼠，嚴請託。』璫益不能堪，於是思有以中公矣。

公鑒一時門户之禍曰：『人方含沙，而我授以影可乎？』絶一切交際宴會，落落孤行，即其瑠無所指斥而去公，乃命公出按滇。蓋其時水西、東烏交叛，道梗，而沙普土司構難，日尋於兵。黔國公尤怙勢不法，直指至啗，以賂不受，則死禍隨之。陽謂借公威重，實假手而甘心焉。公由劍閣渡瀘，逾筰西。飛檄諭水西、東烏，以天子威德許以更新，皆釋戈受約束。召沙普，平其宿怨，亦稽首謝死罪。黔公先以金珠重貨直數千金輦公家，公聞，馳命家人間道載還之。及滇，滇民來愬黔公，公受其詞，黔公怒遣客刺公。公夜屏人獨坐燭下閱獄詞，察有冤，輒擊案罵失入者；罪當死，而爲之求生，不得，則咨嗟欲涕。忽有人嘆曰：『如此好官，忍殺之耶？』委刃而去。旋於公所，由衢道中疊石爲坊，伏其機。公過心動，曰：『疾！』輿人急趨，而坊機發石下，中後輿人，死。公曰：『吾天子法吏也，知行吾法而已。』禽其將之尤桀横者，榜殺之。黔公益憤，集部下士，礪刀沫血，期詰旦礮舉而殺公，遂以反。既旦，礮不鳴，偵之，蓋黔公已甲。太夫人聞，固止之，不聽。太夫人曰：『若既不可回，飲我卮酒三，用壯爾膽。』飲之，立死，蓋酖也。公還朝，熹宗崩，思宗即位，曩黔公者嘗侍上於潛邸，愬公上下其事於滇撫。滇撫言黔公無狀，珹實不殺黔公。微珹，滇南不可知。帝怒罷滇撫，公禍且不測。久之，滇人交章訟黔公不法事而直公，上意乃解，亦由是知公能。命巡漕按山右，視九邊，九邊大帥見公皆股栗，曰：『是不爲黔公屈者也。』

晉順天丞，拜南太僕寺卿，以右副都御史視師江上，尋擢兵部右侍郎，轉左兼戎政。壬午天下亂，命公爲南兵部尚書。上曰：『留都根本重地，高皇帝陵寢在焉，煩卿保障之。』公頓首，言守禦計甚悉，上額之。而相臣惡公，以到官過期免公官。公著有《西臺諫草》若干卷，甲申之變，北向稽首痛哭而焚之，遁於閩嶠。丁亥歸，鬱鬱數月而卒。公方面頎軀，美鬚髯，性狷慎。出入仕宦三十年而産不加饒，應門一長鬚，至愿謹，猶時時飭之。郡之民大半不知有余尚書者。

論曰：予嘗聞沈謩，謩弟詳及其從子後昌，談公按滇事而壯之。後昌者，即嘗奉公命還黔公金珠之貽，而身齎以往者也。沈謩曰：『公性莊厲，雖燕私時不少懈。』方公視師，白門謩從幕，無他客署。謩守備官出，則謩戎服侍入坐，謩西向，公南向。治事畢然後起易服，行主賓禮，相對酒三行揖，就私室以爲常，謩公，夫人之從弟也。《詩》曰：『彼其之子，舍命不渝。』其公之謂哉！

叙公巖巖氣象，令人起敬，其人其文，兩堪千古。牧仲。

【校記】

〔一〕原文右側夾注：至論。

凌御史傳

凌公，名駉，字龍翰，江南歙縣人。中崇禎十六年進士，授兵部職。方司主事，李自成鼓衆而北，勢張甚。上命公監閹臣李建泰軍禦之，師次保定，與自成遇，軍輒潰，公身被數創幾死。京師陷，公走臨清，建義旗，號召山左諸郡縣，有恢復神京之志。興朝定鼎，公知不可爲，會江南立弘光帝，往歸之，用爲河南巡按御史。方行部至歸德，而豫王兵臨城下，公急登陴，設守禦計。郡將開門迎降，王知公名，下令曰：『凌御史死者，屠其城。』人守之。公疏繳勅旨，言身不能扞蔽江淮，辱使命，而徒一死塞責，無益國家事，臣負罪於九京，遣吏吴國，興潛渡江，上之。王召公，賜宴不食，賜貂裘革舄不拜，命兩内院學士諭降，復不應。縛提學僉事蔡鳳、監軍僉事吴汝琦，於公前斬之，曰：『降則官汝，否則視此。』公曰：『王當教天下以忠，而顧國之所少，獨一降御史哉？願就戮。』王不忍殺公，曰：『且休。』是夜草一書，遺王曰：『駉銜使命不克，有濟天乎？人乎？分惟一死，昨不急裁决者，尚有意於封疆人民也，今已矣。駉復何待，伏承隆禮。』義不私交所賜裘舄，并繳引尺練扼吭死。王義之，賜白金百兩爲棺斂，時順治二年四月二十三日也。公之猶子潤生從公死。

論曰：死生義利之際，其足以移人也久矣。而吾郡前有巡，後有駉，烈風嶽嶽，並揭日月之光，何擇死而趨不疑也。公死時，好事者多爲歌詞飾之，不足采，書疏亦傳聞各異，而賈開宗稱公山左事，尤誣，故爲正之以予所聞焉。

文字老潔如此，直是龍門百尺之桐。竇敏修。

李子金、孫昉、鄭廉傳

李子金，字子金，鹿邑人。鬈然多鬚，睢之田蘭芳兄事之。蘭芳曰：『天[一]之與我何如哉？而悠悠承之，惜矣。』以孫昉之識，解子金之深心厚力，鄭廉之雄奇倜儻，不可一世之氣，而降心問學，俛而孳孳焉。皆遠到才也，而優游自放以老，何與三子聞而笑謝之？

孫昉者，蘭芳之里人，字嘯史。一日念蘭芳之言愛己，勉隨蘭芳，問業於商丘徐邇黃先生。鄭廉囅然笑[二]曰：『吾不能鑿吾真也。』廉，字介夫，號石廊，家商丘之穀熟。予介之與蘭芳遊，因得南交子金，西友昉。子金多藝術而尤喜神仙家言，嘗衣寬博之衣，色正白，頂毗盧帽，來應學。使者試而言神仙於稠人之途，昉、廉以異端呼之，而問以樂律、勾股、天文、青烏、日者之説，子金與之縱談連日夜，甚辨。湯潛庵司空嘗欲設壇以聽之，然子金爲説盡駁古人之非，而聞者亦或疑曰：『子金其果獨是耶？』子金不飲酒，喜廉有酒，容昉工於論，稱廉微談動人。

昉短幹黃鬚，目睆睆不及遠，而蕭然閒放，常若有自得者。論古今有識，而不輕爲文字，偶一落筆輒自矜喜，然亦旋逸去不恤也。視世人如蟣蝨，有正以詩若文者，擲之不入目，而獨愛鄭廉詩，許其雄放無齷齪態。

廉磊落有丰姿，議論當世事，歷歷可聽，雖里巷無關有無之談，亦井井原委不殺焉。飲酒輒醉，至手病不捧，盈面病如漆癘而興益豪。

昉傲岸自行其意，來不可牽，去不可留。廉與子金性疎緩，人可援而止也。子金之子病痘，其妻迫求醫藥，子金出，爲故人留，數日忘歸。廉遇子金於蘭芳之舍，流連再旬，輾轉於兵戎之際，家人微求而得之，强以返，然後去。蘭芳曰：『三子各有性情，而由由不恭則一也。』

論曰：三子負才，玩侮一世而不屑，其諸古之遺狂與？狂者，聖人所欲得而蘭芳惜之，其又何也？母亦克念之難耶？昉鬱鬱以死，子金既老，一變而頹然於室家米鹽之間，憊矣。廉曰：『近頗悟往轍之非也，而予竊觀其後矣。』

如荷走露，如絮團風，初無定質，一一各有其人。在三子可不朽矣！論更正大，然亦筆墨飄忽，無常轍。簣山。

【校記】

〔一〕原文右側夾注：突兀而來，不可方物。

〔三〕原文右側夾注：以下聯綴一片，不可段落。

王司李傳

王君名嘉生，字美發，號豸巖，睢州人也。爲文雄博有奇氣，自成童即能驚其先達長者。每修社，人方攢眉扼手，説吟苦思而不得。豸巖則高談大嚼，往來謔笑，或奪〔一〕人草强閲之。論其合違，了若未經意者，已而文成，人卒無能出其上。丰姿磊落魁岸，踔厲風發，見其文知其爲非常之人，見其人知其爲廟廊之器也。當戎馬轉徙流離時，猶負一囊書，吟誦不輟。亂定而歸，與同里趙君獻，操人士之進退，得一言之予者，率皆睥睨而下之，謂人經平子必善也。

中順治六年進士，授江西建昌府推官。趯然有一日千里之志，嚴稜自持，民畏之如神明，侃侃與直指面折可否，直指不謂忤。有累年不次之獄，一言判之，莫敢以無情辨。每監兑漕糧，軍弁欲以故例，嘗輒縮頭咋舌，曰：『王公滿身風霜，望之令人寒慄，曷敢言？』撫軍蔡士英疏薦，將下詔徵用，而以外憂去，遂悲鬱而病。起補福建建寧府推官，建寧豪猾，聞其聲輒避走，而豸巖已無復昔日之英毅矣。煦煦寬和，每事必慎退，遇人惟恐傷之。未幾擬擢銓曹而又以内憂去。豸巖既連遭大故，偃蹇不得意，益悲鬱而病。遂掃一室，閉户焚香坐家，無纖鉅事不許一言。闕白時，披一卷微吟，或噓天而嘆，垂頭而畫地，咄咄書空，自語常若有深思重憂者。獨有時及文事，則抵掌雄談，眉宇間猶有不可一世之氣。其兄震生督江右學政，邀之往，不應，竟鬱鬱而卒。

論曰：人之負其才也如刀劍，然淬其鋒而用之則利，不用則鈍矣。今之策名天官者，率十年而不得試於政，及剖一符又八九年而不得一遷，則壯懷盛氣，蓋已銷磨幾盡矣。豸巖化雄奇爲衰颯，前後頓若兩人，非不堪其銷磨之故哉？悲夫！

前後刻畫處，神采奕奕。簣山。

【校記】

〔一〕原文右側夾注：有生氣。

李當陽傳

李當陽，名遥，字邇齋，號襄水，睢州人也。官終於當陽令，人稱爲李當陽。家故貧，刻厲讀書，嘗於積雪明月下走讀徹旦，忘其寒。鄰媪憐而分膏，弗受。

蔣氏徵諸名士，修文社。公由遠村蹭蹬至，攝敝衣，霑塗滿足，登其堂，主人怪，問曰：『若奚爲公揖〔一〕有半膝席者？』有回頭竊笑者。公徐出筆，曰：『願試文。』坐。日巳午，主人餉餅棗，公受而啖之且盡。衆皆指顧，耳語久之，公濡毫拂素疾書，王子嘉生起，從背後竊窺，失聲曰：『異才也。』文出，果冠一社，由是睢之士争識公。

順治甲午舉於鄉，己亥成進士。公性剛，方負氣自用，有事敢儋荷，百折而不回，細目頎軀，嶽嶽然棱厲不可犯，授彭澤令。彭澤十八都，都十甲，甲有長，長以次。直其年，地衝而徭繁，又大猾黠蠹，牟漁其間。直年者嘗至鬻兒典妻，正賦外，歲科民金六七鉅萬以爲常。公至，改行均役法，上下沮抑百至，或造蜚語中傷之。公不顧，卒行其法，民困以舒。

嘗有大舸七，載甲士五六百人，泊邑之馬當鎮，而其長陳思官，稱爲吴三桂姊子，來謁公。公方坐堂皇治邑政，思官擁呼而入。公問：『何爲？』曰：『有鹽欲於貴邑鬻之。』公曰：『爾不知國禁乎？』思官曰：『固然，有吾舅氏在。』公曰：『令知朝廷，不知誰舅氏。』思官怒曰：『若官粟粒大，而敢抗王親？』公頤指左右，曰：『且械王親於獄。』從卒拔刀而前，公叱之，不敢動。思官遣卒走告三桂，三桂移檄撫軍董公曰：『思官犯鹽禁，例發本旗鞭責。』思官去，諸大吏皆爲公口噤心悸，公坦如也。未幾，卒罷去。三桂叛，工部尚書冀公如錫疏薦其才，命從楚軍。久之不見用，公辭，總制蔡公曰：『須之行以一縣授若。』公曰：『今所少獨百里才乎？公授遥騎卒五千，日攻某路，不勝，遥甘死；授遥步卒三千，日守某隘，不守，遥甘死。今兩壘久相持，上日夕憂，捷書不聞，而顧能卧一城自逸哉？』蔡公壯之符下，卒委以當陽縣，縣産煤，順承王命，兩章京來採煤，民患苦之。公造章京言，章京怒去，報王曰：『令抗王。』王召公質，至官屬畢，會甲而露刃侍者數百人，公從容入。王蓄怒以待，其兩章京礪掌瞋目欲甘心焉。公慷慨陳，當陽民死於飛芻輓粟之餘，卧者呻吟，行者尩僂，而復迫以採煤之役，枵腹入山，必將盡爲溝中之斷。且數百里致之幕府，又能神輸鬼轉乎？令即日脱銅墨，便於當陽爲路人，而王視之則固家之臧獲亞旅也，令不爲國家愛百姓，王猶當罪之，而王顧可重擾此邑乎？侃侃鑿鑿反復數百言，左右皆撟舌，王色平且聽且頷之，曰：『令言是。』既出諸官屬，相顧曰：『異哉！有此强項令。』頃之，亦竟勒致政矣。』

公治當陽凡八月而歸築，今是園種芙蕖樹，緑楊翠篠，徜徉其中。嗜飲酒，即無客亦數具壺觴自酌，醺醺之色，相續志氣高亢，獨行〔二〕而自得，夷然視古今人無可者。爲文與詩，别出機柚，不屑循繩尺，曰：『格當自我立法，當自我設，烏能局局摸人牆壁哉？』

先是，彭澤署有所謂五顯神者，走士女如狂，公曰：『淫鬼也。敢與令共處乎？』提而去之，當陽之衙神尤常白晝見形，襜帷而游於衙之中，儀仗與令等，至堂乃不見，每夜有聲嗚嗚。然自仲宣樓來，徹曉弗絶，前令王嘗爲縛之，幾死，公至寂然，取其像投之河。後俞令來，言又輒見鬼物云。

論曰：人患氣不振，則靡然百事不能爲，孟子養之有以也。公掉臂直往，了無强禦之可畏，夫豈輕蹈險難而不知自愛者哉？志有所不可抑，義有所不可回，榮辱得喪，禍福之機，有所不足計耳。同邑大司空湯公斌，撫吴時盡毁淫祠，投其神於江濤中，適出一轍而落落孤行，卒不能有以竟其志。湯公大臣，且復不能竟其志，而公初膺一命，輒欲爲所欲爲，不亦難哉！夫天下〔三〕事，二公不能爲而又復誰能爲之？嗟夫！

寫當陽自用，不阿情狀，生氣勃勃。簣山。

【校記】

〔一〕原文右側夾注：寫生手。

〔二〕原文右側夾注：畫當陽活現紙上。

〔三〕原文右側夾注：信然信然。

張暉吉傳

張暉吉，商丘人。十歲能屬文，十四遊鄉校有聲，甲子一中副車。鼎革之際，入孔子廟再拜痛哭，謝諸生籍去，屏迹東野，人無知之者。

生有頭風，常播撼而弗寧，方幅凉節，寧孤行而不與人有周洽之歡。客有就而欲語者，或目無庸客問，故曰：『渠已先。』摇首不信也，蓋雖相謔戲，而實嫉其棱厲不隨人可否焉。性惡浮屠，聞梵聲掩耳而走。每授徒，必先爲説韓子《原道》大意，謂學者能別白邪正之塗，然後向往有定志。有假暉吉之屋而棲者去，遺所事大士像，知非暉吉所好，疾來求，已碎之矣。終其身不遊憩寺刹中，或挽之入，則憤然怒，人争笑之。一日正襟危坐而卒。

論曰：君子之大節有二，内而辨學術，外而辨去就。其是非得失之歸，劃然矣。顧學者功愈純篤而資愈高明，其於本天本心之岐趣，往往惑溺焉而愈深，雖洛閩諸大儒，亦輾轉於其中者，既久而後乃窮其非。暉吉輒祝如蜂蠆而不近，其得於天何異耶？嗚呼！隆爵厚糈者吾見之矣，而一介諸生守義高蹈，卓卓焉信斯聞也，即二事已合於君子之大節矣。

簡質而腴潤，尤可想其樂善之懷。節庵。

周先生傳

先生周佐者，懷遠將軍祺之父也。其先世家臨海明，永樂間巡按河南御史，端謫戍遼東廣寧衛，遂爲廣寧衛人。再傳，有軍功累官指揮僉事，得世承焉。遼既邊鄙，尚武勇，而周氏又世以長矛勁弩傳家。先生乃獨冠儒冠，喜從横經士弄文墨，講貫先聖微言大義，遊鄉校有聲。

天啓辛酉，王師襲遼陽下之，先生聞難，謂其妻張曰：『聖賢詩書之教，無非復我天性，而天性之切君父其大也。事變如此，吾分惟一死報國家，若善自爲計。』張曰：『夫子能死國，妾獨不能死夫乎？』遂弛二弓弦分懷之。是時也，祺方七歲，姊長四焉。先生曰：『吾不忍吾兒辱馬足。』汲兩大甕水，欲先溺殺二子，而張已引弦絶於梁。家人力救二子，并防護先生，先生不得死，兵亦未及廣寧。明年，王師大至，先生肅冠服辭聖廟，嘆曰：『吾妻待我久矣。』取舊所懷弓弦，繫而卒，年三十三。

論曰：烈士死名，賢人死義。苟一日之生，安知有可恥不可忍之事，蓋其嚮背之塗，判於幾微，而惟定性於不揺者，乃能獨伸其一往之志焉。觀先生夫婦後先殉國，謂非有得於詩書之深，觀刑之素，亦烏能慷慨從容，偕盟心於不二也哉！嗟夫！

老筆如蒼栢無枝。簣山。

徐烈女傳

烈女徐氏，故歸德衛指揮之裔也。世居商丘，父明智業農，娶謝氏，無子，生烈女，許字同邑赫連禧之子，甫方四五歲，輒不與鄰舍兒共嬉戲。有就者走避之，稍長職烹飪縫績之事。善伺父母，意父母所欲，然不言而辦其否者，易之矣。或命護場圃，坐立不移尺寸，族媪有屬以事，必始終之。察父母色有不平，婉言解慰，必悦乃已。雖髪未覆額，而宗黨愛重之，禮以成人。入其家，父未起而門内已告潔，母未入厨而炊爨井井焉，器具皆有定所，求輒應手而得。父母嘗自慰曰：『有女若此，何必有男。』

烈女性端謹寡笑言，比垣居者終歲不聞其聲。衣雖敝必完潔，行止雖造次必肅整，風雨晨昏未見其有燕媠之容。父卒，族兄士驥來嗣，奉身益嚴，不與共几食。其壻以病亟來告母，遣士驥往問，歸曰：『死矣！』烈女聞之，忍泣入房，緡素所剪描花譜，嚙而毁之。嫂怪問曰：『無需此。』且不欲母見也，易衣履，走摘所手蒔瓜茄之屬進母，母不嘗，繼以椒。母笑曰：『女能啗乎？』啗之，得零淚如雨去，微有哽咽聲。母謂其嫂曰：『渠慟不可忍，姑聽之，俟炊熟相唤也。』唤則懸門楣上絶矣，是爲康熙二十八年六月十八日，與其壻分晨暮死，年十七。事聞於令，命與壻合穴而筆之邑乘。

或曰：烈女，明智所羸負者，本姓竇。

論曰：新例惜民命，殉節者必先白有司，達於上報，可，然後死之。若烈女者，義激於心而情難於言，顧肯身詣公庭，哆然宣揚其故，曠日需時以待，許我之命乎？且親愛者又誰忍聽之，夫許嫁與嫁有間也。烈女輒不欲懷二心，以靦顔於世宜，雖格於令甲而令猶不忍没。没焉，令命同穴，其里人乃相距跬步而峙兩冢，抑又何與意者？壻未御輪禮，猶不可苟合者乎？

傳極朴雅，論尤疎老。簣山。

卷十一　説

逐鴞説

戊申秋，客於侯氏之墅，夜有鴞鳴於樓，予怪之曰：『鴞何爲者耶？鴞，禍鳥也。予於今可以免矣，予之窮至於轉徙無家，而鴞猶逼之，鴞亦忍乎哉？鴞或無靈而冒昧以鳴，不知予之客此耶？抑自習其聲，聊一鳴焉以自快，而不意其人之憎之也。』或曰鴞巢於樓之罅，塞而逐之可以已；或曰逐之又將鳴於人。莊生日見，彈而求鴞炙。鴞固可炙者也，予曰：『逐之可矣，炙則已甚。』既成謀，是夜鴞遂無聲。予曰：『嘻！鴞豈聞吾謀而自去耶？抑雖在，莫敢肆其鳴耶！鴞亦可哀已。』因自悔曰：『予之失所而來與鴞隣，乃厭鴞之隣已也，弗恕哉！』於是令其家人曰『鴞之巢無塞也』，其夜鴞復大鳴，家人咸尤予之縱鴞也。予曰：『嘻！鴞果禍鳥也。予鄉之致禍屢矣，固不聞鴞，且鴞炙之不能盡而逐之，可復來也。世之〔一〕小人而無忌憚者大抵如是，又獨鴞乎哉？』其後鴞鳴日甚，予亦厭之，終塞其巢，家人復怪予爲德之不竟也。予曰：『嘻！幸鑒於世之〔二〕縱小人，而使之無所忌憚者。』

三鳴三嘻，作章法伸縮離合，極天然之妙。篔山。

【校記】

〔一〕原文右側夾注：感慨。

〔二〕原文右側夾注：主意在此。

藜問字説

諸孫德培自庚其字曰『藜問』，蓋尚慕乎吾家子政也。世傳子政校書天禄，夜有老人杖青藜叩閣而入曰：『吾太乙之精也。』吹杖頭火出，懷中竹牒授之，自是子政之學益進。由此言之，其踪迹固甚奇矣。然而《漢書》不載其事何也？豈以其荒忽詭誕，不足以夸示後世耶？抑子政之語言行事累牘莫罄，而不暇旁及於此耶？不然則好事者妄爲之説，而非其真耶？其〔一〕有與無不可考矣。然而子政爲人，大抵所稱博學篤行之君子也。培誠學焉，而日勤行焉，而日至惟無所謂太乙者已耳。萬一有之，吾見扶杖而來惟恐後矣，雖然怪神之事，孔子所不道，培也讀書尚友，千百世之賢聖，盡晤於几席，而又榮乎區區之星精哉？

且子政之事，吾次知其爲妄也，何也？閣中之太乙無〔二〕異於圯上之黄石也。留侯之事史遷紀之，子政之説班掾不録，得無良史之所不書者，其亦後人之所不足信乎？若然，則培亦自問而已不必真，俟有杖藜而來問者也。

抑又聞之聖賢之學必歸於約，君子之行要期於醇。西漢當祖龍坑焚之餘，聖人之大道不明，故子政之徒各得抒其説以自見。設使與濂、洛、關、閩諸儒同堂而論道，得無於約且醇者未至耶？雖然子政固博學篤行之君子也，培也勉之，倘不以吹藜之有無，而隳嚮往之志焉，則德培進矣。

勉進藜問者至矣，而行文變宕錯綜，尤可愛。邇黄。

【校記】

〔二〕原文右側夾注：多設疑端，一句撇開，接出本意，有雲散日出之妙。

〔三〕原文右側夾注：借証甚確。

同名説

里之長者，其名予適同焉，或傳其意，欲予更之。予曰：『名不可同乎？昔司馬長卿慕藺相如之爲人，因名相如；李北海慕蔡邕之爲人，因名邕。使長者有可慕，予尚可因而名，又何更之與有？』

且夫古之賢士，立大名於天地之間，自有所以〔一〕爲名重者，非恃其名以重也。曾參同時又有曾參，陳孟公同時又有陳孟公，此並其族亦無異也。而千百世之下稱孝者必曰曾參，稱好客者必曰陳孟公。不聞殺人之曾參可以溷曾參，驚座之陳孟公可以溷孟公也，何也？夫固有所以爲名重者在也。

周公之名〔二〕，王文正公亦名之，不爲僭也，豈不曰雖古聖人何多讓焉？元載之名，横渠先生亦名之，不爲辱也，豈不曰顧其人何如耳？然則人有定者也，名無定者也，何害於同也？然而有不得同者，御名〔三〕及廟諱在律，犯者杖，豈凡人皆可引用乎？無乃不得而僭擬之乎？《曲禮》曰：『君子〔四〕已孤不更名。』况予又無可更之禮也。

夫古〔五〕之人載在前史者，歷歷其若彼。而時王之法、聖人之經，又若此。然則何據而不得同名哉？

長者已〔六〕同謝茂秦而不更，而天下之大後世之遠也，不知同予者何限，復誰得而盡更之。予少時字蔚宗，及讀史惡范曅之爲人，更字山蔚，然則予之不更其名，抑又何〔七〕幸乎？予之更之也哉！

無限意思，段段折倒，段段變化不窮。此文較諱辨何如？識者辨之。

山蔚之舌鋒可畏如此，殆亦滑稽之雄。恭士。

【校記】

〔一〕原文右側夾注：一意。
〔二〕原文右側夾注：又一意。
〔三〕原文右側夾注：又一意。
〔四〕原文右側夾注：又一意。
〔五〕原文右側夾注：總。
〔六〕原文右側夾注：又一意。
〔七〕原文右側夾注：毒甚妙甚。

田井脩字說

吾友田子簣山爲其子王略請字焉，曰：『古者既冠乃字，今冠禮廢久矣，即字以代三加可乎？古筮賓賓莫如子，敢再拜以請。』

予讓不獲，字之曰『井脩』，乃進田郎而醮之曰：古王者經略天下之土田，溝之，澮之，中公而外私，其制取於井形，固然哉！亦養而不窮之義也。迨其後，王政隳而井田廢，儒者嘗欲起而脩復之，雖以滕之小弱萬無能爲，而孟子猶慇慇焉。橫渠先生既不得志於天下，猶欲脩之於一鄉以示可行，豈非士君子即不能有及物之功，固不可無及物之志哉，此『井脩』之一説也。

顧觀於《易》則尤有進，井之六四曰『井甃無咎』，象曰『井甃無咎』，脩井也，夫六四陰柔而得其正者，雖尚無及物之功，然上近於九五，將瀦畜其寒泉以食萬物者也，能自脩則井日新矣。一日得君而不窮之養其功，顧可量哉，此『井脩』之又一説也。

田郎勉之若父，苦學力行，以困蹇老〔一〕，是九三之『井渫不食，爲我心惻』也。子能祗遹家學而益脩之，則鬱於其父而未洩者，將必滂乎沛然於子之身矣。

雖然君子惟知脩之吉耳，天下之食其福與否莫能自必也。田郎勉之，苟瀦畜其所以不窮者，即無〔二〕及物之功，其庶裕及物之具焉，不然即一旦用汲於王，明吾見有羸其瓶者矣，脩之，脩之，雖〔三〕九仞乎，猶有棄井之慮也。

反刓以樸，剗僞以真，道氣深穆，使人望而敬之，殆所謂芒寒色正者耶！陸林屋。

【校記】

〔二〕原文右側夾注：枝華横生，天然妙合。

〔三〕原文右側夾注：愈轉愈上。

〔三〕原文右側夾注：結更深警。

劉伯直字説

故人劉觀賓于之子溥，介田子簣山而請字焉，予既不得辭，乃謀於簣山曰：『吾聞君子之視人也，如視己也，己志之所不存，不可謂人志之所存也，己志之所向，不可謂人志之所不向也。吾業已取周子，所謂静虚動直之義名吾堂以自警矣，然則溥也其無意乎哉？』

周子曰：『静虚則明，明則通動，直則公，公則溥。』蓋溥必由直而得，舍直則私焉，而不可長且狹焉，而不可居矣，又何溥之能云？且夫善學者，惟約其功於切實之可據，而不馳其心於廣遠而難期。溥則聖度之如天也，學其溥而不得，將至於徇人而喪己，毋寧學其〔一〕直而不得，猶不失其爲寡過也。字之曰『伯直』其可乎？

簣山曰：『善！雖然，直又何易言哉？吾子幸卒示以直之方。』予曰：『嗟乎！身有之而不言者私也，身無之而姑言者不信也。』吾方皇皇焉以求，而倀倀焉不知所往，匍匐門巷乃欲引人以千里，又誰則從之。雖然吾嘗聞於《易》矣，曰『敬以直内』，又嘗聞於《書》矣，曰『夙夜惟寅，直哉』，然則不寅敬而求〔二〕直，猶不飲食而求飽也。蓋敬者，貫動静徹始終之道也，惟敬則一而無欲，無欲則直。否則，百邪交乘，委曲遷就，將無動而非咎矣，意者切實可據之方，其無愈於此哉！簣山曰：『善！請書以遺之，使之知所向也。』

千聖微傳，乃於偶然文字中發之，足徵所得。潛庵。

無論文筆之照映，周匝立言之本已，可俟百世而不惑，斯之謂不苟作。簣山。

【校記】

〔一〕原文右側夾注：何等平實。

〔二〕原文右側夾注：了當。

喪服説

予既爲書，與張匯宗論服制矣，或疑之曰：『三年之喪，何以二十五月而畢也？』曰：『《喪服小記》不云乎？「再期之喪，三年也」，以「再期」之故，名〔一〕「三年」，非「三年」，而姑「二十五月」也。』

曰：『「二十五月」之義何居？』曰：『禮者，體天地，法四時。天地四時之變易，人從而更始焉。其節也，所謂以期斷也，然而恩厚者弗忍已，故倍之。倍期則二十五月之交也，故曰「二十五月」也。』『然則何以名「三年」也？』曰：『三年之交也，故曰三年也。』曰：『數從其虚何也？』

曰：『置餘日而不用也。』『其置餘日而不用，何也？』曰：『加隆之義止矣。』

『然則五服皆然乎？』曰：『皆然也。』『何也？』曰：『由三年而「殺」之則「期」，「期」十三月，故曰「期之喪，二年也」。由「期」而「殺」之，則「三時之喪」，曰「大功」，曰「中殤」。七月由「三時」而殺之，則「二時之喪」曰「小功」。夫「二時」也，而何弗六月七月也？而何以謂之「三時」？由此觀之，則「大功」非滿九月，「小功」非滿五月矣。又殺之則「緦」，「緦」一時之喪，再月也。蓋一月則天時小變矣，而加隆焉，則倍之。倍之三月之交〔二〕也，故曰「三月」也。再倍之則「小功」，「小功」五月之交也，故曰「五月」也。三倍之則「中殤」七月，亦七月之交也。由「小功」而倍之則「大功」，「大功」九月之交也。由七月而倍之則「期」，「期」十三月之交也，「再期」無可復加矣。遞「殺」之義如是，加隆之義如是，此之謂人道之至文也。』

『然則「中月而禫」何謂也？』曰：『再期而大祥，二十五月之服終矣。是日之後，後月之前，中間一月卜，曰而「禫祭」焉，故曰「中月」也。』『顧謂二十七月何也？』曰：『亦置餘日而不用也。置〔三〕二十五月之餘日爲二十六月，出此月又置餘日而爲二十七月矣。』『今之制必滿二十七月，何也？』曰：『禮時爲大。時王又加隆焉，下則勿容倍也。母之「齊衰」期而三年矣，庶母之「緦」而期矣，《禮》曰「從其厚〔四〕」，而人情猶不免日趨於薄，《禮》將何如哉？是故忠信之人，君子望之矣。』

剖分處如錐畫沙，末路益復纏綿剴切，具見維世自任苦衷。簣山。

【校記】

〔一〕原文右側夾注：此正有辨。

〔二〕原文右側夾注：從無人道破。

〔三〕原文右側夾注：明如指掌。

〔四〕原文右側夾注：警惻。

晦純字説

族子韋請字於簣山，而志在於『晦』，命之曰『晦中』。客有疑其義者，曰：『君子内文明而外闇然，故曰「含章」，曰「文在中」，曰「欽明文思」，曰「緝熙光明」，曰「先覺」，曰「昭昭」，如亶聰之主，塞纊垂旒不欲少露其英，察而哲謀之所涵，足以光天之下而有餘。苟闇汶昏默，豈可以當天君之任乎？而簣山顧教其晦於中也，何居？』

予曰：『然君所謂知其一，不知其他也。夫不觀之火乎？攸灼之燄至烈也，而必有所鬱於中。夫不觀之日與月乎？照臨之光至遠也，而必有所隱於内。然則鬱也，隱也，所謂藏〔一〕用之本而所由，以蓄其明者也。此不夜則不朝，不冬則不春之大道，非第如老氏大智若愚，大巧若拙之謂矣。愚夫愚婦盡蔽其知覺之良，而皆曰「予知」，自見爲知，則中之晦也，不可問矣。故聖人曰「吾有知乎哉？予未有知」，惟其厚有所斂，斯其廣有所發，形著之光顯充其極，至於上下四表，無弗被而究之聖人之心，則猶然赤子之純，未嘗有毫髮之增益也。由斯言之，君子第患其晦之不純耳，而患其晦於中乎哉？』

韋曰：『「晦中」之義善矣，然曾大父行有字「樂中」者，不嫌於同歟？』予曰：『烏可同。易「中」爲「純」可也，晦之能純則庶無求於明之效，無悶於憂之違，無間於初終顯微存發之一致。斯爲已之密也，酌之《詩》曰「遵養時晦，時純熙矣。」韋也，苟純其晦則亦無慮，有不純其熙之時也夫。』

論思崇閎，鄙言所未發。篔山。

【校記】

〔一〕原文右側夾注：天地之具，一句挾出。

字侯晸説

姊孫侯晸請字。晸，日出也。《書》曰『寅賓出日』，字之曰『寅朝』。進晸而曉其義。曰『寅』，敬也。人心不敬則肆無中立兩可之界，敬則日强而進於君子，肆則日偷而淪於小人，塗轍之攸判，惟視吾心之收放存亡耳。收而存，德日上而無難；放而亡，流愈下而甚易。成人之方，有造之要，舍此無由也。

曰『朝』者，何以一日言？則晨晨而昏曠，一日皆惰氣也。以一生言，則幼幼而荒嬉，一生皆惰氣也。女不幸早孤，保身寧家在此時，養正端蒙在此時，庶幾謹身敬業，毅然乘其朝氣而勉之乎？

雖然君子『終日乾乾〔一〕，夕惕若』，匪獨朝也，故《書》於日之納，又言寅餞晸也。苟能慎始，則他日保終之道，其亦由此加密已矣。

或曰：『晸之從父字「朝宗」，無嫌於字畫之同歟？』曰：『禮不諱嫌名，二名不偏，諱名之嫌與偏，且無諱而字，又何有「穆伯」之子號「文伯」，「羲之」之子名「獻之」？古今無有非之者，而况夫音與義之俱别也哉！』

詞嚴義正而指畫明晰，是示幼學文字。簣山。

【校記】

〔二〕原文右側夾注：要補出此義方全。

宥貓説

有貓焉遇鼠而不殺，家人稱之曰『慈貓』。雞引雛而遊，輒避之，人謂其果慈也，而不之防。乃再日，而啖五雛，家人於是怒其貪且虐也，將引用張湯讞鼠之律。

予曰：『寃乎哉！』問：『有説乎？』曰：『彼反其常而若顧慈之，彼率其天而若顧磔之，其寃不亦甚乎？夫先王迎貓而祭，授其職於鼠也，而不鼠之問，使早申其溺職之罪，律以容奸縱盜而戮之無赦，渠亦何辭？顧舍其大而誅其細，抑末矣。環顧吾世何地而無食黍食麥也者，今貓唬然以怒，趯然以攫，奮然而不以惜物爲名，是殆振迅有爲之機，未必不藉此五德之雛，示威於碩鼠，而將修其觸邪禁暴之職，以復天性之本，然而顧乃罪之乎？』家人曰：『如李義府之志，獨在善類何？』予笑曰：『不如是，則不貓矣。』卒宥之。

託慨醞藉而筆亦蒼潔。簣山。

半翁説

劉生客豫章，自號曰『半翁』。或曰：『君以長者臨人乎？何「翁」也？』曰：『予杖於家四年矣。而皤然以衰。雖耄耋者不過焉，猶復不得爲「翁」乎哉？』曰：『君子亦欲爲全人於天下耳，而「半」也何居？』曰：『予惟不能全，故不敢掩其半也。』請詳其義，曰：『聽期於達。予自襁褓中病右耳到今，如無有也，則半聰矣。六年以來，目睆睆在朝烟暮靄中，短檠下蠅頭欺人，不肯以形見所存者，又半明耳。生而謇於口聽，他人懸河滾滾，益怯不能發一字，即言及之而欲默不得者，亦猶半宣半訥焉。天君喜遊如周穆，紛八駿之影方駐，而又馳其凝然以安主人之位者，幾幾乎不得其半矣。以是學也無成，行焉多咎，歲月悠悠，恒深半塗之懼，而天資又鈍弱，千百其功，猶恐不及，况勤怠相半乎？遠稽乎古人，予之不似者，半近瞻乎？今人予之似者又半，此予之不敢以全自欺也。雖然，予從無强記之能，而今益善忘，朝之聞不能留於夕，讀姚江先生語曰：「只要醒得，那要記得」，不覺鳴掌大喜，曰「半翁」，乃亦〔一〕得先儒之半矣。』

自謙自嘲，嬉戲成文，然都是内省返觀，非同閒筆浪墨。牧仲。

殊有披瀝。簣山。

【校記】

〔二〕原文右側夾注：妙謔。

雜説一

天地鬼神皆尚謙，故老氏竊之。功有所不居，名有所不立；退焉而不敢，進無焉而不欲。有似〔二〕也，然而不勝其私矣。

有兩人業工於肆，甲進一能必驕於人，得一利必衒於衆。而乙則若無能也，慮與甲爭其能，而能不必勝，寧無爭以勝之也；若無得也，慮與甲角其得，而得不能掩，寧無角以掩之也。其師乃兩薄之。他日盜至，乙少出所有，而盜輒釋；甲傾其橐，盜弗信也。工於人甲之爲可矣？曰：『未也。乙猶是也。』曰：『不意若之能至是也，然後知有之而自鳴得意，不如其若無有也。顧其師乃兩薄焉，何也？』曰：『作僞者日拙，小喜者無成，學莫先立其誠，志莫先去其矜。』

筆極曲，論極精。簣山。

【校記】

〔二〕原文右側夾注：看老子甚確。

雜説二

萬物之所怯也，鬼神之怒，士師之法，白刃之銛，洪濤之洶，與夫威獸之吞噬，毒蟲之螫傷耳。顧常有欺百神爲無靈，冒三尺而不死，徒手以乘鋒鏑，褰裳而凌巨浸，上山禽猛虎，下山取蝮蛇者。若是乎，天下固無之而可怯也，而謂有可怯之愈於此者，吾〔二〕不信也。

然而夫人之用勇異也，謂不可攖則鋭而前，謂不可不承則怯其怯也。樂而受甚於怒，賓而禮甚於刑，言相入也。甚於利鋒，行相引也，甚於洶波，望而若有落膽之威，嘗而若有喪身之毒也。豈嘗見有蹈仁而死者，遂惟恐其陷於已哉。將所謂氣無配而餒耶？餒而怯，怯而愈餒，吾不知壯往者何事，而饜足者何物也。嗟哉！

自棄者，甘死禍如飴，而引以中正之道，則畏懼掩耳而走，説來真可悲可笑。張長人。

【校記】

〔二〕原文右側夾注：轉捩最有筆力。

雜説三

萬物莫不畏天。而天之威寄於雷霆，非雷霆之果不爽也；非摘發於人寰，而無所遺也；非日相尋而恐之也。偶一中焉，或無一中焉，而天下卒凛凛者。天之意不可測也，然而不專寄於雷霆也，無雷霆而修吉悖凶自若也。愚者畏其不可測，智者正畏其有定衡焉。無定而不可測，是狂喜也，狂怒也。不可測而握定衡於中，萬物斯無敢倖之矣。

後世指天誓日，朝誡暮誥而民不信，斧鑕鞭箠，薙民如草而民益無所忌。古則有不言而化，不刑而自畏者，何也？將非爲治不在多言，而齊民不恃繁刑乎？雖然，不刑而刑有定，不言而意不可測也。是故君子之養德威也如天。

有淡雋之味。簣山。

卷十二　論議

友論

友道之淪喪也，非一日矣。古之爲友者，曰講〔一〕習、曰責善、曰輔仁、曰樂群；取友，曰信、曰斷金。而其始合也，曰同聲相應，同氣相求。其要厥終也，曰久敬，曰終和且平。蓋古之重厥友也，與君臣、父子、兄弟、夫婦共列而爲倫，謂君臣、父子、兄弟、夫婦之道，相資以講明者，緊惟若人是賴也，是故一言之未合，一行之未當，無不有規切引翼之責。而經緯於四倫之中，身〔二〕心性命所由依託焉。所謂講習，所謂責善輔仁，所〔三〕謂樂群取友，蓋如是矣。而今之朋友則不然，一室之密，常有萬里之隔焉。雖一文藝之往來，議論之觸發，心知其〔四〕非而故贊之，而姑然之，而陰訾之，而宣揚以姗笑之，猶且詡詡然託〔五〕講習之空名，稱樂群之雅會也，豈不異哉？

夫惟古人深知友道之重也，故擇而不敢輕合，合而不可復離。平居則道德相砥礪，患難則生死相委付，形迹不存，初終不渝，夫然後謂之信，夫然後謂〔六〕之斷金，夫然後謂之久敬，謂之終和且平。今則以狎爲親，以敬爲疏矣。以信爲迂，以欺爲恒矣。無事則飲食言笑相徵逐，有事則漠然矣。匪徒漠然，而因以利之，甚且因以擠之。或一言之失則疑而忌焉，一事之利則背而賣焉，亦何有〔七〕於斷金？亦何有於和平乎？甚矣！友道之淪喪也。

間嘗窮其弊源，則皆輕之過也。始則輕於合而不知擇，繼則輕於處而不知道，終則輕於離而不知惜。總則輕其友之名，而不知所關之親以切也，其去古道日遠，宜哉？且夫友不可託而名也。戰國之俠士，輕其生以酬一日之知，則客氣已耳。東都之黨人，冒其死以争百世之名，則習氣已耳。而友不與焉，夫友不必皆淪洽而無間也。朱陸之同畢，有害於交游之情，亦不必皆朝夕而與處也。山川之修阻，亦可以相觀而善，不然則無寧尚友焉已矣。且人之所與，異情也，有鄉焉，有故焉，有恩焉，有友焉，淆而處之必失其宜。與爲鄉則泛泛焉耳矣，與爲故則無失舊好焉耳矣，與爲恩則酬報焉、感激焉耳矣，凡此者胥不可以言友。孔子之書於朋友，屢示訓焉，誠見夫友之至〔八〕重而切，不欲如世之甚輕而泛也，奈何友道之淪喪，日漓於古昔也。嗚呼！今〔九〕之日漓於古昔者，又獨友道乎哉？

正反開闔，曲盡其意，論交無逾此者，可勒金石。邇黄。

淋漓警痛，刺骨驚魂，山蔚篤於氣誼，宜其言之親切乃爾。陳其年。

【校記】

〔一〕原文右側夾注：先列名目，以下經緯錯綜，照應最妙。

〔二〕原文右側夾注：關係如是。
〔三〕原文右側夾注：正應。
〔四〕原文右側夾注：説透此輩骨髓。
〔五〕原文右側夾注：反應。
〔六〕原文右側夾注：正應。
〔七〕原文右側夾注：又反應。
〔八〕原文右側夾注：應前完密。
〔九〕原文右側夾注：不□。

女史母德傳論

母與父同稱嚴君，蓋正位乎？內者莫尊於母也，故父理陽道而治外，母理陰道而治內，謂之匹敵。

且夫女子之生也，漸漬礱磨於閨闥之中，動靜語默，惟母是型，淑焉從而淑，慝焉從而慝，女復有女，其流益遠，母德之基，厥惟重矣。不寧此也，自夫人一氣而受，一形而分，本乎陽〔一〕者近父，本乎陰者近母，豈不尤有得於未生之先者乎？是故晉武帝之婚太子也，曰衛家種賢，賈家種妒，則女之賢、不肖，其所由來，非但染習之故矣。

文王生而聖也，詩人溯其本於母，曰：『摯仲氏任，自彼殷商，來嫁于周，曰嬪于京。』因述其胎教之實，曰：『乃及王季，維德之行，太任有身，生此文王。』由是觀之，分形受氣之初，固已得之異也。然則誰非人母，可弗慎於德行哉？

高視闊步，無一毫瞻顧之色。簣山。

【校記】

〔一〕原文右側夾注：無上議論，然實至理。

女史孝行傳論

孔子行在《孝經》，而曰『事父，未能』。然則孝者，聖人不敢自信，而欲以責婦人女子，不亦難哉？雖然，世豈無感發之至情，求於學士大夫而不得者，閨閣之中莫知其所以然而然，豈必聞天經地義之說乎？是故雖有愚奴悍婢，蠢焉罔覺，而當父〔一〕母疾痛存亡之際，未有不愛戀涕泣者，此所謂天性非耶？夫人不生於空桑，誰不屬毛而離裹，惟有以蔽之，而無所觀法提撕，則其心乍明而還昧耳。脱使察其蔽吾心者而祛之〔二〕，察其所以不容已於吾心者而益充之，則其油然以生，詎遂無手舞而足蹈也哉！世不知髮膚皆父母之軀，君子有全歸之義，而或刲股斮肌，以毀傷爲〔三〕孝行，予亦未嘗不悲焉，而不敢取以爲訓也。

嗚呼！世教無聞，民莫興行，所以示觀法提撕於斯編者，又〔四〕獨爲遒鐸於閨閣已哉！

蕭散中有沈著，氣骨原自不同。簣山。

【校記】

〔一〕原文右側夾注：淺處指點。

〔二〕原文右側夾注：有深理。

〔三〕原文右側夾注：又剥去此一層。

〔四〕原文右側夾注：又深一層。

女史賢淑傳論

婦人之義，貞順而已矣，不必有奇節異行也。蓋陰以柔爲德，匪柔則悍焉，而不正位於内，故主順。然柔而不正則狐媚，苟且隳身喪名，庸詎知愈於乘陽剛而肆者，故主〔一〕貞德之四，蓋言貞也。從之三，蓋言順也。

夫以太姒之聖，何孅不具？而歌詠者特以幽閒貞静形之曰『窈窕』已耳，故知有非常之智術，非閨門之福也。寡庸常之悔吝，即淑慎之選也。夫女子息心盡分，恂恂於無攸遂之常，宜爾家室，非事之至安者乎？而又復有榮名之施焉，彼鷄鳴之女，一言儆勉於牀笫之間，到今淑風照人耳目。孰謂女子有行，不可千古哉？《易》曰：『柔順利貞，君子攸行。』其閨閤之彝訓也夫。

以淡勝。簣山。

【校記】

〔一〕原文右側夾注：老。

女史貞一傳論

歐陽子取王凝之妻以論馮道，何其善！愧天下之學士大夫也。夫自古一節者嘗少，而轉移自便者嘗多，豈富貴安榮、貧賤憂戚之際，固有難淡於中者乎？何其有志者之鮮也！士君子儼然讀書考道，嘗不免有墮志氣、失身名之日，則其爲婦人女子者，宜不可以靡他相責矣。而乃往往發一日之天，懷持畢生之高節，豈不傑然與古志士相上下哉？

蓋臣無二事，婦無再醮，廉恥之〔一〕心原於天命，無如嗜慾牽於前，憂疑迫於後。弱氣易靡，初心難固，所謂婦人之貞吉或反凶，終良可痛惜也。

雖然善善惡惡，原非此明而彼昧，而顧反面改容，苟且以偷，一旦反之，羞惡本懷，其獨何以自解乎？或曰：『勢有無如何時有弗獲已夫。』不遇情事之至難而貞之，又惡足以明其素心也哉？

曲折有逸致。簣山。

【校記】

〔一〕原文右側夾注：警醒。

女史節烈傳論

天地之氣，厥賦惟均，正者尤獨鍾于人，則人之用其氣者，宜有道矣。顧一朝之激憤，常自經於溝瀆，而莫悔及大節攸存，則皤然而有變志也，豈其偏用之，則伸而正用之獨絀哉！何匹夫匹婦遑其血氣？則有餘而忠臣烈女配乎道義，則不足也。

顧人之死〔一〕生亦大矣。苟有變故，必期天下以死而後即安，則逡巡而有難色，獨非人情也乎？然惟人情但知重死，而相與忍恥喪心，乾坤之正氣幾息於此，而能伸一日之志，保百年之名者，豈不毅然丈夫操行哉？而得之于巾幗之中，其尤異矣！然則道義之氣，果不擇人而具，當其慷慨自許之頃，智者不必得，愚者不必失，一念〔二〕之消長，向背而已。夫人而知此，其亦善用乎一日之氣也哉！

淋漓滿志，氣盛故也。簣山。

【校記】

〔一〕原文右側夾注：一宕生波。

〔二〕原文右側夾注：微乎微乎。

女史義烈傳論

乾道成男，陽剛之象也。坤道成女，陰柔之象也。故語曰：『生男如狼，猶恐其羊；生女如鼠，猶恐其虎。』若男子而乘陰柔之位，則闚覰可醜；女子而襲陽剛之〔一〕權，則牝晨爲索矣。

雖然天地之氣亦往往賦受攸殊，非健順之常經所能限制者，豈非忠孝至性，不擇人而具。雖在閨〔二〕闈，亦不欲闒茸隱忍，而偷一日之生哉！顧《禮》有之曰：『男子居外，女子居内，深宫固門，閽寺守之。』《易》之《家人》曰：『無攸遂，在中饋，貞吉。』誠如經訓，苟〔三〕非家國之難，萬不容已，無寧安柔履順，守坤道之常然足矣。

嗟乎！彼儼然鬚眉，身爲臣子，一日變故當前，而鼠奔兔伏，苟延旦夕之命者，其視〔四〕此又何如耶？

章法最變幻，轉宕抑揚處，使人不測。簣山。

【校記】

〔一〕原文右側夾注：須先一按。

〔二〕原文右側夾注：便含末路機鋒。

〔三〕原文右側夾注：又一按。

〔四〕原文右側夾注：只用淡語收。

女史哲慧傳論

聰明特達之用何人而可少哉？雖曰『知之非艱，行之惟艱』，倘知且未至，倀倀焉乂烏從而行乎？且女子生長深閨，閱歷不及户外見聞，不過一家，無所謂經遠之謨，詩書之悟，而徒任一己偏倚之私，履凶蹈危，貿然於事幾之紛投，幾幾乎不可與知矣。假〔一〕使多智而善慮，豈其不爲宜家之助者？然而知幾之哲，君子難之，謂易覯於巾幗間哉！

昔孟母有言曰：『婦人有閨門之修，而無境外之志。』由此言之，則非常之智慮，又非女德之所急也。顧世亦有物至而心通，機生而悟遠，天性之穎睿，或非鬚眉之所及者，即不無出位之嫌，然〔二〕亦良足多矣。

雖然聰明之用必有義理以相資，若穿鑿小智，蕩廢繩檢，而肆然以逞非分之才，又寧若蚩蚩者安其愚，而無自用之失哉！哲婦傾城，詩有明戒，讀是篇者，亦善〔三〕法其意可爾。

補偏救弊，論必不苟。簣山。

【校記】

〔一〕原文右側夾注：故作提放。

〔二〕原文右側夾注：與之不過如是。

〔三〕原文右側夾注：爲世苦心。

女史才藝傳論

天地〔一〕之氣鬱勃變化而文生焉，使非有所以厚其藏，則所謂文者，亦索然而已矣。人受天地之氣以生，既不能自然而文，則養其鬱勃，學其變化，藏之深而發之自盛，不然則亦索然而已矣。

雖然發越者，陽之職也，斂閉者，陰之職也，秋冬之氣不洩，則蔚然而文，宜非女子事矣。且賢人君子養其鬱勃，而學其變化，已不徒爲文章璀璨之觀，而況荒酒食之議，鬭藻繢之華，雖工亦何急哉！每見才愈豐者德愈嗇，文愈美者行愈愆，卒〔二〕至身毀名惜，並其珠欬玉唾，舉覺污人而吐棄不遑卹焉，豈非不圖所以藏之之本，而妝枝綴葉，自以爲蔚然者，無非索然者耶？顧又非欲驅天下之女子盡爲椎鄙，而誣古今之有文者，皆非德選也。夫苟華由實茂，言本行宣，有其所以藏者，弗能已乎？所以發斯亦無惡於文矣，不觀之坤乎？三有時發之章，六有在中之文，然則女子又不足多乎哉？

議論有本末，而提放整嚴。簣山。

【校記】

〔一〕原文右側夾注：大頭腦。

〔二〕原文右側夾注：文人皆宜猛省，不獨爲女子下針。

女史妒娼傳論

『二南』諸什讀之令人有餘感也，盖婦之不德，未有不託言妾媵之慾者。然而《樛木》之愛戴何獨深，《螽斯》之慶慰何獨至乎？謂卑之敢於亢尊也，則《小星》之分安；謂下之有以怨上也，則《江汜》之情可以觀矣。嗚呼！不明静好之義，苟據專房之寵，蔑禮喪德，其耻孰加而甚者，合德斬漢成之嗣，昭信滅臨川之國，婦也至此不可言矣！

雖然善非一日之積，惡亦非一日之養，無乃母教〔一〕虧之於先，而夫道失之於後歟？膝下觀摩不聞和厚之德，則妒種成矣。房闈顧戀漸假驕縱之權，則乾綱絀矣。語曰：女無美惡，入宮見妒；士無賢不肖，入〔二〕朝見嫉。倘夫爲賢，夫婦雖妒，將不得逞。君爲明君，臣雖嫉，又何能爲乎？噫！吾願於《剥》之六五，日占其『貫魚』之利也。

層層逼入，擒王手也。篔山。

【校記】

〔一〕原文右側夾注：善醫者必求其病之源。

〔二〕原文右側夾注：修己便無事，人人可體。

女史傾邪傳論

女子與小人並稱，有以哉！其陰憸詭佞，亂人家國，固一轍也。夫女子之道以順爲正，寧朴愚而自守，毋巧智以惑人。其口如簧，其〔一〕家速亡；其才愈大，身名愈敗。詩不云乎『懿厥哲婦，爲梟爲鴟。婦有長舌，維厲之階。亂匪降自天，生自婦人』。嗚呼！生自婦人固〔二〕也，而成婦人之亂者，誰乎？舜禹之朝不聞嬖孽，桀紂之君同罹女禍，曩使貴德賤色以端正已之化，以防邪亂之幾，雖有長舌，庸能施哉？蓋自古房闈之禍，無非隱忍愛惜以成之。始則傾耳而聽，惟恐傷其意，及釀爲患，害至於國亡身死而不救，則禍人者適以自禍，而縱其人以成其禍者，雖終悔偏聽之奸，亦已晚矣。然則夫夫婦婦而正家道者，可不預閑於此哉！

探禍源而立論，機到神流。簀山。

【校記】

〔一〕原文右側夾注：至方，似古歌謡。

〔二〕原文右側夾注：令人惕然猛省。

女史淫亂傳論

《傳》曰：『男有室，女有家，無相瀆也，謂之有禮。』司馬遷曰：『禮之用，惟昏姻爲兢兢。』甚矣，禮以節，慾慾不可長。禮以敦，耻耻不可亡也。

夫《禮》『叔嫂不通問，諸母不漱裳』，『已嫁而反，兄弟弗與同席而坐，弗與同器而食』，先王制禮，其何爲如是苛嚴哉？誠所以杜漸而防微也。蓋女子之守身，如持盈盂，稍有蹉跌，畢世莫可掩其醜。雖懷嬴文姬猶不足齒，而況乎其桑間濮上哉！

《家人》之初九曰：『閑有家，悔亡。』象曰：『閑有家，志未變也。』夫當婦志未變之時，而不知所以閑之，則嘻嘻之，漸其可長乎。故婦人之長其慾者不〔一〕知恥也，其不知恥也，無禮以閑之也。故曰『禮』者，所以別嫌明微，又曰禮不可斯須去身，嘻！可不慎哉！

以禮字作主，得大頭腦。簣山。

【校記】

〔一〕原文右側夾注：醒豁之極。

女史逆惡傳論

嗚呼！羿莽操卓，豈必盡丈夫哉？女子亦有之矣。夫女色之禍人家國，何代無之。至於身謀弑逆，無所顧畏，而盗竊南面之權，稱帝制，改國號，奪天下以爲己私，逆天至此，不可言矣。然豈〔一〕一朝一夕之故乎？夫始則色以固愛宴溺，失防檢之權；既則愛以生畏，驕悍持鉗制之柄；終則畏以養亂，滋蔓成僭逆之禍。及其牀笫之間，寇敵頓起，今日之仇讎，詎非前日之歡寵乎？嗟嗟養癰，遺患者誰乎？至此尚堪悔哉？吾聞君子不死婦人之手，耻其有兒女之情也。况以巍然宇宙之共主，婉轉於婦人女子之掌握，而卒罹其兇殘，如漢成帝、唐中宗，其恥又孰甚焉？凡耽情内寵而不知檢制者，盍亦鑒諸此哉！

有勁采。簣山。

【校記】

〔一〕原文右側夾注：所以貴早辨。

士君子立身行己自有法度論

天下之道有兩是乎？曰『無也』。兩是者，不可以爲道。有可託於近似之迹者乎？曰『不可也』。託於近似之迹者，必甚害於道，何言之？堯舜之爲道曰『中』，孔子之爲道曰『時』。中而委蛇於兩可之間，其心亦曰『我學堯舜』，孔子者也，而即大戾於堯舜。孔子之道何也？中者聖人之化也，非如此而然，如彼而又然者也，模棱者烏可以倖而竊也。

孟子於楊墨之邪辭而闢之，而尤痛絶乎鄉愿。豈不以楊墨之禍所中者，猶天下好高喜異之士，而鄉愿則塗飾彌縫之巧，無人不迷惑以爲中道之歸，則害人心而敗風俗，將不胥化爲軟熟，便辟之天下不已乎？然則君子奈何曰『君子』〔一〕，自有内方乎外之常經，守死而不移，所謂立身行己之大閑也。天下之大閑，三尺所不及，嚴者士君子自嚴之。士君子之大閑，一世所不及，責者千秋共責之。豈非士君子之身，天下萬世之大經大法所由係，而不容有一日一事之苟，以自放於法度之外哉？

善乎黄勉齋先生之論陳太丘也，曰『士君子立身行己，自有法度』。夫太丘固君子之流，非甘與嬖閹、權璫爲伍者，而獨於張讓之葬身往會之，豈不曰少委蛇焉，以平其怒，俾其悔禍，於吾儕亦不已甚之中道乎？其後讓念太丘之德，而保其善類人，果謂太丘枉少直多，屈一身而庇衆賢士君子，固不可丰棱過峻激小人，以無所容而自取禍害也。若太丘者，可謂中道矣。嗚呼！此所謂浮沈流俗之見，而亂德之甚者也！夫禍福利害之機，聖賢非固欲嘗試其難也，盖一隱忍委曲於其際，則縱果免於禍，果免於害，而非義之辱。即三典九章已設於厥躬，而不可宥何也？堯舜〔三〕、孔子之法度不如是也。後世亂臣賊子，自文其逆天斁倫之罪，莫不竊聖人近似之迹，曰反經而行權。夫衡有兩重而輕軒焉，然後權之不兩立者，何權之與？有彼支屋而自折其棟矣，尚欲庇人乎？彼操舟而自失其舳矣，尚欲濟同舟乎？是故學聖人之權，無寧學聖人之經而已矣。正內方外之常經，所謂堯舜、孔子之法度也，然亦非堯舜、孔子之法度也。人人所命於天，而莫不固有之法度也，而胡容决其防也。

明熹宗時，乾兒、義孫充滿朝，著原其始，亦不過隱忍委曲於一日一事之間，以爲禍福利害之趨避，而不知其身敗名滅，一至此極也。東漢之君子固不能知堯舜、孔子之道，而法度之無兩是，太丘亦宜聞之，顧奈何委蛇浮沈，而欲託於近似之迹也。雖然太丘固君子流也，不君子不足責之矣。

纏緜確正，可以立懦。簣山。

【校記】

〔二〕原文右側夾注：莊論不磨。

〔三〕原文右側夾注：嶄然。

西江詩派論

帝王之於天下，聖賢之於道，皆相繼以統。統也者，同也，無外之辭也。猶之水行於地，匯於歸墟，而總爲天一之所生，非支流別汊之所得，偏據以爲名也。至於四瀆百川之既分，分而溢，溢而溯其所由出，然後稱派，以別之派者，蓋一流之餘也。是故王者無一天下之權，斯有竊其土疆而割據者，聖人之道不明異學，始因張其説以遊於世。然七國雖强，魏吴雖大，終不得上僭一王之緒。黄老盛於漢，佛盛於唐，亦卒不能易聖人開繼之常經者，何也？統大而派小，統正而派異也，詩之統與派亦猶是矣。

何謂詩之統，性情是也。性情之所寓，有帝王之尊焉，故曰天君爲聖賢之本焉，故曰理此天一之所以統萬派也。由是而志以言，由是而歌以永，酌古今之正變而宣我情。文之藴，無倚無矯放而之焉，則亦水之無所不行，而無可不匯也。第淫辭以逞，而戾於温柔敦厚之教，則雖矜天下之新，闢古今之奇，而不可以謂詩，何也？非性情之物也，猶之汙瀆非水之本然也。

是故詩[一]之統關王之統，與世運爲盛衰也。詩之統關聖之統，與道爲明晦也。趙宋之運昌矣，千餘年之絕學，光如日星，故其時之詩，亦能闢數百年未[二]開之境，而發天地未洩之機。其詩人之最著者曰『蘇黃』，黃巧於思，倔於氣，奧於辭，岸然自成一家言，而當時學者，多祖之於是。吕居仁圖陳履常以下二十五人，爲山谷法嗣，名之曰『西江詩派』。夫浮屠氏以彼法私於其徒，若一家之父子，以區區廩畜田廬相承代也。而他家之所有，則望而不得干，故有法嗣之目。由此言之，居仁之名山谷，蓋以支流別汊小之，非尊之也。而自附於一流之餘，抑又自小之甚矣。夫人莫不欲自尊而尊其師，而顧小之者，何也？蓋未嘗循流而溯源，去人之見而求諸己也。

夫我自有性，我自有情，我自能本吾性而達吾情，雖稽古居今，無人不可取以自助，而要隨乎我之遇動乎，我之天發乎，我之所欲白而不容已之隱而卒成乎，我之言猶吾面之不能與人同也，而奈何謂他人父哉！且夫人無真是非於己，無定志定力於己，而碌碌因人如影之隨，如響之答，於己無益而未必爲人所樂，受彼二十五人者之祖山谷，其似山谷有幾也。傳者已不似，而湮没無一言之存者，或更不止不似山谷矣，而强禰山谷，山谷豈許之乎？甚矣！居仁之多事而不智也。

夫山谷史稱性至孝，又有識濂溪先生之明。是二[三]事者，山谷性情之正，而詩之所由以爲統也，居仁不此之學，而獨欲似續於其詩曰派也，派也不得其派之所由，恐終没於斷港絕澗已矣，然則何派不可以尋源也哉？

予以此題試西江，殊無一當人意者。得山蔚高識，老筆縱橫出奇，遂成千古定論，不可移易一字。牧仲。

詮發處極精、極密、極大、極盡，是一篇無罅隙文字。簣山。

【校記】

〔一〕原文右側夾注：忽作一關會，大不可測。

〔二〕原文右側夾注：二語道得宋詩論。

〔三〕原文右側夾注：絶好進步。

祀孔子誕辰議

學宮李先生折柬召劉生、兩周生，諭曰：『先師誕辰不可無祀。』聞之《聖蹟圖》，蓋『八月二十有七日』也。坊間之書有云『九月之中生』，議何從，即襄斯舉焉。

劉生退而議曰：『「九月」云云〔一〕，市井不根之談，不足信也。』然嘗考之經史，雖《聖蹟圖》亦不能無疑焉。《春秋穀梁傳》於襄公二十一年，經書『九月庚戌朔，日食』，『十月庚辰朔，日食』

之下，曰『庚子，孔子生』。《公羊傳》雖同此年，則謂『十一月庚子』。夫十月既爲『庚辰朔』，則十一月烏得有『庚子』哉？《左傳》《家語》既皆失載，而胡傳之述乃用公羊，不知何見？若夫《史記》則謂『二十二年』，《通鑑》前編祖之遂於是年，大書『十一月庚子，孔子生』，且曰『二十一年，日再食』，次非生聖之年，是亦荒唐臆度之論，非確見也。

諸史傳皆以孔子之卒爲七十有三，孔子卒於哀十六年，由今數之，則襄二十一年是已。而《史記》既謂生於二十二年，而卒亦云七十有三，得非自相刺盾耶？且諸書俱云卒於四月己丑，而杜氏以長曆推之則曰四月無己丑，是卒之月日亦有誤也，不獨誕辰矣。昔孔子作《春秋》曰，所見異辭，所聞異辭，所傳聞異辭，蓋事非耳目所及，而欲其言之不異，難矣。又曰信以傳，信疑以傳，疑天下事固不能執一見，以爲必然類如此也。

公、穀皆謂授經於子夏，而兩傳之異同正自不少，況史遷又遠出數百年之後，而謂其言顧可盡信歟？難者曰：『史遷不可信，而朱子於魯論之首，胡以録之曰〔二〕「是亦傳疑而已」。』假如有以年月日質疑於朱子，而朱子當亦不敢據以爲然也，第以無關於大，遂亦因仍其舊焉。爾難者曰：『《聖蹟圖》衍聖公所著也，其月日亦有誤乎？』曰：『事在數千年之上，雖衍聖公亦烏得而知之。』其日八月二十有七日者，周之十月二十有一日也，夫二十七日之合否未可知。第云十月是從《穀梁》也，若《穀梁》爲是，則即不得云二十二年。不識年從史遷，月日從穀梁，一聖人之生而可以調停兩用之乎？然則衍聖公之言，正亦難爲定案矣。難者曰：『此典顧可終闕歟？』曰：『孔子固教人以闕疑闕殆也。』曰：『不祀其可乎？』曰：『不祀〔三〕可也，祀之非禮也。』祀誕辰者，異端之所以奔走愚夫愚婦也。孔子可以無誕辰之祀，而春秋兩祀外，可以不私祀誕辰也。是故祭義曰：『祭不欲數，數則煩，煩則不敬』，祭之所以致敬，而乃以不敬，終之敢乎哉？大凡事之創行者，必理無可疑，義無可議，而後庶幾也，不然毋寧不創之爲愈矣。

且吾聞之崇聖人之道者，不在虛文爲聖人之徒者，原有實事苟無愧其實，雖或略其文可也。東家之子克肯堂構，西家之子徒具粢盛，則兩父之爲欣爲戚，可以意卜矣。夫〔四〕史傳既無可信之日，而祭義又有煩數之戒，故曰：『不祀可也，祀之非禮也。』謹議。

考辨已極詳核，斷定更是名論，必傳之作。邇黃。

議論引據，間雜成文，微波淡宕，老筆犀利，文之能事盡矣。簣山。

【校記】

〔二〕原文右側夾注：一語斷倒。

〔三〕原文右側夾注：真能心印古人。

〔三〕原文右側夾注：大主意，至比始出。

〔四〕原文右側夾注：兩句收住，力有千鈞。

父妾無子服制議

予甥侯方至，喪其父無子之妾徐氏者，問禮於徐子邇黄、恭士、宋子介山及予。邇黄據吕司寇《四禮疑》曰：『母之名生於父，不生於子，有子與否皆庶母也，當服期。』方至難之，邇黄堅其議，恭士、介山不對而去。聞者多奉邇黄之説，以爲然。予既寡聞見，不足以言禮，而邇黄又長者，不敢與面争。雖然，明辯固聖人之所許也。

因退而議曰：『母之名生於父，不生於子，似也。然考之《儀禮》緦麻三月，曰「士爲庶母」。注曰：「士爲有子者，服緦，無子則已。」《朱子家禮》祖之，曰：「士爲庶母緦麻，謂父妾之有子者也。」明制改服期，《會典·八母圖》曰：「父有子妾。」本朝律曰：「父妾無子，不得以母稱矣。」蓋謂有子〔一〕始得正乎？母之名爲其子之母者，斯嫡子衆子因而庶母焉耳。是母之名雖生於父，而所以得母之名，則實由乎其子也，無子則何母之有？《喪服小記》曰：「士妾有子者而爲之緦，無子則已。」夫妾必有子者服緦，則〔二〕父妾必有子者服期，義愈明也。無子者不足以當君之緦，則無子者必不足以當嫡子、衆子之期，義愈明也。

或曰：『妾爲君斬矣，爲君之父母期矣，爲女君與嫡子衆子皆期矣，未嘗别有子無子也。而無子者獨薄於人情，安乎？』予曰：『大夫於貴妾不問子之有無皆服緦，可知此乃〔三〕聖人所以抑其賤，而尤防夫寵溺者之得以行其私也，是故以有子爲斷，禮固非施報之常情所能齊矣。』

或曰：『徐氏有子而殤，非已正乎母之名者歟？』予曰：『子未下，殤而殀，安在其爲有子也？譬如王公貴人既削其籍矣，仍得以王公之禮葬之乎？』

或曰：『君子過於厚即不可，期降焉者不可以義起歟？』予曰：『先王制禮，正名而定分，必使過者俯而就，不至者跂而及，蓋曰不容有自行其意者。人各自行其意，亂孰甚焉。』

或曰：『呂司寇之疑也非乎？』予曰：『謂之疑，闕〔四〕焉可爾。夫必有子而後爲服者，本於經，著於律，天下古今之所共由，以一人之疑而遽廢焉，敢乎哉？』

或曰：『徐氏之節可敬也。卒無容以少厚乎？』予曰：『厚其殮葬可也。禮爲出母嫁母，齊衰杖期而爲父，後者無服心喪而已。夫心喪云者，本無服而不忍已於心，不忍已於心而終不容爲之服。故孔子之喪顏淵、子路也，若喪子而無服，孔子没諸弟子，亦若喪父而無服。以此例之，若喪庶母而無服，而心喪以終其月焉，亦足以報徐氏矣。顧可輕爲服乎哉？』

辨博宏暢，惜不令呂司寇見之。介山。

【校記】

〔一〕原文右側夾注：直捷明快，如老吏獄詞。

〔二〕原文右側夾注：引証的當。

〔三〕原文右側夾注：《易》《春秋》無非扶陽抑陰，聖人固有深心。

〔四〕原文右側夾注：平心之論。

卷十三　答問

答鳩居問

新安曹生謁予曰：『吾里葉生者，舊結廬於盤田之野。』方落成，有鳩來巢於梁，生怪之，曰：『其《詩》之所謂「鵲巢鳩居」者乎？』惡而去焉。久之，復廬於盤田，居三日，又有鳩巢於梁。生益怪之，作《鳩居問》。質於予曰：『如《詩》所云，必非其祥矣。不然，鳩聚也，是宜聚族於此也；且聞之五鳩，鳩民者也，或祥也。』予疑於對，願賜一言以答吾友之請，而釋其惑。

劉子曰：『妖祥徵應，聖人不言也，盡其在我而已。』董仲舒，劉向之徒。始言變異，驗之事應，而委曲爲之辭。至有不能盡然者，則支離遷就、矯强傅會，以求其必合，是亦無稽已耳。顧妖祥之見，雖聖人，有所不敢忽；而徵應之推，則聖人有所不敢知。其不敢忽也，聖人盡人而畏天；其不敢知也，聖人不誣天以惑人，如是焉已矣。

夫鳩雖拙，亦能自爲巢者。巢於樹，其常也；巢於屋，亦時有也。吾廬適而成，則鳩適而巢，無足異也；吾廬又適而成，則鳩又適而巢，亦無足異也。其居於鵲巢者，或然者也，非常也。且安知〔一〕我之不爲鳩也？《詩》之取興，又美也，斯何所疑乎哉？

曰：『聚之解，其庶幾乎！然則必於梁焉，又何説也？』此强爲訓詁者。曰：『郯子言：「祝鳩，司徒也。」司徒，掌教意者，微示以名教之樂，而爲論升之地乎？』曰：『此巧爲勉者。』然而稱引亦已遠矣。吾聞之賈生曰：『天不可預慮兮，道不可預謀。』言未然之徵應不當計也，又曰：『愚士繫俗兮，窘若囚拘；至人遺物兮，獨與道俱；衆人惑惑兮，好惡積億；真人恬漠兮，獨與道息。』言妖祥之不足爲動，自有可恃而不疑者，道也。

夫生以疑鳩之故，殷殷千里而問之，可謂勤矣。倘移疑鳩之心，而以聖人之道自疑，移問鳩之勤，而以聖人之道爲問，吾見生之日益也，何鳩之足云？藉謂箕子之聖，亦言休咎，然天事之徵，人事之得失而已。不慎人事而徒言瑞徵，則如五代之蜀，豈不麟、鳳、龜、龍、騶、虞之類，畢萃於其國哉？

論思確正，可破世俗之疑。邇黄。

【校記】

〔一〕原文右側夾注：奇。

答顔子食埃墨問

問：『《家語》記陳蔡之厄，顔子取埃墨之飯，食之。子貢疑其竊，告於孔子。孔子託以夢，欲進飯而祭，然後知其非竊也。信乎？』曰：『是。』誣大聖大賢，不同於閭里之村婦小兒也。夫以顔子之仁，猶不能見信於師若友，何〔二〕以爲顔子？以子貢之智，猶不足以知顔子，何以爲子貢？以孔子之聖，猶不能堅信顔子之無他，又何以爲孔子？夫埃墨之飯，當無多也；棄之不忍，亦其情也。常人稍知義理，必無先師而食者；稍知愧恥，必無竊取而食者。而顧疑於顔子，即其疑之，士有争友，何妨面責？而乃屑屑然，往白於師，是村塾童蒙，幸同儕之有過，而傾之也。且孔子召而問焉，就事言之，亦胡不可？顧乃假於夢，詭於祭，曲辭隱義，曾何殊於世之以言餂人者？至得其情矣，乃詡詡然，顧謂二三子曰：『吾之信回也，非待今日也。』夫非待今日，則其夢與祭也，不亦多乎？又曰：『二三子由此乃服之。』豈前此二三子，猶有所不服乎？漢人假託、傅會、鄙陋、無稽之談，大率多此類也。

曰：『《家語》半載於《禮經》，亦有不可盡信者乎？』曰：『《禮經》固多漢人之言，不可盡信者也。』曰：『後之學者，亦安辯其爲聖人之書而信之？』曰：『求之於理而已。得其理者，真也；失其理者，僞也。』曰：『讀書亦敢不信於經乎？』曰：『孟子曰：「吾於《武成》取二三策而已矣。」《武成》〔二〕，固聖人之經也。』

以理求古人，是讀書大欛柄，山蔚殊有辯才。曹顧庵。

【校記】

〔二〕原文右側夾注：先據理立案。

〔三〕原文右側夾注：妙証妙煞。

答昏禮問一

客問：『娶妻不娶同姓，何謂也？』曰：『先儒云：「爲其近，禽獸也。」禽獸不知嫌微之别，人烏可無别也。』

客曰：『異姓，其皆無嫌乎？』曰：『外姻爲昏，有以姦論者矣。』客曰：『雖然，中表之行，近世士大夫皆用之，或猶可許也。』曰：『在律，昏姑舅、兩姨、姊妹者，杖八十。離異，安在其可哉？先王制禮，遠嫌而養恥，又立之科條，以防不然。蓋所以扶進斯民於人道者，至嚴而不可犯矣。夫所謂同姓者，猶無親之稱耳。若吾父姊妹之子，不猶之兄〔一〕弟之子乎？吾母兄弟姊妹之子，不猶之吾父兄弟姊妹之子乎？人知同姓兄弟之子不可昏，而不知異姓兄弟姊妹之子不可昏，其何異置烏喙而啖側子耶？』客曰：『彼世昏者皆非歟？』曰：『疏而無服者，可也。姑舅、兩姨、兄弟、姊妹相爲服緦麻，乃亂之以昏姻，而期且斬焉，如禮何？』客曰：『吾黨有女，養於他人。謂「可解中表之迹而昏之」，然歟？』曰：『買妾不知其姓，則卜之。不知者猶卜知，而假人以免，夫誰欺？』客曰：『舉世行之，未聞有用離異之律者，或居今而亦可從俗也？』曰：『俗之可從，事之無害於義爾。斁倫敗禮，相率而畔於人群，可乎？盜，徼倖而未發，曰「未見有律盜者」，盜顧可爲乎哉？』

禮教不明於人心，律令不申於官府，或明知其非而蹈之，若固然也。讀此，其無怵惕也夫！

石廊。

【校記】

〔一〕原文右側夾注：醒豁。

答昏禮問二

客曰：『盟昏於襁褓，可歟？』曰：『無悔焉可也。』曰：『何悔？』曰：『山川之或阻也，官骸之或傷也，或家落而見羞，或行非而相浼也，皆悔也。古人六禮之行，率無遠期，故《詩》曰：「雖雝鳴鴈，旭日始旦，士如歸妻，迨冰未泮。」冰未泮而納采，桃始華而御輪。故不至有他端之變，詒悔恨而生釁端也。』

客曰：『禮，女子二十而嫁，男子三十而娶，不已稽歟？』曰：『昏，重禮也。上以事宗廟，而下以繼後世。嬉嬉童幼，茫不知成人之道，烏足以刑妻、宜家、爲人父；而爲人母者，況血氣未定，亦非所以養壽命之源也。』客曰：『有故則「二十三歲而嫁，禮也」。今有因喪而歸者，何歟？』曰：『此禽獸之行，傷教亂化之甚者，百杖不足以蔽其罪矣！』客曰：『昏者，身已從吉，而主昏者，或可少假乎？』曰：『在律，居父母、舅姑及夫喪，而與應嫁娶人主昏者，杖八十，薄於自昏無幾也。殺人者死，而主殺者寧末減哉？』

客曰：『男女及期，而家幸無故。顧又不輒得吉卜而行也，將奈何？』曰：『陰陽禁忌之説，鄙倍而不足信也。古之昏者皆仲春，蓋萬物於此而生，故人倫於此而始。古之人法天，未聞有不祥；今之人信術，未見果無凶咎也。智者可以知所從事矣。』

曰：『古六禮不病於繁乎？』曰：『禮所以敬夫婦之始，而勿容苟也。故《召南》之女，雖致於獄，而謂室家之禮不備，終不之從焉。然《朱子家禮》，已去問名、納吉、請期，以從俗矣。夫古人問名而卜，卜吉，則納吉，否，則他采他問焉。今一言之定，便不可易。故此二禮爲可省。請期一節，好禮者猶有行之。減六而四而三，不得更從簡陋也。』曰：『貧者苦于不能具，奈何？』

曰：『豐儉從有無之便。誠貧也，一禽一果何譏焉。今俗有空函往復，并納采而亦廢者，斯亦不敬其始也哉。』

人情天理，了了都盡。此謂辭達。節庵。

答昏禮問三

客曰：『古者冕而親迎，今或不往，何也？』曰：『二氣感應以相與，以「艮」之少男，下於「兑」之少女，得感應之正。故取女吉，不然，則奔而已矣。物不可以苟合，妻妾之别以此也。』客曰：『昏昏以爲期，俗或行於朝，義無害歟？』曰：『陽之來也，而往焉；陰之往也，而來焉。是逆天也。父，一家之天也，不敢爲父之逆子；天，天下之父也，而敢爲天之逆子哉？夫使用昕，所以致虔也；壻用昏，所以順時也。壻冒使者以行事，悖矣。而於人情，又豈爲便乎？』

客曰：『古六禮皆用鴈，今則獨於親迎焉，未爲闕歟？』曰：『先王之制，皆有精義，而後世則苟簡焉。苟不盡没其禮意亦可矣，尺寸争之難勝也。』

客曰：『壻奠鴈拜，主人不答拜。朱子曰：「彼爲奠鴈而拜，自不應答拜。」何解也？』曰：『非拜主人也，肅禮也。納采使者至，主人迎於門外再拜，賓不答拜。曰：「不當盛禮也。」盛禮已不答，况非拜主人者乎。』

客曰：『婦至宜何禮？』曰：『交拜而合巹。外此皆陋俗也。』

客曰：『婦甫來，而壻即詣婦家以拜。無乃亟乎？』曰：『少陵《新婚别》云：「此身未分明，何以拜姑嫜？」婦不及見舅姑之期，尚未可以拜舅姑。夫未得於婦，而何有於婦之父母乎？不率新婦見父母，而汲汲於婦家，則是遺親而已矣。』

文有冷韻幽香。簣山。

答喪禮問一

問：『既遷尸，而號於廟，何禮也？』曰：『此禱復而失其禮意者也。禮，禱於五祀，士則於門於行耳。復者，升屋北面，招以衣曰「皐某復」，三。求之天地四方也，魂氣無不之也，而於廟焉惑矣。始死，奠脯醢於尸東，陽位也，未忍死之也。傾漿於廟門，不但死其親矣。主人未成服，弔者入門，子弟出見之。』曰：『以未成服不敢出見，使某拜，禮也。而被髮跣足行於塗，何歟？』

曰：『陰陽家言有所謂殃者，信乎？』曰：『親而忍加以殃名，不孝之罪通於天矣。夫殃何物也，由俗所云：「猶之乎其魂也。」魂與氣非二也。氣散而魂獨留，魂去而殃猶在乎。殃之爲義，禍也罰也。死者又何惡於其家，而降之禍罰耶？果其親之靈至此而始去，則求一見乎其位，聞乎其容聲而不可得，乃避而遠之，何心哉？凡此至陋而害理，而世卒無有非而黜之者，不可解矣。』

曰：『父母兩不存，稱孤哀子。若爲繼母之子，其無嫌歟？』曰：『嫡重矣。嫌繼母，則何以處嫡母哉？且《儀禮》於筮宅卜日之類，皆稱曰「哀子某」。哀，固不專於母也，況可嫌於繼母之故而不哀乎？』

曰：『繼母之子於嫡，稱「前母」，禮歟？』曰：『非禮也。八母無前母之名，繼以言乎繼嫡也。不以爲嫡，何繼焉？前於繼，亦猶然乎其嫡也。』

痛快。簣山。

答喪禮問二

問：『主之制。』曰：『伊川先生言之悉矣。高下厚薄，皆有取象，不可意爲也。』

曰：『世用有爵者點朱，而覆以墨，禮歟？』曰：『非禮也。親故之能書者題之，足矣。必乞於有爵，亦所以崇其事也。而朱焉則無謂矣。且服官者簿書教令，皆用朱以下行上焉者，弗敢也。人子於父母，而使人肆然下臨之，又豈所以尊之乎？』

曰：『父在，母之主宜何書？』曰：『從夫而稱，子不得以妣名也。』曰：『子之主，則從父而稱乎？』曰：『然。』曰：『有孫者書考不可乎？』曰：『嫌於無祖也。』曰：『無孫之子，有泛稱公者，非歟？』曰：『誰公之？是於其家了無繫屬也。』曰：『立主以祀之，似不宜施於卑？』曰：『非然也。本尊則尊奉之，本卑則卑畜之。魂之所依，猶之其人在耳。蓋家必有主，而統屬於尊也。』

曰：『禮無明文，於何而徵之？』曰：『或問乎朱子，曰：「夫在，妻之主宜書何人奉祀？」朱子曰：「奉祀施於所尊，以下則不必書也。」由此觀之，則夫在，稱亡室；父在，稱亡男。古之人無不然者。而第或人之所疑，蓋以旁書其子之名奉祀。或亦無害，不知尊者在，卑者不得干也。禮，爲人子者，居不主奥，坐不中席，行不中道，立不中門，皆所以避尊者也。而於主，乃敢自名而無所避哉。』曰：『父没，然後滌而改書歟？』曰：『然。』

詳明簡確，發從來所未發。　簣山。

答喪禮問三

問：『先生作喪服説，言置餘日而不用，而緦功亦然。於何知之？』曰：『考《禮》文而知之。夫禮以倍而加隆，期則天地四時已變易，服亦可從而變易矣。其恩厚者弗忍，已而倍之，則再期。故曰：「再期之喪三年也。」再期之喪，何以謂三年也？』

曰：『二十五月而名二年，得乎？』曰：『再期何以名二十五月也？』曰：『三見其死之日，則不可數於二十四月也。』

曰：『胡不實以三年也？』曰：『加隆之義止矣。夫一年，天時之大變也，倍之則斬衰。一月，天時之小變也，倍之則緦麻。斬衰再期而稱三年，可知緦麻再月而爲一時之喪也，小功再月之倍者也。故五月焉，二時之喪而五月，則緦麻之爲再月，義愈明也。大功九月，猶之謂緦麻三月云爾。由小功四月之又一日而倍之，則八月之又一日爲三時之喪，義愈明也。倍於中殤，七月則期，期再見其死之日。故曰：「期之喪二年也。」此所謂：「人道之至文。」引伸而會之，歷歷可見，非臆度也。』

又曰：『古中月而禫，今三月焉，義何居？』曰：『所謂中月者，除前祥之日爲二十五月之數，除後免服之日爲二十七月之數，中間則名二十六月，實二十五月之餘日耳。今必滿三月，而又一日始即吉，則二十八月矣，非古也。雖然，不汲汲飲酒食肉，而復寢亦厚矣哉。』

世人讀書不仔細，古人之意隱者多矣。忽經說出，聞之若創，試一體會，則天造地設原來如此，具此識解，然後可與窮理。節庵。

答喪禮問四

問：『王制，大夫、士、庶人三月而葬。』左氏曰：『大夫三月，士踰月，宜何從？』曰：『《檀弓》引子思之言：「三月而葬，凡附於棺者，必誠必信，勿之有悔焉耳矣。」不言大夫也，蓋三月亦通禮矣。』

曰：『今之人以速葬爲恝於親，何也？』曰：『非也。《喪服小記》曰：「報葬者報虞。」報，急疾也。不待三月而葬，先王且許之，又何恝之與有？』曰：『貧者不備物，奈何？』曰：『子游問喪具，子曰：「稱家之有亡。」曰：「有亡惡乎齊？」曰：「有，無過禮。苟亡矣，斂首足形，還葬，縣棺而封，人豈有非之者哉？」蓋豐嗇有分，固無咎於不備也。成公三年二月乙亥，葬宋文公，胡氏曰：「國家安靖，外無危難，曷爲越禮踰時？逮乎七月而後克襄葬事哉。」左氏曰：「文公卒，始厚葬。益車馬，重器備。君子謂華元、樂舉於是乎不臣。」夫苟過乎時，厚葬其君父。祇重其罪而已矣。《爾雅》曰：「鬼之爲言歸也。」不歸於土，猶之旅人不歸於家，其不予親以安可知也。是故在律惑於風水，及託故停柩在家。經年暴露不葬者，杖八十。出禮入律，人子不可惕然懼乎。』

曰：『禮無二斬，既畢服而又服其服以葬，得無嫌於二斬歟？』曰：『《喪服小記》曰：「久而不葬者，主葬者不除服。」故晏子有云：「生者不得安，命之曰蓄憂；死者不得葬，命之曰蓄哀。」蓄哀云者，有故而不得葬，其情常如居喪時也。今則泰然從吉，曠歲年而若無事焉，是則棄親而已矣。故釋名曰：「葬不如禮曰埋，不得埋曰棄。」』

又曰：『喪葬用佛事亦可從俗歟？』曰：『烏乎可！律文，居喪之家，修齋設醮，家長杖八十。蓋亦與不葬其親者，同罪也。』

洗發攻擊極盡，可以正人道之失，而爲後世章程矣。簣山。

答愛人問

問：『樊遲問仁。子曰：「愛人。」然則愛人者即謂之仁乎？』曰：『非然也。由征而發則愛，雖不愛亦愛也；由愛而發則非仁愛，適成其不愛也。』曰：『何言之？』曰：『人得天地不忍之心，仁之本體具焉。故不忍人之寒餓而衣食之，不忍人之疾苦、顛連而憂恤之，不忍人之善不進也而用休以戒，不忍人之惡不悛也而用威以董，皆愛也。雖不愛亦愛也，此所謂由仁而發者也。世人不達此義，但以不刑殺爲愛，煦煦然善不善而一視之。天下不知爲不善者之非無可矜、無可疑者而胥免焉，天下不知三尺之法之可畏，教無所弼而小人之道益長。譬惰農置鋤耰而不施，則莠稂茂矣，苗必無幸焉，此所謂由愛而發，愛適成其不愛，而非仁也。』

曰：『史稱皋陶殺之三，堯宥之三。舜宥過無大，罪疑惟輕，與其殺不辜，寧失不經，非慮刑之妨乎，愛歟？』曰：『無刑者，聖人之心而不能；無刑者，天下之勢不恃。刑以虐天下者，上有化民之本；不弛刑以縱天下者，下有執法之吏。其所宥者，過耳；其所輕者，疑耳；其所不殺者，不辜耳。帝王之德威不振，則天下亂，天地之肅殺不嚴，則生物之氣且窮。是故無制而長奸，不可以言寬姑息而縱民，不可以言仁肢體之痿痺，不仁於身也，弛焉。廢棄其法度，則不仁於國可知矣。』

曰：『不刑殺人者謂「將邀陰騭之福」。何説也？』曰：『惑之甚也。按《洪範》注：陰，默也；騭，定也。當刑而不刑，當殺而不殺，即非天默默中有定之義，而何福之與有？有馬蹄且齧群之良者，哀鳴不勝，而廄人若無聞焉，主人必且笞之，而曰：「吾鞭策之不忍，將以邀愛馬之賞也。」必不然矣！』

洞見聖人心事。簣山。

答稱謂問

客言：『習俗益漓，人心益僞，而諛佞之風益長，即稱謂亦有不可解者矣。古諱名，今且諱官；古二名不偏諱，今二字亦偏諱，而率加以老。敢問何説也？』劉子曰：『此不可一視之也，在受之者之自體焉耳。夫古之人有舉其姓而加之者矣，曰「老彭」，尊其年與德也，曰「老杜」，尊其文也，加於字曰「老聃」，猶之乎尊老彭也。我有其年，我有其德，我有其文，則果尊我者也？不然。虎也，鷹也，鵰也，能害物而物畏，皆老之，抑聲之，不祥也；如鴉，陰竊潛蠹，而不知止也；如鼠，人惡焉，又皆老之。然則我果無仁聲，我果無廉德，我果有害於物，則人之「老」我者，無乃畏我者乎？無乃惡我者乎？《春秋》，同一書字，同一書名，而褒譏頓殊。故曰：「不可一視之也。」在乎受之者之自體焉耳。夫《詩》，人之忠厚，言之者無罪，而聞者足以戒，然則今茲之稱謂，又將不得謂忠厚乎哉？』」

亦諧亦莊，足令人惕然自省。簣山。

卷十四　墓誌銘

靖慤先生墓誌銘

庚戌春正月，先生病將革，予與簣山問榻前，先生談笑相訣。予謂：『藏之惟恐不密者，先生之節；善之惟恐不彰者，朋友之義也。簣山業爲先生立傳，而後日銘先生之墓，其許我乎？』先生莞然曰：『身後名非予志也，而墓中石又非貧兒能辦。雖然，即於吾未死時就草，令吾尚得聞之，亦一快事矣。』嗚呼！先生儼然在世，而予忍爲之銘耶！然而先生固不以死生爲懷者，又重違先生命。謹即予所聞見，約略以誌曰：

先生山西蒲州人，諱廷立，字亭立，姓李氏，或曰非李氏，號華海，又曰蓉懷，以父號蓉江居士故也。王父玉湖公，舉嘉靖壬子孝廉，歷官四川叅政，宦蹟、詩名嘗與崌崍張司馬並傳。母楊太君，生先生於萬曆乙巳。王母趙淑人甚愛之，自爲課蒙，稍長，學於伯父繡江公，勤力問學，尤重氣節，嘗奮然有當世之志。己卯，洛陽張公其墐取中式，以觸時忌，乙之。未幾，應明經選。甲申，李自成陷蒲，得先生，欲官焉，先生以死拒之。既脫，奉母潛居南山下，不復欲爲世用矣。清興，攝政王傳檄到蒲，按籍授官，非其好也。求人竊削其籍，穴居首陽山中，采藥自活。己丑，好事者倡亂於晉，强以一官迫先生，先生復多方以免。凡此，屢瀕於死，輾轉遁逃，而終不欲少屈以圖徼，倖至於今，耿耿如一日也。辛卯，授徒於宋。久之，於郡西南之郭村買田一區，築舍數楹，遂家焉。

喜爲詩，間作古文，詞略不規規前人，而斂華返朴，自成一家言。其間繞樹無棲，嘔血喪母，與夫鼓盆之慟，羸博之感，其心常戚然。有不解之憂者，無不於詩文發之。其姓字不欲人知，嘗因事自名，曰『離山子』，懷首陽也；曰『尺蠖生』，以屈爲伸也。平居博衣危〔一〕冠，端方自持，不欲接見時人。與之遇，則坦白樂易，無不洞見肝膈。然於人之挑達詭佞、服飾新異者，若將浼焉。用是，人亦争惡先生，有面侮者，有竊笑者，有見其詩若文，怒而毁之者，先生習而安焉，不少動也。

晚年盲於目，因號『西河矇叟』，然猶日取書，令其季子馭誦而聽之，默識其妙。其發爲文章詩歌，則口授於馭而書之，即中夜有得，亦必呼馭起，爇火濡筆。雖老病憊甚，不倦也。有憐而止之者，曰：『吾之生機，獨賴此耳。』先生既病，貌瘁而色彌和，言悽而志逾壯。其鬱〔二〕然也，若其中有餘痛而不可伸，其陶然也，若於心有獨得而不可易，作《自别》《自餞》《自含》《自弔》《絶筆》諸詩。治命不作佛事，婦女不近，喪無從晉宋俗儀。先生嘗自號『了了』，此生至是，人皆曰：『先生真了了者也。』

配史氏，或曰非史氏，男三：騋、駮、駛，遺文若干卷，其友田蘭芳議私謚曰：『靖慤先生。』

銘曰：疇則生兮先生亡，天篤先生兮斯世之光。潺潺泌水，峩峩首陽，乃如之人，優游徜徉。先生來兮宋之疆，先生去兮白雲鄉。志彌貞兮身晦，身彌晦兮道彰。知先生者，誰竟其蘊；不知先生者，止惡其老而踽踽，盲也倀倀。昏將隕兮少微，悿漸近兮北邙，銘生前兮創典，垂千秋兮永芳！

真能寫能繪手。披讀一過，如再見先生，撫今追昔，淚迸於紙。簣山。

【校記】

〔一〕原文右側夾注：傳神。

〔二〕原文右側夾注：入髓之論。

奉直大夫刑部員外郎呂公墓誌銘代湯侍讀

予再入史館，得論述故明一代人物，而於理學之精純者，必以薛文清、胡敬齊、吕司寇三先生爲最。三先生或出或處，名德大業，皆足以〔一〕興起百世。而司寇先生與予尤密邇，桑梓相去，數十年之間。讀其書，聽其故老所傳聞，一言一動彷彿在目。予自垂髫時，蓋已心焉慕之。其後復見司寇先生之孫，比部公涖官之蹟，居鄉行己之法，益嘆司寇先生之詒謀〔二〕，與比部公之繩武，舉非偶然也。比部公既卒二年，卜厝于司寇隧道之陽，其嗣應請銘焉。公，司寇先生之孫，而又政事行誼，炳炳人寰，予固樂得而述也。

謹按狀，公，諱慎多，字減之，號蓮舟。少小即能恪守司寇先生家訓，澹泊自持，司寇先生甚器之。中順治三年進士，授湖廣德安府推官。一遵司寇先生襄垣大同之政，稱廉恕焉。攝太守篆，舊有魚茶諸課，前守胥充私橐，公不受，吏曰：『此舊規也。』公曰：『此〔三〕宿弊耳，蠲之當自我始。』大吏聞而異之，曰：『廉吏哉！不愧名儒之裔也。』從直指使者按行郡縣，核倉庾、讞囚徒，必詳且慎。戊子，分校楚闈，所拔皆宿學士，如曹公本榮者，尤名儒也。

滿秩，天子召公，將內用。先是，直指使者惡一令，欲中傷之，命公文致其獄，公察其人無罪狀，喟然太息曰：『殺人以媚人，吾不爲也。』不報，直指怒，遂誣劾公，寢其召。久之，乃擢刑部主事，遷員外郎，多開釋無辜，大司寇劉公有疑獄，必屬公次，曰：『吕司官有家學，非臆斷者。』而公所次之獄，即無所平反，人亦無憾言。曰：『法如是，公莫〔四〕如何也。』公終身爲刑官，哀敬之志未嘗一日懈然。淡於勳名，固上疏乞休。及歸，則杜門却掃，未嘗問户外事。每星軺往來，求一接見，顔色而不可得。遠邇聞風，嘆慕曰：『真司寇先生家風也。』

公生平孝、友、慈、仁，能承顔悦志於庭闈之間，兄弟和樂始終，無間言。惇睦族姓，情聯而分肅，寡言笑，危坐終日，無怠容。懸車二十四載，郡縣延公行鄉飲酒禮者，凡二十有二焉。

公先世爲弘農人，始遷於寧陵者，洛來公也。至公之大父坤，中隆慶辛未進士，累官刑部左侍郎，贈尚書，世所稱司寇先生者，家始顯。司寇生奉政，公知思以廕，歷官户部郎中，子二，公長也。康熙十八年十月初九日卒，年八十。配贈孺人阮氏，繼封孺人王氏，皆先卒，嗣子應菊，太學生，娶王氏，司〔五〕寇先生修於家，行於朝啓，佑於後世，其所以垂爲家法，固無弗備，而世之乃逸乃諺，侮昔之人，無聞知者又豈少哉？公獨率祖攸行，終身無忽忘。蓋其難矣！然公猶未得大用於世，稍稍出其祖之餘緒，已稱名德於天壤。有能學司〔六〕寇先生之學，而充極其脩身善世之分量，則其成就又當何如？吾黨蓋可興也已。

銘曰：謂學有益乎，世人皆學，治不登；謂學無益乎，淵源有本，大厥聲。將非君子，有用之業，不在乎麗藻之掞、口説之騰。嗚呼！典刑皆具於今古，而獨讓公以祖述之，能起懦頑視斯銘。

以司寇公作針線，經緯、映帶，如善將者設伏建壘，首尾無一懈可乘。田雪龕。

【校記】

〔一〕原文右側夾注：伏。

〔二〕原文右側夾注：一篇關紐。

〔三〕原文右側夾注：凡天下之所謂舊規者，皆宿弊耳，惜無人蠲之。

〔四〕原文右側夾注：好形容。

〔五〕原文右側夾注：一段淋漓痛快，真足廉頑立懦。

〔六〕原文右側夾注：遥應。

白處士墓誌銘

生而顯榮，死則没没焉，可勝道哉！而或有闡述其一事二事，傳之將來，則要惟得所託矣。若夫涸迹白屋，僅修其行於一鄉一曲之間，而復託之乎草野之文辭，欲附古隱逸獨行之士，垂於無窮，不綦難乎？異哉！先生之請銘於榛也。先生曰：『幸爲之。吾父終身晦，不敢假顯者，以〔一〕挫先志。』

既不獲辭，謹按先生自狀曰：公石關處士也。其父建洛公，生二子。公，仲也，孝友、敦行、有膽略。建洛公亡，公七齡耳，擗踊哀慕如成人。又八年，侍母疾，親嘗藥餌，須臾不離側。夜則焚香籲天，求以身代。及卒，兄弟自輂轀輬以葬。公既孤，事兄如父，兄亦雅念鞠子，哀稱孔懷焉。當明思宗之末，流冦李自成作亂，蹂躪鞏洛之間。石關被圍，其〔二〕兄先出，公獨提長矛，且戰且行，當者皆辟易，卒保其嫂、妻二女走河朔。已而偵賊去，偕其兄歸，有從父死於難，二人抱遺骸哭。適賊邏騎還，與戰。久之，賊不勝，曳戈馳去。乃徐覆壁土瘞焉，聞者莫不壯之。

公性喜飲酒，飲輒醉，然不及於亂。立身方嚴，而與人則寬厚能容。其子嘗爲人欺，不平，公曰：『彼欺爾讓，欺將自已；苟相角，誰其堪之？』石關去鞏古道紆回有蹊焉，介然成路矣，公獨弗由也。其子問故，公曰：『子羔、子羽非乎？行必由正，寧〔三〕路也。』而舍旃，與其兄安志隴畝，而課子以學。卒之日，進諸子而訣之，無私囑，惟曰『慎本分，勤耕讀』而已。

公，諱蘊秀，姓白氏，字仲顯，別號小洛。先世晉之夏縣人，明初諱時，先者判嵩明州，因卜於鞏之石關，家焉。十二傳而及公，配李繼蘇，蘇生四男，恩、惠、恕、愈。恩，歸德府儒學訓導，所謂先生者也。將母來遊，母戒之曰：『位無卑尊，皆天工之所寄。』母容曠也，後公五年卒，歸葬於石關之故阡。

銘曰：學士大夫其何如？千秋行誼在耕漁〔四〕，庶幾聞風憶古初。

其蒼如松，其瘦如鶴，出入其間，令人形貌自古。簣山。

【校記】

〔一〕原文右側夾注：兩邊身分。

〔二〕原文右側夾注：發膽略，一段尤老潔。
〔三〕原文右側夾注：健筆。
〔四〕原文右側夾注：銘亦淡古。

勱兒壙誌

嗚呼！吾兒杳然何往？檢兒之衣襘，如其若未著身也；檢兒之書棱，如其若未觸手也。殉之而瘞於其母墓之陽，猶之置於懷也，悲矣！

夫吾兒生於康熙癸卯十二月初四日，殤於辛亥八月十七日，得年九歲耳。生數月，黄州别駕宋公犖謁選歸，過予，見婢子襁兒出，異其貌，即以女許字焉。

明年五月，其母沈氏卒，兒生纔十有八月，小字起兒，其母彌留之囑〔一〕，獨在起兒。起兒三四歲，見賓客揖拜有儀。授以詩，輒能誦。其兄背塾師戲，即請父母讓之，言笑無嬉戲容。其兄初授講，未喻兒，已從旁能道師説。七歲，出從外傅，名勱，書一過成誦，凝然端拱如成人。宗黨内外異之，雖田夫、奴隸皆嘖嘖稱：『貴器也。』予亦竊喜，自負曰：『庶亢吾宗。』

無何病癖，百療不應，雖憊，猶時時思就館學，或索書朗誦，氣莫能續而止。予時困甚，假侯氏别墅居之，中秋不能致瓜餅，兒對月趺坐戲索，清水一盂置小几上，仰首笑，祝曰：『月乎！請向吾家漱他家食。』越二日，遂亡。

嗚呼！天乎！吾兒遂已矣乎！同祖兄楨，爲吾支小宗，止一女，妻吴伯胤，無子，禮當嗣。方擬勝衣，冠而行事，天遽奪之。嗚呼！獨吾之不幸也乎？悲矣夫！

本色。語不用呼搶而悲思無窮。簣山。

【校記】

〔一〕原文右側夾注：淡語自悲。

宋介山墓誌銘

距宋城西南二里許，宋文康公之賜兆在焉，而吾亡友介山將藏於其側。其孤壆奉其世父僉事公之狀，愴然稽顙來請銘，予辭，壆曰：『此世父命也。世父詔不孝孤曰：「古人之爲言，傳信而已。世之降也，必假託乎名位，而名位之家，又必假託乎名位之尤者，世之人亦共知夫言之假託也而不信。是故位去名滅，而其言亦〔一〕與之爲飄風逝水，反以湮吉人、碩士之行者不少也，銘若父必託之乎傳信之人。」而傳信之人無先生焉。先生其卒賜一言，以信後世而破習俗之情。』又稽顙嗚咽，予悲其懇誠，不敢自薄以負僉事公之命，而失賢者之實，傷孝子之心。

謹序而誌之曰：介山，初字介子，名炌，商丘人。爲太子太保、國史院大學士，贈少保，謚文康公權〔二〕之子。山東福山縣知縣，贈資政大夫，國史院大學士，公沾之孫。而整飭直隸、通薊永平道、山東按察司僉事公犖，工部虞衡清吏司郎中公炘之弟也。母劉，一品夫人。幼以廕爲國子生，康熙十六年，授内閣中書，待次於里，封徵仕郎。生母郝封太孺人。初，聘兵部尚書劉公餘祐女，殤。娶山東提督、學道按察司僉事梁公遂女，封孺人。中康熙二十年順天鄉試式，又二年，卒，年四十一，遺孤二，娶諸生葉公元溥女者，壆也，聘前錦衣衛千户葉公元滋女者，壔也。

介山於親，能孝。方十歲，居文康公喪如成人。克恭兩兄，終〔三〕身無間言。兄然亦然，兄否亦否。性藹易，遇人承以謙，雖婢僕，未嘗厲容聲。人有言怒難持者，介山曰：『吾自覺無可怒事，不知其難也。』平居渾渾，無圭角，多詼笑，而至於判疑、定是非，則往往莊論劃然。尚儉質，器具、服食取賤品，曰：『惟此亦堪，何事乎華侈？』遇富兒衒裘馬於道，作詩刺之。兩兄喜聚古法物、名畫，介山尤精於鑑别佳者，流連摩挲竟日不去手，然終不之購也。

泊然無宦情，掃一室文翰，自娱樂，少不爲詩。一日去長安四十餘日，歸而出其詩，詩輒工。其後益與僉事兄講討往復，律稱細焉。間爲小詞，麗而則。濡筆爲丹青，識者輒衡較於古之人，蓋所謂〔四〕天授者矣。

介山既盛門第，復多才，而恂恂益下人好學，不矜行事，無細大必慎謀，惟恐失也。有請詩若畫者，率遜謝不自信。築西湄時，相羊於荒蘆斷港間，馴鶴溉花，無雜賓之擾，而與予往來文字獨密。有〔五〕所爲必相印質，雖怒雨嚴更不爲間。嘗夜聞剥啄響亟，呼婢爇燈火，曰：『將以答介山也。』啓門果然。一字求其安，或至三四焉。嗟夫！以介山之虚受，何學不益？而獨奪其年之早也！惜哉！

介山自少耽杯杓，酒後飛揚詼嘲，人多愛其有晉代風流，而予所悲而取者，蓋尤在乎其大矣！苟假以年，介山抑又何如哉？嗚呼！足可銘也已！

銘曰：於天得厚，於人得虚，維道之輿；於韞得豐，於施得嗇，維數之塞。下從文康，一咏一觴，厥德弗爽。於斯萬年，考君之賢，視此珉瑌。

世系行誼，敘得俱有約法，約難言矣，不潔不老，殆未能也。恭士。

參差古淡，直入老境，較前雋潔文字，尤覺居上。簣山。

【校記】

〔一〕原文右側夾注：僉事公可謂有識。

〔二〕原文右側夾注：變化於法，敘次絶筆。

〔三〕原文右側夾注：俱用淡筆省筆，勝於侈陳繁頌。

〔四〕原文右側夾注：一收。

〔五〕原文右側夾注：一段形介山就正之勤，與相處之密，極婉而盡。

奉政大夫工部虞衡司郎中宋公墓誌銘

予既哭中翰公而銘之矣。不數月，又哭虞部公而銘之。嗚呼！何天不憖遺賢者而奪之遽耶？不但傷與處之私矣。顧其兄僉事公，交納滿天下，凡負大位而具顯名者，不難得其言以榮之也。而獨命中翰公之孤壆請銘於予，僉事公可謂無俗情之繫矣。而虞部公之孤主政君起，又已珥筆含香，出入清近之班。凡負大位而具顯名者，亦不難得其言以爲榮也。而顧假紹介，具幣懷刺，稽顙而請於予，曰：『惟先生知先大人深。非先生銘先大人，將有憾。』嗟乎！主政君又何能無俗情之繫如此哉？夫予固誠知公者，曷容辭？

憶文康公之罷相而歸也，公方十一〔一〕二。文康公教之嚴，未敢出接賓客，予已望其端凝而心儀之矣。未幾，文康公薨，太夫人教之嚴，猶未敢出接賓客。然予嘗問字於其師賈靜子先生，而僉事公又教予爲詩，公隨其師若兄之後，與予氣誼，遂日篤，而重之以姻盟。

嘗側聞文康公訓公曰：『吾薄席祖父業，無所益以貽女，而門資又不足恃。惟有强勉問學，以之自立。不然，將與傭夫、市兒等。』其師與兄亦時時舉文康公之訓以爲言。公本朴淳無他尚，因是益奮於舉子業，祁寒溽暑弗爲間。其爲文不依違習好，而究心先正法，嘗繙其几案間纍纍縹緗，皆震川、鹿門、正希諸大家之文。丹鉛不遺，而哆然大誦，聲喧豗震閭巷。或惜其勞曰：『樂此不爲疲也。』試於鄉，不第。雖既承廕，猶持一卷誦不懈，或勸之仕曰：『吾要當以科名自進，徒恃任子哉！且少不諳國政，將無隕越以貽先澤，羞謁試京師。』或疑之曰：『薄綸閣而就棘闈，豈有故乎？』自是公不敢復請試矣。

予論文往往不合於人，而公獨然之。予不遇人往往竊相哂，公獨曰：『堅君志毋以搖。』自銓曹以憂歸，聯族黨子弟修文社，而甲乙之，褒刺惟嚴，雖其塾師與之，未嘗假借也。有時操觚自爲，輒大笑示〔二〕予，曰：『君不誚我心煩而技痒哉。』蓋僉事公之於詩，公之於文，中翰公之於畫論者，謂各得父一絶云。

公補中書科，中書舍人遷吏部稽勳司主事，改補户部陜西司主事，協理正紅旗司事務，監督大通橋漕糧，遷本部廣東司員外郎，封奉政大夫，監督蕪湖户、工兩關稅，轉工部虞衡司郎中，分司内河。

其在中書省也，充會試收掌試卷官，辦職詳且慎，大司農梁玉立先生深嘉，異之曰：『君才當肩大任，何但優游西掖哉？』在吏曹，試諸明經，授官冢宰，分卷於諸司，疑公世官不嫻，文曰：『弗暇，可他屬。』公受卷即於冢宰前，抽毫濡墨，閱立竟，呈之。冢宰大驚異，咨嗟示群屬曰：『吾知宋司官不盡也。』

已而爲司農屬，值逆藩之變。軍興，諸道告梗，而榷關者率無足稅，國用不充。上命六卿各以才能舉爲使，大司農曰：『臣曩〔三〕於收掌試卷，知員外郎臣宋炘才。』於是公得榷蕪湖關。甫至察，度衡之不平，即日復之。牙儈多詭，攝商貨而償已，負歲月，待不予直白，輒痛繩以法。有謂：『工關稅包籠，而礬獨無增，則千金可益也。』公叱曰：『亂法病商，吾豈爲之哉？』又有例外稅其布而自以爲功者，公懲之曰：『應榷猶不忍，況乃無藝誅求乎？』賈人以是聞風爭出其塗，而稅以浮額。

少司農魏環極先生稱：『清厲無私交。』於公獨接待温然，教以蒞官制行之方論事，公或直曰：『不然，應如此也。』少司農徐思舉手謝〔四〕曰：『君言是。』於虞部事任尤劇，凡內傳有所供應，無不晷刻立辦。六月，疏玉泉水道，炎蒸暴烈。日中，承一蔭而息，不可得。已而見二三老衲，披襟徜徉，泠松風夜月之下，悠然動泉石想。及以疾謝政歸，蒔花灌樹，日招尋故人，涉園林，置酒談讌，意恬如也。

性純孝，爽直天真，如赤子爛然，喜愠輒形於言色，而以深心厚貌爲恥。太夫人甚愛之，亦並愛其配王宜人，嘗曰：『是〔五〕兒是婦，真能悦親者也。』生平落落，寡結納於朝，獨從王阮亭、謝方山兩先生游。於里喜交徐子恭士及予，曰：『四子知我心，洞如重門；我亦知四子，胸如清風白月也。』

公神貌類文康公，而厚〔六〕於體、潤頤豐脣，當風左目微闔。愛着短裳，善飯，必肥胾、大臠以爲快，喜飲酒，飲輒急，累十數巵，頹然而先醉。自出使蕪關，尤善睡，於疾擂緐吹時，睡尤安，往往鼾齁聲與簫鼓争勝，座客有言亦輒能囈答也。人謂：『夏侯隱美睡，莫能及公矣！』意者二豎之入，其從兹深也歟。甲子人日，會飲於予舍，公睡益加，心竊憂其憊。明日集，葉生所言笑，食飲，終筵無倦容，座客皆稱慰，漏盡二鼓去，公猶期予於，道曰：『吾遥青園梅獨佳，詰朝幸過探。』乃歸而飯，飯而喘，喘數刻而卒矣。嗚呼！公乎天實爲之乎！以公之位，不過爲郎；以公之年，不及中壽。吾莫知其故也已。

公，諱炘，字子昭，姓宋氏。吏部尚書謚莊敏公纁爲其伯。曾祖福山縣知縣，贈國史院大學士，公沾爲其祖。太子太保，國史院大學士，贈少保，謚文康，公權爲其父。母劉，封一品夫人，趙，贈太恭人，太恭人生二子，長今整飭直隸通薊永平道，山東按察司僉事公犖；次即公也。配監察御史王公應昌女，封孺人，贈宜人，有婦德宜家之聲，無間於外内，先公十六年卒。繼馬宜人，子逵，即與予爲姻盟者。爲起，今内閣試撰文中書候補主事，超庠生，王宜人出。堎，馬宜人出，卒。之明年八月某日，啓王宜人之殯，合穴於文康公賜兆之右側。

當太恭人之載夙〔七〕也，文康公見一僧趨而入，逐之，而公生，因以僧爲小字。其事近怪，然僉事公實爲予言云。

銘曰：『垣其衷，勤其業，進而難，退以次，何慮何思枉曲折。公譴歸來酒猶熱，乘風忽作千秋別，猶疑黑甜一覺三蕉葉，兩晉間，想風烈。』

寫其人即肖其人，方爲實録，方爲直筆，方爲傳神。稍一失真，則他人矣。如君乃紀事律度也，至於行文，嚴毅中淋漓滿志，更爲難得。銘亦不失子瞻興致。簣山。

【校記】

〔一〕原文右側夾注：一路叙次，俱蒼老有法律。

〔二〕原文右側夾注：精采。

〔三〕原文右側夾注：應前，妙。

〔四〕原文右側夾注：盛世虚公大臣，如是如是。

〔五〕原文右側夾注：王孺人之賢，只此一語已足。

〔六〕原文右側夾注：一段描畫虞部公，鬚眉俱動。龍門雅善形容，保能過此。

〔七〕原文右側夾注：□此作餘波，又妙。

徐恭士墓誌銘

予友徐孝廉恭士，諱作肅，世爲河南之商丘人。商丘之族無有甚遠之世，而徐氏則自唐以來代有顯者。宋南渡時多從高宗遷臨安去，其不去者復昌於明，而最著於朝野遠邇間者，則正人公也。予幼於冠亂後走南門之衢，見有木落而石敧者曰：『徐正人坊。』或指坊北之第，曰：『正人之裔在焉。』其後漸長，始知正人者諱永達，明宣廟時爲山西按察使，而坊北之第則霖蒼居也。予不〔一〕及見雪園人文之盛，猶聞人稱徐、吴、劉津津焉，徐即霖蒼先生，君兄也。

君與朝宗、静子、邇黄、牧仲及其兄子世琛爲『六子』社時，予年方十七，一日朝宗季父輔之置酒，所召皆一時名流宿士，予與參末坐，嘿視坐中客，無不爲朝宗絀者。静子號雄辨，朝宗每折其鋒，静子則俛首而笑。最後到者，精悍之色溢於眉宇，抵〔二〕掌高談，朝宗唯唯稱善，問之，蓋即君也。

君以霖蒼爲師，垂髫即隨其兄，後修社事，與諸君子角逐上下，然不刻苦下帷，日從人游燕爲歡。嘗於酒酣奪〔三〕吴兒鳳尾紫檀槽，親撥之，切切然爲滑鶯嬌語，人稱謝仁祖風流，於今再見也。後强之，終不復作。晝出必夜分而歸，歸則篝燈吟誦至漏盡，不倦。每爲文，社中人輒怪之曰：『何從得也？』吴伯裔訪知之，大笑曰：『幾爲倫讀書，人所瞞。』

流寇既陷郡城，霖蒼與社中諸君子多以死殉君，退耕於城南之野，無意當世事。有勸駕者，笑謝之。順治辛卯，朝宗密與陳將軍謀，誘之出，嗾數人掖擁而趨，强入闈，遂薦賢書，副主試祠部張公，擬第一人，未果，常爲君惜之。

君色正，紫目，雖不及遠，顧盼熒熒，光常射人。幹軀在中下間，然雄〔四〕姿英發，勃勃飛揚不可羈，而孤高自命，世一切謂可驚可慴者，至君舉，夷然不屑也。工於書，求者多不可得，更無敢以詩若文請者。間爲之，則刻意沈思，屢濡筆，欲落旋止，或竟日不就一言。文出亦輒刻〔五〕峭，方王荆公辨議，有根據，意氣風生，娓娓必得其伸而後已。朝宗嘗曰：『静子老於法，恭士精於論。』然苟非所素詳，則雖問亦不對，曰：『吾不能强置吾喙也。』

所與遊必賢豪才士，非其人，亢不與接。所得掃榻而數晨夕者，計甫草、陳其年二人而已。每公車至都門，名卿貴人争欲致之，君匿不與通，畢試，輒鞭一羸而歸。未幾，亦遂高卧不復出矣。

君嘗與修郡邑志，有以私干者，拒之嚴。其後書既成，其子世際取讀，君奪而擲之曰：『此非吾筆之舊，尚奚觀哉？』里人有賂别駕，而求伸其訟者。别駕致金於君，君笑曰：『吾豈可污獄貨哉？』立爲書却之。别駕感君言，亦不受其賕，而屈者得直。郡守閔公欲延君主書院，不可得，乃以課試文求定於其家，雖第之最下者，無敢尤焉。而有一言之幾於道，則亦獎譽之不去口。

每當春時，輒往舊所，謂城南之野。蒔花、種樹、灌畦、刈蔬以自娱。夏或深閉重關，竟日偃仰一榻上，恥造公庭。有方面大吏，又宿所識君者，駐節郵亭，與君纔一垣隔，邀君往，君終不往。君舉止落落，若岸然高自位置者，而久與處，則益謙。其所著述欿然，嘗不自足也。酒後間出詼語，醉則持觴而笑，無失容。牧仲嘗企羨曰：『吾雖馳〔六〕王事於四方，然恭士躐赤舄、衣淺翠、白鬚飄飄，未嘗一日不在吾目也。』

康熙二十三年十月二十三日，晨起，步至中庭默坐，移時而卒，年六十九。曾大父周、大父廣，皆不仕。父正顔，湖廣棗陽縣學教諭。母楊氏，繼余氏。楊生子三，宗偉、宗仁、宗益，宗仁，邑庠生世琛之父也。余生子二，作霖，即所謂霖蒼先生也，崇禎庚午，舉河南鄉試第一。次君也，配庠生賈公耀女。男二世際，郡學生，娶工部虞衡司郎中宋公炘女。世徵爲作霖後，娶江南鳳陽府通判曹公大生女，俱李氏，出女二，適痒生李公翥子。庠生眉者，賈出也，適考授州同宋公爚子；貢生之墙者，李出也。孫男能昌，世際出，聘辛酉科舉人、候補内閣中書宋公炌子庠生壆女。能承，世徵出。孫女，世際出者一，世徵出者一。嗚呼！中行、純德之士不世有，而文雅風流，有卓犖進取之才，介然不污於塵俗，盖亦古狂狷之流，而聖人所思欲見之者也。恭士之亡，寧獨其文采堪惜也哉？某年月日，卜葬於某原。其孤世際來請銘。

銘曰：於惟徐氏，其系孔遠。自唐嗣聖，有功已顯。宋之學士，處仁有聲。緜緜衣冠，益續於明。鉞毅晟會，各典名城。謙作朕虞，達明五刑。仕有茂績，處有佳士。烈烈奕奕，先兄後弟。世軟如緜，君骨如鐵。灑然清風，皎然白月。士足千秋，豈關處出。後有聞風，懦焉可立。

叙述恭士生平，精神奕奕，而以大雅之筆、運寫生之手，其風流、峻邁無不畢現。恭士不死也。簣山。

【校記】

〔一〕原文右側夾注：忽起法，得左氏。

〔二〕原文右側夾注：以朝宗相形有層樓叠上之勢。

〔三〕原文右側夾注：點綴生姿。

〔四〕原文右側夾注：寫生。

〔五〕原文右側夾注：恭士之文，定品。

〔六〕原文右側夾注：三引人言，各有生趣。

宋母郝太孺人墓誌銘

康熙二十四年正月初八日，太子太保、國史院大學士、贈少保光禄大夫、謚文康宋公之側室，内閣中書炌之母，太孺人郝氏卒。又二年，十二月十四日，啓文康公之賜兆祔焉。其受重孫壆，持其世父方伯公之狀來請銘。

榛聞母氏稱太孺人，頎然静淑，無華麗飾，言朴而誠，容和而莊，動止閑雅而有儀，其子婦依依樂洽，婢嫗戴慈仁，終身而不忍去。登其堂，藹若春温，疑天地淳和之氣，獨在太孺人門宇也。榛自與中翰公游，未嘗見有嚴師之督責，而俛首問學無暇逸，未嘗無物交之堪引，而寧心淡志無他好尚。事兩兄，敬而順，與人接，謙退而不驕，擇所處而不濫，畢世未嘗有厲色加人。心疑中翰貴公子，又早孤，何以能？然久之而知，漸於太孺人之慈訓深也。劉中壘稱，太任能胎教，中翰之於太孺人，當亦不徒礱磨於膝下矣。

丁巳，中翰之兄虞部公榷蕪關，榛實從之，見其迎養太孺人也，報太孺人詰日至虞部。公喜動於色，經營戒内外，鷄再鳴，不寢。旦早起，疾行十餘里，肅朝衣冠候道旁。太孺人嗚騶轟雷，飛盖蔽日，公趨而進，長跽稟迎太孺人，命之起過，然後起，間道先歸，拱立署門外。太孺人至，親扶板輿，導而入。父老、士女觀者雲合蟻聚，嘖嘖稱虞部公之有禮，嘆太孺人之榮，而不知虞部公非所出也。方伯公由贛復命，聞太孺人疾，爲購黄腸之木，紆道歸省。奉百金上壽，流連而不忍離。方伯公亦非所出也。夫其得於非所出者如此，則太孺人之母德何如哉？是固榛之所樂爲銘也。

謹按狀：太孺人，姓郝氏，順天人。父郝翁有二女，相皆貴。長歸大司寇宛平劉公，司寇與宋文康公同朝相善也，因與言郝翁女次者尤賢，文康公遂委幣納焉。文康公之母丁太夫人，與其嫡劉夫人雅重之，曰：『若殊有婦德。』文康公既薨，其子炌，方十歲，教之從兩兄讀父書，卒有成。以子貴，封太孺人。太孺人歸自蕪陰，途有覆車之恐，遂疾，越七年卒，不瘳命矣！夫太孺人之懿行，見於方伯公狀者，不復襲書，榛所聞見一二，則太孺人之全德可想矣！

子炌，内閣中書，辛酉科舉人，初聘少保兼太子太保、刑部尚書劉公餘祐女，即所謂宛平司寇也，娶貴州糧驛道按察司僉事梁公遂女，封孺人；女適少傅兼太子太傅、工部尚書劉公昌子鄧；川州知州士元孫塈，貢生，娶庠生葉公元溥女；壔，聘前錦衣衛千户葉公元滋女；曾孫繡虎，聘予兄子武安縣儒學教諭動孫女、監生德至女；曾孫女二，一許字舉人徐公作肅孫、庠生世際子能昌，俱塈出。

銘曰：陰教昌維，德行古泰，和結婺光。魂洋洋，珮鏘鏘。復含笑，從文康。令子侍，在一方。石可泐，名永芳。

層層生發，蕪關一段。尤饒彩色，法類歸熙甫。簣山。

宋景先行狀

君，姓宋氏，諱爚，字景先，世爲河南商丘人。明吏部尚書，贈榮禄大夫、太子太保，謚莊敏公纁，爲其曾王父；　奉直大夫、刑部員外郎治，爲其王父；　太學生枒，爲其父。枒生四子，君季也，母武氏。

君生二歲而孤，又六年，其三兄輒異鼎而食，君獨依其母事之。謹母以君之能事已也，眷愛亦益加，而不忍離。壬午之亂，君俘於賊，賊見其愿拙，無所能，笑縱之。君得脱，即奔求其母，負而渡河，遁於曹南之野，終母之身，蓋與君相依也。傳曰：『養則致其樂。』君顧有所樂於母也耶！何其能使母之終與處，而不三兄適也。

君性質儉，而能勤於事。又當鼎革之初，彌望皆荒原廢隴，人無固業。君之族父文康公權，相天子。君因得治耕桑，積贏餘，買草萊而闢之，遂以素封，倍古大國之君。然世之爲富者，吾見之矣。子、母〔一〕之出入不平，心狡焉懷詐以傾人。其予人也，必靳之又靳，凡可以刓削其毫末，而我利焉者，無不用也。而取於人也，則贏之又贏，凡可以霑丐其毫末，而人損焉者，不暇直也。君曰：『吾不府怨讟也，適於平而已。』謹約自將，未嘗敢以富勢驕人。人有侵者，隱忍謝之。日早起，戒内外。僮僕授執事，操籌按籍，親筦籥衡準之出，内矻矻無虚晷。與人言，則傷人事而悲天時，鬱然常若有不平於中者，然朴直無機變。能飲酒，有申之以酒政，則曰：『我不能爲是屑屑者。公等行公法，吾自飲吾酒耳。』

用諸生貢太學，授州同知，與鄉飲酒禮。康熙乙丑某月日，卒，得年七十。有二男，之陞知縣未任，卒；　之墧貢生。女一，孫男六，孫女三。明年九月十六日，卜葬於三靈臺，莊敏公賜兆之左。其受重孫鉝來請狀，夫君内能得親，而外能平其與取，以恢本富之才，而不溢於分，是固當狀，且予嘗讀書君家，而之陞又與予兄子允孚，疊有姻盟，不容以固陋辭，故爲次其生平之概如右。

叙次極老，亦復生動多姿。簣山。

【校記】

〔一〕原文右側夾注：寫富人盡情。

王夫人行狀

吾友田蘭芳簣山先生之配王夫人，柘城人。其父邑學生心寧，以貲甲一縣娶張，十餘年，止一女。愛之，不使知烹紉事，年十五，歸先生。

是〔一〕時天下喪亂，李自成次黄河、灌大梁，杞睢之間，淼然巨浸。先生之田廬，蛟魚盡據之。稍定，又以訟飽官欲，而家遂落，驟責夫人以井臼，勉爲之，無怨尤。或至寒餒，非人所堪，無偏謫言。先生有館俸，盡出以養翁姑，餽賓客，津逮群叔之乏，不自名一錢。

性孝而介〔二〕，知大義，婉善循分，甘勞苦如嘗學問能知道者。繼姑嚴，一食一飲，或扶掖抑搔，稍不中意即怒，諸姒求温顔不可得，往往累及於叔，長跽終宵，弗能免，夫人獨能告無過焉。姑卧病五年，夫人夜不解衣侍，藉一薦於前，常不及煖。姑亡，每見手澤之遺，未嘗不沾巾也。收其叔之子科昂，養之如已子，爲娶婦，而愛之如已子之婦。先生割其田廬，而中分之，夫人亦不以爲過也。士多從先生遊，雖炎暑，常一日數親釜竈，不厭。先生刻厲學道，夫人尤能助之。見先生色不平，輒解曰：『得無胸有留怒乎？』問：『知意所忤？』曰：『可以情恕，毋徒孑孑病人也。』里有問遺，先生率不受，家人疑其矯。夫人曰：『非也。受〔三〕而不能報，則氣爲之弱。不受，正所以善養之耳。』一子頗清羸，極憐之。而先生督以學，即苦夫人，不之止先生。外王父銀臺李公無嗣，夫人嘗勉先生，視其松楸，曰：『姑無他，兄弟不可及君身，使其父母爲餒鬼。』夫人素孱弱，既有喪女之傷，又連遭翁姑大故，銜哀服勞，遂成痼疾，以至於卒。卒之日，無一世俗永訣可憐語。

嗚呼！士〔四〕君子際艱難困苦時，或氣不能勝，志不能堅，頹然喪棄其生平，而搶地呼天，怨詈憤尤，不可以終日。非熟於體道，精於處義，命固未易，坦坦固窮畢生，而長貞其操者，乃夫人於閨閣中，能之顧不難哉！然則夫人之賢，其天性乎？抑亦觀刑之效也。於以相先生，稱令匹，不愧矣。

夫人生於天啓某年月日，卒於康熙某年月日，得壽六十一。子王略，孫穫，女四，所婚皆士族。予時客豫章，聞赴而悲之，爲件繫其行如右方。

行文潔清高老，最得廬陵手法。張長人。

【校記】

〔一〕原文右側夾注：《史記》體法。

〔二〕原文右側夾注：提綱。

〔三〕原文右側夾注：學部語，晟深可味。

〔四〕原文右側夾注：大結束，詞濃而意足。

卷十五　祭文

祭族子允孚文

嗚呼！彼蒼者天，何不悔禍於吾宗，而益肆其慘也？吾於汝，不禁怛焉以悲，悄焉以疑，而又怊焉以感也。彼耄而耋者，獨何人斯？而汝僅三十有一，淹忽而與世長辭也。當其未離襁褓，而惸然孤兒也；未及舞象，而病骨支離也；迄今纔及壯齒，而邈乎莫追也。皤皤其母，慟以悽也；哀哀其婦，孑以微也；孱孱其兒，呱以啼也。此吾之所以悲也！然而竊有疑也，疑夫天之所以福而禍者，奈何其不平，降無端之酷罰而至於斯也。憶吾家於辛巳之疫、壬午之亂，凋零衰謝，長年者莫存其一也。所遺者，吾五六弱息也。今幸各衍其嗣，方欲各崇其德，長養訓迪，以復其盛於一日也。不謂十五年來，後先降虐，而又奪吾兩姪也。嗚呼！天實爲之，謂之何哉！吾安能已於感痛而揮泣也！

荒原漠漠，將爾藏也。凄風颯颯，摧〔一〕白楊也。廣柳駕兮，魂翱翔也。夜臺幽兮，恣徜徉也。春林緑兮，秋草黃也。朝友鼯鼪兮，暮麇麞也。來洋洋也，去蹌蹌也，鑒我淚浪浪也。汝其安於命數，不必顧人世而心傷也！

無一飾詞，而字句之間，血淚欲迸。《祭十二郎文》以實，此以虚。實易工，虚難搆。簣山。

【校記】

〔一〕原文右側夾注：急管繁絃中，無非凄風苦雨。

祭靖愨先生文

先生既往，余將安仰！憶余與先生之交，未逾十載，其間聚散招尋，皆歷歷而可想。大抵扳長者之車轍，不過六七；而訪幽人之庭户，惟有三兩。雖君子之交固如是，其淡成由今悔之，猶以不能日聚爲怏怏。

蓋余與先生，迹則甚疎，情則甚篤，間往來夫筆札，必殷勤乎忠告，可以存既息之古道，而挽薄俗之徵逐矣。

先生既病，予問榻前。貌則瘁也，神則閒焉，言笑從容如平昔。然曾未匝月，再登其堂，而止見夫慘淡之凡筵。

夫人有所乘而生，則當有所拖而卒。芸芸之死，其真死矣，生之理爲已滅也；又枉死矣，生之事爲未竭也。先生聞道，有素謀身以潔，必矜細行，獨挺大節。其與物同化者形軀，而道德之餘輝，將且争光於日月。

嗚呼！一日之間，判今古歟？西山薇蕨，匪故土歟？魂其徂歟，夷齊伍歟？若然，雖日招之，不我許矣。抑微子之墟，擇而來居。風清三徑，烟鎖敝廬。灼灼者花，油油者蔬。户有遺杖，案有遺書。廿年於兹，豈其恝如。陰風黯澹，先生歸歟？嗚呼！先生之化於無有者，先生之自然，而不能如太上之忘情者，尚鑒吾哽咽而欷歔耶！

酸情峭致，翩然言外。簣山。

祭族子千之文

吁嗟乎！子之亡也，三十四年，骨其朽乎，名則灼然！

子之歿時，予齒方毁，不能記子之鬚眉言笑，而猶彷彿其容止。惟前一載來哭，予父執予之手，淚灑無數，而拜而行，蹣跚若跛，由後問之，知傷於火。予至今往來於胸中，而子於夜臺之上，屈指族黨，或亦喜乎有我。

子之文章，海内争知，檢有遺笥，洵不我欺。吁嗟〔一〕乎！彼擔爵曳組，憑勢乘權，與鳥獸、草木而同腐者，不知其爲誰也。而於今，東西朔南，往來予郡者，無不亟問乎千之。是人遇於一時，而子遇於千秋兮，雖死矣，其焉悲。

吁嗟乎！見人之智，益思子之愚；見人之巧，益思子之拙。聞子才慧，不及中人，而子之取重，正不在乎一切。世無孔子，不得厠弟子之列，而逃禪自喜，亦命也。夫予尤欽其死生之大節！聞城既陷，端坐一榻，賊怪而問，瞑目不答，怒截其耳，微哂而已，賊衆齊驚，疑神疑鬼。已而起立，衣冠肅整，俯仰長嘆，乃投於井。惜見之者，止能述其大略如此，而其衷之慷慨激烈，已如日星之炳炳。吁嗟乎！吾見壽耇者矣，曾不堪其一省。

千人亦見，萬人亦見之文。其氣概似《祭石曼卿文》。恭士。

【校記】

〔一〕原文右側夾注：一氣數行不斷。

祭丘太守文

吁嗟公乎，命止於斯，茫茫大塊，其何以知？

公生巴西，來守宋土。潔不爲染，剛不爲俯。循良之徽，於何而信？由〔一〕後思前，公德益峻。我公既來，五袴興歌；我公既去，無襦奈何。我公既來，虎度於津；我公既去，猛虎噬人。廉吏可爲，而不可爲，妒公者衆，知公者誰？聞公之操，笑公自苦；見公之行，謂公爲腐。衆濁獨清，怨讟之府。彈而去〔三〕之，亦公自取。

公綬既解，道阻無家。買田一區，茲焉種瓜。同時卜居，公特其一，獨驅我公，不能終日。昨歲公來，癯然而喘，遠道艱辛，慮公不免。慮公不免，不幸而中。九邑之人，同聲一慟！

矧予小子，益感舊知。拔於衆中，厚以爲期。期莫能副，蕭索自憐。庶幾報公，不自棄焉。公愛我里，魂其復來。招之不見，謂之何哉！

憫時病俗，撫今追昔，音節猶在變雅之間。簣山。

【校記】

〔二〕原文右側夾注：怒駡而出以含蓄。

〔三〕原文右側夾注：反語悵甚。

祭張匏客先生文

嗚呼！先生遂没，以寧斯世之悲，斯道之榮。人口先生，胡命之屯。予曰先生，亨莫與倫。其屯其亨，匪貴匪貧。獨有先生，求仁得仁。

鼎革之會，攀鱗附翼。皆〔一〕其囊者，臯夔契稷。言采其薇，言蹈其海。日〔二〕磨月銷，幡然而改。三十六年，碩果獨存。不撓不倚，樽乾拄坤。何以能然？惟〔三〕性之定。歷久彌堅，邃養之證。邃養惟何？周情孔思。主敬之熟，心坦氣夷。潛身河涘，不及郡國。聞則有矣，見不可得。遠墅窮村，講帷或下。闡危明微，知焉蓋寡。茅茨數椽，雨風不蔽。藜藿兩餐，鼎鐺時匱。幅巾竹杖，鶉衣芒屩。何思何慮？雲净天〔四〕廓。會心之微，收視反聽。惟公自知，豈佛之佞。

回憶平生，恨疎遊蹤。幸從茂叔，兩坐春風。木萎山頽，全而歸矣。聞風者興，先生未死。來弔西山，生芻一束。羹牆匪遥，乃愧私淑。

語語精實，直是一篇《高士傳》，不知爲有韻之文也。篔山。

【校記】

〔一〕原文右側夾注：好罵。

〔二〕原文右側夾注：又罵此。

〔三〕原文右側夾注：至順。

〔四〕原文右側夾注：好形容。

祭王生文

嗟乎生兮，遂夭天年。其年伊何？纔及子淵。淵之好學，敻乎千古；惟爾有志，奮〔一〕興亦苦。予之知生，從遊於徐邇黃。；篝燈旅館，一身無餘。以生之勤，方讓〔二〕積薪。乃推糠秕，虛以下詢。昨日鴈足，連篇累牘。半爲生文，陸離在目。豈惟文辭，遠大爲期。方見其進，奄忽何〔三〕之！奄忽何之！吾見遐齡。爲福爲極，難問天庭。天不可問，淚雨濺濺。於野於寢，不暇計焉。伐木之雅，。僅得三秋。停雲之望，乃忽一丘。斯道如土，知音者希。獨操流水，中心怛兮。中心怛兮，魂招不來。天實爲之，謂之何哉！

清轉如說話，正是情至文字。王生得此，可以含笑矣。簣山。

【校記】

〔一〕原文右側夾注：斟酌。

〔二〕原文右側夾注：自然。

〔三〕原文右側夾注：筆端夭矯。

祭徐邇黃先生文

嗚呼！先生於世長捐，尚有典刑，亦遂杳然。嗟此何時乎？陷溺之人，心益逐逝川，彼談經膠庠，分職內外，曾莫解其何爲也而？但云利藪與名淵，疇察天命於希微，疇體人道於眇緜。既往之緒孰以承？將來之任孰以肩？先生獨奮然其有志也，而實自得於鄒、魯之遺編，悔少壯之豪邁，危日月之推遷。矢孤特而不倚，憤遲暮而彌堅。卞璞羞鬻，馬帳常懸。執經而來者，如數家珍；聞道而去者，如醒醉眠。薄聲〔一〕華於藻繢，辯毫髮於儒禪。蓋味日用之菽粟，而已得千聖之秘傳。雖惡先生者，或追乎既改，或毀乎求全，而至論當世之經明行修，亦不能不惟先生而是賢。

予少聞夫緒論，已願爲之執鞭。迨其後誼辱和平，年忘後先，相期者彌厚，相求者彌專，往往有不敢言於他人者，而特爲予乎一宣。吁嗟哉！予方望其朝提夕命，庶幾相予一日而有聞也而，乃奄忽其歸於原泉。誰爲予引其善？誰爲予匡其愆？積疑慮而誰釋？望迷途而誰前？明月之梁，猶疑光霽；春風之座，忽變荒煙。先生之全而歸者，順受之常；吾之不能已已者，蓋爲斯道而涕漣！

許與稱情，而無限悲思，悉在文句參差中見之。簣山。

【校記】

〔一〕原文右側夾注：先生生平苦心實學，得此鑿鑿表出。

祭京口張夫子文

嗚呼！世莫〔一〕我知，於我何傷。其有知者，德固難忘。憐予小子，幼失義方。長徒自奮，一往倀倀。學古無獲，於時多妨。入迷庭户，出鮮舟梁。譬如行者，莫指康莊。譬如穫者，皆棄莠稂。

豈期丙午，遭逢之慶。夫子聿來，校士中邦。明於皎月，肅於秋霜。拔幽剔隱，有美必彰。不才如榛，學步踉蹌。未馳鞭影，纔就遊韁。冀北一顧，空群謬當。那云〔二〕千里，尚爾服箱。長鳴奮鬣，感舊激昂。

昔有北鴈，通問鱣堂。蕪文附致，教思殊望。昨遊於越，金山繫航。擬叩龍門，疑懼未遑。邦之殄瘁，人忽云亡。存順没寧，夫子之常。惟予小子，株守墨莊。頻復有吝，莊敬難强。文之焉用〔三〕，念也猶狂。仰負師門，慚沮傍徨。哀詞無緒，炙鷄莫將。憑此尺幅，寄淚千行。

感激奮迅，志苦情深；而文氣容與，却有風正帆懸之趣。竇敏修。

【校記】

〔一〕原文右側夾注：起突兀，亦□□。

〔二〕原文右側夾注：老潔之極。
〔三〕原文右側夾注：警語令人慟然。

祭徐恭士文

嗚呼！生無負於生，則死無憾於死。氣之散也其常，而歸之全也有幾。公剛方以自信，立介特而無倚。視世之脂韋齷齪，化百鍊而繞指者，不翅心腑之痗，市朝之恥。

方公之少也，横一經而侍兄，輒出入乎應社，角先後而走鴻名。迨老成之既謝，僅碩果之有存，雄六子以重結。公精悍而特尊，朝宗嘗曰：『徐精於論，賈老於法。』聽娓娓之雄辯，誠可闢天下之口。觀森森之筆陣，又非徒於孫、吴暗合者也。薄好爵而不出，杜衡門以自喜。晝怡神於縹緗，暮含情於麴米。遊〔一〕李元禮之門者，擬九天之難升；乞韋貫之之銘者，雖萬縑亦徒爾。威不可刼，利不可誘。群非獨然，群然獨否，棱棱乎清自持，巖巖乎高目負，學者苟能獨往獨來而如公，然後可肩斯道而不苟也。

榛慚後起，謬辱忘年，不惜齒牙而推引，俯降鞭弭以周旋。或鬬險而次韻，或角勝以稱觴，或拳飛乎老興，或歌頓夫醉吭。卓然南州之高士，曠然晉代之風流。宜天命而純佑，信君子之吉修。何典型之頓失？曾無患而無災。方朝起而磨鉛濡槧，遽端坐而棟折山頽。日必有夜，朔必有晦。死非人之所惡也，而在生平無遺行之累。公沈沈於長夜，雖千年而不朝。意嚴氣之所發，猶上摩乎斗杓。蒿里不足賦，楚些不必招。想天上乎差樂，或三山兮遊遨。雖然，亦難慰我縞帶之情，望西州而長號也！

頓跌流暢，能得先生頰毛。簣山。

【校記】

〔一〕原文右側夾注：刻劃。

祭侯司徒文

嗚呼！公之薨也，二十九年。聲容言笑，宛乎目前。公之歸也，厥土一丘。榮名定論，付之千秋。昔我仲舅，典禮太常。棱棱嶽嶽，東林之望。濟以司成，握玉操冰。公於其間，立如鼎鐺。有倡斯和，有開斯承。清流之禍，危擬墜缾。匪惟疑之，亦孔擠之。匪惟忌之，亦孔噬之。後先八載，迍邅請室。安〔一〕知死灰，有然之日。而卒悠然，碩果不食。正命全歸，亦非人力。

公始栢臺，輒攻首輔。直聲之振，怨讟之府。按黔論功，方晉卿貳。寺人秉鈞，一麾而墜。復起昌平，旋拜司徒。又輒仆之，幾不免夫。及以司馬，部署七軍。已傾天柱，其何能伸？亞夫持重，計在委梁。梁則委矣，公亦已僵。鼎革既遭，角巾故國。闢圃城南，翱翔自得。榛昔相過，萬花如繡。丘有神工，壑疑天就。何不慭遺，忽謝厥世。而公諸子，更先公逝。馬鬣新阡，種瓜舊圃。彼此一時，恐不可覩。榛忝葭莩，言執其紼。緬想平生，涕如霰隕。煙鎖雲封，從兹寧處。叔子匪遥，爲我寄語。謂其弟輔之。

飄蕭自得中，含無限曲折。簣山。

【校記】

〔一〕原文右側夾注：自然。

祭湯潛庵先生文

嗚呼！斯道之寄，厥惟斯人。斯人之負，厥重萬鈞。九死不難，難堅其節，要如月日，雖蝕不戚。九死不難，難貞厥終，要如江河，雖〔一〕折必東。於哉先生，巖巖泰嶽。性成直方，志明淡泊。早致亨途，讀書中秘。出歷藩垣，輒次去志。拂衣之歲，方壯未强。柴車草屩，守雌葆光。從師蘇門，虛衷若谷。朝講夕稽，敬密義熟。樂之不易，將終厥身。豈期一日，迫上蒲輪。再登史席，渥承寵眷。訓義談經，言必稱善。明良一德，如天信〔二〕時。爲寒爲燠，知無有私。他人之陳，謀其否可。先生曰然，遂行以果。不次引擢，殿閣崇階。吴撫任重，曰惟汝諧。儲貳聖功，尤關於大。旋晉秩宗，熏陶保艾。正叔之後，坐講未聞。特許先生，古道復敦。天下喁喁，瞻傅望伊。旦夕秉國，興治匡時。天子曰都，汝掌邦土。勇退未容，孤蹤良苦。居高易危，行方則閡。人然我否，宜爲世怪。論付千秋，知感五位。一日溘然，普天喪氣。

榛也不才，同聲幸附。緒論時承，霽霾破霧。仰道之行，不翅於己。彈指十年，而卒如此。期歸故園，重謀志學。先生曾有志學會約。宣義明仁，興閩起洛。乃乘箕尾，去也何鄉。天不可問，杳杳茫茫。先生於世，如川之航，既鑿而沈，濟將何望？先生於道，如舟之舳，既拔而去，其何不覆。魂兮歸來！北邙不惡。悠然泰然，無愧無怍。無愧無怍，雖亡未亡。千秋萬世，山高水長！

已盡先生生平，呼搶之情出以醞藉，尤見詩人之旨。簀山。

【校記】

〔二〕原文右側夾注：已畫先生。

〔三〕原文右側夾注：奇句。

卷十六　雜著

約族人墓祭啓

伏以雨濡露降，必生怵惕之心。春礿秋嘗，當順陰陽之義。鬱寒林而在望，啼徹哀猿；俯落日以興懷，情深逝水。凡厥孫子，請念本源；恭惟吾族，派衍梁園。宗分桐栢，積仁累澤十餘世；甘苦難忘，負耒横經三百年。纘承有賴丘陵，伊邇松蒼栢古，罔聞三獻之勤。譜牒雖亡，親盡〔一〕服終，孰非一父之子。自辛巳降，疫鬼之虐，可憐伯父仲兄。復壬午肆闖俗作𢥞，上聲。寇之威，僅剩童孫幼子。鄉來之伶仃困阨，方佑累世之神靈。幸今之長養生成，可靳四時之俎豆。雖割牲沃鬯，不爲薄於所親，而冷雨凄風，未免忘乎其始。蓋爾〔二〕爲爾我爲我，各渙其情；遂春復春秋復秋，竟遺斯舉。若敬本之禮終闕，則篤親之望何從。

榛明發有懷，聿修實忝。慟劬勞之莫報，廢矣《蓼莪》；念肅愾之有間，歉焉簠簋。且道〔三〕古存南北，曾無一阮之留；而樓峙東西，空結百尺之恨。短笛筳憑，牛背入吹，殘夜月之魂；古木爭傷，樵斧來聲，震春風之隴。愁雲凝，白日漫，訝穴走鼯鼪，衰草閉黄昏，衹教林歸狐兔。陳以黍，陳以稷，尚書雖曰非馨；祀其始，祀其先，家禮於焉可據。花榮春暮，定傷風雨之晨；木落天空，難掩秋冬之淚。

伏願孝懷祖德誼篤，孫謀終年，而饋祀兩羞；豈不力焉可繼竟月，而介逸一用，亦復費也無多。濟濟人來，情可聯於一室；赫赫神降，祭方備乎十倫。將見肅乎其容，復爾愉乎其色，或者死而能敬，因之生而能親。庶二十年，墓古丘荒，載饗今時之祼獻，而千百世子孝孫睦，永奉斯日之典型矣。

情生文耶，文生情耶，字裹行間都是聲淚，孝子哉！對偶之精麗，又不必言矣。邇黄。

【校記】

〔一〕原文右側夾注：惻然。

〔二〕原文右側夾注：可嘆。

〔三〕原文右側夾注：叙田園之易主。

約刻逸德軒文集啓

道以言宣，自古貴孔彰之迹；書以窮著，於今見行遠之文。衒才而張能，闇然之所惡也；含英而吐秀，隱者寧焉用乎？大璞有必剖之期，名山無終藏之理。

竊以簣山先生精心考道，餘力操觚。或大言，或小言，發悉原於自得；若長咏，若短咏，旨皆要以無邪。一〔一〕生之冷煖自知，固不期於問世；斯理之源流公共，豈容靳以傳人！彼攫東而拾西，雜然燕石爲寶；此舍雅而取鄭，貿焉瓦缶争鳴。亂術業而害人心，才士所不免也；闡幽光而扶文運，我輩可無意歟？古無毫楮之需，尚自刀之於版策；今有棗梨之便，豈容閟之以篋箱！念寒素無能自爲於道義，合當人助，雖〔二〕聲名之顯晦，無足爲若人之重輕，而朋友則有責焉。況文章之精英，可以啓斯文之聾瞶，而後生則有待也。嘗一匙而美，猶憐有不飲之人；得片紙而欣，忍委於將蝕之蠹。慨五十年之甘苦，無一日與於天下。僅此空言，發二三子〔三〕之俠豪，俾數卷流於人間，亦誠佳事。雖云玉在石，珠在蚌，光終不掩於山川；何如户有誦，家有傳，書早大行於中外。積多於寡，將伯乎齊來；化私爲公，探囊兮勿恡。捐朝夕之奉，惟其力之能堪；流奕葉之光，亦且名焉得附？

伏願恕推一體，誼篤千秋，以成美之殷，報我石交，可以愧醴酒肥羜之速，以解惑之雅，垂兹玉版。還以啓知人論世之資，盖猶是天下之珍，取以公諸天下。庶不誚楚人之弓，但許得之楚人矣。謹啓。

真是佳事，文亦清麗流暢，排儷之痕欲化。張子白。

【校記】

〔一〕原文右側夾注：是簣山身分。

〔二〕原文右側夾注：一氣流轉。

〔三〕原文右側夾注：無豪氣者，必無惻隐。

約傳盛社刻前輩詩文啓

竊以百代之賢人君子，祇憑故籍以長存；千秋之道德文章，每鬱幽光而待闡。器之久焉易毁，雖當日珠珍玉重，輒銷亡於無何有之鄉。物之散也難收，即有人海網山羅，或遺棄於不可知之地。前輩之嘔心瀝血，吾竊惜之，將來之論世知人，誰無意也？况梁苑風流文雅，蔚今古之才名，而宋士腹結心蟠，涵乾坤之睿德。考遺文於昔，何千百幾無存乎？接芳迹於今，幸一二猶未亡耳。書不必聖經賢傳，苟無畔道，皆可爲遠稽近考之資；人無分甇獨高明，凡有嘉言，靡不生共井同鄉之色。雖度包宇宙，誼莫先父母之邦；矧穀貽子孫，法當厚詩書之氣。彼失學者，既〔一〕視爲閒筆浪墨，擲同已謝之春葩；而食貧者，縱欲其傳後法今，邈若難攀之天界。故集英賢而修社事，圖儲偫以命梓人。計〔二〕一年有用之貲財，多少糜於無用；念四時無名之宴樂，曾否勝此有名。釃酒無奢，期陳八簋；醵錢有限，特拔一毛。發潛德於其先，固所稱慈孫孝子；布大公而無我，尤足見物與民胞。采見道之語言，要堪益世；求無邪之風雅，必不徇人。蠹魚之吐棄，拾來作者已散之精華，好自我而光天耀地；蝌蚪之馨香，流出學者待興之志氣，將無人不冲漢凌雲。

伏願義振俠腸，力扶文運。體求仁之恕，慨慷不恪錙銖；廣教善之忠，次第謀登梨棗。庶前言之不墜先民，慶知已之遭，且後世之有聞諸公，附榮名而遠，倘樂以文之會，請司執耳之盟。

流麗曲折，暢兼六朝趙宋之長。簣山。

【校記】

〔二〕原文右側夾注：讀至此而不感慟者，則其人可知矣。

〔三〕原文右側夾注：從可以自省。

祀竈文

維康熙庚戌立春之前一夕，商丘劉榛灑酒再拜，祀於竈神曰：『惟神五祀之一，古者大夫祭之，榛其僭乎？』然近制士庶人皆有事，亦其分也。嘗考月令、祀神於孟夏，今則臘未盡之七日焉。世傳臘日，神嘗以形見，有以黃羊祀者，遂暴富，豈其妄人希福，因相沿而未察歟？往祀神於次夕，或謂詰朝，神覲天庭，祀將不及誕也，而榛亦用之，所謂無害於義者，從俗可爾。

顧其祀也，融飴塗釜門，曰：『將以閉神之口，而毋道過，舉於上帝也。』褻孰甚焉。夫神之分職而臨也，宜若令尉。不聞令尉之賞罰，必上瀆於九重，而神豈災祥不能自已？降必積一歲之喜怒，假手於彼蒼耶？脱使脂車秣馬，凌霄漢、排閶闔，敷奏述職，悉陳人世之臧否；而命討惟〔一〕天，亦臣之無有作福作威者也。若然神之知榛，不若榛之自知；神之糾榛以顯過，不若榛能自糾其隱慝。神若摘伏發奸，以請不善之罰，榛自指瑕索瘢，以代白簡之奏，可乎？

其詞〔二〕曰：角亢之野，微子之國，姓以漢著，名從山得。將三秋而見惡，曾五戰而皆北。方憤悱以永圖，忽蹉跎而自賊。盜閭巷之虚聲，靦屋漏之顏色。過〔三〕已成而方悔，已明知而莫克。行不掩言，淑不蓋慝；志以貧累，胸以愁塞。譬若惰農，未嘗不願苗之蔥蔚，而曾不力去其螟螣。落落交游，沾沾翰墨，學則未豊，才尤見嗇。詩六義而井觀，文兩京而蠡測。覬覦乎作者之堂，依違乎大雅之則。智不達乎時務，力不謀乎稼穡。道欲行而實疎，業雖受而多惑。半世之攻勤，皆屬玩物；終身之悠忽，豈不心惻。思多出位，動即爲忒；不勤小物，終累大德。爾且擲創垂於數世，甘蓬轉於孤村；怪鵲巢而鳩居，復東移而西奔。責逋假笑謝之容，質錢脱犢鼻之褌。結鶉露肘，頑鈍而不恥；守雌隱霧，矯强以鳴尊。侍母未愜，烏哺問妻，徒有舌存。突〔四〕

寒朝爨，釜歎夕飧； 有日曾調菜羹，經年不見鷄豚。 人交謫而良苦，神冷落而奚論，動忍矣而安所增益，衰颯焉而徒愧家門。

凡此諸愆，耳聞目覩，懲罰攸加，允惟自取。 天威不違，照臨下土。 笑彼兒女，箝口奚補。

借世俗事檢點自己，想見其憂勤、惕厲，無時不然處，豈是尋常弄筆？ 邇黄。

【校記】

〔一〕原文右側夾注：將無作有。

〔二〕原文右側夾注：語語鏗鏘，如出金石。

〔三〕原文右側夾注：具能自松。

〔四〕原文右側夾注：方是謝過於竈。

田烈婦誄

維康熙丁未夏六月壬辰，睢陽田烈婦孫氏死。 嗚呼哀哉！烈婦於歸，實維舊族，遭家不造，載鞠閔凶。 幾載食貧，十指盡龜穗稴； 一行作婦，雙親遽背庭闈。 賡《桃夭》之章，宜家有譽； 頌《碩人》之賦，百男惟艱。 命也不辰，夫焉殞溺。 黄鵠既〔一〕寡，空多魯女之歌； 白露先晞，何暇展禽之誄?恨魚腹之獨葬,淚溢清波; 甘雉經以同歸,情愜荒冢。於是談笑治殮,慷慨投繯,可謂殺身成仁,舍生取義者也。

烈婦之夫雲龍,吾友梁紫之再從兄也,爲予道其事,予嘉其節而誄之曰:

於惟季女,毓德名門。赫赫遠祖,發祥惠孫。爰及苗裔,代存典刑。懿厥皇父,遂顯一經。虺蛇告吉,聿嬪於田。入厨三日,執手百年。德曜有匹,豈厭食貧。饁恭南畝,績照東隣。鳧鴈子弋,蘋藻妾采。鐘鼓之樂,於今幾載。

嗟乎田生,馮夷有怒。公竟渡河,箜篌安訴。薰風變兮朔氣迴,芳蕙焚兮泰山頹。葬江魚兮何辜,駕蒼龍兮不回。劍一别兮水潺湲,俯延津兮涕泗漣。怨巫陽兮無術,問靈均兮何天。悵離群兮鴈自哀,欲見君兮夢不來。比翼兮乍分,並蒂兮先摧。飄素帷兮淒風,撫鏡臺兮恨重。顧微軀兮影獨,或泉下兮相逢。嗚呼哀哉!

雖徒四壁,尚足雙棺已矣。鳴鳳逝也,孤鸞鄰母驚心。猶子啼血,援袂牽裳。矢死彌切淹朝,及暮破涕爲歡。月明漏盡,人倦燈殘。蛾眉掃緑,宫額添黄。徘徊舊室,檢點新妝。拜遥天兮辭父母,理素繯兮尋故偶。從容兮若歸,追隨兮攜手。訊驚濤兮傷心曲,述畫梁兮淚滲漉。偕老兮雖非,同穴兮已足。嗚呼哀哉!

雙魂俱邈,一室空煙。衣虛冥座,燈慘素筵。驚庭柯而鴉墮,冷繡户以蛛聯。是耶非耶,芳容宛若。音響消歇，踪迹約畧。嗚呼哀哉！

元龜告吉，雙輴離庭。觀者太息，送者拊膺。皆揮血而雨降，袂雪涕而雲興。魂遊兮今宵，林薄兮逍遥。想無恙兮琴瑟，猶髣髴兮風簫。嗚呼哀哉！

隧道陰兮愁雲漫，白楊悽兮六月寒。狐鳴兮白晝，猿啼兮夜闌。埋玉兮有銘，憑弔兮磐桓。請私謚兮僉曰烈，身已朽兮名不滅。激揚兮千秋，争光兮日月。嗚呼哀哉！

字字血淚，千載下可以招魂復起。邇黄。

【校記】

〔一〕原文右側夾注：工而悲。

書柳子厚《賀王參元失火書》後

嗟夫，世變不可問也。王參元失火，柳子厚賀之日，參元有積貨士之好，廉名者皆畏忌，而不敢道其善。今幸爲天火之所盪滌，參元之才能，乃可以顯白於天下。

嗚呼！子厚之時何時耶？當唐之中葉，其去古有道之世，亦已遠矣。而在位之人，猶有好廉名而知畏忌者。其參元之不得顯也，以其富也。失參元之富者，以其火也。賀參元之將顯者，以其火而貧也。嗚呼！亦大異矣。今之時抑又何時耶？好〔一〕廉名而知畏忌者，猶繁有徒耶。其富也，猶不得顯耶？而人之失其富者，猶必以火耶？及其貧矣，猶得顯名耶？嗟夫，世變不可問也。

予三年前，有鬼〔二〕訟，喪其業，里中親若，故弔之。或曰：『子可以賀矣，不見參元之於火乎？』予曰：『噫嘻！處參元於今日，則不〔三〕待火而貧，貧則賤，棄而不〔四〕齒矣。雖然，予幸猶存，負郭田七百畝，以律古之恒產，不但倍之。上不失菽水之養，下不至凍餒其妻子，雖不足賀，亦不必弔也。

且前此身家之慮輕，嘗多出位之思，今則一切斷絶，得以静求無欲之天。易《困》之上六曰：『動悔有悔，征吉。』《否》之上九曰：『先否後喜。』由此觀之，或天之假此厄塞，以相我於有成，未可知也。子厚未足以知此矣。雖然，以此自勉，又益增世人之賤棄而不齒耳。嗟夫！世變不可問也。

圓暢有法度，所謂『不煩繩削而自合』，殆熟脱之候也。恭士。

【校記】

〔一〕原文右側夾注：可爲長太息矣。

〔二〕原文右側夾注：古今怪事。

〔三〕原文右側夾注：快絶。

〔四〕原文右側夾注：陡收，健甚。

書《楊椒山先生年譜》後

嗚呼！權奸必能制主，而忠鯁必至受禍。何千古一轍哉？夫人於死生、禍福之臨，未有不擇而就者。而况覆車方起，又肯自蹈焉而不疑乎？嘗怪王章既忤，石顯而幸免矣，及爲京兆，輒復言：『王鳳之專，卒爲鳳誣以死。豈章固愚人也哉？何甘死禍如飴也。』

今讀楊椒山先生自著年譜，則又知先生之心、先生之遇，與章如符節同。而其患害慘酷，章之幸尤多矣。當分宜之秉國也，不第王鳳之專，先生豈不知？言出而死隨之，矧馬市之獄，幾幾不免〔一〕，尚復可仰首青蒲，拔權奸牢固之根株，而冀轉圜於萬一哉。迨其百毒備嘗，七尺不保，皆先生於水光燭影之下，默思起草之時所早見，而稔料之第不容已，於方寸之臣心，一日之主知也。

嗚呼！君臣之義，天命之死生之義，君主之在，已不容有毫髮顧愛之私者，定分也。彼高者，沽直以希名；卑者，卷舌以避患。豈足以語於此哉？王章非知道之士，猶且能盡分捐生，宜先生肉糜骨化而不悔也。

顧班史論章，剛直守節，不量輕重，以陷刑戮。夫國政旁落，權臣跋扈，猶謂爲天下之輕事乎？如必量其不陷刑戮，而後言則又何者？其爲披肝瀝血之日也。嗚呼！如先生者斯，其謂：『盡君臣死生之定分者也。』孟堅蓋未聞此矣！

著論不磨，而文亦雄剛奔放，奕奕動人。簣山。

【校記】

〔一〕原文右側夾注：文氣如奔湍，而烈士愛君，心情如見。

商丘《宋氏家乘》跋

牧仲昆季，脩其家乘，告竣。余受而讀之，不禁竦然動容，喟然興嘆曰：『宋氏，其以〔一〕忠厚承家者乎！』

夫宋氏，微子之裔也。周封微子於宋，以恪慎爲創，垂其子若孫，亦親漸文、武、成、康，數聖人之德化。復能承先啓後，世濟其美，雖至失國，猶克守其道，以善一家。宋氏之忠厚，其亦淵源有自也哉！故自鄉飲公以來，代有令德。至雖婦人女子，皆能恪遵先訓，嘉言懿行，照人耳目。

宋氏之澤，殆所謂源遠而流益長矣。然而忠厚固未易言也，漢萬石〔二〕君，史稱『不言而躬行』。觀其父子、兄弟，醇謹自持，真有非齊魯儒生所能及者。然身膺榮寵，至少子慶，以宰相封侯，而卒以寡陋無學，碌碌無所建明，則亦忠厚之硜硜者耳。再世遂無得傳人，豈不宜哉？吾觀莊敏公之文采風節，垂爲家法。福山公由其道而稱循吏，文康公纘其緒，以成相業。及今，牧仲子昭，繼志述事，各奮才猷，以視石氏之家風，其賢不肖何如耶？雖然，漓者淳之，雕者朴之，亦移風易俗之一大機也。當吾世，而有起衰救弊之思者，雖硜硜焉如石氏，可矣。忠厚豈易言哉！

謹嚴典雅，極有體裁。其年。

【校記】

〔一〕原文右側夾注：一篇之骨。

〔二〕原文右側夾注：宕波瀾珠瀾。

跋徐氏《新阡圖記》卷

此朱襄王長穎大令，卜藏徐恭士孝廉宅兆也，知者皆曰：『龍真而穴正，水有情而砂有餘氣，長穎之神而〔一〕徐氏之幸矣。』劉子曰：『然非也。吾不知青烏術，見天下之相士者矣。主司歲得士，得者不必佳，而佳者不必得。其得之於不意也，則驚其神；其爲所得於不意也，則稱其幸。使其有明者出，得所必得，不得所不必得，是得之有定衡也，何神之有？而爲所得者得其必得，非得其不必得，是爲所得之有定價也，何幸之有？惟天下有〔二〕識者之鮮，而妄邀於非分者之多也。則彼焉疑其神，而此焉徼其幸，天下之定理茫然矣。

夫此牛眠之區，不知挾術而來。相者經幾百輩，而獨長潁得之，非長潁之神也，衆人之不明長潁之明耳。顧長潁不爲他人得，而獨爲徐氏得，豈非徐氏代有令德？而孝廉又金玉自式，無擇行於生平，自當藏有善地，寧體魄而昌後人，非徐氏之幸也，徐氏之分耳。有孝廉之定價，遇長潁之定衡，此所謂天下之定理未盡，茫然於兩間也哉。

康熙丁卯，飈申既放歸，出此圖請跋，故爲通之於相士，如此非激也。

無中生有，論却極平。簣山。

【校記】

〔二〕原文右側夾注：從此二字，翻出議論。

〔三〕原文右側夾注：堪發一慨。

書侯叔岱壽册

禱祝非古也，然臣有用之於君焉，《天保》之詩是也；民有用之於君焉，《七月》之詩是也。未嘗聞有用於鄉黨、朋友間者。夫鄉黨、朋友，古有相友、相助、相規、相勸已矣，今其道日寖以微，而棄之如土，則獨祈年稱壽，相與進媚諛之詞，有加而不殺，無乃自薄而薄人也耶。

顧此册之於叔岱則有異，何也？叔岱，詩人也。叔岱之年，自得於天；猶夫叔岱之詩，自得於情。得於天者，非其人有以承之，則天將不私眷；得於情者，非鄉黨、朋友之能言者有以啓之，則情亦有時而閟焉矣。且夫心樂則氣順，氣順則體康，體康則所以承於天者，彌有其力。諸君子彬彬其辭，蓋欲啓叔岱樂順之機，而發其情之所欲宣耳，豈同夫所謂『媚諛之薄者』哉？

故予之迂愚，亦敢附諸君子後，續其聲而歌曰：『君子樂胥，受天之祜。』叔岱訢然拈其霜鬚，曰：『叔兮伯兮，倡〔一〕予和汝。』

意境超逸。篔山。

【校記】

〔一〕原文右側夾注：趣。

書侯敷文册

古人之學，必有師授。授之而不能習者，有矣。無所授之，而克自名家，雖在小道，亦必天下聰明、崛特、非常之人，未可求之一鄉一國也，矧陋鈍如予者乎。予學制舉文，於蔡上虞先生，十戰輒北。學詩於宋牧仲、鄭石廊，學古文於田簀山，學詞於陳其年。詩、古文、詞不與制舉，與亦曳兵靡旗之技也。所稱『授之而不能習者』，非乎？

至如書，則益厭臨摹之困，而未承指授之法。間讀朱子之銘，曰：『放意則荒，取妍則惑。』因勉欲、寧心、息氣，率中書君，規旋而矩折。然躁浮之故態，輒發於不及持，幸不能妍，卒不免放。每一濡研，慚汗之下淫淫也。

不謂近有張子白先生者，以書法自命，而顧嘖嘖許，予聞之方羞。過情而敷文，又以册屬書，吁嗟異矣，豈予之技？習焉者而不工，工焉者而不必習乎？若是，則教予荒業矣，無乃不習於此之荒，猶差勝夫習於彼之荒乎？若是，則予知所勉矣。書以並求子白先生教我。

神來之調。簀山。

敬慎齋銘

吾壻王紫客，以『敬慎』名齋，曰：『竊有志也，盍爲我銘之。』予曰：『唯唯。』久之，復請焉，予曰：『唯唯。』又久之，曰：『終不爲我銘乎？』予曰：『子志在銘焉已耶，抑將實欲踐也？果〔一〕踐焉，安用銘？不然，銘焉已耳，於子何有哉？

且夫古之爲學也，曰『主敬』，曰『慎獨』。蓋千聖相傳之心法，兼動静、徹始終之極致也。子遽言之無乃易乎？夫易〔二〕於言者，必無意於行者也，予又何敢易爲子銘？雖然，今日者，禮教衰息，踰閑蕩檢，以疎放爲泰舒，以歛約爲迂鄙。直内思永之旨，久不講於人間矣。紫客方英少，乃獨夐然有志乎？異〔三〕矣哉。吾安得不爲子銘？

銘曰：敬爾業，慎爾修。聖狂界，放與收。熟〔四〕則安，肆益偷。帝臨日鑒，凛哉無休！

轉節最陡，極平實語，而光彩爛然。作者又何事乎他求？簣山。

【校記】

〔一〕原文右側夾注：極蹤折處，便是極真摯處。

〔三〕原文右側夾注：令人惕然深省。

〔三〕原文右側夾注：控縱自如。

〔四〕原文右側夾注：至言。

樂箴有序

牧仲先生開府西江，招予讀書於其署。會先生之老友張子長人，年八十，亦自楚來，先生不以家隨也。長人得徧閲廨舍之窔奥，見委於蟲綱、鼠迹者什九，而先生之寢堂亦蕭然立四壁焉。乃嗚掌大笑曰：『吾固知先生之操，不謂先生一至此也。吾頃聞先生之清風於道路，猶不謂先生果至此也。吾疑遇先生於西方氏之廬，或煑石茹芝之仙窟，而但粥不鼓、竈不丹耳，而顧先生之署乎哉，不謂先生其遂至此也！予知先生不盡愧先生。』

先生曰：『嘻！今天子聖明，予謬承異數，一歲之中，三遷而畀此鉅任。予日夜兢兢惟〔一〕懼，露飲霞餐，尤不足以答主上之知，而況敢萌自潤之私。夫多欲則多營，多〔二〕營則多慮，多慮則多憂。彼戚戚者，其得有一夢之安乎？予簿書之暇，攤書長吟，或與賓客分題刻燭，發吾性之所自得泊乎，蓋有〔三〕餘樂云。』

榛聞之，撫几而嘆曰：『有是哉。先生知所樂也，學者窮年問道，常欲識其趣而弗能，而先生得之，先生何遽得之耶？蓋必有養乎樂之原者，久而後，樂可見也。養乎樂之原者何？即先生所謂「兢兢以懼」是也。先儒嘗令學者尋孔顔樂處，夫孔顔之樂何尋？尋其無欲之心而已。無欲〔四〕之心何致？養以戒懼、慎獨之功而已。先生之樂，非先生之懼爲之乎？懼無斁，則樂何窮？』

榛請爲先生獻樂箴，益爲先生保懼志焉。其詞曰：吾生本天，天本無憂；吾學本天，天又何求？人之有求，蓋陷且鑿；匪蠅而營，匪隼而攫。相彼隼矣，猶飈於飽；相彼蠅矣，猶饜於小。惟人之欲，谿壑何盈？彷徨中夜，摇心如旌。苟淡厥志，憂復安乘；譬彼壒坋，一篲而清。君子之操，非如異學；不見不亂，見亦已奪。惟紛其來，如堇莫茹；一介非微，萬鍾何與？其胡能堅？惟戒惟懼；惟寅斯清，惟清斯恕。寅以養之，恕以强之；希聖希天，率此長之。天君泰定，百物不役；神暇氣和，云胡不適？澄如秋潭，潔如霜月；以經以綸，如川之洩。優游俯仰，怍愧兩無；融融而樂，與天爲徒。樂徹於下，民恬物若；樂徹於上，喜起交作。樂還於天，仍歸淡漠；惟懼勿忘，吾從公學。

從懼得樂，精思實義，直抉魯鄒、洛閩之秘，不但文辭之清潤、老勁也。予敢不永佩誨言。牧仲。

【校記】

〔一〕原文右側夾注：樂之提。
〔二〕原文右側夾注：名言可佩。
〔三〕原文右側夾注：體之效。
〔四〕原文右側夾注：滴滴歸源。

司夜傳

司夜者，其先西旅人也。其俗好鬭争，貪饕而善盜，捕狐兔以爲業。無長幼之序，無男女之别，無室廬、衣服之制。雖父子兄弟相遇，輒動聲色即稍合，亦不能終日焉。

其始祖曰：『槃瓠有勇力，以殺戎將功。』高辛氏妻以女，割會稽東、南海中田三百里，封焉。祖獒，慕中國之盛，内徙於鎬。召公疾之，不得用於世。其後仕晉，爲靈公逐，趙盾提彌明，搏而殺之，公惜〔一〕焉。同時，昆弟盧仕於韓，鵲仕於宋，亦皆有聲，而獒最著。獒四子，一居蜀，一居越，漢初皆爲舞陽侯樊噲所殺。一從淮南王入雲中，不知所終。司夜父最少，初與司馬相如同名，長事漢武帝，爲楊得意所扼，乃走昌邑，爲王監門，遷執金吾，以冠方天冠罷職。久之，落魄失意，隨陸機於洛陽，更名黄耳，爲機致書於吴，卒報。機德之其死也，以已故大都督，蓋寵其瘞。世所謂『黄耳冢』者，是也。

司夜，生而偉軀幹，有大志，嘗曰：『人生最耻爲碌碌富貴子，若丁謐、何宴、鄧颺輩，真苟禄耳，我得志弗爲也。』遊於梁，謁董園公。董園公壯其貌，棲以數椽之廬，朝夕廪食焉。或惡之曰：『西旅之徒，非我族類，勿容也。』董園公曰：『不然。晉太和中，其徒有從楊生遊者，拯於焚、援於溺，視世〔二〕之共安樂而背患難者，其賢不肖，正有辨矣。且余亦豈望報者？窮來依我，不可棄也。』司夜善走，性疾奸宄，即非所素善者，必追呼遠逐，昏夜尤不敢暇逸。董園公曰：『子能勤於夜者也，可即以司夜。』名之由是，終歲之警備，悉以賴焉。閲十年，謹愿無過愆。一日，飽食而卒。

司夜之初依董園公也，一夕聞風聲而大噪，董園公責之，司夜曰：『劉寵〔三〕不爲守，吾安知其爲風聲耶？』董園公憮然嘆之。至是卒，董園公瘞於海鴈橋〔四〕之右，與黄耳冢相望云。

論曰：『西旅氏之於世人，多賤而不齒。顧李斯爲秦丞相，至欲與同出上蔡東門而不可得，則又何也？』觀槃瓠以來世，篤忠義，人有不媿西旅者，亦可矣。或曰：『司夜者，諸葛〔五〕誕之流，劉景升兒不及也。』

通篇點次頓放，無一不老。其絶老處，即是絶頂風神。朝宗蹇千里傳往，予論之詳矣，此何並踞其勝也。山蔚涉筆便如此，豈非天授異才？恭士。

此山蔚少時游戲之文，毛穎而外，不可多得。簣山。

【校記】

〔一〕原文右側夾注：點綴處，皆有天趣。

〔二〕原文右側夾注：罵引輩痛快。

〔三〕原文右側夾注：寄慨。

〔四〕原文右側夾注：妙然。

〔五〕原文右側夾注：益令人解氣。

卷十七　賦

悔賦

遡發祥於厥初兮，邈不知其何自。繄胥宇於微封兮，背復陽而七世。肇釋戈而於耜兮，率胼胝於菑畬。鍾伯氏之靈芬兮，迺崛起於詩書。慟昊天之莫予弔兮，哀罔極而未齔。繄三世之如綫兮，悼半生之困頓。彼蒼蒼者之降予必有故兮，容戲渝以相承。羌曜靈之莫可揮而返兮，殊悵懣以填膺。晝撫心而自叩兮，宵揮衾而三起。步逡巡於闈闥兮，屋漏告我以多恥。神惝怳而不敢回首兮，志忐忑而若摧。疏往慝而莫贖兮，益悚惕乎將來。

念舞勺〔一〕之已潛放兮，伺晷刻於蒲簿。嘉毅擲之豪舉兮，豔謝賭之揮霍。乍喧雉以擬靁兮，忽得盧而無聲。智毛公之嘉遯兮，雄劇孟之俠名。旋洞五〔二〕白之堪鄙兮，叛烏曹之故儔。延麴〔三〕生而納交兮，笑夏王〔四〕之不足與謀。壯六旬之阮飲兮，快十日於秦約。伶荷鍤而如歸兮，髡滅燭而實樂。何狂藥之辱名兮，允達者之長物。憫靈均之獨醒兮，曾終身不得其髣髴。抑信陵〔五〕之不永命兮，赤帝旋已改節。縱婦言之不可聽兮，請德將而禮啜。時三杯而油〔六〕油兮，誇騰驤其掣電。託死生於峻坂兮，爭後先於烏翰。接南山之雉於一駃兮，拾東郭之毚於一俯。

騁落日而汗駃騠兮，歸猶没鏃於石虎。鑑枯木朽〔七〕株之盡爲敵兮，乃攬轡而改〔八〕轍。矚丹花紅樹之誘吾情兮，羌探幽而攜客。醉秋芳於蘭皐兮，摘春葩於藥圃。擊鮮載伎而隨遊屧兮，援東山之風流而與伍。惡朝〔九〕榮而暮瘁兮，矧樂極而哀生。恥蕩遊之損吾豪〔十〕兮，將移神於嚶鳴。樂應求之不乏兮，託肝膈而號德。鄰愛徵逐揭來之無間兮，哂翟公之無人。乃蘭〔十一〕臭以方親兮，忽酈寄而賣矣。危人情之不可燭兮，胡如盡上絶交之書而自快矣。既出門而無交兮，乃風〔十二〕蘀以相牽。誰有情而能持兮，况舜英之穠鮮。搊柔荑於秦箏兮，囀清歌於鶯脣。迴陽阿之妙舞兮，意婉孌而堪親。悟彼姝〔十三〕之雖姣兮，正伐性之斧也。復纏頭之易耗兮，將〔十四〕別圖以補也。愛巴婦之足智兮，慕錢神之有靈。戎持籌而稱賢兮，賜億中於孔庭。然吾才之所〔十五〕絀兮，彌經營而益拙。世澤之銷鑠而莫保兮，又何事乎一〔十六〕切。貴適以媒富兮，試揣摩而從時。信捷徑之可循兮，已見夫僥倖而得之。何我〔十七〕技之不售兮，擔簦躡屩而頻休。豈大器之相誤兮，俟天命而奚〔十八〕求。羌鬱鬱而不得志兮，勉藻績以自娱。角才名於建安兮，攀鮑庾以並驅。抽相如之秘思兮，雖諷一而勸百。齊李杜之文章兮，亦萬丈之光赫。戴日〔十九〕月之經天兮，誤爝火以爲明。鄙月露與風雲兮，曾何足以成名。擲鉛〔二十〕槧以寧神兮，聊卒歲以曠逸。憐拮据其自愚兮，占得頤而貞吉。醜昏昏〔二十一〕其若夢兮，云行尸而走肉。耽宴安之鴆毒兮，猛内省而多恧。

悼〔二十二〕此求而不合兮，嗟轉計而愈失。茫天涯之紛途兮，吾徬徨而何適。悸前辜之擢髮兮，汗淫淫而難欺。籲穹窿而自訴兮，雖千悔其焉追。擬〔二十三〕舠遊於廣津兮，飄颶風而無岸。抑步傾於險壑兮，牽弱荔而欲斷。盼八荒而獨危兮，惴不知其何終。披九霄而大叫兮，問誰憫予厄窮。

迹穀林而乞援兮，既荒忽而無路。轉蒼梧而拜禱兮，復棄捐而不顧。乃倀倀而漫之兮，過會稽而空哀。還吾駕而近求兮，迷亳都於歸來。更脂車而西向兮，儼酆鄗之在目。問赤烏之已往兮，邈何道而追逐。登尼丘而遐眺兮，依稀示我以周行。惜交淺而莫與深謀兮，猶若憐我之皇皇。方投足而欲就兮，迺假道於鄒邦。艱獨往之無伴兮，訪伊洛之雙雙。已沿途而無岐兮，由八閩以邃入。惟轗軻其多端兮，企前軌之難及。請叱馭而加策兮，敢畏難而暫已。期所造之必達兮，何憚乎一日而千里。汲〔二十四〕乘時而邁征兮，已良辰而輕誤。即此晷而命駕兮，猶恐蹉跎躑躅而漫無歸宿於日暮。憾我馬之虺隤兮，竭馳驟而無力。雖顛躓其必往兮，肯中道而憩息。固行路之云難兮，極跋涉而當至。迨一往而暢遂於靈〔二十五〕臺兮，吾不知景況之爲何似。

亂曰：悔吾生兮多愆，莽自問兮難宣，追曩謀兮悉乖，撫今日兮茫然。欲奮策兮悚迷途，哀巨人兮掖吾孤。願破釜兮奔騁，遑倚馬兮踟躕。匪天遠兮可登，尚山高兮可升。請黽勉兮從事，豈艱大兮獨□可勝。

歷敘昨非，卒歸今是。感纏綿情深不已，而其格調變化頓挫，尤渢渢乎直追屈宋矣。湯潛庵。

此乃是痛癢自覺，泠煖自知之言。但願益堅，斃而後已之念耳。邇黃。

『詞人之賦麗以淫』，此能免夫？充此志也。雖與日月争光可也，不然即《法言》《太玄》，猶雕蟲耳。簣山。

【校記】

〔一〕原文右側夾注：入事。

〔二〕原文右側夾注：悔。

〔三〕原文右側夾注：好過接。

〔四〕原文右側夾注：謔而趣。

〔五〕原文右側夾注：悔。

〔六〕原文右側夾注：好過。

〔七〕原文右側夾注：悔。

〔八〕原文右側夾注：好過。

〔九〕原文右側夾注：悔。
〔十〕原文右側夾注：過。
〔十一〕原文右側夾注：悔。
〔十二〕原文右側夾注：過。
〔十三〕原文右側夾注：悔。
〔十四〕原文右側夾注：過渡，全無痕迹。
〔十五〕原文右側夾注：悔。
〔十六〕原文右側夾注：過。
〔十七〕原文右側夾注：悔。
〔十八〕原文右側夾注：過。
〔十九〕原文右側夾注：悔。
〔二十〕原文右側夾注：過。
〔二十一〕原文右側夾注：悔。
〔二十二〕原文右側夾注：總。
〔二十三〕原文右側夾注：戒懼之實如是。
〔二十四〕原文右側夾注：湯潛庵曰：『長林豐草，不肯饒人。』讀此不禁悚然而起。

〔二十五〕原文右側夾注：徐邇黄曰：『令我嗒然。』

白鸚鵡賦 有序

比部大夫宋君牧仲者，奉使虔南，歌《皇華》於萬里，言旋冀北，歸烏巷於一朝。垂槖無黄金數〔一〕畜，對大夫之富；開籠有白鳥振衣，訝使者之奇。髮束而頭角峥嶸，頷皺而金花燦爛。坦懷無懼，好語時聞。大夫顧而樂之，於是授簡於予，忼慨而爲之。賦其辭曰：

惟靈鳥之何來，聞闍婆而萬里；豈上國之欲觀，乃扶摇而至止。嗤好惡之無常，率緑衣兮黄裹。獨初服之不〔二〕移，羌澡雪以自喜。覽輝銀漢，溷迹白雲，翔焉不下，誰託其身。顧使節之烜赫，溯白馬〔三〕而實親。訪信美之吾土，又園雪之如新。遂留八境臺之影，而爲宋大夫之賓。

維時隨大夫而來也，辭塵外，躋白茅，倚玉樹，濯冰濤。薄金臺而榮馬骨，樂兔苑以附霜毫於焉。山人白衣，皭然貞素。皎日爲懷，温玉其度。逢人憑狎乎海鷗，而得時自班乎鵷鷺。且其斂文〔四〕章之外著，擅坤德而含章。偶異采之焕發，卜元吉兮黄裳。擬秋英而陶採，戲〔五〕送酒以插肮。儼諼花之多蘂，實樹〔六〕背而非堂。縞衣〔七〕本乎西極，宮額象夫中央。方疑降太白之宿，忽錯〔八〕唤黄頭之郎。

爾迺有懷欲吐，顧名自憐，如簧羞奏，半訥半宣。寧太尉之艾艾，鄙嗇夫之諞諞。庶時言而不厭，幸尤寡而身全。

奈何陪〔九〕猩猩於《曲禮》，辱橐陀於梵書，豈隴客之素質，果變化於黄魚乎？

客有怪〔十〕而詰之曰：『結遼傳乎唐史，乾皐著於師曠。爾是耶？與非耶？請自供其名狀。敏心經之授受，撓殘博以披猖。悦玉環之姊妹，諂天寶之君王。痛禍亂之莫救，徒問安於上皇耶？抑長舌之階厲，讒臧獲於張華。迨請君而入甕，又何智之堪誇？惟豪貴之是結，而躋黄太守之堂。豈詞賦之能解，而速禰處士之亡乎？』

言之未已，帶怒銜悲，若含若吐，彷佛有辭。世〔十一〕憑耳以爲視，久名實之全非。彼假聲而竊貌，終非類之難欺。乃若趁昭陽之寵幸，供媚佞於群姨。惑天王之明聖，希容悦於一時。縱有行之而得意，予竊恥焉而弗爲也。况夫承恩於安樂，而棄主於亂離，誰忍情而出此，予素心之難違。抑多言多敗，感實自詒，如瓶以守，何辱之罹？且恃才而尚氣，將焉往而不危。儘筆點之不加，又何補於數奇？慨〔十二〕文人之無行，恒自蹈乎禍機。弔孤洲於萬古，乃信〔十三〕知己之相依也。

於是客乃聞乎不聞，悔前言之猖狂，肅然起敬，惻然意傷，手擊唾壺，口發清商。乃歌曰：『爾之潔兮，不可涅兮，下白玉之京，而沐廣寒之月兮！爾之文兮，秋蘭紉兮，時見時隱，而非人之徇兮！言則可聽兮，韻以清兮，志則寧兮，夫何物之能驚兮？』又歌曰：『金鎖兮玉籠，鳳閣兮珠宮。乾坤兮頓窄，稅駕兮何終。仰九霄〔十四〕兮冥飛鴻，鎩素羽兮泣秋風。豈不懷歸兮，逍遥雲海之中！』

瑰瑋陸離中，別具清新俊逸之氣，足使正平避席，摩詰退舍。錢介維。

去宋調而入漢室，其在漢也。蓋司馬、班、揚以云正平，真覺率易。恭士。

以京都鴻筆爲賦物。小品一往，皆經緯宫商，珠璣錯落。而粹理精言，尤非月露風雲之比。牧仲。

骨法、意法，不當以駢麗相浼。簣山。

【校記】

〔一〕原文右側夾注：工麗。

〔二〕原文右側夾注：自負語。

〔三〕原文右側夾注：映帶巧甚。

〔四〕原文右側夾注：又特明頭羽之奇。

〔五〕原文右側夾注：奇思。

〔六〕原文右側夾注：更奇。

〔七〕原文右側夾注：一束。

〔八〕原文右側夾注：妙絶。

〔九〕原文右側夾注：四語結上起下。

〔十〕原文右側夾注：波瀾。

〔十一〕原文右側夾注：答語精采焕發，更有至味。

〔十二〕原文右側夾注：寄託甚遠。

〔十三〕原文右側夾注：妙。

〔十四〕原文右側夾注：餘音繚繞，無限低徊。

梁園雪賦 應學憲林澹亭先生教

粤若漢封之盛也，文德茂，民俗〔一〕康，怨平寒暑，叙備雨暘。懿親溺竇景之寵，勛名際吴楚之亡。於是驕生侈，樂易荒，創東苑，廣睢陽。小文囿規模之隘，大平臺驅騁之疆。四十城中半別館，三百里外盡獵場。豪舉爲歡，乘時取適。闢燕昭王之臺，招魏公子之客。昕枚叟而入座，暮鄒生以通籍。司馬擅文墨之雄，孫羊濫佞幸之席。翠華遥指，警蹕森傳。驂乘矜寵，陪輦取妍。逐狡鵕於莽野，問寒蘗於林泉。

是時也，顓頊主令，修熙佐時。陰凝曦閉，霧積雲垂。颼朔風而横至，導稷霰以先飛。既而聯翩散漫，紛糅逶迤，浮浮瀌瀌，裊裊離離。乍莊蝶而撲面，忽謝絮以脱枝。輕盈鬭夫燕舞，迷漫妒乎梅緋。風回范雲之狀，花點謝莊〔二〕之衣。既徘徊而欲下，又進退而多疑。蓋婆娑之態、皎潔之姿，王已顧而樂之矣。

迨其久也，玉龍罷戰，銀象涵光。着喬林而森玉樹，滯平巒而晃崑岡。彌天縞素，隨物圓方。鑿者盡瑶池，築焉皆玉堂。下迷鷺立，上失鴻翔。衣奪山人之色，粉欺嬪御之妝。王騰之馬出，陶穀之茶嘗。瑩兮砌白璧於中原，微但望舒懸桂闕；爛乎碾朱提之天下，莫猜羲馭嫉秋霜。嵇中散之山頹有待，鄭歇後之詩思無量。於焉王授簡，客抽思，或賦其滂之句，或咏相彼之詞。儷陽春以度曲，合幽蘭而鼓之。羊羔薄醉，鶴氅閒移。王於此際，樂不可支。

曾幾何時也，而谷遷陵變，往事茫茫。忘憂之館廢，清泠之池荒。嘉賓罕至，公讌莫張。誰遺梁孝之絹，誰罰安國之觴。依然玄陰之涸沍，不改滕六之飛揚。東郭之履無那，袁安之卧徒僵。倘有憐白屋〔三〕之下，當必爲黄竹之傷矣。

而今也，一陽言復，六花呈瑞。深〔四〕伊川之門，陪游揚之侍。豐年可期，灌湯有志。將益奮乎孫康之書，敢薄視乎〔五〕嗛山之味也。

乃爲歌曰：『鴻泥兮匪幻，霜冰兮可鑒，白不容緇兮，素不必絢。虚受兮彌增，真積〔六〕兮何盈，灑然以釋兮，然後知還造物之無形。』

自然典麗，斧鑿無痕。其曲終雅奏，尤有妙理。是以宋儒而操班、揚之筆也。林澹亭先生。

清風肆好，逸氣旁流。筆墨之外，尤堪令人咀味。簣山。

【校記】

〔一〕原文右側夾注：太平之世可想。

〔二〕原文右側夾注：狀雪極工。

〔三〕原文右側夾注：慨然憫人。

〔四〕原文右側夾注：映學憲。

〔五〕原文右側夾注：知味正難言。

〔六〕原文右側夾注：結到渙然冰釋無聲無臭上，寄託何等。

金在鎔賦

緊二氣之變合兮，生初一之班班；鬱素質於厚載兮，行商氣於重玄。地四中厥箕疇兮，品三志於《禹貢》；螢林邑而多怪兮，冶蚩尤而有用。神夏鼎之三三兮，蠢秦人之六六；入九府而有靈兮，化虎子而惟辱。信委隨而不可自主兮，惟摶揑之有力；聽頑鈍之自爲成就兮，將銷蝕毁敗而何極。

翫天地之爲鑪兮，緒攸灼於陰陽；奔曜靈而追望舒兮，熾兩丸之炭光。飛廉鼓舞以吹燄兮，謝仙振斧以助威；四帝遞驗夫火候兮，熟兩間變化之緘機。流澄液而惟賢兮，溷濁滓而爲愚；疑定質之不可改兮，實融煉之在予。

嘉歐冶之有功兮，亦天然而順德；曾矯戾之不能終日兮，又自爲政焉而不得。户封固亦吾〔一〕徒兮，二帝擅鼓鑄之奇；直行豈自成俗兮，三王能補造化之不齊。悲夏日之欲墜兮，受昏德而穢彰；詎破模而毁範兮，胥痌瘝而盈邦。雜制度於漢家兮，鼓風教而未醇；鍊氣節於東京兮，甘骨銷形化而有人。痛典午之猖狂兮，鼎折汞流而不可收拾也。啓南北之煎熬兮，化爲繞指而不知所立也。唐型之失兮，益鍜鍊而多事；宋笵之端兮，蔚陶鑄以文思。鑒前模之不爽兮，雖百世其可知；悟因任之不可兮，雖起爐作竈而何疑。柔勁質以相從兮，即屈曲而如繇；裁邪枉以復性兮，亦猶然直道之天。果風德之足偃兮，大造儼其在手；方惟矩而員惟規兮，不能先而亦不敢後。知握機之惟我兮，君子惕然其自〔二〕省；敢更化之無本兮，俾天下恕形而咎影。

生幸〔三〕託於化國兮，飽詩書之陶鎔；愧如金而如錫兮，敢躍冶以稱雄。笑郭況之穴兮，薄嵇康之鍛。盡牀頭而無色兮，獨有志乎金石之貫。守先聖之遺模兮，悚不知其器之何成；漸銷鑠其故習兮，何日融自然以流行。噫吁嚱危哉兮，將無負造物之爲形。

點染映帶，具見匠心，而結處尤非人思議能及。簣山。

【校記】

〔一〕原文右側夾注：畧敘往代，作波瀾，皆有關會不苟。

〔二〕原文右側夾注：有規諷。

〔三〕原文右側夾注：入自己作收，奇。

南湖賦

白雲守移文讓南湖公曰：『君爲澎湃主，僕分縹緲天。此疆爾界，各有攸屬也。而奈何萃逋逃之藪淵，有物一足〔一〕，大於商羊，躍躍趯趯，顧眄翺翔。慕予德而聿來，蓋不翅覽輝之鳳凰也。一日者蠅矢告玷，風鶴致疑，突然竄夫封豕，瞥爾杳乎斷霓。謂必影蔽扶桑，形潛弱水，梗斷遼海，殼縮越嶲。顧迺遁芒碭之山，神叱鬼逐，返而伏海鳫之橋，既信且宿。僕昔固已瞻烏爰止於君之屋矣，迨夫逐客令下，夤緣南邦，繞樹三匝，枝借朱襄。朱襄氏曰：「咄！吾不可以招亡納畔，而啓釁於隣疆，遠者且然，而况乎阡聯陌接。庸詎可自來而遂攘過，不可貳機已再洩。勿學海若之卑，樂藏垢而納污；尚效獸網之開，許奔林而赴穴也。」』

南湖公聞之憮然，曰：『嘻！吾過矣！吾過矣！雖然，吾豈利若之我依哉？吾湖魚之隨波而上下，吾湖鳥之趨來而遄飛。曾未聞爲何川之鱣鮪，何洲之鷗鷺，而有追亡結怨之馮夷。且彼窮而來此，口念心謀。暫隨張志和之釣侣，實羨陶弘景之嶺頭。《易》示群分之義，《詩》刺摻袪之留。蒼狗之變態既定〔二〕，故應仍逐白衣之悠悠也。』

於是驅兹逋客，歸爾蜃樓。物各有主，言無不讎。乃報檄於白雲守曰：『吾客寂寞之濱，湛湖光而如練。雖未覯嚴釣之奇，實竊醜卓奔之媛。惟君之昔，兹焉典郡。充和〔三〕中書之宿癖，笑孔姑臧之莫潤。勢去時移，覥顔猶在。奪鴻鴈之稻粱，啄雞鶩之餘喙。佛眥次怒，僧眉鎖嗔。包羞於己，食怨於人。予九死而不忍目其態也，肯區區與争此脱穽之獸，漏網之鱗，執而還之，遂爾〔四〕樂群。挹雨滌夫宿沼，仗風清此閒湑。饜貪泉之味者，免口頰之污。濡濁涇之迹者，絶褰涉之循。魚跳浪而生色，龍洗甲而一新。鎖水雲之如幕，願言謝俗駕之辱；低岸柳以當篲，不容留塵躅之痕矣。』

漆園子耳其事，聽然而笑，抗手而長吟曰：『白雲英英兮，如絮斯縈兮。莽棘荆兮，湖水寒且清兮。饑不可作豆羹兮，排舊庭兮，理舊盟兮，高高乎無欲之天固〔五〕不情兮，行兮！行兮！』

謔諷兩盡，其致尤妙。匹儷精切，淡言微中。篔山。

【校記】

〔一〕原文右側夾注：奇。

〔二〕原文右側夾注：映帶都有奇趣。

〔三〕原文右側夾注：二十年胸中鬱結不平之氣，聊一洩之。

〔四〕原文右側夾注：毒。

〔五〕原文右側夾注：滑稽至此。

大梁雨賦 以場事畢雨中遣興爲韻

皇帝丁卯秋徵兩河，敢戰之士五千人，閱於大梁。勇者礪拳，雄逞冠軍之力；智者吐氣，高談敓錦之方。月開烏號，電掣干將。下駟與上駟互角，長矛并短梃齊摐。亦既有才胥效，無志肯降。争窺大將之壇坫，而或賈餘勇於戰場矣。

爾迺旗鼓相持，凱歌未試，雲〔一〕抹漆濃，雨梳髮細。果從龍之有占，殊淋鈴而不寐。天機長織，簷珠密綴。霢𩃎䨴霵，淅瀝溶滴。漏天滲疎，未有試媧皇之才；銀漢傾皷，固難爲神禹之智。豈其霜[一]老乎鳳梧，而欲濯鮮色於高枝；或者山昏乎豹霧，而使澤奇文於晚歲乎？未陰足防，作霖弗計。榻瀟灑以高眠，胸洗滌而無事。慨焉今古，悟茲消息。苗興於沛然，終有隨公子之車；貌肅而時若，亦將潤監門之色。煙縱久埋艮嶽峰，虹終一吐吹臺日。何有雲密於郊，而不月離於畢也？

於是樂商羊之跳，翫石燕之舞。恍身逐酢時以立雪，而神融淵騫之化雨。流微韻兮紙牕，空送薄寒兮晝簾；風香漸紛兮桂底，氣彌清兮秋中。亭喜良多，詩催難緩。方直下乎蛛絲，又亂抽乎蠶繭。去不可挹而近，來不可推而遣。意澤物之有乘時，而潤身之當自勉矣。

商聲悚聽，爰興我詠。其詞曰：『暮之行兮誰爲政，意遲遲兮飛不定。若有人兮冰雪性，秋水澄兮秋風勁。支頤當天雨脚橫，問天髣髴天爲應。』應曰：『豆花細雨閒相贈，不爲洗兵賀戰勝。息心莫與天相競，吾主吾命，爾遺爾興。』

骨力勁，聲調圓。巧思宏物，相與組織。直如天孫雲錦。簣山。

既清以遠，復麗以則。漢人少其理，宋賢遜其詞。何叔獻。

【校記】

[一] 原文右側夾注：工。

〔二〕原文右側夾注：妙有開合。

〔三〕原文右側夾注：八面玲瓏。

〔四〕原文右側夾注：好自然。

〔五〕原文右側夾注：冷然。

遥青園賦有序

梁王臺畔，無恙風流。虞部子昭。園中，依然春色。納遥青於舊圃，周公子尚憶嘉名；遥青園乃周氏故物，賈静子先生所命名。收虚白於閒亭，宋主政虞部公子。頗懷野趣。穠桃豔李，不嫌白髮之侵；舊燕新鶯，足動青衫之感。爰乘醺而作賦，實觸景以懷人。其辭曰：

青帝矜新，紅英鬬豔。春疑有私，園能先占。付拾翠於佳人，羞擷芳於暮景。抱一室之幽枯，儼三秋之清迥。江都未解縱目而窺園，彭澤徒能以形而贈影。蓋每翫物華而含思，未嘗嘆健步而無騁也。

雞舌仙郎，烏衣公子，輒虚無忌之車，乃設穆生之醴。蠟屐閒登，青藜笑倚。載遊載遨，且行且止。踏與與之翠疇，迎飄飄之浪蕊。陸羽趁茶煙而翱翔，節庵。田何下虎皮而迤邐。簣山。柳絲遥岸，縈少藴之巾纓；子岩。野圃繁香，護子京之筵綺。主人喜起。危橋颭步，曲徑披烟。謖謖龍鱗，涸泉流而奏響；峩峩黛色，晃樹杪以刻痕。紅杏倚朱梅弄態，辛荑並郁李矜妍。適香國兮叩書城，胡郡伯題其堂曰『香國書城』。泛瑶海兮入武陵。宜南宮書第一之山，堂揭米南宮墨本『第一山』三大字。而原父咏無雙之亭。

爾迺陟晴巒以遐眺，俯清壑而興懷。昔追隨乎黄髮，静子。嘗放浪乎青鞵。曾幾何時〔一〕，而主隨春易，賓共花摧，謝者必有代衰焉。斯以興賦午橋，而幾度觴緑野之千瓶。庾嶺之枝欲折，而羅浮之夢不醒。子昭方期遥青園探梅，而卒矣。蓋已荏苒五年，於兹不堪，向西州而涕零也。

矚陳迹之猶存，續舊盟而足慰。千色陸離，萬芳鋪綴，豁然開域外之觀幽矣，盡山中之致。洞仙或采藥而來，花神當逢時而醉。克家固有別方〔二〕，而肯構亦其一事。招必名流，談有曠義。玉椀潑甕頭之春，哥窑薦熊蹯之味。吴兒小隊，郢雪新聲。摘阮之嬌鳴故緩，參差之嫩囀彌清。忽倚馬之才發，早驚人之句成。節庵先成《春日野懷》四章。韻角險而惟穩，思彌上而益精。時焉不再，樂也何勝？愧予鈍而獨後，嗣彼美以相賡。

賡曰：春又新兮人非故，花方朝兮日已暮。無藥兮駐顔，何天兮披霧。狂欲唤兮古人，危獨遊兮末路。宣驕兮任風花，狎盟兮屬鷗鷺。好樂兮無荒，芳辰兮莫誤。

妍麗凄婉，合蕪城思逝而爲一。簣山。

【校記】

〔一〕原文右側夾注：情事多端，曲寫都盡，不見連筆之勢，只覺體物之妙。

〔二〕原文右側夾注：所謂奏雅如是。

木香賦

維崑崙之異種，入函夏以何年。原密香之肇錫，竊氣味之宛然。按《本草》原名密香。胡逃名而易姓，號五木於人間。訛有五木香之稱。既名賓之莫副久矣，夫徵實而無端。裊裊依依，無骨可立。有上必援，無扳不力。隨天棘以蔓延，甘女蘿之屈抑。獻婉孌之柔情，嬌婀娜之弱質。乍升木而學猱，忽騰天以蔽日。不知者若厦屋之帡幪，而藉爲風雨之宴息矣。

當其杏呈冶態，桃倚新妝，謝三春而不占，讓百族以爭芳。迨廣陵有乘權之婢，洛下無擅政之王。而迺弄何郎之厚粉，扇賈午之餘香。細鋪玉錢之影，亂剪雪嶺之光。想脱簪於蟬鬢，偷惹芬於蜂房。壽陽之額不似，林甫之口適當。望之且憐骨醉，觸焉無非棘芒。蓋濃〔二〕薰以襲人，早暗刺而可防。曾幾日之穠鮮，倏颯然而萎落。玉質化乎泥沙，薌澤歸夫冥寞，扶持者已矣。立觀其傾覆之災凋傷也，可憐全露其包藏之惡矣。

顧龍門之百尺，挺孤標而不倚。淡馨臭之兩無，老秋色而自喜。花不足以綴雲鬟，實不可以充寶珥。高不容攀於人，直不肯枉諸己。寧至爲爨下之焦，終莫掩絃上之理。試問乎丹穴之靈，雛其志將在彼而在此。

刻畫極工，聲調復鏗然有餘韻，小賦之神品。

木香無端遭此惡罵，可想其滿肚牢騷無發洩處。簣山。

【校記】

〔一〕原文右側夾注：此察物之方。

後木香賦

劉子既賦密香而寢，馡馡苾苾，入吾幽龕。聞而微咀，中邊皆甘。若有人兮，嗔生怒含，自稱『木華』，責予過談曰：

吾族何負於子而銜之深也。嘲譏嫚駡，其誰能堪。夫弱者道之用，直者伐而先。吾鑒剛齒之摇落，故慕神龍之蜿蜒。人之遊歷也，上蘭臺而入芝房。我之蔭樾也，架瑤室而構香山。白弗爲緇，素不以絢。飄山人之衣〔二〕，存書生之面。彼華競而各先，吾德讓而獨殿。笑柳絮之輕狂，戒鬘華之懶慢。馣馤馚馧，焜煌璀璨。髡醉簪遺，坡吟雪戰。或五五而三三，嘒小星之疎散。畏厭浥之難行，懷鋒鋩而自扞。苟遠色而不親，何切膚之有患。蜂粘香而自疑，蝶翻粉而不見。近輒臭味之相投，久且素心而不變。春羞乎庾嶺橫枝，雨悔乎梨花別院。吾知永叔必改花譜，而蔚宗將焚香傳矣。

爾迺美嶧陽之孤幹，稱攀附而無從。早剪根而碎株，徒調響而音工。豈若群芳之長豔，而散材之有終哉？子不海上，何惡馨香。明德之薦，尚其無荒。人有而我忌，心非而口強。知吾子之所不爲也，而何處乎前語之荒唐。晨鐘一擊，其言以竟。未謂其然，亦多其佞。柳爇燭而述之，付君子之論定。

其辨不窮不數，談天炙轂矣。而雅人深致，尤難於今人見之。簣山。

【校記】

〔二〕原文右側夾注：工甚。

振衣千仞賦 有序

予讀宋中丞課吴士諸篇，秀奪春葩，麗爭雲錦，第多狃於原句，而爲招隱遊仙之辭。豈其忘厥稱詩，而有斷章取義之用？錮百世之胸襟，難祛二氏；窮千里之眼界，須上一層。慚枯管而無華謬，倚聲而相和。敢曰學山有至，聊以嚼屠自怡云爾。

鴻濛初破，百動綸紛。類從上下，横目特尊。蓋已夐乎物上，俯瞰群分矣。

黄農絶縹緲之巔，姚姒矗群玉之岫。子洗喬嶽以流光，姬踐高山而獨壽。由斯以降，磴〔一〕轉峰低，踉蹌頓跌，雲翳煙迷。或步蹉於棘莽，或途誤於紛岐。憐因循而不返，競壯往以趨危。難駐滑踪，漸隕丹梯。壑森矛劍，潭怒蛟螭。羌風翻而雨墜，恬弗顧而弗疑。將不知衰落何底，胥溺何其也。知道者摻袪而莫從，來道夫先路而不信。提淖〔二〕足以笑沈浮，攀澗藤而傲濡沁。非不曰吾置身其已隆矣，而且不堪卧於麓者之一瞬。角〔三〕崇莫臨於卑，法上須極於峻。

彼綴綵妝花，雕龍吐鳳。胸繡結而錦張，舌簧調而鶯哢。歎萬丈之燄光，壽名山而絃誦。卓矣高標，其誰與共？

顧有嗤之者曰：字不足充枵餓，文不足潤單寒。詎若穴横，况金山溢濞錢，觔驕十萬，黛倚三千，魯褒雅頌，其靈朱提，固無不致。朝焉槖發，夕焉綬纍。聳晝戟以刺天，殷絳騶而震地。冠整摩乎霄漢，唾落駭乎人世。志得身崇於斯極矣，下覷芸芸眇如粒矣。然亦有薄之而不居也。曰：多藏多害，益進益愚。璧叢匹夫之罪，犧慘宗廟之需。秕糠軒冕，鴆毒膏腴。挂一瓢而自得，憩五嶽以遐徂。名恥流於史管，迹甘絶夫人區。孤行一意，迥乎尚歟？

二氏笑之，則以爲未聞道也。爾乃空萬有、浄六塵，秘丹訣、葆玄真。或履攜於葱嶺，或鶴馭於崑崙，皆超超乎蜉蝣世界，坑塹人群也。巍矣尊矣，蔑等倫矣。豈尚有擬其高妙，扳其嶙峋者哉？

而孰知白日當中，群陰争掃。左叱山中之臞，右逐蒲團之槁。莫棄理以任心，何逆天而却老。乾坤之正氣，獨持性命之大原。自討深植仁義之基，遠擴明誠之道。簣覆殷勤，版築堅好。功益積而益隆，心彌謙而彌少。地軸奠其傾，天柱扶其倒。夜晦而燭，世污以澡。樓低百尺之上，臺隘九層之表。俯泰岱以蹴雲，開閶闔而放曉。揖歷山而拱岐陽，捫葛天而就太昊。千峰侍兒孫之卑，萬國點蟣蠓之小。列宿羅胸，曜靈在抱。儒〔四〕衣一振，風清月皎。非絶人以層級之不可尋，而誰其奮健步於及早哉？

亂曰：振吾策兮，曳吾屧兮，九天之蹤可躡兮。誰邅迍兮，誰逡巡兮，拂薜荔而猶帶世塵兮。悵自詢兮，固不於太冲問塗津兮。

吐詞大雅，竪義高卓。足以翻湘纍之苦調，破栗老之嘆聲。簣山。

【校記】

〔一〕原文右側夾注：一段危語動聽。

〔二〕原文右側夾注：一語我輩當時時自念。

〔三〕原文右側夾注：須努此力。

〔四〕原文右側夾注：振衣不落空。

卷十八 《瑤圃詩》起丁酉訖丁巳

感懷四首 以下丁酉戊戌作

黄河下崑崙，千折東入海。氣盛有歕薄，往往亦别匯。我欲求津梁，虚舟無人在。嘿嘿含遠思，蘭皐俛自采。

種花須種蘭，栽樹須栽竹。種蘭有餘馨，栽竹有餘緑。君子慎因依，澹泊兩情足。素心不可期，揮雲閉空谷。

蒼蒼駕不息，悠悠人自閒。將無松枝麈，可掃百事艱。胼胝夏不苦，風流晉何耽。夷甫牆下魂，或時起長嘆。

萬山摧無遺，一幹青不了。由來禁歲寒，乃信能壽考。豺狼自難群，榮名非所寶。不見顔平原，孤懷獨矯矯。

簣山曰：四詩淡而雋，使人咀之味遠。

田家

田家淡無營，柴門閉春草。村煙縈暮寒，漁火綴林小。風雨二三月，花落深不掃。有客傳壺觴，啚然達清曉。功名豐沛多，詞賦梁苑好。何如箕山人，悠悠以終老。

董文友曰：得儲王之腴。

弔侯朝宗

不必論遭際，文章已擅名。夷門昨日過，終是嘆侯生。

芭蕉

歲月從舒卷，幽情讓爾多。却嫌風雨夜，偏向枕邊過。

簣山曰：兩絶是唐人家法。

登閎伯臺

望古生幽興，登高意未降。亂雲埋小檻，疎樹點晴牕。地敞盤蛇徑，天空〔二〕插繡幢。有陵皆變谷，獨此壓鴻厖。

賈静子曰：清思雅調，直躋盛唐。

牧仲曰：『天空插繡幢』句，予三十年誦之未忍忘。

【校記】

〔二〕原文右側夾注：清麗。

雨際柬沈季醇以下己亥庚子作

奔雷挾怒雨，當午驅炎歊。爲思高文通，有麥當已漂。冠皆受漢溺，字只堪秦燒。腹茹十萬卷，捫之依舊枵。何如中山酌，就我眠千朝。

石廊曰：激慨之音，令我唾壺欲碎。

懷蔡上虞先生

清笳吹未闌，寒碪又復起。競爲斷腸聲，來侵愁人耳。計日數宿泊，逢人訊江汜。不識南國路，盈盈隔秋水。

簣山曰：短節苦調似孟東野。

夢兄子仲彦

數載離群淚，蒼茫入夢時。依然存病骨，曾否憶孤兒。達盡生前酒，貧存〔一〕死後錐。可憐明月夜，砌蚓似人悲。

徐恭士曰：情至語自別。

【校記】

〔一〕原文右側夾注：句卓。

大梁三首

兩河一夕黄雲起，白日風生跳山鬼。持重條侯纔欲眠，毒波已殺蒼龍子。

繁華不必念疇昔，猶幸今朝荒萊闢。牛足顛時翻髑髏，鋤頭礙處拾金璧。

閒心欲拜信陵墓，青草黄花迷去路。日夕經過博浪沙，棲烏啼殺白楊樹。

李蓉懷曰：三詩冽味清聲，讀之愴然生感。

贈牧仲八韻

何處見濃春，花明照錦茵。樽移開閤地，車過抱關人。鄴下推公子，日邊憶近臣。韋賢真有後，王翰好爲隣。乙夜同披卷，十年獨飲醇。筆干新氣象，客數舊昏晨。暫爾怡丹壑，能無戀紫宸。莫尋優孟去，少主倍情親。

魏崑林先生曰：穩。

孫生草堂歌

堂上何所積？零亂縹緗高。三尺堂下何所有？嫋嫋當風鬖一柳。孫生孫生穩棲遲，饑死不能謀升斗。立家有壁皆題詩，種秫無田却呼酒。聞爾狂名亦已久，人皆謂狂我獨否。鬼飲何妨十日豪，塞牕窒户，大盆置酒，與其弟子喬生噤聲牛吸，名曰『鬼飲』。書澣可免千年垢。借人書有不快意者，入水澣洗而濟以杵。時陪步兵哭亦得，急趨圯上人待久。志氣尋常輕劍俠，慷慨忽然弄七首。嗚呼孫生可奈何？空將軀命埋巖阿。惟爾起舞我長歌。歌曰：君不見西塘有蟲長如梭，一線困屈盤鱔窩。昨日雷斧劈殘荷，蹴雲一縱滄海波。嗚呼爾我今如此，長嘯且采山中芷。

石廊曰：歌中之歌尤妙，有不盡之味。

元日懷上虞先生以下辛丑作

韶景開芳甸，晴光轉碧霄。畏人辭郡郭，避地狎漁樵。剪燕群爲戲，傳觴興正饒。忽看梁苑雪，却憶浙江潮。九十春陰始，三千水驛遥。一官憐賈誼，雙舄念王喬。政劇才初展，官卑罪易招。途窮哭定起，家遠恨難消。自古傷銷骨，從今悔折腰。書空知咄咄，看髮可蕭蕭。書已勞鴻雁，客還敝黑貂。懸知鄉夢切，逐夜費歸橈。

曹顧庵先生曰：官卑一語，今古同恨。

重過侯司徒園二首拈得『秋』字

大隱耽幽趣，名園想勝遊。兩行花倚檻，一半竹侵樓。庭敞偏留月，林清不借秋。如何樵唱入，正續雪兒謳。

老草縈烟濕，孤花受雨愁。都迷三逕迹，别具一園秋。桂苑歸樵斧，鶴軒出牧牛。多情梟渚上，獨戀幾沙鷗。

簣山曰：敗興處説得紆柔，是以可愛。

秋原三首

秋思逐夜生，不解人多少。月明亂杵寒，風斷哀鴻杳。

出門欲采菽，高隴咽秋水。不必怨穹蒼，舉網得魴鯉。

河來樹已無，河去灘猶出。去來何足言，白骨高一尺。

陳其年曰：古峭□樸，五絶聖境。

柬佘雪崖以下壬寅作

西山尚有采薇徒，吞吐雲霞興不孤。終是韓康名字在，可知靖節去來殊。落花禁向前溪出，短櫂欣從遠岸呼。聞道君家槃澗好，等閒肯繪輞川圖。

哭賈靜子三首

昨日壺觴快與同，玄談似舊障川東。百年有志終書怪，半世爲文盡送窮。只擬青牛歸貝闕，靜子嘗學仙。却教白馬弔秋風。無端杖履逢迎處，一夜清霜鴈影空。

猖狂已悔少年行，却復中原失主盟。定以玉樓邀賈至，可從泉路覓侯嬴。朝宗。傳經未遂青藜閣，彈鋏空歸細柳營。靜子嘗入東平侯劉澤清幕。莫怪文章半諛墓，也憐八口誤平生。

其年曰：結語尤爲悲慨。

一夕從容訣故知，身名不悔棄當時。自從鄴下無王粲，誰復天中説項斯。薤上果然清露散，林間無那晚風悲。編茅尚是先生墅，雨雪新添墮淚碑。

牧仲曰：惻惻不堪多讀。

飲葉芊仲寒香亭醉歌兼呈荃伯

寒香亭，葡萄酒，歌新詞，酌大斗。人生樂意無百年，蒼狗白衣皆何有。夜漫漫，月娟娟，挹芬芳於蘭徑，聽潺湲兮流泉。或按劍而太息，或解衣而盤旋。折笋續碧澗之羹，炮鼈薦白玉之盤。但歌《將進酒》，休歌《行路難》。酒不厭冽，花不厭殘。月明中夜，有懷無端。金吾門外莫嗔訶，吾醉欲眠君奈何。亭邊不畏故將軍，荃伯舊爲錦衣將軍。座上誰拋金叵羅。

簣山曰：豪放自喜。

寶刀歌酬牧仲以下癸卯作

寶刀來自天子都，疑是干將或錕鋙。神氣陵空不可觸，鋒鋩十丈戕人目。昔聞此物脱呂虔，何以識予豪氣偏。三尺青蛇辱相贈，萬卷黑蠅將盡捐。佩服恨不出上方，盡誅人間豺虎狼。已許山鬼驕白日，何須冰鍔流輝光。掩却輝光莫盡露，生平羞爲游俠誤。持此明日過延津，不信真能有所遇。

恭士曰：雄思英發。

拜墓五首 拈得『秋』字

霜風惻惻送清秋，衰草寒林變古丘。豈必蓼莪堪下淚，可憐雨露總生愁。杜鵑叫處雲常結，乳燕飛來水自流。七歲孤兒今幸壯，却教對越鬱深憂。

狐鳴鬼火亂中州，劍血從容寶婺休。壬午先慈以節死，事詳《郡縣志》。常到橘時悲陸績，難從社日慰王修。山河有淚冰魂冷，天地無情壠樹愁。莫道英靈榮汗史，貞心原不爲千秋。

潦草從開土一抔，烽煙出没幾重憂。孤城暫得黄巾散，落日難爲白馬留。飛雨霑濡元助淚，葬時細雨廉纖。驚鴻歷亂不關秋。蒼黄弱子經營處，亂離中覓得先慈，遺骸遂與先大人倉卒同葬，時余方八齡也。腸斷山猿慟未休。

飄零一櫂瀉長流，亂後行藏可奈愁。痛哭巾車疑姓阮，驚魂鐵馬竟依劉。葬事甫畢，烽火又熾，遂渡河依侯輔之於曹南。無家忍望雲山疊，異地遥傷稷黍秋。可怪歸來迷故里，蓬蒿深處覓荒丘。

回首塵氛二十秋，終天有淚幾時休。稱棺未及防侵蝕，祔穴何堪悔謬悠。戎馬之餘無從治槨，既不成禮而葬。未幾，庶母卒，以迫脅，故合穴，反有槨，槨且高出於考妣之上。大志欲營韓信地，何人肯與曼卿舟。祇今泉路應無恙，不見新亭不淚流。

其年曰：五詩言言血淚，如聞峽猿夜叫，隴鳥春啼，令人心碎。

夢侯輔之以下甲辰作

魂去魂來如飛電，華胥國裏突相見。把臂牽裳是耶非，意態猶然昔繾綣。畫棟刻桷非故宅，棨戟排門氣象赫。簷頭鸜鵒嬌脣朱，池上仙鶴舞袖白。兩行青衣侍綺筵，盤飧非可求人間。顧盼欹歔脣將啓，遲回若防屬垣耳。排闥無端一老倫，長揖不復通姓名。彷彿有人呼董生，生何爲者發狂喜。手向大羅天上指，牽予出門看姓名，只有膈膊寒鷄無侯子，吁嗟乎！青雲自分空悠悠，白月可憐尚爾爾。

篔山曰：境甚幻，筆能副之。

過侯叔岱别業時簣山館此

排雲直覓水西村，柳影招摇處士門。苔逕新緣羊仲闢，瓜田舊仰邵平尊。花風撲座紅初落，竹雨當庭緑正屯。莫謂仙源長寂寞，有人一櫂破黄昏。

石廊曰：雅麗非脂粉色。

贈曹顧庵先生

半世才名震海隅，軒車落落怪窮途。風流舊仰曹公子，憔悴今逢屈大夫。賦就平臺春乍老，夢回檇李月還孤。先生勿倦遊梁興，邂逅如今有酒徒。

送牧仲判黄州

君到臨臯日，吾能揣宦情。出門寒碧舘，對岸武昌城。何遜元同調，舊司理何道岑先生爲黄州太守。子瞻舊有盟。昔有寫子瞻像而以牧仲配者，今判黄，續子瞻後，亦一奇矣。興來摇彩筆，風雨一時驚。

簣山曰：只如説話，是五律妙境。

次韻和介山遊東園二首

春去今餘幾，花殘更一過。冰神君灑灑，芰製我娑娑。三爵傳金谷，九年紀永和。閒情灰冷盡，聊試撥陰何。

尚憶東園竹，追隨一徑過。排雲天辟易，掃徑雨婆娑。杯斝輕袁紹，綸竿傲志和。更能清興發，陳迹問如何。

上虞先生曰：押字不苟。

西山蕩平喜寄牧仲

欃槍夜落楚天空，露布争傳大將功。殺氣舊連衡嶽白，捷旗新閃洞庭紅。身分項羽江皋上，兵盡田横海島中。却念征輪連十載，中澤何以慰哀鴻。

其年曰：高調似空同。

臨蔡道中口號是年十二月遊黄州

墟落積荒烟，風塵夕照邊。狐隨人迹後，雉突馬蹄前。駭汗逢歸獵，傷心入暮天。不知賢守宰，何日議屯田。

汝陽道中苦風暮宿三橋店

烈風捲羊角，四顧失行旅。沙瞑天地愁，坋壅丘壑阻。驚疑響林末，微茫辨人語。袖薄呵凍脣，道迷蹲荒渚。咄嗟顧老僕，慘淡剩予汝。陰霾天易昏，行行歸何所。馬首就犬聲，三橋出荒墅。籬落六七家，到門還相拒。所恨拙言詞，含愁空延佇。拱立不我憐，探囊出賜予。豈敢望盤飧，所求無村醑。敷芻下衾裯，販賈相對處。草根小偷勤，一夜起三禦。嗚呼久承平，此地獨如許。天明趨前途，殘煙絶禾黍。

恭士曰：老硬處如古栢虬然。

楚山行

楚山之高天與齊，迎面沾濕流翠微。上山已拚蛇徑絶，出入千層還四圍。傴腰摳衣氣正急，乳虎憑陵對澗立。路轉峰回疲馬驚，强抽寶劍不能執。更是山猿聲聲頻，一聲一淚挑愁人。愁人乍閃疊巒外，又阻潺湲古溪津。有愁不似湅溪淺，有恨常隨石徑遠。千山雪盡滄江明，一嘯風急白日晚。

其年曰：縹緲合離，若斷若續，最是太白神境。

登黄州城樓

黄州城裏層巒出，黄州城外萬帆疾。山城半不藏人煙，江水全如净練匹。尺寸接連赤嶼陡，蒼茫遥對樊山口。古今形勝還眼前，魏武周郎獨何有。山自矗矗水自流，荒凉空嘆古黄州。樓下人指猛虎迹，城邊時見麀鹿遊。風物處處供愁惱，况是輸轉西山道。一身禍患那足言，欲爲蒼生呌有昊。

牧仲曰：鬱然有深情，非閒閒憑弔襟期。

僧舍對雨柬牧仲

何物增愁緒，孤城受雨痕。草分千嶂濕，嵐鎖一江昏。乞米勞僧飯，賒魚佐客罇。曾知乘興櫂，已到戴逵門。

牧仲曰：三四寫雨極工。

春來以下乙巳作

黄州何處見春來，江上梅花一夜開。家鄉亦解迎春日，説道春回人未回。

彭士報栢鄉魏相國客也，遇於黄州宋別駕署中，賦贈

珠履何來漢水濵，振衣却帶帝京塵。漫誇楚國三千客，敢笑平原十九人。鄉背亂帆風雨暮，榻分羇館夢魂親。幾時復上孫弘閤，莫怪門前灑掃新。

崑林先生曰：山蔚黄州諸詩，伉爽之餘出以温麗，可謂詩人之藴藉者。

山中早發是年秋遊金陵

宵行三十里，山色散平明。石磴千盤出，沙泉百道鳴。雲争當面起，鳥解近人驚。客路憑消受，西風萬木聲。

九日雨花臺次侯朝宗舊韻五首

茱萸此際插清秋，獨倚晴巒孰與儔。自是沈烟消王氣，猶然綺日麗皇州。幽憂亦對千頭菊，形勢翻憐百尺樓。閒向遊人聽往事，六朝次第説風流。

西風俯仰最蕭森，剩有白雲鎖暮岑。到處淚痕孤客慣，况堪秋色大江深。群山鬱鬱霜鴻影，斜日荒荒翠殿陰。顧盼牢騷天地濶，雨花臺上費高吟。

天花不信下珠龕，但見僧雛戲小庵。非爲青山懷古佛，已憑白眼謝華簪。踈風落處嫣紅樹，好鳥歸時濕翠嵐。選勝莫言龍虎壯，憂心拍拍起如惔。

高秋那處不凄清，一嘯平臨白下城。有意輕霞驕暮色，無端亂杵颺歸情。三都記室空留賦，五斗叅軍正解酲。莫笑花前真落帽，澄江趁取濯吾纓。

登臨盡日俯暫嵒，過眼全收萬里帆。遠浦寒光明水國，他鄉苦興寄雲巖。廬陵果是秋生樹，司馬生教淚滿衫。却是關情新月上，長干兀坐玉觥銜。

牧仲曰：五詩悲壯雄渾，視先倡有積薪之嘆。

酬沈一儒餽白秫仁以下丙午丁未作

聞爾窮愁愁心悄，長鑱黄精艱一飽。何處奇種偏分人，顆顆勻圓稷雪皎。伏波空貪薏苡多，合浦真還明月小。滌鐺細煮充夕飧，浮浮香生老瓦盆。豈有胡麻能勝此，敢誇安期驕羨門。推食食我情已篤，况復佐以郢中曲。澤畔人誰謀餱粱，樹頭欲共填蟬腹。君不見少陵日糴太倉米，男呻女吟饑不起。我今亦已四壁空，何意充腹多且旨。昨夜滕六韭雰雰，沐頭尚餘一甕雲。人生安有興盡時，願爾快我蛩然聞。

介山曰：風調何減少陵？

賦得白松

曾見白松圖，白松得似無。平臨嵩嶽迥，低壓石樓孤。漢月還相照，秦封未可汙。依稀千丈雪，長與夢魂俱。

簣山曰：是遥賦神理。

賦得平臺晚眺

自從客散孝王城，獨倚平臺别有情。月色還疑留積雪，風光只好問飛英。幾行倦鳥求林急，一片歸雲過眼輕。凝望不須悲往事，到今枚馬總浮名。

石廊曰：清圓。

賦得菊潭

果是潭中水，菊花引壽長。可憐漢武帝，空自覓仙方。

松巢野叟歌贈田雪龕

種松自稱松巢叟，有松争似彭澤柳。五柳猶嫌後世聞，叟也逃名志已久。歸去來兮春復春，相對只有老龍鱗。清濤飛時原不斷，白雲掛處尤相親。四載松巢予舊過，柴門白晝封烟蘿。相見不復他問訊，主人呼酒我長歌。長歌一聲日已暮，簌簌風花傍人度。同時鄭郎石廊。稱最歡，爛醉笑倚松巢樹。松巢如今似舊無，同人争繪松巢圖。清骨好陪陶隱士，古色莫呼秦大夫。昨日讀君《松巢賦》，依稀煙霞生竹素。明日還擬事幽探，一字一杯相鬬酣。松巢松巢堪不堪。

其年曰：極得支離叟之神，可云兀奡。

豈謂

豈謂黄農没，還存太古民。行藏羞世好，迂拙恣天真。髮逐霜華槁，人隨酒氣醇。逢時元有技，不必怨沈淪。

蓉懷曰：結語最是解人。

過侯敷文别業以下戊申作

過眼林光變，東風次第催。悠然清興發，遂爾踏春來。白月窺書幌，丹霞落酒杯。無勞陳榻下，便此卧莓苔。

張匏客先生曰：一氣流轉，有自得之趣。

詶陳其年原韻即用送别

一笑纔臨白板扉，當筵却唱惜分飛。孤村落絮辭春色，僻徑殘花戀夕暉。揎袖風生揺筆健，轉頭日落亂山圍。知君去去轅還北，豈老江南薜荔衣。

落落

落落不得志，踽踽嘆此身。那知邂逅處，却遭意中人。阮嵇非真達，荀揚寧大醇。相視只相笑，披懷難具陳。

徐邇黄先生曰：何人當此清鑒，使我動溯洄之想。

次牧仲雪中見懷韻 以下己酉至丙辰八年之間。詩皆散逸，僅存十章

感君相問訊，何以度冰天。鶉結曾無恙，鵲巢亦好還。病將辭酒聖，才獨讓詩仙。爲報燒燈候，準移訪戴船。

簣山曰：如此清穩，何厭其平。

石公之母歌

石公之母八十秋，四十餘年賡栢舟。纑績艱辛燭借壁，桑海閲歷霜盈頭。大兒膝下能力田，小兒髡髮逃於禪。家住苕溪雲山壯，早暮飛歸葡萄杖。一指禪機吾已知，陟彼屺兮秘密藏。學雖云佛生者母，袈裟颺作斑斕舞。青鳥翩翩虎溪風，天花簌簌瑶池雨。青鳥天花何有無，油油一本念

髮膚。無源必竭無根枯，復之不遠其來乎。

牧仲曰：持議既大，筆鋒尤可，辟易萬夫。

呂公堂

亂水環晴渚，荒祠帶夕煙。崩厓無去徑，破壁自何年。草護仙人竈，門停醉客船。鍊師如有意，爲我奏虞絃。有道士能彈琴。

贈張玉標

文章論當世，久矣枘與鑿。自君來平臺，愛者慘不樂。言我鼓瑟徒，終年滯丘壑。何如工齊竽，一吹驚燕雀。再吹鵬翼起，三吹入遼廓。塞耳君不聞，與吾别有約。相視快莫逆，意趣競騰躍。前年君見收，國人盡錯愕。今年又見知，皤然問所學。一時蜚大名，紙貴《三都》作。君詎有異授，觀者輒非昨。俯仰天壤間，捧腹發大噱。汴水秋風清，上林春不惡。從兹慰彈冠，吾道豈索莫。一二故人來，濁醪相斟酌。酌罷復長嘯，夜月澹籬落。有客發狂言，富貴非所託。努力崇素期，素期益不薄。

石廊曰：人情自堪一笑，筆能曲曲寫出。

送曹生歸新安曹生善醫

幾日秋風便憶蓴，別筵笑語亦傷神。片帆指點黄山舊，孤客凄凉白髮新。倉扁寧甘稱藝士，曹[一]劉正好作詩人。果然不負重來約，願促梅花報早春。

【校記】

〔一〕原文右側夾注：諧趣。

還一上人書

自從飛錫到柴關，又復長吟數月閒。鳥許簾邊窺翰墨，春憑雨底變塵寰。終年木榻心將槁，數卷篝燈手尚删。聞道禪家無罣礙，可忘卷帙寄人間。

示侯甥方至

當春色色媚華筵，况復蘭陵酒似泉。羅舞偏撩銀燭後，珠歌恰倚鳳笙前。争知歲月容行樂，詎信蓬瀛别有仙。羲馭匆匆須自問，功成鄧禹是今年。侯子是年二十四。

聞張匏客先生棄家入寺賦此柬之

兩度相逢三十春，幅巾錫杖出風塵。山中日月閒無恙，筆底雲烟舊有神。先生曾以《春日園林詩三章》見寄。寄託一身聊古佛，行藏千載老頑民。傳知穩卧招提境，可許人間問避秦。

柬侯子力

自有拈髭興，奚囊近若何。積薪容爾上，刻燭許誰過。照眼花枝麗，縈橋雨雪多。昨宵扶醉去，幾度費吟哦。

畫竹酬以詩

半世王猷癖，年來失此君。一時羅篠簜，千尺插煙雲。淇澳風全受，湘江雨乍分。慚無酬永好，五字寄殷勤。

宿州道中二首以下丁巳遊蕪湖作

迷離殘雪曉，山色近人開。不識符離道，但看積翠來。

春寒不肯收，隨意倒村甌。白雪能生興，青帘不掛愁。

遲宋子昭使君不至

殘雪遠山明，停鞭古宿城。出門三百里，望眼二千程。破壁寒争入，孤杯悶又傾。北來多少客，不見使君旌。

醉翁亭

疊疊山不窮，一峰插山外。小橋僅勝人，孤亭聳如蓋。澗幽窄逾鳴，鳥嬌紛無賴。石磴流潤滑，林聲碎瀟灑。悠然思醉翁，醉翁不我待。攀藤謁荒祠，森凜似翁在。千秋文章伯，憑弔堪一拜。翠屏遮不移，徑蛇盤還閡。陵空披濕嵐，排雲踏天界。樵兒小如拳，春光嬌於黛。千壑羅几席，萬象收盼睞。下臨粲天竹，拂拂巖石礙。翁所手植梅，杈枒半已壞。陵谷凡幾更，横斜尚保艾。疎蕊星宿光，老枝虬龍怪。折枯試小嗅，幽蘭謝馣馤。盈盈鑒瓢泉，潺潺疏微派。放杯清淺流，曲折相介賚。劇飲誰最酣，區區先爲憊。睥睨宋使君，子昭。頹然亦有態。脱冠戴危峰，解衣覆荒萊。不知環滁境，細記醉鄉概。出門莽四顧，一笠欹欲敗。往酌六一泉，觸手牽荇帶。灑灑浸骨清，陶陶披襟快。徘徊戀名勝，俯仰發感慨。世人空乾死，醉殊身名泰。雖薄阮籍狂，好笑屈平隘。能醉豈乏人，到今獨翁愛。謀身又可思，無令醒者戒。

簣山曰：無言不老，無旨不深，結歸醉意尤警。

四懷詩

匏客

我所懷兮河之湄，高風直接陳希夷，幅巾錫杖憑支離。絶迹人寰好自得，花流未有漁郎測，藏身一笑西王國。

我庵

我所懷兮我庵生，油油一卷潛身名，岸然不問人間情。古調不彈亦已久，廣陵聲在人知否，等閒爲我一招手。

潛庵

我所懷兮潛庵公，懸車高卧蓬蒿中，河嶽星雲羅一胸。人生志氣豈有極，先生別有陵天翼，我欲從之未可即。

簣山

我所懷兮逸德軒，涉江浮海探淵源，數奇虬髯落霜繁。家無儋儲心自泰，引我常於文字外，孤松似與伊人對。

恭士曰：用四愁發端，而旨趣非平子能知。

葉井叔先生舟次話別三首

小港孤帆快溯洄，萍踪莫漫逐風開。客情不及江皋鷺，一霎分飛又復來。

相逢草草又西東，千尺澄江結恨同。欸乃一聲雙櫂失，宿雲縹緲亂流中。

我尚淹留異國秋，解維不厭語綢繆。雙魚易得閒來往，西望樊山是上游。

簣山曰：冷妙，王李家法盡此。

蟂磯

大江之衝磯如削，危壁虛巇踏欲落。下有神蛟萬丈穴，蓄怒噴激潭面惡。昨聞風雨驕真形，奔雷掣電劈山角。頭枕層樓吐暖霧，尾卷洶流注遠壑。出没濃護水雲黑，光怪眩人看不得。祇今風静波痕平，靈氣猶使心悚仄。簫鼓畫船使君來，湜湜清江足氣色。其中有人出沙漠，鋪綴相對趺雙脚。酌得銀椀首半稽，盈盈自獻香乳酪。雛豕羔羊齊列陳，金爐鐵筋手炙灼。兩奴抽刀跪向前，脆臠肥胾供大嚼。我復乘杯壯懷生，起倚春風望寥廓。隔岸人煙羅萬家，依稀蜃海樓與閣。遠下亂帆漂似凫，濕凝翠靄覆如幕。北去雪濤幾時回，風流淘盡我安託。我安託兮蘭櫂發，長笛一聲江水咽。醉擬乘風到采石，又有狂生敢弄月。

簣山曰：神骨凝秀。

子昭曰：『鋪綴相對』一段，非山蔚筆不能形容曲至，而通體尤是青蓮風致。

識舟亭同周雪客賦

巋然一笠俯長流，萬點征帆次第收。牕外水雲封曉夜，檻邊濤雪疊陵丘。春扶野色侵亭暖，山擁晴花入座幽。莫怪銜觴豪興發，長江滌盡古今愁。

石廊曰：壯麗。

蕪陰宋分司署中應朱鶴門先生教先生舊河南學使者

當年一顧有餘榮，况復江頭愛客情。杳靄湖山供授簡，飛揚管籥媚傳觥。蠹魚自分從書朽，衰草無端爲雨清。莫道萍踪容易別，從今笑語在牆羹。

卷十九　《鈴語集》起戊午訖甲子

贈徐季畏以下戊午作

滄溟不可測，出没羡錦鱗。錦鱗知何屬，争來投絲緡。我亦攘臂者，追隨四千人。四千誰尤勇，徐仲其兄次微。邁等倫。左手塞螭窟，右手轉地垠。海若笑而謝，毒龍醒而馴。欲賈高固勇，常發項籍瞋。强者服其力，智者恇其神。惟予亦甘讓，何況同氣親。回首視季子，縮頸來逡巡。逡巡仲氏後，聊試問水濱。忽然巨鰲出，拾之若輕塵。相顧皆喪氣，仲亦嘆積薪。由來尺蠖屈，乃以得大伸。蹉跎仲與我，鬢絲將化銀。屢求無一當，雙眉恥長顰。一二坐觀者，微聞太息頻。寄言羡魚客，要乘壯志新。壯志容易遂，笑人何苦辛。

恭士曰：控縱伸縮，深情老法。

弔周蘊香三韓周叅戎壽岱之女，事詳《貞女傳》

周家女兒名蘊香，紅絲久已聯金郎。金郎東粵口血乾，求凰又向他人彈。誰謂河廣一葦杭，薄倖辭以道阻長。薄倖辭以道阻長，雙魚如何來睢陽。擲書嗚嗚背人哭，羞對夭桃燦春旭。由來烈女止從一，鴻鴈尚知有定匹。定匹何妨明一死，實見沒寧勝忍恥。欲死人前死不得，閉口不食情脉脉。脉脉此情孰與訴，西樓日影頻回顧。忽起梳鬟試靚妝，自言移晷登冥路。次絶爺孃别姊兄，果然玉碎萎香蘅。翻雲覆雨從難定，不怨薄情怨薄命。薄命獨知凛大節，烈烈肝腸光日月。儒臣名將滿邊疆，反面自誇明且哲。正氣乾坤有幾許，不在男兒偏在女。嗚呼！不在男兒偏在女！

簣山曰：音節鏗然。

示侯甥

不勞園野望，春色在芳筵。餘暖分花底，新聲落酒邊。貂還容我敝，鞭已讓而先。明日金臺上，莫云似舅賢。侯筮仕理藩院。

送于生以下己未作

東風吹遊子，飄然出門庭。問君將何適，燕山覓同聲。鄺寄一賣友，杵臼如浮萍。驢疲日易晚，鷄促店不明。少年負壯志，談笑離别輕。有人折楊柳，遲回短長亭。一觴春陰移，嘿嘿别有情。仰觀隨陽鳥，乘時知邁征。明日楊花飛，九十誰與争。班馬驕欲騁，行人豪氣横。意薄二千里，未堪壯行旌。一室坐消歇，何若逐浪萍。腐史擅文藻，亦因遊覽生。言辭足慷慨，意興殊峥嵘。知爾不可留，揮手各自營。計日迓歸裝，好懷爲我傾。

簣山曰：結得淵澹。

介山曰：筆如神龍夭矯，出没不測。

贈樊奕文先生二首

當世論聲氣，生平恥與聞。泊然存故我，逌爾一逢君。賦愛枚夫子，官憐鄭廣文。秉鐸於睢。無邊慷慨意，悉付甕頭雲。

已幸心期合，還兼故里親。先生家桐柏，予舊籍也。不知梁苑雪，可似石門春？牛耳當持世，臯比那讓人。往來乘興櫂，莫厭幾千巡。

奕文曰：『不知梁苑雪，可似石門春？』自然天趣，不可及。

戲東雪上人

南湖三月花似錦，高陽舊徒清興引。飛檄先報山僧知，孤負春光公何忍。錫下白雲寺名。將三秋，攢眉蓮社誰綢繆。閟緇貝葉十萬卷，那如隨分酒一甌。聞公説法空復空，茶鐺酒罍將無同。若忍杯杓便生天，西方何用枯喉翁。枯喉枵腹云苦行，多恐斷滅本來性。天地何寬自拘束，胡不曠達我爲政。紛紛俗子言喧騰，可朋高致當毋聽。公家之法心爲本，矯飾無乃非其情。憶昔耳熱三杯後，豪狂氣欲吞宇宙。但飽牀頭一甕雲，不似形骸如今瘦。憐公孱孱老病身，欲飲不飲笑殺人。明日出郊共祓禊，要公一醉還天真。

牧仲曰：嬉笑成文，大似蘊玉局。

用前韻上巳修禊西涓遲雪上人不至

近水風花鋪雲錦，有客濯纓牽復引。岸葦新抽五寸肥，幕天敷席踏不忍。溱洧之風羞千秋，蘭亭曲水堪綢繆。分題限韻懸約法，依舊金谷浮三甌。老將壽岱。豪氣摩青空，弄筆孰與弄劍同。孝廉恭士。舍人介山。分壁壘，詞鋒能敵浣花翁。南湖老僧狂者行，常憑杯酒見真性。忽然藏頭如縮龜，嘲之者誰劉子政。白鴨没水黑鴨騰，漁榔櫂歌總堪聽。小雨淅瀝潤春色，灑然益長丘壑情。君不見滇黔閩粵烽煙後，轉餉徵兵哭宇宙。秋風慘惡春風腥，弱者溝中壯者瘦。且得一日偷安身，肯許洞口花笑人。擬倩丹青繪狂迹，其誰能寫歡情真。

簣山曰：宋人每以押韻見奇，愈出愈妙，山蔚於今可不愧古人。

弔劉學憲四首以下庚申作

燕臺昨日下賓鴻，指點湖山趣與同。關上幾疑飄紫氣，江頭早見挹清風。蠟成謝客登山屐，彈取中郎入爨桐。何意浮雲多變態，却從箕尾問長空。未出都門而卒。

自甘伏櫪老餘生，不向人前振鬣鳴。西極無端徵汗血，南天欲共采芳蘅。香疑滿袖辭金闕，魂已含毫賦玉京。極目雲山無使節，只令風雨拜銘旌。

兩度平臺結隊游，如今但見水東流。朝煙寂歷迎孤櫬，夜雨陰森護一丘。夢裏皇華還故國，風前白馬弔清秋。九原若遇王司李，豸巖。爲道功名只贅疣。

朝承使命夕黄泉，剩有閒愁付杜鵑。豈謂百年無盡日，不堪一瞬散荒煙。環中好信乘除數，世上難期倔强天。檢點餘生饒闕略，誰容長晝坐遷延。

簣山曰：結尾無聊語，却有警發。

雪中校士歌和田簣山韻應吴學憲教

袁安穩卧冬將半，久無心情悲素練。使君梁苑鎖闈開，恰復滕六索白戰。特呼幽人蹭蹬來，虬髯鶉衣光片片。羡君如遊廣寒月，憐君能唱郢中雪。已見《三都》傳洛陽，還當《子虚》達丹闕。大雅之堂久寂寥，一日名轟長安陌。惟予亦陪賦雪臺，豈憑浮藻追鄒枚。願與同堅歲寒志，不然羞殺空群才。

李子金曰：結高。

太守胡公署中玉蘭秋放

别有春風自主張，不須白帝妒東皇。潛來雪苑曾無色，移上蘭皋不辨香。菡萏殘時餘粉白，戎葵放處失金黄。花神欲媚風流守，故遣繁葩鬭曉霜。

恭士曰：工於賦物。

栢鄉魏相君以演連珠五十首見寄賦謝

謝政多餘暇，含毫逞秘思。孤懷元莫盡，約旨總堪惟。事業經天熟，文章衛道奇。屑將霏灑灑，珠實貫纍纍。藻采陵班固，風流奪賈逵。丹書當有獻，大寶許相規。始信談言中，況兼絶妙詞。

銀河雙鯉下，甆牖一函披。陸學休稱海，匡詩果解頤。正襟三誦過，想像古臯夔。

牧仲曰：莊雅中氣自流逸。

過侯輔之墓

不覺君夢稀，但見松楸老。回頭野烟迷，莽莽西風曉。

介山曰：悲情語不在多。

次恭士賞玉蘭韻以下辛酉作

孤負東皇甚，尋芳勉一過。由來開徑好，獨此貯春多。積雪裁仙佩，濃香盪月波。怡情吾不盡，欲問夜如何。

次恭士韻賞玉蘭之明日大風憶主人獨留園中何以遣此

且留春在眼，陡起妒花風。雪想飛將盡，蝶知亂與同。誰容標素質，吾欲泣芳叢。借問夷門老，主人侯子力也。幾回感慨中。

恭士曰：三四寫風花入神。

贈湯潛庵先生

自從勸駕脂蒲輪，杳靄雲山三四春。峥嶸獻納登麒麟，手摇彤管力萬鈞。大書特書懼亂臣，傳疑傳信傳其人。天子曰都格汝斌，腐史餘才何足伸。爾道淵源洙泗濱，操冰握玉醇乎醇。大義微言久鬱湮，高者聲華卑貨珍。詹詹邪淫溷聖真，星日晦蝕光熸燐。惟汝披雲指漢津，道氣帷幄薰暮晨。柱下親承王綍綸，日横遺經颺喉脣。侃侃今古恣披陳，嘉納謀猷欣不嗔。炙手可熱秉國均，招之不來倔强身。天子一日從容詢，侍講湯某誰之倫。稽首豐沛老舊臣，曰臣未曾接笑嚬。但聞高誼空儒紳，衾影兢兢不染塵。天子曰爾誠忱恂，朕固知之道德純。文章衰靡氣不振，疇磨朗鑒精搜掄。况是大國浙江滑，往哉汝諧休逡巡。手劈南山分玉珉，追琢圭璋貢紫宸。天子勞之卿苦辛，美秩崇階九遷頻。美秩崇階九遷頻，一節終始瞻嶙峋。領略春風侍文茵，促膝抵掌誨諄諄。從此畔岸能漸臻，遭際何悲時命屯。人生動如參與辰，良會幾得相依因。殘雪百里馳轔轔，幸及先生車未巾。大醉劇歡忘主賓，其誰狂歌劉生榛。

潛庵先生曰：神似昌黎。

元夜讌集以下壬戌作

煙花欺白月，笙鼓溷清宵。醵酒元無厭，得朋不用招。仙當吟杜甫，在座八人。酌肯諒寬饒。冠蓋逢迎袞，盤飧次第消。狂知韓尹恕，謂别駕丁公至。醉許灌侯驕。謂周叅戎。小隊遲聲媚，饞燈碎影嬌。狎遊渾欲舞，逸興漫爲謡。賒取承平象，晨雞儘徹霄。

送石廊入鎮安幕

中土之民畏行役，兒女閨房步跼蹐。百里縮首艱羊腸，千里咋舌愁馬迹。忽聞穀熟鄭郎遊粵西，險巇萬里輕航梯。洞庭之波洶不測，况復灕江鱷魚溪。伏波銅柱界中外，此行直入南交内。日午炎烝不可當，蝮蛇縱横尋人害。瘴烟之發無時期，穢氣入鼻藏已遲。梹榔爲飯口流血，猩狒與隣人作糜。其不可遊歷也如此，何如安耕穩耨梁王苑？一旦投身荒徼絶域欲何爲？山蔚聞之笑啞啞，井中焉與言海舶。丈夫生而弧矢射四方，奈何束縛自老陵天翮。鄭郎少小心豪雄，要從管樂争勳庸。五十蹭蹬諸生籍，拊髀自憐無遭逢。遭逢何大小，知己天涯少。有人新開蓮花幕，禮幣爲羅上遠道。人生富貴功名天靳之，窮愁著書自主持。君不見，龍門客，浣花翁，遊覽能教文字雄。鄭郎鄭郎，壯哉此行！閱歷見聞闢，艱虞神智生。覆此一觴君徑去，區區鄉關何足繫客情。

簣山曰：頓挫雄警，盡情文之美。

盧溝道中是年秋，遊京師作

蕭蕭南去馬，轔轔北來車。深陷平沙軟，滑箱子石踈。市迷黄霧後，人亂黑風初。控轡長橋上，息心念敝廬。

王阮亭先生見招，限『秋菊有佳色』句爲韻，同馮大木、蔣京少、錢介維各賦五首

雨餘澹清曉，虚舘集百憂。踈葉驚自下，吟蟲驕不休。由來旅魂黯，殊對籬花羞。抖擻發老興，大白酹素秋。

側聞岱宗雄，五雲噴其腹。我家莽隰原，千里徒極目。欻然蠟雙屐，引納躋大麓。靈怪不可窮，含情擷霜菊。

簣山曰：比興妙合。

無恙黄金臺，招致原不偶。欲謁牛耳尊，其如昏骨朽。凋林化新榮，拙射糸勝耦。自顧令德慚，浮名悵何有。

漸老悟詩律，尺繩懼違乖。巨人闢靈境，一簪清氛霾。上下千年間，豁然勞鐵鞵。時序陳者謝，物華新自佳。

恭士曰：清音泠泠。

駕言歸敝廬，了予場中穡。隕蘀吹急風，聚合那易得。滿酌滌鬱愁，雄談破狂惑。明朝憐回首，朔雲横秋色。

牧仲曰：五詩淡味可咀。

枯松嘆

慈仁寺松不記年，奇形怪質人争傳。我來長安亟相覓，僅有存者一二焉。枯枝不勝風雨妒，朽幹龍嵸猶糸天。誰爲好事植廣碣，龍吟鶴舞書如椽。雙翼欲舉復低彈，矯首月明還依然。静聽乃獨寒無聲，立盡西風誰爲憐。嗚呼！盛衰榮枯只如此，矜華鬬艷空新鮮。昨日之陵今日谷，今朝之海明朝田。人生營營苦不已，光陰彈指歸原泉。北邙山頭盡豪貴，與松同化爲飛煙。志士胡不蚤永圖，坐令後人悲從前。

簣山曰：寄託深遠。

施愚山先生招飲

我生滯窮谷，攣拘無見聞。一朝奮遊屐，來眺燕山雲。嵯峨盛氣象，繁華結氤氲。新聲競相奏，宫徵流奇芬。何獨上陳榻，操絃殊所云。古調一再彈，如聆典與墳。豈其堅高卧，而以張孤軍。大道元有託，小子焉用文。太息累巨觴，留連遲夜分。歸來振衣袂，濃覺道氣薰。

愚山先生曰：清思矯矯，風雅在是矣。

黄俞邰見訪

聞知闕下徵三長，中有褐衣趨鵷行。紙背欲燕紫海氣，筆鋒直奪紅曦芒。耆宿久已聾吾聽，何所聞兮到短徑。會撥軟塵二十丈，去問君家三千乘。俞邰藏書最富。

簣山曰：進止合度。

孫静紫相訪兩不值

何緣知我踏緇塵，一刺先來問故人。却笑浮踪如弱水，東流西去總難親。

謝方山先生席上言别，阮亭先生以『菊垂今秋花』句分韻得『菊』字

驪駒且忍僕夫促，一舉十觴未云足。人生聚散如浮雲，要須飄然還山曲。我已淚盡嗣宗車，君莫擊破漸離筑。黄金臺上秋氣森，滿眼蕭蕭正落木。樗散元非慕折腰，心事無端浪脂軸。長安貴人争相憐，晝有招呼夜有卜。其中何人情最親，謝傅風流酒自漉。分題書徧南牕蕉，爛醉摘殘東籬菊。莫怨東籬花早殘，花殘不似人别速。長亭短亭難久淹，揮手齊拉黯然目。黯然瘦日照馬鞭，回首霜風響斷續。

次韻訓方山送别

古人自有千秋垂，今人只見言而巵。俯仰依違我無主，但以韓娥爲歡悲。天運人情日不振，大勇其誰如熊羆。我來長安見謝客，授簡刻燭相追隨。抽思自欲織雲錦，煉語直堪補天維。纍纍牙籤連百屋，滿貯腹笥無能窺。昨日闓榷崇文門，不知自潤皆云癡。相君授鏹四十萬，詔買御用憑

發施。人見金如見日芒，不敢仰視跪承之。員外當庭立不動，夷然四顧拈吟髭。或問君何獨爾爾，曰義不受商人嗤。立呼群商相君前，明白瓜分如列眉。垂袖出門上馬去，觀嘆争如傾陽葵。胸懷落落了無欲，定有獨好美如飴。濁世得君不偶然，欲更相人心已疲。舉鞭不上郭隗臺，落日聊揖梁公祠。時倚清秋共餐英，況辱別筵還摛詞。一時風雅快聚合，十千酤我如澠淄。此後聞聲好相慰，不獨妙傳千篇詩。

石廊曰：特取一事寫謝先生身分，是史公列傳手法。

次韻詶大木送別

相逢一笑輒復休，盈腔都是蕭瑟秋。楚人失弓楚不得，求復墓田未遂。燕山留人何須留。君吐豪氣三千丈，已陵漢家二百州。收攝鋒鋩了不露，怡然三爵而油油。言語嘔啞笑鸚鵡，衣裳濟楚憐蜉蝣。奏筆如刀砉然快，目中自來無全牛。邂逅長安辱愛惜，不是當今稱應求。贈我纍纍珠相貫，愧無巧喙鳴相酬。況復連營皆勁師，謂方山、京少、介維。支持敝賦無從摻。文叔常矜大敵勇，今欲高壘還深溝。歸去十年習訓練，不敢輕作雲夢遊。上馬南行將東折，舉鞭直問尼山丘。我意不欲成孤往，逼近君里有意不。大木家德州。把杯且極今夕歡，不必悲聽雍門周。

介山曰：一氣豪宕，翛然自遠。

次韻詶京少送別

太陰之窟深谽谺，竊藥金蟾爬其沙。八萬二千供脩鑿，瓊樓玉宇懸清嘉。我昔聞之不敢信，今日親到玉皇家。千羞萬珍見不鮮，世味只堪於陵哇。少壯遥從海岸蚌，冀倖五色吞其華。回首底事空已矣，老景疾於馳騮驊。豈知有人生奇絶，隻手能運望舒車。大步直追青雲走，笑殺唐厎拳毛騧。齒牙曾無烟火氣，夕餐沆瀣朝流霞。相見問我來何爲，自悔真如添足蛇。酒後齊奏韶韺護，嘈嘈亦許彈箏琶。生長窮野陋無聞，纔向銀漢求津涯。歸去秋水清無滓，廢圃亦饒彼茁葭。此後山中有問訊，小溪未必流桃花。

簣山曰：斧鑿無痕，自然新雅，得阮亭先生之秘傳矣。

留別牧仲

榷關使者辭朝堂，有命改卜才猷長。紛紛忙殺尚書郎，君獨假請眠匡牀。蜂蜂蝶蝶憑披猖，一枝寒瘦遲孤芳。我去無能贈言昌，但願常酌廉泉香。君不見，潛庵湯。

牧仲曰：一枝寒瘦，敢不拜嘉。

清江浦遲張使君不至以下癸亥遊越作

雨雨風風兩不休，卬須浦上苦淹留。疎編葦壁寒長劇，濕結江村霧莫收。有酒何堪消漏箭，逢人且喜話方州。誰知昨夜三更夢，已傍乘槎漢使遊。

浦上即事

閒行無定處，來往狎河流。好趁青帘下，兼之畫舫頭。捉魚生落鼎，擘蟹嫩臨甌。俯仰春風岸，醺醺未解愁。

毛季蓮曰：『捉魚』句新雋。

上巳大風獨遊清江北岸不渡而歸三首

纔到江皋便欲回，春光幾許耐風摧。有人笑斂雙鬟去，贏得羅衫兩袖開。

無聊沙岸漫徘徊，覓取黄壚酒一杯。爲客不知逢上巳，見人雙插杏花來。

簣山曰：閒遠。

老來强作踏春行，溱洧風流此日情。須信雪濤三百丈，爲嗔霜鬢數千莖。

編蘆嘆

兗豫之區河爲殃，繞岸千里無枯楊。借問茅茨何承藉，束秸密密聊排張。河淮交處民益巧，編蘆如簟檩爲房。綯索上下相聯綴，一色波紋疎容光。我來棲留當三月，四壁常苦春風颺。往歲劇寒井亦結，哀此民命胡能當。詎獨無有一人陶，不然版杵還差强。父老欷歔前致詞，如君憐我其誰行。君知其一不知二，昨夏回禄尤悲傷。星飛日墜火龍驚，地黑天赤霹靂狂。一然百燎撲不得，爛膚焦毛煎腎腸。餘喘復此插葭葦，豈其覆轍吾儕忘。人間何處覓樂國，忍死姑守舊井疆。貧家從無百年計，苟且爲之遮雨暘。河伯怒比閼伯甚，往往洶濤如堵墻。破隄直同灌蟻封，堅砌厚築安遮藏。更是夜來覆壓毒，不如籬落猶輕揚。我行聽此三嘆息，恨不生逢文命王。無事之行今已矣，束縛焉得不潰防。回首萬夫方陻塞，誰惜脂膏填汪洋。

雙南曰：厚力堅光，波瀾起滅，可敵少陵《兵馬行》《哀江頭》諸詩。

詶介山山言送别

從今莫言枚與鄒，由來小宋多風流。六義淵源有秘授，説詩豈但匡之儔。唐鑿劍閣未盡開，明泛揚子只刻舟。戛戛陳言務盡去，軋軋秘思期新抽。臭腐昔鄙元與宋，豈知神奇當冥搜。君屢言吾半疑信，昨日特作長安遊。杯酒側聞阮亭論，驪珠始知君先收。我生既苦鈍且拙，過時又復霜盈頭。偶着遊屐下吴越，浪迹殊爲年華憂。新製却勞裁雙璧，陸離紈扇光銀鉤。黯然具見知己情，懷袖出入無時休。静諷微吟求其似，果是子瞻别子由。二宋詩俱用子瞻《别子由》韻。古音鏗鏘不可得，學步嘗向邯鄲愁。清江浦上暫維楫，苦相思憶聊爲詶。此道君須亟倡引，旗鼓能讓他人不。惟我亦欲强解事，相期犄角於來秋。

簣山曰：鍊字琢句，愈生愈老，如此便是自得。

又曰：『唐鑿劍閣』『明泛揚子』二語道盡詩界。

浦上寒食三首 拈得『有』字

我來浦上時，一寸剪春韭。春韭照眼發，倍之忽八九。羲馭無乃忙，春光欲去陡。旅魂不知時，村婦插楊柳。陌上歸人多，隴上紙錢有。松楸獨不見，臨風空回首。

出門將奚之，晚煙籠釣叟。一舉躍白鱗，再舉摘巨口。欣然朶吾頤，呼奴折新柳。杖頭盡捐予，潑潑雙貫走。將覓杏花村，果見青帘有。行行古渡邊，壚在無人守。艤舟若相識，欸乃連招手。含笑謝舟子，人涉卬還否。

雙南曰：閒情磊落。

雨真知時節，傾盆薄暮陡。憑陵茅茨殘，狎侮籬落苟。疎疎旁苦侵，垂垂上復有。牀移再還三，衣涴十已九。當檻泛野梟，入竈沈老缶。有懷悄難言，天明衆蛩吼。

簣山曰：三詩所謂漸近自然。

無聊

只是無聊賴，東皇怨不窮。奈何愁客雨，還助妒春風。花已悲流水，人寧愛轉蓬。姑將羈旅意，收拾付郫筒。

題壁

誰知孤客易因循，只是風欺雨妒辰。魂夢暗教三月去，今年祇算二分春。

喜晴

忽見朝暾白，迎人爽氣鮮。鴨飛濺宿水，燕舞破新煙。春解生明媚，山能變秀妍。豁然煩慮釋，別是旅中天。

雙南曰：曠而逸。

見月

昔我辭鄉月，清輝特地圓。舉頭還似舊，今是照誰邊。

雙南曰：古意。

贈張晴峰先生

有女五十貞不字，鬖鬖兩鬢雪華綴。朝牽蘿蔓補茅屋，暮借隣燈紡機緯。朝朝暮暮銷青春，閨閣幸不侵風塵。織出錦字將誰寄，繡成鴛鴦怕見人。錦字鴛鴦俱兒戲，抱影空房老棄置。有志羞説悦己容，此身不嫁輕薄壻。何所聞兮諧蹇脩，何所見兮結綢繆。明璫髮鬌多羞澀，入厨三日羹湯愁。高樓此際觀羅敷，夫壻雍容閒且都。乍辭閶闔黄金闕，去檢合浦明月珠。伯樂之廐卞和匱，天下非常盡羅致。却取無鹽充下陳，來與牛女映纏次。牛女浙省分野。歸妹由來歸有時，琴瑟鐘鼓快相隨。何以葑菲仰答君，要保德音終世芬。

晴峰先生曰：融三唐之精華，掇六朝之風韻，而身分之高，尤有振衣千仞之槩。

嚴先生釣臺

富春江上峙雙臺，臺下長江去不回。星閣聊憑澆酒去，羊裘那更有人來。無心釣侶風雲薄，得意山靈錦繡開。山號錦峰繡嶺。多少興亡安足道，千秋獨此足徘徊。

雙南曰：一氣渾淪。

感興三首

登高望不極，手揮白雲翔。白雲籠疎竹，中棲孤鳳凰。鳳凰從何來，言自洪水旁。洪園未蕪盡，一二留蒼筤。離離正結實，亦堪飽其腸。無端奮高翼，遠臨瀟與湘。湘水蕭艾榮，茝蘭不芬芳。

千仞歘然下，栖栖徒苦傷。

昔過豫讓橋，嗚咽橋邊水。水流尚有情，何怪壯士死。臨風發三嘆，千古誰知己。國士固難識，不遇亦其理。

簣山曰：所謂裁縫滅盡針線迹矣。

西北有汗血，丰棱具瘦骨。千人過不觀，無求櫪自伏。一朝牽引來，苜蓿飽相牧。自謂良造逢，追風騁其足。朝從北海發，暮逐西日宿。豈期鹽車下，棄置獨自服。會當僨轅去，無能自拘束。

雙南曰：三詩淵澹歷落，神味逼真漢魏。

衢州登樓有感二首

形勢三衢險，功名一將奇。李大司馬舊署。依然存陣壘，還復慟瘡痍。樓敞收凄雨，山空走餓麋。懸知司馬去，細報九重知。

登樓聊望遠，倚劍獨含思。萬樹銜山翠，孤城掛雨絲。依劉生事拙，說項故人私。故國天涯外，浮踪只自嗤。

宿縉雲

無城無郭亂山中，翠壁陰森一徑通。倚巘殘民星落落，窺人乳虎草茙茙。梯憐老鼠堪迎冠。芝溪嶺俗名老鼠梯。嶺怯丫頭又轉蓬。馮公嶺俗名丫頭嶺。冷廨終宵渾不寐，嵐光雨氣兩迷蒙。

簣山曰：『窺人』句妙甚，所謂寫難寫之境如在目前也。

度桃花隘二首

那曾景色見蒼穹，此日攀緣到太空。乍俯陰雲繚〔一〕繞上，忽驚瀚海混茫中。休將劍閣形天險，徒笑〔二〕桃花費鬼工。閩嶠前朝來戰馬，踏騰那見怯巃嵸。

巃嵸萬仞五丁開，回首茫茫絶世埃。危挤筕輿天上坐，滑兼石磴雨中來。峰巒尚復星辰逼，草樹今無士馬猜。出險黄昏休浪喜，鬼燐滿地晃蒿萊。

石廊曰：二詩沈雄處，何讓古人？

【校記】

〔二〕原文右側夾注：眼界可想。

〔三〕原文右側夾注：用意。

處州秋夜和雙南

西風又到括蒼城，一夜淒其動客情。已厭群山留去夢，况兼細雨濕殘更。鷄聲膈膊催君起，蟲語呻吟勸我行。同是天涯鄉思異，中州有母潤州兄。

晴峰曰：聲響清圓，是錢、劉妙境。

秋夕和雙南

纔到秋來便可憐，况兼秋雨更秋煙。天涯自分多秋思，不是秋光亦黯然。

將回錢唐

一棹輕身事遠遊，蜃江甌海費洄游。倚閭白髮朝還暮，陟屺青鞵夏復秋。歸興已隨雲岫發，旅懷長似浪花浮。漸從東浙回西浙，好上揚州問宋州。

留别幕中諸公二十韻

掃迹梁王苑，斑衣樂有餘。浮名非所好，壯志已全虚。道不因人枉，世甘笑我疎。那生千里翼，徒破幾行書。不謂燕臺遠，乃逢黍谷嘘。郗生聊入幕，馮客得乘車。性癖文章舊，情投水乳初。簸揚慚老大，登涉嘆崎嶇。揚子江心櫂，桃花嶺背輿。乍驚甌海闊，還怨浙濤紆。秋訝歸林早，雲看入壑徐。越難窮勝槩，宋固有精廬。夢遠三更苦，愁非一醉除。高堂縈曉暮，孤客惕居諸。風歇蓬毬定，樊開鳥翅舒。銷魂悲爾賦，遵路謝吾袪。别緒絲争亂，歸帆隼不如。來方抽草甲，去已落芙蕖。莞爾鋤荒徑，悠然慰倚閭。我家河岸近，時望下雙魚。

簣山曰：渾成。

七月二十日欲歸不果

仍滯陳蕃榻，歸期可奈何。雲還愁裏望，家只夢中過。野鳥驕輕翅，游鱗傲遠波。暫爲今夕永，終是去懷多。

古研歌酬雙南

古研追琢自何年，潤氣欲流露珠鮮。良工取之粤東淵，老坑新坑失其妍。閲歷陵谷幾變遷，斑駁老瘦彌蒼堅。恍如君心貞且專，結交不移石不穿。天星湖上歸櫂遄，脱手不惜先人傳。見者疑來銀漢邊，光怪親得支機甎。惟君書法陵張顛，我徒何爲枕之眠。持此羞草子雲玄，世上缺殘非故天，靈物將憑補其全。

陸林屋曰：古色堅質，上追退之。

次韻詶同幕諸公檇李送别

天涯何事羈棲久，日倚南天望北斗。拂袖高歌歸去來，一朝折盡越江柳。自憐白髮違素心，碌碌真如喪家狗。滿眼秋色歸意濃，細雨誰堪更重九。霧豹端宜遠山眠，蟄龍何用出波吼。悠悠白雲自在翔，片片落楓大如手。維駒爲君再一酣，聚散人生嘆不偶。烟雨樓中西風凉，旅魂夜夜歸北堂。但使斑爛得自慰，那問松菊比舊荒。三策已倦天之北，十畝甘老河之陽。静觀盈虚消息數，牙籤差堪怡朝暮。獨有離思將奈何，屋梁明月耿回顧。南朔東西重聚難，贏得銷魂黯竹素。君不見鴛湖落日故遲遲，歸鴉野性投高枝。回頭細憶今日别，秋老霜苦又一時。

簣山曰：穩愜。

弔方邵村御史

前年遊讌赭山頭，此日招魂土一丘。盤礴墨裙今夢寐，飛揚玉麈昔風流。爭憐鴨緑江邊賦。曾謫塞外。難問鷄鳴嶺上秋。居金陵。料是天庭〔一〕無闕政，繡衣還得遂優游。

簣山曰：舉止大雅。

【校記】

〔一〕原文右側夾注：奇思。

贈李仲斯以下甲子作

李生見我我少年，我見李生白髮鮮。少年亦已華其顛，白髮蕭蕭今依然。昨日天子徵遺賢，南山北海争着鞭。少微獨於穀熟懸，下有人兮甘棄捐。閉門著書研欲穿，非是虞卿窮愁篇。獨得不與人間傳，有時墨光浮繭箋。折釵筋骨非世妍，我欲求之未敢宣。豪興八十還飛騫，何用山中尋偓佺。静挹秋光北牕眠，蕭瑟不受西風憐。

簣山曰：淺淺出落，亦自老氣無敵。

題蛺蝶圖

蹁躚萬舞足風流，直向漆園夢裏求。依戀花時香未散，沾濡露底粉還留。深宮恥逐明皇幸，暖日偏邀謝逸謳。多少人間輕薄態，滕王畫出使人羞。

哭上虞先生

悲風五月起牙檣，家家菰黍投清湘。湘水東流去不返，到今水馬徒皇皇。招魂東西復南北，四方都惡住不得。吾師自少立修名，謀身原不後正則。五十僅得墨綬繫，倔强不知事大吏。兩載烹鮮行處難，一彈留犢歸來易。歸來之貧貧加初，往往渴喉酒不繼。衰暮已復奪晴光，摸索猶作西河商。脯脩童蒙幾許供，饑卧常憐袁安僵。欲從彭咸固夙志，一夕縹緲白雲鄉。榛也自昔侍皐比，異數迥出同舍兒。生我者父成我師，《九辯》不忍爲哀詞。蕭艾恒榮蘭不芳，鸞鳳無食鴟鴞飽翔。仰叩閶闔不可問，此意萬古終茫茫。此意萬古終茫茫，文緐空並騷恨長。

奕文曰：古調蒼凉。

胡烈婦

朝步北邙坂，纍纍陳死人。人生俱朝露，志氣胡不伸。此名矗華岱，彼軀賤蟣蝨。不見王凝妻，羞殺馮道臣。由來鬚眉士，大義讓幗巾。巾幗何人婦，綸城胡子珣。十七締鴛匹，十九慟不辰。延津容易合，蛾眉安足顰。呱呱掌上女，棄如路旁塵。引繯隨夫子，同樂夜臺春。夜臺豈必樂，鴛鴦豈必親。隱忍生而恥，不如死成仁。二心莫敢懷，此義誰復論。俯仰起三嘆，多恐明哲嗔。

卷二十 《乙丙詩》

《乙丙詩》序

《乙丙詩》成帙，客曰：『先生何喋喋也？』予曰：『然兒之饑也，必號泉之咽也。益響草木變衰而秋聲繁，洞谷幽窮而虛籟答，蓋莫非自然之天機，必然之觸發，雖欲已之而不能者也，而獨我怪乎哉？夫彼履順席休，筋馳骨惰，有叩之而不欲言，言之而不欲盡者矣。至於憂凶慮危，潦倒無聊而呼天搶地，不自知其觸緒紛來也，顧誰能忍嘿以終日乎？乙丑霪霖六十餘日，百稼俱没；丙寅復陽亢者半載，原濕幾於焦灼，結杞人之憂而呻吟焉，謂非情之不容已歟？』

客曰：『然則先生之詩，又不皆愁霖悼暵也。何居？』予曰：『嘻！一縷之雲而巒峰百狀，一觴之濫而港汊千歧，山水之情蓋亦有發無閼已矣！一其迹而求之，無乃滯乎？是故予之饑焉而號，咽焉而響也，此天時此人事也。予之别成其秋聲之繁，虛籟之答也，亦此天時此人事也。雖然鳳鳴徵一世之祥，鳴不足爲祥音於斯世，蓋亦徒叢多言之愧也已。』

康熙丙寅大暑前二日自題。

次韻謝簣山贈兒錢 以下乙丑作

世人喜結納，不知鮑肆臭。自吾與君遊，獨幸采三秀。身名有依歸，寢處庇雲構。泉源瀦素胸，爲我瀉懸溜。遭窮趣逾真，迫暮修益茂。匍匐步莫追，耿耿我心疚。大兒鈍還疎，殊孤雙丸走。譬若痿不起，仗君引手救。細聲斥淫哇，大雅道廉肉。將期還清寧，詎但刺紋繡。且小寧馨兒，而叨先生壽。煌煌百赤仄，探出老褐袖。陸離有餘光，重之新詩侑。意厚兒難承，辭深吾將扣。歷年姑拜嘉。來詩云：『數百當歷年，算則週而又。』慚愧無啓佑。乃翁已如此，所慮小兒又。材質本帝天，功名付宇宙。昨者扑縣庭，八十稱齒冑。豈不貴術業，及早辨妍陋。山積如鄧吴，不願承此祝。是宵上清童，夢來肆大詬。赫赫圭紱行，吾豈落人後。含笑爲遜謝，有言不敢復。裁詩兩存之，兒長審何就。

簣山曰：諧戲中皆有至理，深衷而押韻，更極天然。

吾黨八憶 以亡之先後爲次第

朝宗

朝宗早能文，才名走南北。精悍呈眉眶，懸河沛胸臆。狂陵白日瞑，氣壓群動息。四座逢君來，往往攝影匿。予時冠將加，猶未厚學殖。根柢雖莫窮，梗槩略能識。駢辭鬭月露，大雅拋莽棘。君獨回俗轍，揚鞭逐愈軾。山空花爲明，風薄江自湜。忽然薦〔一〕南烹，亦易別藿食。所以倡一人，和以千萬億。晚從我庵生，捫花將求實。假使忍死學，詎不厭窺測。浮聲既相誤，前路復陻塞。鬱鬱二十年，所餘此篆刻。掩卷三嘆吁，吾因惕所得。

石廊曰：意確詞皀，言外復逸韻翩翩。

【校記】

〔一〕原文右側夾注：斟酌。

靜子

賈生老逾狂，吾嘗侍几杖。雄談次孟津，萬派肆漭瀁。堯哂徒囚拘，晉嫌未豪放。轍迹羞人循，行藏自我創。萬象矜收羅，百家恣背向。或遭汞人紿，或喫禿丁棒。謀生失故槖，嘗藥得新恙。隆準瘦鶴形，僂身饑鳶颺。一日東復西，講壇四三上。自吾與論交，洛閩已悔謗。使其早皤然，豈不得一當。吾初摹語言，嘔啞無善狀。君即拜散卒，而期以上將。曰相勉經術，戒予昔孟浪。臨死訣友朋，從容見達曠。哀哉鄧伯道，斬絶天不相。昨朝聞君婦，賣書了米帳。

牧仲曰：寫賈先生鬚眉俱動，而古韻鏗鏘，能探宋人之槖奥。

輔之

天地坼無主，吾身眇何託。寡母將孤雛，如風颺隕蘀。先烈示梅園。梅園，先慈盡節處，輔之示以體魄之存。餘喘逆河朔。亂後逆予赴曹南。肅爾戒儐豆，自吾未廾角。言必陳險艱，動輒引榘矱。雖舅郎易狎，而未嘗嘲謔。爲卜從遊賢，爲發文字藥。如篪倡以塤，古音寄淡泊。少年蜚異聲，老大甘拓落。瓜侯〔一〕兼舊銜，花王拜新爵。行即紅紫蹊，坐皆芳菲閣。榮落供靜玩，醒醉有真樂。食曾盂莫勝，力果鷄不縛。念昔逃黨獄，何以斬纆索。而復不中壽，忽如化霜雹。此其主伊誰，吾將問寥廓。遺文再四讀，呼之若可作。勿復華表歸，人間舉非昨。

簣山曰：筆力迅矯，如龍騰虎攫，不可窺其鱗爪之迹。

【校記】

〔一〕原文右側夾注：新穎。

蓉懷

誰其知君者，君固不欲知。老歌無家别，投身商丘西。士貧易陵賤，况其鄉縣非。强顔申《師説》，偷淚和《黍離》。布肅寬博舊，氈聳章甫遺。初逢渭陽宅。在舅氏侯公之座。驚爲天下奇。聞者粲而譁，疑予狂復癡。文章似人朴，古法流天機。詩求近代似，楊誠〔一〕齋無疑。出口人大罵，不但笑與譏。慚無重君力，焉有論定時。晚節兩眶瞑，倀倀百憂罹。朝讀以其耳，暮書以其頤。忍死了不倦，口手忙殺兒。檢笥得遺札，愢愢藥石辭。此道久如土，豈止跫音稀。宿選嘉木陰，根柢隱莫窺。世皆鹿爲馬，又誰辨黄驪。悠然觸懷抱，驚葉飄高枝。

簣山曰：蓉懷，晉産，客死於宋，名迹深自晦，世無有知之者。讀此詩，性情舉止、冠裳形貌，一一活現。先生將不得韜光於後世矣！

【校記】

〔一〕原文右側夾注：妙句。

匏客

陳圖南之後，落落七百年。誰其嗣響者，厥有匏客焉。讀書博一舉，棄置如礫甎。足迹問城市，至死未曾然。甲申乙酉際，髠頭逃於禪。幅巾蝶栩栩，深衣鶉翩翩。長齋菽不飽，静諷膝以穿。偶爲軒車辱，揮風掃霞烟。世亂肆邪説，詬朱笑伊川。往往村小兒，註傳抹不全。獨挹銀漢水，而洗素月圓。八十健如犢，疾步疑騰騫。不知者譁曰，佛果真有傳。天心兩何本，吾姑未深研。貞守死不移，固已光坤乾。小子辱顧盼，璣珠流箋箋。豈其有鬼物，鹿已亡蕉邊。先生曾書一扇一箋，皆轉眼逸去。何怪遺世身，飄若三島仙。

牧仲曰：高調入雲。

我庵

天高[一]空無柱，惟人自擎橕。由來大勇者，樹身殊亭亭。前不必有倡，後不必有賡。聞聲趨而附，或多非其情。毅然奮孤起，不觀我庵生。摇袖拂塵霧，引手摘日星。上帝親與語，欲宣無人聽。觚方本有角，見者群譏評。曰若踽踽者，迂癡自拘綳。持一破瓦缶，綽足當世鳴。何從神仙窟，而求紫鸞笙。先生笑而受，堅與鐵石盟。獨進小子榛，微言屢丁寧。春葩爛如錦，何如晚彫榮。一寸懷素月，慎無闕其明。大帶垂曉暮，時發怵惕驚。六年不可見，仰首問紫清。

竇敏脩曰：知之深，言之微。詞華新警，又其餘事。

【校記】

〔一〕原文右側夾注：奇句。

介山

天地不愛才，吾生枉有哭。莠茅何芃芃，嘉禾不得熟。蘭早摧華堂，櫟壽殊未足。矯首問司命，司命笑而復。頑留石千年，明煎膏一宿。於物固盡然，於人何能不。勢難空兩間，一二存所欲。不見褚彦回，晚死却非福。聆此嗟介山，宜其奪之速。言笑生玉温，文章揚風穆。幽思湛盈盈，高標挺獨獨。五陵貴家相，不堪一跐蹴。揚鑣昆仲間，江淮濟分瀆。結髮投紵縞，兩合如夾轂。糠秕謬見推，予未敢弟畜。銜杯想流風，問字慟遺牘。悵惘南中還，予自越還，介山已亡四閱月矣。殘秋到宰木。

簣山曰：章法奇幻。

恭士

世人愛圓軟，繞指無勁骨。竹杖[一]盡力規，流鶯作意滑。恭士獨矯然，棱棱鎮傲兀。清如月際鶴，健似霜後鶻。脊鐵無俯仰，口鋒有排突。苟非心所平，哮然怒以艴。苟非意所傾，仰天自拄笏。兔毫擬威鳳，千仞翔超忽。靳惜不一下，下欲入玄窟。往往燭再更，笑寧受杯罰。異物固難售，卞和未終刖。人苦信不堅，高步豈必蹶。在昔盛文侶，君砌爲新發。予起君已老，晨星倏全没。壯氣歸沆瀣，清風散林樾。濯雨横孤雲，洗露推素月。舉頭疑見君，介特坐天闕。

牧仲曰：骨清氣悍，便如恭士生平。

簣山曰：八詩新奇圓潔，無一語不警，無一意不切，無一字不穩。寫其人便其人，生氣勃然絶構也。

【校記】

〔二〕原文右側夾注：奇思。

爲簣山攝學政

一日先生下皋比，揖予曰某將西之。學子三月收放馳，樊鳥豈不懷高飛。遐矚鋤夫烝炎曦，芟荒汗雨不暇揮。莠劚稗斮了不遺，午曝一過焦而萎。幾日不來雨灑畦，餘荄旋復如初滋。豈其芸力無深施，根株十丈潛生機。不得已今放鋤歸，多恐即塞山徑蹊。十日煩君相護持，敷播尤慎於新菑。交親君兒比吾兒，姊孫又與吾孫齊。謂侯川如子。伉兒奔逸初銜羈，關心骨肉皆何辭。五月二十五早時，居然推戴爲神師。東面居攝先生帷，盡一聊守先生規。欲引尺繩心先疑，班輸來時將無嗤。正襟肅坐聽吾伊，回首頗念年華非。

簣山曰：逸氣旁流，收處尤含蓄無限。

用前韻示丕伉兒

簷雀未動鐘聲比，空館已辱先生之。年少不惜光陰馳，縱得鴻鵠盈腔飛。轉目便下虞淵曦，誰其能爲長戈揮。大鳴小鳴幸無遺，雨膏過處蘇枯萎。始知先生如夏畦，我何爲者徒汗滋。貧家燈火隣人施，何以承之樂羊機。言無虛設事有歸，康莊原未紛多蹊。師如瞽杖須自持，疆畎先在勤敷菑。不然人易景升兒，賤視且與犬豕齊。騏驥不得脱縶羈，駑駘鞭策將奚辭。發憤正及老泉時。丕忱時年二十七。況復田何爲之師。不徒橫經質絳帷，謦欬坐起胥繩視。我久誤爾爾勿疑，看我衰白只堪嗤。從此津漸濁洛伊，塞耳莫聽旁人非。

簣山曰：句多新妙，而通體潤潔如玉。

絲絲雨

絲絲雨織愁，不成空作縷。四月繅車二月賣，此日杼柚誰其予。由來老蛟之窟不堪煮，崩騰噴起黑雲舞。抖擻甲片收微涼，散作人間清如許。市城正厭吹囂塵，孰醮輕帚灑庭户。蠅晝斂迹蚊暮潛，拂拂差勝長尾麈。物色隔簾無真覩，淺烟淡靄紛頭緒。只疑新鑿小漏天，細篩銀漢飛綿綿。寄語世人趁爽眠，安得煩苦長洗湔。

無厭雨

無厭雨翻轉，天河天不主。大如傾甕細撒穀，急如建瓴緩抽緒。三千毒龍莽奔騰，一萬癡蛟勇鼓舞。掣炬炫殺雷姥鏡，崩天驚爛雷公斧。檜瀉龍子萬丈湫，庭匯女兒百尺浦。西隣硼砿仆屋牆，東家讙嚷漂甑釜。老子今年麥半困，人立其旁肩不隱。上漏漬之數寸肥〔一〕，下水旋侵一尺粉。前已傳言菽盡没，今定秫亦難入吻。城外舴艋容與多，砌下鼁黽逍遥儘。赤脚褰裳墐户忙，拆籬爇火謀食窘。嗚呼！一身生計無足惜，四野蒼黎天何忍。噴怨銜愁翹首陳，雰霈亂聒天不聞。

簣山曰：二詩奇峭，惟《廣陵集》有之。

【校記】

〔一〕原文右側夾注：字法。

次林屋紀夢五十韻

如何收末路，好悔失東隅。閒獨耽文賦，興常寄酒壚。悠然雲影瀉，已矣歲華徂。自是吾無策，那關世好竽。息心聊井牧，放意亦江湖。何處堪嵇懶，有懷惕蹠徒。斗筲非算士，章句豈稱儒。蓬自亡根蒂，人誰信範模。艱難培蕙草，容易茂荆蕪。向背寧南朔，壤霄係絫銖。狂休思月弄，技不在龍屠。復也初無遠，慎之久則渝。此聞如冷煖，他道總崎嶇。一任皆規杖，獨存未破觚。燧人鑽故火，象罔得非珠。二氏言徒幻，千秋業亦誣。向來空粉飾，是後别丹塗。閃閃涵龍鏡，悠悠望帝梧。於今雙鬢短，念昔七齡孤。肉已强争食，口還遠自餬。夢邊猶越櫂，耳際慣吴歈。物態年年變，民風郡郡殊。何方山不瘦，是處草將枯。欲作吹灰管，其如伏櫪駒。倦歸同燕鴈，晚卧此枌榆。案儘攤墳素，圃全斵蔓于。嚶嚶思故侣，切切步高衢。况有長吟妙，如聞壯士吁。風流花簇簇，意象隼瞿瞿。幸我陪槐國，林屋在彭城，夢與予共遊。得君紀鼠鬚。蝶能相上下，山亦好盤紆。夢見吾郡有山嵯峨如畫。梁苑非真有，吴門得似無。林屋舊籍姑蘇。飛峰驚地脉，斷嶺接城闉。但願華胥樂，又何宰我誅。非云矜筆戰，試妄解兵圖。夢云：『吾郡苦無山，今得此不思江南矣。』吾曰：『江南雖多好山，率兵圖耳。』烽燧東南烈，瘡痍老幼扶。難堪門監畫，焉避藥翁壺。掠叫兒兼女，饑啼曉到晡。巉巖惟醲禍，移置敢勞愚。縱少幽奇趣，猶稱靖穩區。其然三寸舌，無那百年軀。且復談風雅，而憑示轍途。相逢甘避舍，終退亦非夫。賦索憐羸卒，市驅昧伍符。淮陰多自善，南越竊爲娱。字畏鋒霜白，行驚劍血朱。此邦無後勁，惟汝縱長驅。秦識鈞天奏，曹容吏舍呼。擲金聽彷彿，籠錦玩模糊。遲久相訓報，知牽上瀨桴。

簣山曰：力量大，轉折陡，自然、蒼健、典雅，古今傑作。

題周壽岱畫像

林下於今見一叟，隆準龐眉科其首。少年英氣知何如，老骨棱棱露八九。青衫領緣益復青，縫掖寬博到眼生。羊欣之裙鄭崇履，白練流光赤雲起。攲坐怪石長松間，隱隱飛濤聽流水。一童立杖如僵龍，一童爨茶蒸篆風。一鶴去去顧欲鳴，一月垂垂千嵒清。精神風貌似相識，有客曰君試思憶。可是吾友周將軍，衆皆鼓手獎目力。將軍疆場經百戰，忽脱兜鍪擲鐵箭。功成一笑歸去來，手中猶持舊羽扇。凝神不語含清思，定發老興裁新詩。頰上渥丹見尤慣，詩腸早已三杯灌。安得此境幽無塵，隨君長賦白石爛。

石廊曰：灑灑自得，一字一珠。

苦雨六絶

滄溟盡裹黑雲濃，雲裹辛勤幾百龍。乍看不知愁意味，只欣瀑布下廬峰。

碎憑屋瓦破憑牕，一日漂沈變此邦。高眺川原何所似，分明昨歲泛三江。

沿城次盡舊隋隄，樹杪烟波晃斷霓。却得老農閒暇甚，破茅屋角横鋤犂。

無擾無驚雨亦佳，炊休愁米爨愁柴。拄撐破壁纔高卧，又點東山運石差。時有葺石修閘之役。

中原生命浪花拋，三匝無棲羨鳥巢。北墅人家安穩甚，堤頭斜拄一重茅。

當時采菽健牛驂，此日誰曾摘滿籃。搔首風前秋乍霽，白雲紅樹緑波涵。

簣山曰：言外悠然，苦味可咀。

子昭挽歌

昨年哭介山，今年哭恭士。於中君逐晨星没，且復正當强而仕。爐扇相易幾何時，西風取次凋霜枝。三更綺席醉不歸，人影散後還依依。四更忽乘陵風翼，冉冉雲天不可識。世上屈曲如羊腸，獨有君心坦而直。出入華近尚書郎，憑將朴拙酬君王。一日稱疾辭禁闕，四時攜客探幽芳。幽芳有窮興無歇，朝未日紅暮落月。藥鐺酒罍隨車行，醲杯肥筯痾身輕。梅花明日殊關情。漏下三鼓，散葉生席，猶期予於道曰：『吾遥青園梅獨佳。』詰朝幸過探，歸而死矣。』松風隴上何凄清。生平已見幽宫石，寫君活現亦何益。丞相墳邊淚波赤，佳城開文康公墓之側。只得來往一聲人嗟惜！

簣山曰：清怨。

義不爲傭歌

義不爲傭拙傭子，拙傭子之友何獨爾？簣山自號拙傭子，故自謂拙傭子之友。傭原不應拙者當，我拙更無拙者比。若道拙亦不免傭，三寸禿管無窮通。不見貴人使令供，可知陵賤專於儂。身非魚不知魚樂，他人情事我安度。他人又復投他人，轉轉相假情無真。曠不與接如越秦，何處摸索傳其神。慶祝哀誄俱兒戲，明是置予優俳例。雕篆壯夫且不爲，何況碌碌從人指揮笑還涕。衛大將軍自此誓，翻身不爲人奴隸，賤我幸勿傷我義。

林屋曰：硬筆足扛龍文之鼎。

和簣山

一竿釣叟費絲緡，引手誇無縱壑鱗。却得癡龍雙穩睡，憑人認作犬羊身。

題沈石田茉莉

鬘華采采滿筠籃，羞上閨中緑鬢簪。此内馨香尋不得，還從苟令自身探。

簣山曰：試味之。

萱杖老人牡丹圖

只是風光想洛都，臙脂那肯素毫污。老人自笑無聊賴，却把花王着意圖。

石廊曰：妙喻。

戲柬葉子岩

牛腰稛載薛濤箋，爲問風人若箇先。商代却疑纔五頌，删詩不信只三千。

讀徐彌勒公傳以下丙寅作

世人滑轉如脂轂，南北東西莽馳逐。但逢險阻却不前，勉强相驅債且覆。輪扁惡之爲其方，推之不去牽不將。棱棱特自立周行，於世不行夫何妨。君不見彌勒之守睢陽徐，生平負氣人不如。直鑄真鋼爲勁骨，那藉泰山磨廉隅。初爲山郎登帝京，穢巷薰人餐不能。下令者禁纔相矜，立毁榜文寧臭蒸。再倅窮州遊滇南，出入百險中情甘。豈無善地乞可得，疾首傲兀非所堪。狐火狼烽棼四起，天下土崩明社圮。是時公守彌勒州，城破殺人如刈枲。南面堂皇疑土偶，一聲罵賊賊却走。可惜聞者不及詳，想像髮立血嚼口。朝著若使有公等，誰爲賊開門延請。獨挺大節無人知，魄沈當化金鐵礦。予從簣山見其子，手丸隃糜饑欲死。僵屍破寺存家風，半脣未肯向人啓。吁嗟乎！脂韋於今名大智，仰天笑公冠墮地。羞惡由來世所輕，還固文筆徒多事。爲之傳者簣山也。

簣山曰：詩亦直鑄，真鋼爲勁骨矣。

侯川如齋賞牡丹和簣山韻

無意譜花王，悠然對靚妝。臙脂空有畫，欄檻自餘香。促坐憐佳色，頹顔恥豔章。油油三爵後，隨例發清狂。

宋城東門外有孔子習禮處，漢梁孝王賓客枚馬之徒觴遊倡和於此。因復有文雅之臺，縣大夫趙松伍先生新之林屋首唱，索和感而作歌呈簣山、石廊

我去聖居三百里，恨不移家就洙水。猶幸環堵依原思，原子故宋人。不溺洸洋蒙城裏。朝出東門東望春，登高還有梁王賓。其誰飛揚賦先奏，小陸清思如有神。枚馬散後臺猶新，文雅著聲詔後人。世上浮情趨浮文，宜艷風流迂道真。此地昔經先師轍，斯須不忘習不輟。司馬接踵聖迹絶，於今獨有古時月。荒荒月度寒塘空，天影高懸有無中。我來弔古古滿目，想像雍容禮意足。回

頭顧問鄭子真，蒼顔莽步將誰逐。田何曰吁其來復。

簣山曰：本道德以發論，而變化出奇，只覺新意濯濯，筆清故也。

用潘河陽韻爲士報悼亡三首

悲風東方來，吹我牀頭易。啓易試占之，一陰殊乖隔。乖隔念故人，傷心曾何益。老境迫雙丸，半爲貧賤役。白頭笑不吟，青山讓飽歷。飽歷四十年，到處有行迹。冷厨餘孤影，昏績仗隣壁。歸來饁南畝，盤飧日夕惕。誰爲驚雙鴛，欻然剩一隻。誰爲折並蒂，砉然成離析。哀鳥相顧鳴，淚雨感時滴。中懷比太倉，陳憂自此積。積憂發怨歌，唾壺爲爾擊。

有人驅離憂，集我霜毫端。霜毫重難持，淚濕烏絲闌。昨宵牛衣雙，今朝鴈影單。傳言上桂闕，無乃高處寒。寒光此夜同，缺月晃朣朧。朣朧若有意，鑒兹繐帳空。永宵不可寐，衾寛入淒風。謝花念餘芬，塵奩想舊容。舊容是耶非，姗姗滯人胸。胸滯愁不已，繅車絲絲起。懿筐在眼前，誰忍顧卷耳。予昔方壯年，銜悲如吾子。永懷鬱不開，於今已兩紀。願君剗百慮，莫似予衷鄙。

去者不復還，來者又已逝。生如頃刻花，司命一何厲。轔轔轜輇發，悠悠銘旌翳。長此狐兔窟，共彼松栢歲。松栢終爲薪，狐兔誰爲制。伏肉割不多，聊從西隣祭。仰頭見海蜃，低頭樓臺盡。參辰幾許間，土壤無丈引。流水有情咽，啼鵑中心愍。登高莽四顧，簌簌繁紅隕。紅隕淚爭多，哀思譜瑤軫。彈來中斷絶，鸞續誰復忍。忍情背丘墟，去去還踟躕。孤城淡落照，乃各天一隅。人民幸未改，華表其來無。來應雙鳳翮，飛空駕天車。天車匆遽返，夫君思有餘。

簣山曰：三詩確是晉人風調，哀誄中多淡艶之句，尤爲難得。

白雲篇送林屋司訓蘭陽 蘭陽有白雲山，相傳子房辟穀處

白雲山不移，白雲自來去。古洞千丈幽，昔有赤松據。留侯往從之，餐雲穀不御。至今白雲翔，獨與靜者具。宜林屋先生，而得歷其處。先生如雲閒，志與雲競素。無心偶出山，皐比巋然踞。勿謂客氈寒，風常留春住。勿謂蓿盤空，文字飽如蠹。悠然白雲悅，細識白雲趣。白雲晚益烝，英英閶闔度。好語雲中客，暮雲爲我賦。

石廊曰：雅淡安閒，有韋柳性情，而異其聲格，魏晉三唐趙宋之外，別立一都者。

簣山曰：淡靚中有妙諦，予最愛此境。

送石廊之三水幕

誰是知己者，八紘邈以廓。抱影守荒原，投老羞矍鑠。一室醉復吟，此生了退託。有時攬明鏡，仰天發大噱。忽然報柴關，彷彿有剥啄。言是三水令，禮幣相羅攫。掉臂出門庭，兒女牽不却。從此五千里，如風颺一籜。一籜颺天風，百越東復東。溪灘豈不險，蟲蛇豈不兇。況從懸魚吏，自分囊同空。感激國士知，上馬意氣雄。君到崑都山，或復望鄉關。鄉關那是思，君回無幾時。不見湯秩宗，言招早旋歸。是年濳庵先生辟石廊入蘇松幕，先生以宗伯詔入，不果行。願贊賢主人，春風徧谷吹。三年徵書下，一笑快迎之。狂懷遂此往，高彈無細響。他時校新聲，知爾壯且清。

簣山曰：轉宕處古趣橫生。

寄奕文明府二首

驅車遠行邁，落日離思縈。印須問何處，言在許昌城。許昌三四舍，渺渺無修翎。而況五千里，山高雲與平。行人日以遠，居者空復情。君到珠江上，應對秋月明。秋月亦相照，秋思祇自生。

簣山曰：蕭然簡澹，一往情深。

偶然步衢巷，哀哀聞兒啼。問兒啼何苦，兒言母去闈。母在知兒寒，母在知兒饑。有母固兒恃，無母將何依。隣媪親生兒，日夕傷鞭笞。矧其陌路人，豈堪假託之。東南紛竹馬，來迓杜母慈。願君速行役，兒啼已多時。

簣山曰：一邊寫，兩邊俱見，煞是妙筆。而一氣渾成，似沈吴興别范安成作。

墜驘三首

狂飈掃行人，夕陽掠空樹。歸懷棲息耽，摇鞭縱馳騖。虚響元足疑，流影果成誤。惛惛了不知，先生卧塵路。

少時夜飛馳，一蹷折馬肋。再蹷雙齒摇，騰身無悔色。老骨難再堪，衰情只自惻。始信淵與冰，君子有悚仄。

覆舟無伯夷，覆車無仲尼。三復起長嘆，愧彼儲光羲。當機不容悔，將伯孰與持。此中有矜肆，世途無險夷。

簣山曰：善於立戒，此之謂『道氣』。

送邑侯趙松伍先生

蘭陵夫子天下奇，視國如視身家私。私謀人還疎不周，强欲明作心先疲。夫子鑄骨疑金鐵，五年瘁苦如一時。鷄人報籌眼未倦，虞淵呑日飦尚違。法峙泰嶽不可撼，吏縮蝸殼無能欺。德威棱棱懸皎日，冰神濯濯流清飈。美政如春燦群芳，豈可一二指陳之。治行奏上帝曰咨，胡不朝夕來輔台。亟下尺一徵之去，生奪慈母懷中兒。兒有母在了不覺，母去然後多辛悲。萬物誰不戀春榮，而况蕭瑟加秋思。其中尤有鎩羽鶴，霜毛衰颯笑鳩鸒。威鳳獨憐聲清約，常與相期在寥廓。鳳兮一飛上九霄，老鶴仰首鳴酸騷。

夏日雜詩拈『淡往孤無伴，清歸笑不言』爲韻十首

虚舘晚氣清，人静暑風淺。流光了不惜，繁聲餞蛙坎。我生多鬱懷，如秋老斯淡。月明揭玉盤，露白天浄瀚。嗒然披幽襟，餘生遂兹懶。

疎雨過柴門，灑然散清響。帶草榮幽姿，絮雲憺獨往。眼底百物新，塵外一身爽。笑彼老鶴孤，長天結空想。

豁然邕懷抱，不知暑何祛。要有此一時，清風滿吾廬。大心不可見，明月只自孤。忽霑露華滴，百物會且蘇。

白日森碧落，黑風飄短狐。肆然沙相射，影不問有無。炎帝顧之笑，祝融付一吁。相讓司長夏，夏長長苦殊。

山靈振清威，弱肉食不敢。群發怵惕驚，朝夕疑莫免。祝之去遥天，仰頭舒其喘。豈意餓豺出，凶喙無擇啖。始悟畏友存，兢兢乃良伴。

老耳日三洗，百事不欲聽。聽亦不相信，信亦不相驚。萬物生一氣，安有蠢與靈。能言驕自貴，蠢者殊不平。相質吾莫次，指與問紫清。

大道付何所，書卷了不知。儒冠不足溺，吟誦空爾爲。天自蚩尤觸，到今日攲危。仰視連錢鳥，後先故故飛。乃知人群外，幾希〔一〕原有歸。

民怨何時平，今年又苦燥。百尺架高壇，二八侍窈窕。果得畢星喜，兼博天公笑。生靈自有託，玄冥固可召。豈若鈴閣深，苦聲莫能叫。

天地本優裕，人心苦局促。動言出世去，去將何歸宿。深山未有仙，闤闠未便俗。神恬千慮銷，道融百態淑。有人他相招，搖首笑而不。

日月自臨照，小大自變蕃。詩書特附癭，文章枉招魂。吾生如春鳥，婉轉多語言。儀舌何足有，淹筆徒爾煩。含情北牕下，一笑歸羲軒。

簣山曰：前後四章囂囂自得，中六詩因事興刺，又復感慨情深。

【校記】

〔一〕原文右側夾注：罵得好。

和人近體三首

直似前年見，淇園暮雨時。回風掠危石，驚犢弄新枝。啼果千痕濕，饞將百畝思。清齋森氣象，要與鳳凰期。墨竹。

何須飄泊向天涯，那是欒郊那是家。差可容身聊結構，孰將好語信周遮。興衰已盡揭來眼，聚散才如開謝花。幸共故人棲託穩，不隨莊蝶逐風斜。燕子。

舉頭如故舊，落落散晨光。只有金波影，還臨〔一〕薜荔牆。魄涵清露濕，桂落曉風香。莫道餘輝淡，貽人滿意涼。曉月。

簣山曰：比興最爾雅，尤妙在意象外盡之。

【校記】

〔一〕原文右側夾注：宛然蘇州。

和簣山用『眼前無俗物，多病也身輕』爲韻示川如十首

孤危同一絲，裊風幸不斷。寶玉我所私，操之不遑喘。何獨七尺遺，投棄似湯蘚。三風原肘後，一慎薄盧扁。願言長兢兢，前車況在眼。

憂樂一原出，相争祇後先。魚遊釜中水，那得辭煑煎。所欲非獨惡，智者却不前。斧斤挂口吻，螋蠆藏衾氈。誰可一甞試，君子防未然。

伯倫行荷鍤，土礫輕其軀。果然直一死，死復得酒無。油油奉禮飲，抑抑慎德隅。百年霑薄醉，長計亦有餘。信陵豈云達，文命豈云愚。曲木驚傷鳥，長揖謝酒徒。

婥約謝屐邊，婀娜馬帷曲。冷眼不堪窺，還愁亂化俗。而况非若人，鹵莽縱百欲。盈耳嬌玉笙，殢情醉金屋。繡榻白日迷，華燭清漏促。爲問南山松，能禁幾回斸。

華堂羅羶腥，饞蠅不可拂。鳳凰翔雲霄，豈能收網罻。從此函閒關，退然學蠖屈。蘭芽着意培，

桃枝盡力祓。盪滌夙昔胸，要使洞無物。

甘苦不親歷，人言終是訛。一夕迫患害，雖悔又奈何。昨朝出鬼物，鑿湖揚酒波。驅人没不出，醉骨歸横駝。到門呼酒伴，呻吟謝沈痾。清風飄閒榻，樂意亦孔多。

三折方成醫，百年我半病。甘口皆鴆磇，放步即機穽。鍼砭無可加，參苓嘗不應。頊者夢軒黄，靈藥爲我贈。孰焉性益和，咀之味無竟。爲爾洩天機，單方只一敬。

古人養疴方，一死胸頭寫。日夕惕此心，誰是自戕者。百年如四時，春去才及夏。盛氣昌今兹，戀棧非良馬。新德急自謀，故態須盡捨。出入告越王，君其〔一〕忘吴也。

有無了不係，奚爲貴斯人。人生各有業，端不出四民。嬉嬉窮日夜，悠悠閲秋春。多恐天壤内〔二〕，無用此閒身。逍遥不足信，無逸聊具陳。爾其慎自愛，勿爲造物嗔。

尺寸貴實效，那徒守虚榮。果腹始云飽，繡蘭終不馨。而且縹緗帙，非爲制舉應。傳家有鄴架，前身寧酒星。萬金發良藥，莫作敗紙輕。

簣山曰：十詩詞直情殷，纏緜懇摯，非骨肉關切，誰肯發此苦口？不但川如當常目在之，凡優游宴逸，而忘患害之切體者，皆宜書一通於座右。

【校記】

〔一〕原文右側夾注：趣。

〔三〕原文右側夾注：痛快。

卷二十一　《陶斯編》起丙寅秋訖戊辰夏

陶斯編序

丙寅秋九月至戊辰春三月，積诗一帙，曰《陶斯編》。

客曰：『《檀弓》言「人喜則斯陶，陶斯咏」，然則先生之喜安在？而其音又不盡發以散也，何居？』曰：『子不見雷之奮於地乎？氣激而不得不洩，不必定和平之響。子不見泉之出於山乎？遇坎而不得不流，亦何辭嗚咽之鳴。然则人情之不滞於一，亦若是已矣。夫榮啓期之三樂，予將盡有之，何爲而不喜？顧有時感物觸事，亦或生平子之四愁，固不妨於两存也。惟是積於中則鬱，鬱於中则發，無憂無喜常覺如陶者之衝突熏天，莫可遏止，故用以爲名耳。倘必如《豫》之初六，徼倖一日之富貴，得意而鳴豫焉，则君子有鄙，其窮凶耳矣，又何喜之足云。予雖未能有介石之德，庶幾勉安中正之分，陶斯咏斯，暢夙夜之鬱積。有聞吾嘽緩廉直之音，謂我心則喜可也；有聞吾噍殺哀怨之音，謂如有隱憂亦可也。而予固不自知也。』

夏至后五日自題。

秋杪見紅梅 以下丙寅作

搖落憑時會，幽情只自妍。歘然春漏洩，不受〔一〕物推遷。丹葉籠朝旭，絳霞傲晚烟。莫嫌秋淡泊，穠色醞無邊。

胸中元化，莫草草看。

【校記】

〔一〕原文右側夾注：身分。

弔李襄水

蝤蠐蝸縮巧退藏，一事誰肯身擔當？爾膏爾脂爭自潤，如聾如瞽尸堂皇。天下齊聲發一笑，獨有多事李當陽。官至令長如蹄涔，層累而上淮河江。駕風堪達要路津，褰衣那敢凌汪洋？國事何如身事切，悍然不顧王公旁。纔得褫奪蹭蹬歸，前宰彭澤罷歸。又復礪掌遊巖疆。青霄無容樽柱石，弱水寧可浮舟航。劉生聞之不敢言，噓天涕淚沾衣裳。西極龍媒老空死，按圖之駿紛跳梁。穆王雅有四海志，選廐誰上紫遊韁。一丘鬱鬱悲風凉，豪〔一〕氣還結九天長。

豪健磊砢，足配當陽。

【校記】

〔二〕原文右側夾注：裏水不盡。

弔彭士報二首

死别尋常事，於君恨獨深。饑吟昏未火，冷夢老無衾。厭筮家人卦，甘收俠客心。九京人世異，或可覓知音。

四方遊歷倦，壯士果無顔，欲寄江南信，常羞竹管斑。吴門潘雙南寄金來候士，報羞以空函謝，而卒未能答其禮。名將隨爾没，詩欲倩誰删？不忍春東望，森森栢滿山。

和簣山《雙檜堂》詩而謬以鉅鹿之戰見許再用原韻奉酬

止矣簡韶季子觀，敢將瓦缶助君歡？相從幸許心源合，此道徒勞舌本乾。有節制兵操勝易，無安排陣出奇難。項王雄力今全屈，何事楚歌尚未闌？

自然崛奇。

白雲寺訪雪上人憶亡友恭士、介山以下丁卯作

入春九日氣輒温，馬首全消舊雪痕。好逐雙飛鐖鵲翅，來敲一片老僧門。懶將野際眠春色，饞向籬邊問菜根。忽憶前年遊宴客，白雲定有未招魂。

清警。

念前輩遺文零落，糾里中喜事者，月醵金錢積付剞劂，田簣山錫其名曰『傳盛社』，是日雨中宴集，宋山言首倡一律，爲次其韻

文章合續萬年名，那忍悠悠逐落英？許我風流收藝苑，得君鼓舞狎齊盟。春知意氣相隨暖，雨爲才華徹底清。自此中原傳盛蹟，名山孰與較崝嶸？

事佳，句亦豪宕。

哭侯甥方至八首

人生終死別，於爾有餘悲。昔已哀無父，今還念有兒。人民隨世改，鷄犬上天疑。却怪臨池柳，

青青颺舊絲。

五六用事，别有感慨，下句尤奇。

慎疾非方藥，神農且誤人。弓蛇疑鼠眼，疑前醫不用。刀七入新脣。有誤投之劑。海遂吞紅日，春空吐豔辰。可憐鐺竈火，猶自沸酸辛。

五六哀豔。

身世從何說，頤張四盼時。有巢憐燕觜，何石補天維。荼苦寧全嚥，鼻酸好自知。昨宵閒入夢，還只聚雙眉。

畫出川如可憐情態。

六尺青箱繫，丁寧不厭頻。蒙求慚到我，曰好料理甥孫讀書。粲授幸逢人。有簣山居家塾。濁浪排難定，屈蟲强自伸。無堪言報稱，維縶付嘉賓。

談笑成長别，東風暮雨天。呼兄餘悵望，叔岱河朔未返。似舅只孤孱。深計拈毫禿，自書治命。閒情問榻懸。誰知雷電發，忽赴玉樓邊。雷電大作而亡。

翹翹風雨際，巢鳳苦方雛。清夜提文葆，紅絲問掌珠。出三甥孫晛，求吾孫女爲昏。鄭蘭閒暢茂，禹鼎折須臾。後九日晛亦殤。爲訊呱呱者，隨而地下無。

我孤曾有託，予幼孤時，方至父有提攜保護之力。爾死愧難酬。磨切期雙璧，艱難報九秋。亂風迷樹底，初月想山頭。漆室元多慮，如今益累愁。

亂風二語，多少酸情苦心。

依舊山樓敞，春明但可憐。杯殘賢聖酒，花墮杏桃天。散靄虚巒壑，累石爲山方成。回風怪管絃。聞家伶猶有試歌者。平生豪舉處，都逗淚濺濺。

八詩語語出自痛苦肝腸，自然無飾，而醖藉甚厚。

周弇山餽藥酒雙壺答謝

自得逢君便飲醇，況分滴滴小槽新。嫩浮琥珀光無定，濃瀉椒蘭氣正勻。人已難尋詩伯仲，謂宋介山亡。我殊欲訪藥君臣。長房識破壺中趣，笑謝先生中聖人。

熊節母

天裁二氣宜勻停，陰何多鬱陽多零。晝摘紅日填滄海，鰲足齊折無人樣。疇能煉石補敧缺，重闢大地光離明。新鄭熊母二十二，夫死不死含悲情。小兒未出蚌蛤胎，大兒纔學虎豹行。萬縷烽煙燒斷續，四山髑髏拋縱横。手披荆棘支茅屋，冷釜求熱常不能。繙書教兒燭下淚，績綿度夜鷄傳更。果然鶵雛翼養成，一鳴一飛人皆驚。我母亦與同艱貞，四十七年千愁經。於何能圖慰所生。

如聞三峽猿啼。

贈張子白先生

有人西河來，爲問西河水。湍瀾深不測，一往絶塵滓。呑日漾彩虹，飄風結文綺。依稀道氣流，暫於沙隨止。時司教沙隨。淵源多士探，遺經發微旨。由來千年後，又見卜商子。餘技染霜毫，羲獻走腕指。百家愧專長，細巧皆妙理。藝游非等閒，精求有原委。昨見考亭書，揮汗録千紙。不才去一舍，落落孤自喜。先生引手接，許與采芳芷。芳芷不在遠，並無尺與咫。一笑兩嗒然，清風披如洗。

清味可咀。

贈馬刺史

弱草淺託根，含芳不及遠。青青溷蕘稂，甘受牧芻翦。書帶冒嘉名，長此伴蠹卷。艾蕭讓其榮，櫟樗同其散。依倚茂叔牕，謂箕山。樂意幸不減。一朝蓬萊上，天仙下冉冉。提籠俯顧之，采入大藥選。從兹辱丹竈，相煩定幾轉。白石尚可煑，仙家妙離坎。久久得化融，或可益遐算。遐算仙自有，薄質徒譾譾。深山草木心，都恨遇人晚。一結千古同慨。

妙在步步是草，風華掩映，奇思横溢。

次宋山言大梁夜雨韻二首

細雨歕寒色，輕雷殷遠車。孤蹤千慮寂，老興一尊賒。聲儘生秋樹，人隨試筆花。明朝身外事，未足喜還嗟。

夷門聽雨慣，十度賦無車。名姓勞人識，襟懷許我賒。茶能分夜籟，字苦暗燈花。碌碌從英妙，回頭付一嗟。真。

大梁步葉子岩韻

何有人生不朽三，且將風月兩肩擔。雨烝密霧連秋白，天破行雲濕翠藍。差可關心桑落沸，忽然倦眼黑甜甘。玄黃血戰渾閒事，古岸幽花共爾探。老境如是。

再疊前韻柬宋山言

自曳長裾二十三，於今白首尚簦擔。龍泉果是揮來赤，縫掖何愁化去藍。鷄許啼深聲不惡，菜都嚼老味偏甘。我生大業原無際，緗帙紅燈且好探。五六雄老有遠味。

三疊前韻柬何叔獻

魏客三千又復三，是年入闈幾六千人。知誰好爵出頭擔。當無戀爾貂常黑，慎莫從人面亦藍。得意毫端忘愛惡，淡懷眼底笑肥甘。憐君睡起無聊賴，竹片泥神試一探。叔獻求籤，故戲及之。

出門便愁錯脚，詩中何等忠告。

四疊前韻柬張玉標

行年半百又加三，遠道千鈞强自擔。幸不人前驚寵辱，那須事後辨青藍。身心有分勞還苦，聲氣無多淡益甘。此際消閒遥問訊，秋光幾許費幽探。

險韻偏有穩句，是盤馬蟻封之技，煞見巧妙。

五疊前韻呈同下第諸公

三戰由來北亦三，筠籃書簏笑還擔。事雖未濟憐濡尾，歸却如期慰采藍。世上應無天作合，人間別有味回甘。即今改轍鳴鞭去，月窟星槎許遠探。

『筠籃書簏笑還擔』，畫出一幅頑鈍下第圖。

六疊前韻呈蘭陽陸林屋廣文

學成須得折肱三，從此息心弛負擔。餘興偏能浮人白，閒情好與寫雲藍。莫愁宦邸同秋冷，差不朋簪似醴甘。却趁白雲山下路，快隨蠟屐一回探。

五六似有規諷。

七疊前韻呈田簣山

一憑暮四與朝三，且理今生臂上擔。漸覺新機光太素，要將舊染洗深藍。荷明晚景霜莖潔，蟬飽清秋玉露甘。鷄肋會當從爾棄，簣山前已棄諸生籍。大川名嶽恣遊探。

深醇。

八疊前韻柬鄭石郎

穩卧秋原蔣徑三，是年石廊不赴試。羞人劍篋往來擔。陶潛有興還鋤菊，楊震能貧只種藍。志已遥隨霜葉變，夢殊熟向雨牕甘。同君打疊馮婦勇，笑讓他人虎穴探。鼎罏丹成，鷄犬皆化，固應有此妙境。

八詩言言穩妙，如繭抽絲而不盡之緒，愈奇。

九日訓宋山言見贈韻

籬花淡宜人，秋色觸遠思。下帷銷林煙，授衣裁薜荔。不知戲馬臺，果有群兒戲。多君五陵豪，偏不罷講肆。風流啚吟詩，殷勤虛問字。由來一日醒，勝人百年醉。欲覓康莊途，願竭老馬智。力能張吾軍，但防奪吾帥。疾日劇風馳，轉頭堆雪刺。乘時有深期，勗〔一〕哉慎立志。

步步用意，足見接引婆心。

【校記】

〔一〕原文右側夾注：志亦不可誤立。

山言《秋行感懷》詩有『竚看南飛鴈，應無鎩羽嗟』之句，因爲八韻以廣其志

西郊張羅罻，百鳥各自猜。丹穴出雙翼，上下同翔迴。韶疑徹天奏，桐疑倚雲栽。高懸竹實餌，阿閣招以來。豈知弋人慕，殊非鳳凰臺。培風自有樂，回頭笑鳩媒。鎩羽了無損，冥冥飛九陔。高岡好鳴和，莫爲楚狂哀。

自是爲己學者所見。

和葉子岩《秋日獨坐傷王李二同學》，懷穀熟鄭石廊，兼用見投之作用原韻

端居了無營，孤斟試蕉葉。出岫嫌雲忙，升木讓猱捷。强項人世間，那復仰眉睫。老錦藏我琴，瘦日發吾笈。秋煙鎖閒關，市塵邈不接。文章任毀譽，才猷已打疊。獨有夙夜心，露常畏浥厭。刁斗不自嚴，敵騎早相刼。要知切身憂，不在騰口頰。葉生糠秕推，交情久周浹。棱棱豪氣横，嵩華失岌嶪。好古樂不移，耽吟矢自愜。當其得意時，栩栩似莊蝶。願與咏《淇奥》，無徒賦校獵。寸陰不吾留，零落傷蓂莢。王李其已矣，如電掣爗爗。石廊老向秋，空曝萬卷篋。近頗返岐途，俛首商大業。天壤一主翁，群流盡僕妾。人恒去望望，吾豈敢喋喋。少矜千里馳，今方兩耳帖。乘壯鼓朝氣，直前戒恇怯。神謀無二三，决機須專輒。已破長卿城，還誓祖生楫。苟欲導前路，即今起蹀躞。幽韻飄然，不獨字句工穩。

步此險韻，能左衝右突如組如舞，吾服其神力。

和宋觀察《西陂雜咏》六首用原韻

渌波村

往來渌波村，相待渌波久。公非渌波人，獨有渌波友。渌波照閒門，絲絲涵疎柳。

迴環摇曳有別味。

釣家

釣絲立千尺，獨垂無人境。雲深老羊裘，月閒入笭箵。寄言羡魚翁，秋潭妙晚景。

緯蕭草堂

水村蒼蒹葭，連霜并刀截。疎影期自藏，天寒手未輟。有遡烟波來，莫誣漁人説。

和松庵

龍鱗幽自吟，飛濤下寒山。數椽迫汀浦，遠近齊潺湲。請助嘯與咏，長此贈答間。

芰梁

采采軟角蔆，溪雲濕我步。悠然狎飛梁，長虹飲荷露。願言製秋衣，高卧趁佳樹。

放鴨亭

亭影濯清沼，鴨痕破圓沙。無猜自來去，海翁堪與誇。莫放俗櫂入，騰身潛葭葭。

六詩清有餘妍，不可摘句相賞。

題葉夢符册

君家司馬名德崇，呼吸上與九天通。天摘巫峽十二峰，齊置司馬夢懷中。嵪屴直比中嶽嵩，化作蘭孫皆似公，一一肇錫不雷同。少司馬青來先生，夢神授以十二孫名。覺來急燒銀燭紅，龍蛇排出老腕雄，如吹嶰管十二宫。第一嘉名爲黄鍾。夢符爲司馬冢孫授第一名焉。夔將奏之天九重，以莫不增次第隆。名皆以增字冠。夢符念祖存深衷，葉改字夢符念祖也。我欲從訪聿脩功。

奇崛突兀。

詶陸林屋別後見懷用原韻

笑別夷山又一回，追隨好就白雲隈。行藏只似喪家狗，文字元堪刼火灰。落葉連天秋竟老，嫩香逼座酒初開。到今細憶傳經閣，悔逐西風鴈陣來。

清灑。

挽侯大司徒

一荒瓜圃鴈橋灣，三十年來認故山。名字全家歸漢黨，風霜片石誌殷頑。天庭履過仍誰識，華表人非漫自還。回首相從操几處，南湖老淚助潺湲。

示沈甥

皇帝二十六載冬，猛士四方招大風。風虎何人快相從，沈郎手提兩石弓。騰身飛上玉花驄，電馳星流箭不空。下馬甲兵吐其胸，豪氣凌天如白虹。兩河少年千夫雄，辟易莫敢争其鋒。名奏天子長楊宫，好慰疆埸有折衝。回首大笑渭陽翁，滿頭白髮飄如蓬。憑仗秃管寸莛同，年年無能發巨鐘。得爾一出欣遭逢，立身莫愧祖德崇。不見千尺徂徠松，磊落不在大夫封。

聲響清壯。

冬興八首用杜工部《秋興》韻

荒荒瘦日挂寒林，朔氣憑陵栢影森。不信有人回暖谷，空憐市地閉重陰。書生易下窮途淚，大造當知晚節心。多少閒愁排不去，孤牕歷亂更清碪。

猖狂滕六逞風斜，一色迷離誤歲華。果有春生冰雪窟，何無客泛斗牛槎。山邊落照銜孤鶴。城上愁雲急暮笳。此際廵檐誰索笑，寒香不復駐庭花。

黄綿實戀此朝暉，其奈寒深酒力微。老樹徒勞橕暮色，凍鴻未許遂冥飛。方元海外驚聞見，道豈人間論合違。擁被孤斟無可説，呼奴且進蟹螯肥。

不平勿復怪彈棋，觸迕當前總足悲。一枕鴉驚莊夢後，三更客誦楚騷時。鑪知斂燄侵寒劇，海苦沈暉放曉遲。輾轉嚴宵頭白盡，疎櫺落月見愁思。

幽枯莫漫惜深山，安穩耕桑卧此間。非我惡登金馬籍，嗟誰生入玉門關。齊吹笛裏〔一〕梅花曲，甘損牀頭壯士顔。獨步庭階還四顧，恐人笑指腐儒班。

何處崢嶸見歲功，只將榮落付環中。孤情誤起袁安雪，寒色難回滿奮風。雲已經時籠片黑，花看幾日褭長紅。静從眼底觀消息，欲賀人間失馬翁。

變幻光陰一轉頭，難從蟪蛄問春秋。虹梁斷處誰通涉，彗孛横時那掃愁。雪盡泥無前日爪，沙空夢有舊時鷗。逍遥不怨年華迫，遠上青天隘九州。

何須大道事逶迤，仙杖元堪化葛陂。瑶海荒唐千歲果，家園薈蔚萬年枝。暖煨榾柮青精飽，倦枕縹緗白日移。拚得餘生無顧慮，讓人竹帛世空垂。

寄託深，琢錬工，煞有痛世別腸、閲世別眼。那是《冬興》詩，只當一篇《弔屈平賦》讀。

【校記】

〔一〕原文右側夾注：悲壯淋漓。

哭大司空湯潛庵先生三十韻

振古論遭際，明良幾見之。功元卑管樂，道實寄臯夔。聖業非徒爾，天心欲付誰？由來川岳氣，特有帝王師。睢水流芬日，金臺啓蟄時。少年參侍從，兩路起瘡痍。方壯投簪紱，尋源溯洛伊。息心明澹泊，與世久參差。却復因名累，欻然慶主知。殷勤傾獻納，抖擻奮匡維。彤管三更靜，經筵午日移。宣勞崇殿閣，出使煥綸絲。霜鉞森森赫，春膏脉脉滋。練江廉汲甕，鎖院飽烹葵。遊〔一〕女荒金地，歌船冷玉卮。髮從民命白，身拚浪花危。帝顧前星重，臣求少海資。吴車攀萬手，燕驛蹙雙眉。地厚鰲多恐，天虚石自疑。學知明傅説，坐復見程頤。三禮寅清典，七情敬義持。喁喁端揆切，矻矻考工疲。獨樹風全撼，幽芳雨易披。雲寧容舊壑，荷已敗空池。餘魄歸山樂，孤心戀闕癡。死元當裹革，世只付彈棋。莊蝶飄翩夢，峴山痛楚碑。何天終黯淡，此道忽淩夷。憐我琴無賞，哭君淚不私。巖巖懸氣象，千載繫人思。亦自可稱詩史。

字字的實，聲聲嗚咽，言外之慟彌深。

【校記】

〔二〕原文右側夾注：司空實録。

立春日歸自西村，陸主客示以訪雪上人詩二章，率步原韻兼示雪笠

以下戊辰作

言訪春來處，平林日已西。無能窮蟻磨，徒自費霜啼。門且勞雲鎖，檐還任鳥棲。忽聞高唱發，定是浣花溪。

深山何必去，道只在園壓。春色榮前陌，梅花笑晚天。尋僧詩自得，弄竹月無邊。願假雙尊酒，請条一指禪。

再疊前韻呈節庵二首

日見江河下，誰從弱水西？悠然聞謦欬，不覺釋筌蹄。半世甘雌伏，一枝近鳳棲。往來無俗駕，即是武陵溪。

有分安耕稼，取禾不計㕓。願追夸父日，各補女媧天。春動新林際，風融舊水邊。舉頭皆可會，那用野狐禪。

工穩而押韻無迹，次章尤堪銘之座右。

陸節庵愁春不雨爲二律見示，是夜瀟瀟濛濛若解慰詩人之意者，而天明復杲杲出日矣，先後用次原韻

得爾呼靈雨，飄翩石燕驕。濕披紅杏蕊，潤立綠畦苗。漉酒陪檐滴，愁心帶燭銷。好期霑足後，流水訪春橋。

三四新翠欲滴。

屏翳官何曠，廉纖輒復休。澤寧天欲竭，寒忍户長留。挹淚滋青隴，凌風戀黑裘。可憐春漸老，惟有鬓先秋。

節庵以連月不雨憂形於詩，而遂風霾頓息靈雨輒降，曰可無喜雨之句以答造物之奇乎，又次原韻二章

雨絲欣若織，雲幕那須裁？頓爾肥青甲，油然繡紫苔。天知憐筆健，甕好就春開。老興堪同發，衝泥去且來。

吾生常莫保，何怪鬱煩憂？糴賤還無那，農貧況不收。城光流宿潤，麥影弄新柔。願續《豳風》闕，知難報有秋。

五六麗而雅。

節庵不飲酒，而喜雨詩稱『醉作』，戲相嘲問

頗笑靈均只自醒，那如身世付沈冥。先生〔一〕未解甞蕉葉，此日何云倒玉瓶。春意細篩榆筴雨，風流新築醉翁亭。有人慷慨三杯後，願侍霜毫注酒經。

倩婉風流。

【校記】

〔一〕原文右側夾注：天然有趣。

再疊前韻答節庵

果然孔顥勝人醒，一曲新歌入窈冥。光餤無能分玉版，粗豪只欲丐銀瓶。仙郎醉作閒居賦，造物名歸喜雨亭。可傲君家桑苧子，渴喉至死誤茶經。

沈練頓挫，撮王李之勝。

又疊前韻謝節庵注存

伏枕連朝喚不醒，杏花孤負雨冥冥。病闌好鬭詩千首，興起還澆酒一瓶。醫世其誰來畫省，知音獨我近柯亭。感君顧盼渾無已，定有孫陽相馬經。

雷來確見懷以詩而高相推許，愧不敢承，次原韻答之

元音世所希，此道久汩陳。竽缶互鳴聒，洗耳寂寞濱。豈謂孤吹發，遂得擬伶倫。鈞天有異奏，

縹緲銀漢津。欲聞苦無由，含愁長自顰。所期探要眇，無徒話諄諄。願隨緱山上，吹笙辭世塵。

以冲抑之懷，道真實之語，故佳。

讀來確詩疊前韻勉之

詩不在漢魏，何有於梁陳？心源一寸濶，南山北海濱。高調發逸響，繁促無奪倫。波翻蛟龍窟，安柁據古津。新色收耳目，佳趣隨笑顰。取精只淡淡，乘閒或諄諄。觸景覓靈異，期無留點塵。

説詩精邃。

送鄭石廊之江寧

珠江萬里乍停橈，又泛秦淮弔六朝。老興偏隨遊屐旺，閒情總仗客樽消。幾回眼冷春天樹，數寸囊收海月潮。文雅臺邊剛折柳，斷鴻無際影翛翛。

聲光一片。

春日同節庵、簣山、子岩、維豐讌宋主政遥青園步節庵韻四首

下馬衝花陣，當溪蘸柳絲。山來春好事，偏是鳥相知。香已迷雙屐，人還弄一枝。謀歡良不易，

那肯負佳時？

塵緣將謝盡，贏得此投閒。但趁牆邊蝶，無煩世外山。梅疎方自補，竹老不嫌删。幽意撩人切，連鑣足解顔。

昔日周公子，移峰帶槿籬。遥青尋舊色，大白酹新奇。晚沼翻魚沫，落花罥兔絲。耳邊笙管歇，偏解續黄鸝。

檐蘂攀疑玉，階苔步有錢。欲牽柔葛蔓，長繫豔桃夭。陳迹憐今在，清歌憶昔傳。此生多感慨，觸迕到人偏。

俯仰今昔，無限深情。

節庵喜予《遥青園賦》而形於詩，依韻奉詶并述鄙懷

術業誰堪嗣古風，莫徒賦草許人工。雕蟲枉使春陰費，過眼將無浪蕊同。我復何心消白墮，君當有石補青空。浮沈半世求歸宿，恨未千川障使東。

同簀山訪侯叔岱於水墅，予先言歸，憶簀山獨留之況

桃花夾路可憐紅，春色因循又復空。聊逐游雲閒度水，恰當掠燕晚驚風。籃供野蔌香何似，巾漉名醅嫩不同。却憶人留陳榻上，定多好句答焦桐。叔岱善琴。

灑然清曠。

節庵示《幽蘭詩》用原韻奉答

急風飄白日，人境殊蕭騷。鬱鬱五十年，我生何自聊。行藥或南圃，采蘭之東皐。顧瞻松下人，一卧不復朝。過時勉自奮，流俗堅無摇。濯兹滄浪纓，溷彼谷口樵。有懷元堪適，非隱何須招。把舵往來輕，風帆信所遭。枕書邀清夢，剪蔬從老饕。幸有素心客，淡結君子交。情洽無預酒，言深常卜宵。偶然發慷慨，陸壺碎還敲。君户設雀羅，吾門掃埃囂。霜華兩相映，鬢鬚各飄蕭。誰紉靈均佩，忽書懷素蕉。如聞黄初上，落落聲調高。别摘千歲實，笑付五石瓢。大雅有遺響，不徒在劉曹。先生倘不信，願同問參寥。

古音淡泊而風韻流逸，足稱國香。

和節庵《喜雨》用原韻

落落寡交結，幸卜王翰隣。得句即相示，奇葩日鮮新。是時愛春雨，洋洋發天真。毫端薙俗韻，如農凈耡耘。前朝慘霜雹，殺禾痛斯民。繁紅盡枯落，無存一枝春。猶幸知時雨，倏然敲此君。挾風度小院，爲洗元規塵。側耳受檐溜，支頤注山雲。過午漸霶霈，當宵益氤氳。勢疑翻銀漢，快人夢中聞。一犁想已足，千緒其無紛。不敢送窮鬼，聊同祭詩神。明日踏南畝，果否緑復勻。門前索租吏，次第來千巡。我愧無可應，彼難怪其嗔。有言中山酒，一醉能百旬。邀我連百醉，直隔此世人。此言不足聽，此生當苦辛。群饑我安飽，群逸我自勤。要於兩大内，不慙鼎三分。感君收樗散，三沐而三薰。清論多道妙，往來忘主賓。綵筆不吝惜，羊欣剛有裙。

亦自羅羅清疎。

餞春步節庵韻十首

年年餞君歸，試問君歸處。東皇笑不言，潛逐飛花去。

紅樓春自媚，人偏樓上愁。笑人春去後，愁空結滿樓。

春來不可見，春去留春迹。春原無去來，樹底藏消息。

謖謖輕濤起，春風別老松。松枝閒自得，又閲一番風。

桃李花間蝶，飄然去不來。那知雙燕子，正復耐徘徊。

春歸春便歸，莫更扳春住。回首五十年，頗惱春相誤。

春歸春徑歸，歸亦有餘情。還從清夢底，喚我樹頭鶯。

一夜胭脂雨，東風颺海棠。繁華知易歇，那復艷齊梁。

願隨沙際鴈，不逐泥中絮。悠然獨往還，常在春中住。

長亭一杯酒，不必問輪蹄。春歸定不遠，村西若耶溪。節庵居吾西。

有淡語，有深語，都耐人思索不盡。

春訓疊前韻十首

君問我何歸，我問君來處。來者不厭來，去者何愁去。

紅亭日送客，相送輒相愁。誰似來年燕，還尋此日樓。

飛紅滿人間，何處覓踪迹。三更静無言，君已得消息。

油油原上草，亭亭澗底松。淡泊終自好，枉殺落花風。

有愁不帶去，無愁何送來。倚欄癡兒女，落月尚徘徊。

歸莫嗔吾速，誰是百年住。雙丸跳不停，問君堪幾誤。

一聲聞折柳，都起旅人情。且向緑深處，息心聽好鶯。
何須生紅怨，請贈以青棠。繁香元易散，君自有都梁。
春餘猶自寒，爲人遺飛絮。可憐賦無衣，恨不章臺住。
罷君黄金盞，翻我碧玉蹄。明年來相訪，先到白牛溪。

意義深微，正索解人不得。

和簣山夜坐自嘲用元韻

不向人前覓愛憎，相親每夜有青燈。鑽殘蠹版偏如失，赦免霜毫且未能。玉已千番難信楚，香還一瓣好依曾。老來却喜閒愁少，數盞垂頭睡氣騰。

三四悔悟真境。

再疊前韻

何消白髮鏡中憎，照我還勞太乙燈。鷄到五更渾有意，鳳寧千仞謝無能。逢流枕耳非關許，高詠臨風直是曾。却笑狂夫狂到老，終教鶻鶩傲騫騰。

逸興欲飛。

夏日小集蒹葭浦和節庵韻五首

有人闢靈境，俯臨千尺潭。山花互照耀，白雲相吐含。只疑前年夢，蠟屐行江南。俯仰慨陳迹，懷主人侯方至也。椑榼依舊擔。

祝融煽大冶，那有清凉人？散髮偕素侶，濯纓佩泉紳。風囊放悠颺，魚梭擲鮮新。灑然絶塵慮，莫辭掌中醇。

隨分取逸休，買山何須遠？忘欲希葛懷，溢情薄嵇阮。浮瓜脆寒冰，冷淘美禁臠。淡泊味外多，先生試一飯。

不勞賦蜉蝣，已自遊逍遥。艓子趁荷入，横維緑楊橋。愁仗松塵掃，吟助魚榔敲。我生幸無累，乘風隨鄭樵。

暮雨其誰行，灑兹平泉樹。卷暑蕭爽流，送我歸詠趣。扶滑上小舟，櫓盪還欲住。白鷗有餘閒，浮家結同寓。五詩有新色古趣。

山蔚近詩道眼前之真色，饒言外之遠韻，充充乎有自得之趣矣。若夫調警而語雋，猶是其他，可佳。

卷二十二 《秋屏草》上 戊辰夏秋

秋屏草序

《秋屏草》者，予客宋中丞幕府而作也。豫章之陰，故有秋屏閣，曾子固所謂『可盡西山勝覽者』，而今化爲僧廬牧場，蕩然無可問之迹矣。顧無而掇其空名，何也？曰：天下何物而爲常有於兩間者哉？秦宮、漢殿、唐苑、隋樓，莫不悲銅駝而長荆棘，况無榮不枯，有息必消。凡物之變態，無一非秋屏觀也。而必執有以爲有，則有不終有，而有之累於心者，其勝揩滌也乎？予破宫亭之雪浪，挹敷淺原之翠微，洪崖探仙靈之窟，椒丘弔興亡陵谷之變。或當景而寄閒情，或因事而發瘖嘆，有其感也，不能不鬱有其鬱也，不能不形於短詠長歌，情如是矣。然則是草也，苟一日不澌滅銷蝕於人間，而好事索隱者，或采以徵南浦之故實，何遽不可謂秋屏之百尺，猶靈光而無恙。不然雲散風飄，則詩與閣正同壽於無何有之鄉矣。夫指顧斷煙杳靄間，非鹿洞、鵝湖之巋然者乎？然在今亦不過空名之姑懸，而於秋屏乎何有？然則予之詩，又何惜其爲秋屏之無有也哉！

康熙戊辰半翁自題。

次韻訥陸節庵送別二首

陽關莫奏短長亭，剩水殘山我慣經。揮手頓憐茅店月，別筵寧赦醉鄉瓶。天邊浪雪迎飛鷺，江上蚊雷護繫舲。堪笑萍蹤真碌碌，枉君折斷柳條青。

志氣尋常隘九州，却教蠟屐但依劉。滕王閣上邀狂躓，徐孺亭邊授旅愁。才藻羞人稱記室，身名許我付滄洲。天南候鴈猶能到，會寄相思庾亮樓。

二詩安穩中流。

陳太丘廢祠

廢祠立半壁，鼯鼠窺蒿蓬。行人拂斷石，驚言陳仲弓。牛鼻翻〔一〕古瓦，樵柯振陰風。道南闢佛宇，陶煙徹天濃。

結更好悲好笑。

【校記】

〔二〕原文右側夾注：句新。

固鎮夜雨念簣山未及言別悵然口占

驅暑連朝仗雨絲，滂沱到枕益多時。念君歸轡當今夜，定補從前送客詩。

聞楚變

訛聞江夏信，真見羽書飛。豈有螳螂怒，能消獬豸威。傳言湖廣撫軍死之。遊魂飄燕幕，奪魄閃龍旂。敢請長纓往，功成掉臂歸。

合肥苦蚊

夜宿金斗城，滿枕颼城柝。暑煩心如煎，苦睡終未著。小扇倦强摇，輕雷殷其作。聲勢堪負山，回翔肆兇虐。鼓掌怒殺之，密益雪霰若。鍼鋒苦相投，蜂陣堅不却。無聊學齊桓，憐饑予大嚼。含鷩費爬搔，帶痛笑斑駁。摩膚申謝詞，猶非高郵惡。

謔情老格。

過桐城弔何道岑先生

古奩封厚埃，疎棄無人照。其有拂拭之，能不同悲笑。賤子孤自持，百難歷壯少。人誰引手援，先生惠而好。煦噢憐冱寒，咨嗟提泥淖。一往三十年，靈臺塑道貌。龍眠蔚深林，伊人呼不覺。欷歔酹清觴，倚山發狂叫。感彼隴畔人，牽衣爲我告。死者固其常，陳人豈勝弔。此言亦達觀，長揖謝荷蓧。蒼煙落日深，去去復何道。

小孤山

小孤之山天下奇，棱厲劈削驕坤維。怒浪洶濤苦摧折，四面受之危不攲。遠驚玉笥插突兀，近挹翡翠光迷離。鼓枻盤旋絶逕路，細覓一線通逶迤。鐵鎖攀陟如猿狖，膽寒氣促凌嶔巇。高閣危從山腰結，雕甍畫壁雲霞飛。絶頂苦無濟勝具，便有健步將安施。振衣欲仰排閶闔，飄飄兩腋生清飈。一拳直奠龍蟂窟，孤情萬古無因依。吾生動爲物所撼，何不屹立長如斯？

便是先生自贊。

過彭澤憶故令李襄水

城堞隨巒壑，人煙亂浦汀。當風春女笑，獨樹打魚腥。秫種曾何地，襄水有種秫堂。琴彈定此亭。寧知强項令，墓已似山青。

輕婉中含悲無限。

石鐘山

鬼斧劖削百仞立，下有老龍千年蟄。駭浪歕激到耳清，似於長樂來鏗鎗。銷盡銅山勞晉平，曠涓先後笑不聽。何如馮夷無寸莛，清濁高下總和聲。找心匪石慚愧生，叩大叩小未能鳴。聲聞果如湖山永，上鐘下鐘發深省。湖口之左爲上鐘，右爲下鐘。

鞋山

濯足元當萬里流，飛雲鞋名。果共水雲浮。休防刺史偷將去，試問尚書識得不？黄石無端逢我墜，大人有迹爲誰留？衹須踏穩風波裏，何愛仙鳧帝里遊。

雅。

蝦蟇石

雲根突然出，奇形蹲詹諸。泱漭浴大湖，庶不拘於墟。緘口謝鼓吹，側頭望匡廬。不知鬼工意，官私何用渠？激浪代鳴吼，濕雲作衣裾。定知廣寒路，悠然歸望舒。

南康

翠壁左無天，雪波右吞地。一灣藏人煙，星渚鬱佳氣。少女苦尼人，竹索長日繫。谷簾當頭淋，香爐覿面出。不知蓮花峰，還復有人未。落落水雲窟，草草成位置。何偏臨大儒，日月照相繼。抖擻覓古踪，煩溽病腸胃。招手進土人，可知昔年吏。濂溪宅何存，紫陽祠興廢。上人笑致辭，不解君所謂。仰怪何王宫，離離聳金翠。危磴懸緇徒，滿簏肩市味。云有宰官來，醮佛傳法諦。荒凉五老旁，白鹿洞門閉。御書徒高懸，今上賜『學達性天』扁額。儒生誰廪餼。蒼鼠戲屋梁，緑蘚繡庭砌。安得兩先生，重起修廢墜。願於青牛谷，結茅小如髻。風雨一經餘，長歌采幽蕙。

序次點綴，全似浣花翁，中插訪土人一段，尤有景色。

中丞三異歌三首

陡健。

二十七載夏六月，中丞來建西江節。維時羽書馳隣疆，飛櫂溯洄逐鷹鸇。虞絃正當歌南薰，湖口千舟久繫橛。是日十五海月騰，欸乃人愁波弄雪。欻然一帆助北風，夢覺吴城漏未歇。嗟我詰朝追後塵，八日彭蠡旋還折。巖疆安危争呼吸，此異當與王勃别。

田坼冰紋禾焦枯，西江家泣鮫人珠。十日五日澤不究，鳥獸將起乘風呼。中丞飛舸如掣電，氣未遑息下信符。詰旦與民掃壇壝，親籲山川百神徂。乖龍即夜忙抖擻，玄冥屏翳齊奔趨。銀河翻懸雷斧折，三日滂沱千苗蘇。天心原無尺寸隔，誰是中有盈缶孚。我爲援毫書二異，欲廢鄭淇隨車圖。

狼烽密邇燒臨皋，江夏節鉞煙中銷。蠢蠢豫章不自寧，竊相招納傳紙條。期誓明朝乘新朔，一閧豕突鳴弓刀。於時晴烏已西下，中丞忽起命賊曹。潛授渠魁雙姓名，如捉棲雞無煩勞。手取匣中上方劍，立梟轅門懸高標。治亂中間無容髮，聲色不動群陰消。於戲三異異如此，中牟區區安足齒。

贈宋山言

我昨一帆溯彭蠡，新翠滴入篷牕裏。西望崚嶒失青天，知是五老峰第幾。匡家兄弟一結茅，令名直與天地齒。由來百物榮於人，要須棱棱立身偉。吾黨獨奇宋仲子，家學泳游滄溟水。磊落嶔崟凌斗星，世人高標培塿耳。但願俛首益孳孳，萬仞只從一簣起。莫道積行知者難，中丞遇主今如此。

結最合拍。

聞楚捷

小蠢憐何意，閧然肆楚疆。立鬚蝦用武，排穴蟻稱王。果費長纓繫，堪淩短劍鋩。秋山汙巘處，浄滌漢流長。

秋夜步山言韻

只似深山卧，嗒然萬慮休。三更方挹月，一葉乂驚秋。漱石芬巢菜，摘星墜若榴。冰壺消受處，那更覓清幽。

莫怪

莫怪寒蟬静不鳴，羞人百囀學流鶯。知音惟有香山老，解道無聲勝有聲。

石鼓歌

青穹完好煩媧皇，雲根餘剩抛岐陽。或疑天傾列宿滑，匀圓下瀉羅山岡。風滌雨沐人不識，數千〔一〕年待周宣王。宣王中興武威盛，吉日大獵旌旂張。踈踈遥看蹲虎豹，箭簇不入聲琅璫。天數地數各得五，形似征鼙加焜煌。吉甫方奏成功頌，王曰史籀書之良。石鼓奇質來天授，差勝岣嶁磨礱方。群侯重鼎不重此，過而問者曾誰行。祖龍一炬天地黑，神呵鬼護潛陳倉。兩漢儒者綱羅漏，土花厚結苔痕蒼。嗜古惟有昌黎子，槖駝欲致尼山堂。餘慶原來稱解事，元祐又復搜遺亡。車攻馬同强辯識，龍驚蛟鬭森戈鋌。一獨仰盂九覆釜，曾化玉臼歸裴航。九既剥落一無字，删後何必求詩章？金源裹載渡易水，元明到今留宫牆。學人好事考金石，疑信千般窮毫芒。近或薄爲後周物，遠復侈稱西伯昌。魯壁汲冢寧無僞，大戴小戴多荒唐。文字陸離有旨趣，摩挲便足心飛揚。君不見中郎石經空爾爾，古味淡泊誰其嘗。

怪怪奇奇，蒼然古色，可媿昌黎。

【校記】

〔一〕原文右側夾注：□句。

得黄安姚生札却寄

故人二十二年前，平臺雄辨次百川。故人二十二年後，雙魚問我江之右。可信人生遭遇難，名璞今始聞一售。計君冠已壓曉霜，我復衰老多眩瞀。駐日無戈歲月虚，逢時有命文章壽。惟予雄懷同灰寒，息駕不復矜馳驟。夢回粗糲飽無求，芳潤悠然默自漱。中丞折簡招我來，憑高鬱鬱懷朋舊。回首黄安指顧間，暮炳如織秋江皺。來日已少去日多，寄語身名强共懋。

次丁景吕韻五首

天涯猶復存耆舊，水署俄聞誦好篇。觸迕愁人清夢破，秋聲恰落午牕前。

蓬茅自古能容拙，引手侯門了不須。今日便逢賢太守，能教孺子就人無。原倡有『若教孺子生今日，太守還能下榻無』之句。

可知就人者，終非孺子一輩人。

小阮才名存舊耳，景吕同吾兄子千之。中原後起辱新聞。可憐白髪遥相照，獨省腰肢折似君。景吕曾爲獲鹿令。

多少曲折。

懸河銜口渾無齒，采藥臨流净洗塵。好是洪崖當日客，漫堂中丞堂名。不駐此時人。

鵝湖鹿洞今何似，芒屩笻枝苦未酬。若不烟霞逢道侣，旅魂枉煞在江州。

以朴鈍生姿，是蘇黄法。

中秋

依舊秋蟾魄，團圞照此鄉。荷蘭醺古盞，是日飲荷蘭國酒。安石擘新瓤。冷抹山椒碧，疎銜佛手黄。遥思小兒女，瓜餅拜清光。

燈花二首

何勞綴葉與妝枝，焯爍孤檠夜放時。落處生驚僵豆瓣。蟲名。采來可笑誤蛾兒。煇煇照眼三更秀，閃閃驚心一穗岐。不許東皇拘管得，殘編濁酒是花期。

青帝如今禪祝融，九枝爛熳鬬春叢。果然淚有真珠落，寧道蓮無烈火烘。歕薄蘭膏閨夢後，飄摇玉蕊客牕中。幾番浪喜輕彈去，散作秋螢滿地紅。

末四語，只是一句妙甚。

和宋中丞遊北蘭寺原韻四首

定采千頭菊，全紉九畹蘭。文甘韜敝帚，命只耐驚湍。妒石泉宜咽，吟秋葉未安。却教宋開府，先我踏煙巒。

吟秋葉未安句，特新警。

簿領渾無擾，排雲到鴈堂。紅扶霜樹直，綠染水天長。停節光諸佛，凌巔叩彼蒼。僧門新雨後，作意弄清凉。

寺寂衙松壑，香寒抱桂林。堪迎康樂屐，欲進廣陵琴。幻識雲間岫，孤生物外心。空王不須問，吾已辨升沈。

夢訪秋屏閣，神遊孺子亭。秋烘山氣紫，露綻蘚痕青。會且招林月，寧遑惱鬢星。閒從人境外，粥鼓亦堪聽。

臨川湯弓庵秀琦著《讀易近解》《春秋志》，求方伯學使者壽梨未果，又攜而呈之開府感賦

皇天賦才不賦力，著書窮愁老圭蓽。瓦檠禿管殘煙汁，得意擁鼻摇吟膝。絲絲如鬱蠶胸臆，古經今緯時抽出。雲錦天孫能自織，只應自服安且吉。皇皇衣被非吾職，日中一闃如雲密。持錢各有營汲汲，大聲疾呼亦何必。湯生湯生抱兩帙，心血滴滴字行濕。自謂畫前得消息，側目親睨素王筆。後儒傳經經愈失，江都輔嗣敢斥黜。金刀縷切鳳雙翼，不爲饞兒供肉食。腐爛殘炙蠅争集，玉液金膏棄不恤。胡不攜之深山入，徐俟千秋有人識。十果人生難按抑，我亦强顏喜作述。

從今委棄任蠹蝕，與爾同謀息心術。

可歌可泣。

桂枝無瓶注戲以詩返之山言

叢桂折小山，何人在空谷？西風散奇芬，爲我伴幽獨。鬼斧信吴剛，仙名賜金粟。果然清夢餘，如到廣寒宿。漬酒興可乘，挈瓶智未足。數枝辱長鬚，爛然空高束。旅齋如水清，或可堪浸沃。不然歸古瓷，免使炊煙速。

石書歌

宋中丞得石書，額曰『胸中丘壑』。懸而觀之，蒼然古瘦，疑有墨瀋淋漓焉。蓋擲山石而碎之，箝於粉板以爲字，亦異技矣，爲之作歌。

雲根磊砢摩星躔，直劈横剥戲頑仙。選白熟黄青碎擲，大棱小片聊鋪攢。或疑奇偶畫中得，或疑戰陣圖中看。秋蛇春蚓走屈曲，驚龍怒蛟飛蜿蜒。赤帝斬斷且跳脱，公孫舞罷猶蹁躚。嵯岈不同伏波米，揮灑直是元琳椽。未許釵折猜玉碎，更哂屋漏徒痕斑。森森摩有劍光冷，浮浮帶得雲氣殘。由來丘壑胸中物，却復丘壑堂上懸。吾聞書法貴有骨，骨相千古稱公權。豈知瘦硬欺老筆，石書棱厲彌蒼堅。中山狡兔可免殺，弘農陶泓當投閒。不用斧鑿天呈巧，浪濡墨汁人空顛。點點堪承南宫拜，畫畫應驅秦皇鞭。便使他年磨滅岸，爲谷猶與秦碑漢碣堪同傳。

生新似眉山。

題張長人先生《藕灣文集》

百川各異原，百派各異目。原復有大原，派亦同歸宿。世人莽論文，曰此其某屬。人固自有真，詎可假皮肉。况儗非其倫，冒昧指馬鹿。一笑爲平反，庶幾無冤獄。藕灣志遠遊，柳州發其足。時假昌黎途，欲脂周秦轂。究之爲藕灣，其可名誰孰？或稱由歸安，聿來從永叔。二公定笑曰，此客非我速。爲政有主翁，古人盡臣僕。特爲我驅馳，而寧彼拘束。未聞織天孫，從誰授機柚？倘成文不亂，同工而異曲。予嘗持此議，人驚舌不縮。傳之輕薄兒，既罵還捧腹。試質藕灣翁，藕灣其然不？

議極横傲，抉古今文人之秘。

滕王閣

章江門外章江水，水雲横入人煙裏。高閣矗矗枕江流，星漢平來飛檐倚。當年孤鶩還飛來，歌舞一往終已矣。青山鬱有萬古愁，紅樹癡結一時綺。指顧風煙幾變更，點點丘墟猶遺壘。陰林夜鬼哭千村，白日妖狐掉九尾。戰艘去羅鷄鴨豚，歸來滿貯兒女子。十年民氣復幾分，昨日震鄰又欲死。日窮人世總蒼涼，况是蕭索秋若此。落葉如蝶去復回，熟柚連霜墜不起。高風策策流深寒，緼袍一振粟生體。吾生懷抱易牢騷，狂歌一聲樓欲圯。隗磊千尊澆不平，長絲且釣驚波鯉。

悲涼激楚之音。

樹蘭

瑣瑣繁金蕊，聞香怪楚臣。只堪從月折，形似桂。何以冒秋紉。人有相如慕，花非隱谷真。知君羞待女，蘭待女兒栽益香，故名待女花。挺特比吾身。

南浦雜興八首

一縷何飄翩，白雲白於綿。不信白雲下，蓬蓬真故山。上山秋正好，下山秋已老。西風苦無情，一夕長林掃。請看樵子肩，猶是王孫草。

古樂府遺音。

朝弄章水煙，暮挹西山翠。月明洗高岑，秋聲落遠樹。此中定有人，茹芝紉荷芰。灑然沐清寒，塵襟發雲氣。

森森黄葉下，言是澹臺墓。亭亭友教堂，宋轉運副使程大昌建。千年如可晤。老瓦垂陶甄，踈鐸響韶頀。可憐明帝窮，幾入大盈庫。天啓末閹人魏忠賢擅國，斥賣郡國書院助水衡錢，是祠亦在賣中。會思宗即位，乃免。

步出望仙門，靈壽西風倚。一丘牛足中，猶題漢高士。清風飄蒼烟，舊有清風堂。殘礫發緑芷。瓣香傲南豐，徒弔東湖沚。曾文定作《徐高士祠記》言：『孺子故宅在東湖南小洲上，而墓失其地。蓋宋南渡後，南昌尉張敬之始得之。』

散屧入西山，谽谺不可測。古洞結幽寒，名秦人洞。窅然雲氣黑。聞有避秦人，深藏樂稼穡。隨處有桃源，而我何偪仄？不必聽鶗鴂，行行當自得。

零雨從西來，洗我齋前柚。秋草忍初寒，上階挺夕秀。疏絲織牕櫺，貫珠絡檐溜。嗒然諸慮清，一觴引自壽。

端居淡無營，仰翫芙蓉天。猋風挾騷憂，欻然集眉端。漆女心枉結，杞人祇自煎。何如一杯酒，静任推與遷。暑寒了不計，吾生愧枯禪。

西北發盲風，列生不可御。東南湧狂濤，鬅鬙驕蝦鮒。而我滯遠天，一葦不可渡。渡頭倦欲眠，驚鴉墜相呼。倚杖望秋山，雲歸晚如絮。

送秋用范石湖『西風滿天地，孤芳照塵沙』句爲韻十首

憑將一杯酒，相送夕陽西。誰爲弄摇落，荒荒瘦日凄。

芙蓉今已老，都怨鯉魚風。多恐前山葉，還思此日紅。

秋聲自西來，秋色從何返。癡絶鬱悶悲，有懷容易滿。

寒杵家家月，哀鴻夜夜煙。言歸歸不早，奈此菊花天。

秋蟲惜秋别，莫畫留秋計。商風一陣回，叫殺霜華地。

有天皆傳舍，何日返歸途。大笑長亭外，且消客夢孤。

零落元非偶，凄清枉自傷。論功南浦上，丹樹壓春芳。

過眼流景光，陳迹輒堪弔。疎毫淡墨天，雲林爲寫照。

去去茫無迹，曾能帶一塵。可憐鐺釜熟，何處問勞薪？

秋風元易散，如手放摶沙。香山詩：『親友如摶沙，放手還自散。』客路三千里，誰能不憶家？

有淡永之味。

卷二十三 《秋屏草》下 起戊辰秋訖己巳夏

何用

何用才名與世争，窮愁偏似老虞卿。狂蹤自笑無聊賴，浪墨閒毫過此生。

詶陸節庵見懷原韻

江鄉細雨繡苔階，一葉驚風〔一〕入晚齋。有意碪催山月上，無聊鴈向浦雲排。秋隨萬籟争飛越，夢遠三更渺際涯。况得仙郎天上曲，青燈白酒觸幽懷。

【校記】

〔一〕原文右側夾注：佳句。

和宋山言夜飲韻二首

花時足勸兩眉開，况復章江夜雨來。莫笑先生忙就榻，黑甜甜似掌中杯。戲其酒甜。

儘爾高呼鸚鵡杯，鄉心澆散會重來。驚秋簌簌風前葉，鞭殺奚奴掃不開。山言思歸，故云。

即席賦得『江月滿江城』限『城』字二首

皛皛金波溢，輝輝丙夜清。江橈驚濕魄，霜柝冷嚴城。雲盡天無色，風高鴈有聲。却憐南浦上，還弄故鄉明。

漸轉波心月，團圞挂太清。露華飄萬户，水色潑孤城。後夜星光直，閒陰閣影横。醉餘行處怯，疑泛晚潮平。

寫出月夜真境，語語高老。

滕王閣曉望

南浦朝煙凍不開，鄉心況復送人來。冥濛近遠山全失，排突虚無鴈自回。官渡披籠提蟹脚，市兒繞岸捉魚顋。江干好景偏相觸，帝子閣前又早梅。

章江岸頭送張長人二首

送君章水頭，章水咽還流。霜樹昏相亂，江煙低故稠。

隔水望巾車，白雲絮不如。山腰斜度處，是否轉窺予。

二詩可以銷魂。

拜徐孺子墓

人煙斷處愁煙蒼，煙濕廢圃菘含霜。池枯三寸妾魚縮，泥翻一丈荷根僵。斷堰偪仄欹叚怯，耳前足後如牽羊。長鬚扶持披草棘，多露不惜沾衣裳。版杵登登數堵直，鴛瓦鱗鱗三間荒。入門贔插古碣，剥蝕不可求偏旁。回頭大書漢高士，一片横倚青苔牆。誰截雲根琴樣闊，圓砌如笠肩與長。濁酒一杯首一俯，微聞似有清骨香。吁嗟乎！不幸士無樂行會，惟有泉石堪徜徉。先生固非烟霞癖，不夷不惠垂休光。肯使殘礫生寂寞，中承復起清風堂。人生何爲多浪擲，千秋獨讓名德昌。

品格在少陵、眉山之間。

陳司徒

陳司徒何爲乎？二千石來人人佩虎符，部下寧獨一士無？薦羔魚，酹清酤。古屋虛，片榻孤。瑟瑟霜風疎，羅羅江月鋪。呼之可應高士廬，仲舉祠距孺子墓不數武。荷衣蕙帶其來歟？

氣調落落，而義藴無盡。

東湖曲

躍龍橋名。龍老腰肢折，龍帶驚波龍吟咽。寒藻青分石上苔，勞魚頳比霜中葉。踏得魚舠小似杯，一篙直破湖心月。湖心月，破復圓。湖心鶩，去復還。蘇亭空自結濕煙，煙染湖光鴨頂緑。扣舷高唱東湖曲，東湖擬卜水一方。摘荷連露裁爲裳，釣雨樵風幽趣長。

有逸致。

澹臺墓

東湖之東疑陶甃，殘碑如人敧欲仆。雲窟探時雉起群，草痕破處狐藏竇。先生自來江之濱，道氣長發南州春。孺子宜從墓邊宅，墓西乃徐孺子故宅。先是武城榻上人。

遊北蘭寺再次宋中丞韻四首

別緒無聊賴，出送張長人。選幽到北蘭。寒輕圍近郭，響急送飛湍。倚檻花如病，迎人竹不安。迷濛煙景異，一抹舊山巒。

逐逐門前客，新詩和漫堂。中丞堂名。牛腰藏稛重，蠅脚上〔二〕箋長。人鬭山容緑，吾分栢影蒼。隨聲如砌蚓，滿意作秋凉。

百轉雲根屋，千垂楝子林。僧雛長過膝，柴瓣抱如琴。老欲藏丹竈，幽元結素心。行吟塵境外，清磬一聲沈。

漸破煙中色，全收列岫亭。江圖千里白，山寫一痕青。薺色蟠疑繡，橘光綴若星。霜風明日發，江吼再來聽。

四詩聲清調老，是浣花翁家法。

【校記】

〔二〕原文右側夾注：新。

答僧問姓字

粗豪晚浦走花驄，誤踏君家嶺上葱。姓字不勞相問訊，黄河南岸董園公。

漫堂咏物次韻六首

靈璧小研山

奇峰森然削，利鋩出劍匣。黑雲凍如膏，小結十二峽。靈氣傍管城，風雨知不乏。

宣銅鹿書鎮

風牕小鹿蹲，宣冶經百鍊。嫩膚潮氣蒸，古色殷紅絢。問誰耽縹緗，補牘當爾薦。

大食索耳杯

何來海國陶，色奪過雨天。雪藤讓輕薄，玉繩垂兩肩。微彈清磬發，裏擊無乃然。

小華道人一池春緑墨

窮老弄松滋，如秋溺於奕。安得小國侯，執此玄玉璧。春江漸退潮，銷磨亦可惜。

何雪漁凍章

春蚓結籒文，雪漁巧爲政。膏潤有含光，栗温見真性。莫信趙使臣，紿人指疵病。

倭漆桃香盒

海國三千歲，仙實結有蕡。浸入墨江水，親向龍宫分。請試開而視，中有龍涎云。

奇思似松陵，而去其纖；閒情似輞川，而加之厚。

題錢舜舉三蔬圖

菘

野人嚼斷千畦青。連月閒殺折足鐺。采采堪調香齏羹。沙隨無用緩頰説，沙隨吕司寇著有《白菜説》。董園自不寒幽盟。

笋

籜龍一迸春園緑。土花紅襯錦綳束。老饕欲試芒屩蹴。不遇與可便應休，誰知萬丈藏寒玉。

萊菔

辛性借作姓。遠從神農譜。采葑借作風。使者辨國土。得君鬱鬱堪一吐。却笑吾生一飽艱，斂定不患銷腸腑。本草注言『種芋省穀，種萊菔費穀』，謂其能銷也。託感慨於嬉戲。

山言笑予研有積墨拱起賦此示之

莫怪峰巒起，毫〔一〕端本不平。儘從靈壁得，山言有靈壁小研山。何似小華生。心惜非關懶，形忘別有盟。肯容雪堂下，黑背一吞輕。相傳黄州蘇子瞻洗墨池，魚背盡黑。

【校記】

〔一〕原文右側夾注：妙。

母氏壽辰不能歸，而上觴北望拜，賦以志罪愆二十韻

丹葉零如雨，白雲綴若綿。蒼茫空陟屺，蔥鬱想開筵。籟急迷繁吹，泉幽恍素絃。紫霞應瀲灩，青鳥定翩翩。客孰申岡阜，母曾閱海田。危哉狐火世，艱也栢舟篇。荻已爲嚴父，熊徒助斷編。苦辛兒齒嚼，喜懼子心鐫。碌碌無堪慰，迢迢更自憐。祝眉方八十，離膝且三千。瞻北泥濡首，倚南斗掛肩。循堂思茂草，對食憶長年。强醉邀鄉夢，銜愁弄筆椽。梅新賒驛路，山遠淡霜天。烏解投昏樹，風能促旅船。章江晨夜下，滕閣歲時牽。静頗生清悟，默殊發惕乾。舞萊今夕闕，嗟季此衷煎。無恙書頻報，有方眼亦懸。東皇早飛絮，一櫂破春煙。

工穩寫得情事出。

除夕呈宋中丞

可惜年華只浪抛，東皇又且逼山郊。無端送我頭邊艾，却許爲君架上匏。取次尊前詩餞臘，生憎樹底鳥尋巢。高堂此際撥商陸，遮莫寒更眼未交。

宋中丞宣銅琴罏即席限『洽』字三十韻

當今張茂先，佳翫常盈榻。爇火稱宣皇，懸河論撥蠟。十二經鍊錘，二百閱曆莢。精摹焦桐奇，暗點金徽匝。神鬱潤益生，絃無趣不乏。善價準露臺，得意出寶匣。沈水祇自添，纖指許誰狎。無聲勝有聲，若離妙若合。鮮色恍栗披，嫩膚防蚊噆。連血剜龍肝，帶水斲文甲。異彩閃若流，膩骨嬌可掐。疑化質爲柔，直恐觸而磕。一彈常有情，三車何用壓。叩當吐商音，玩争側白帢。堪薦老龍涎，肅佐聖主祫。不然伴書劍，無容褻閨閤。活火養不寒，輕筋勤爲夾。篆挾古氣浮，匙并寶光插。觚棱四面峭，約略三寸狹。四足高峙如架橋梁。香幸荀令依，酌思劉郎呷。歸耕吾欲操，在鎔君有法。念昔時盛隆，皇心荒以雜。鑄物不鑄人，一傳幾不臘。周鼎重亦移，秦人銷且溘。巧製垂於今，言觀動嗚唈。焚薰常懶疎，操縵未洞洽。恥人躍冶鳴，獨自橫膝嗒。虞絃古有懷，廬峰今全納。韻事得偶聞，迂情無可答。愧少鑒賞識，徒爲要盟歃。

曲盡形容而寄慨尤大。

正月三日雪傚歐陽體呈宋中丞兼示同幕諸子

禁體物語，凡『鶴、鷺、鷗、鴈、梨、梅、絮、綿、鹽、練、玉、銀』之類并『白、皓、素、潔、飛、舞』字俱不許用

入春三日雲氣揚，一夜滕六過章江。幕府清寒冰堪結，霏霏况復三尺强。家住梁園舊與狎，風流文雅臺名。還未荒。摇筆一弄郢人曲，敢叱司馬驚鄱陽。於今志氣甘消歇，徒擁破被高眠僵。公念故人下折簡，聿來南浦同寒光。陵曉山郊莽四顧，繽紛直似平臺鄉。不遠廬陵存遺令，寸鐵尺箠毋容將。眉山昔遵如蕭律，我亦三申懸罰觴。莫盡掃烹蟹眼銚，且須留充驢背囊。我聞此地二十載，陰蝕寒剥群生傷。但知三時剜肉赤，誰聽一聲歌竹黄。公吹葭灰温百物，又感麥瑞來千倉。喜極頻將穿履踏，團取還作解酲嘗。嘗似嗛山甜且香，願賦既飽十三邦。

淡淡設色中，有藹惻之音。

再傚歐陽體即次永叔韻

五出試驗春來蕚，鴛瓦初承紙樣薄。疎疎枯葉零亂鳴，灑灑空城次第作。漸壓逕竹强樽擎，不辨

雲山莽寥廓。深壑偏容風來填，清江更比日能爍。身若栩栩在廣寒，世已漫漫連碧落。何處覓得三窟䲹，果然溷作一丘貉。佳人自會茶鐺掃，小兒戲爲粉奩攫。累積有時折凍松，翔廻無地啄饑雀。謝莊原不侈美衣，東郭何妨少完屩。惟我來分銷金暖，與公堪鬬拈髭樂。大地精華足探搜，兒女塗抹盡滌淪。老興雪時愈騫騰，本色風光歸淡漠。堅陣要防攻偏師，對壘不容持短槊。孫武徒將粉黛驅，不堪白戰將軍發一噱。東坡詩『白戰不許持寸鐵』。

意卓越而醞藉，氣清勁而旁礴，絶構也。

三傚歐陽體次蘇子瞻韻

天女剪花不剪葉，散作人間一夜雪。無枝無蒂故斜横，欲前欲却嗟清絶。老屋疎櫺偏覓尋，廻峰斷嶺隨曲折。獅子座成兒手皴，鸕鴣斑到客裘滅。怒發土囊掃不開，濃垂天幕誰忽掣。三戰賈勇奮赤拳，十觴薄醉暈紅纈。令甲縱不自昔懸，妝綴原非士所屑。世上營營同此看，才有旋無只一瞥。深積妙化别堪思，拘方泥象又何説。一卷且映不畏寒，我胸長有涼如鐵。

精於體物，而復寄託何等。

雪中和多玉巖滕王閣韻呈宋中丞

白雪連空茫無界，惟有洶流走滂湃。亂片疑寫蛺蝶圖，長吟争講西江派。帝子千秋尚憶滕，厭原一區思封介。高閣未改朝雲飛，彩筆誰復清風快？當年雕組豔春葩，過眼繁華成土芥。區區賦草終何益，紛紛陣壘都堪敗。每讀佳句却有情，曾受讜言未能戒。徐邇黄先生嘗有書，戒予爲詩詞。北望不挹斗中漿，南來爲拔兒邊薤。君歌知有黄竹愁，予懷肯讓青天隘。忽得瀛海發慨慷，遂令洪都出光怪。正欲三緘學守瓶，不覺一痒如搔疥。鴻爪姑爲再印痕，雕蟲要須終破械。投毫俯仰有餘思，莫償别有乾坤債。

以深湛縹緲之思，運控縱抑揚之筆，不知其押韻之險也。

和山言雨中思歸韻

鬱鬱想天愁，絲絲不肯休。薄寒飄五夜，雜緒入千頭。春不催歸燕，雨空鎖畫樓。章江新漲後，妒殺北行舟。

閏上巳夜同袁士旦和宋中丞雨後小飲用范石湖《姑蘇臺避暑》韻

天亦惜春歸，故遣東皇閏。妒雨飛乍停，殘紅飄以進。時乎再爲難，願續蘭膏燼。况公簿領清，揮毫如鵬運。已避叱詫鋒，又逢東南俊。謂士旦來。氣勢兩相加，峻嶒仰萬仞。長卿無堅城，條侯閉空陣。壁觀已多時，老興忽一振。蔄雖鄙鄭采，屐堪從謝印。更禊章貢流，滌我平生愠。餘芳薇架披，晚樽藥欄近。柳開舊眼青，月畫新眉暈。未肯移星杓，忍遽發車軔。宵静楚天高，江濤颶遠韻。

雄警。

疊前韻戲呈士旦

我生忽已老，惜不年華閏。望古頗有懷，如駑鞭不進。便便腹負吾，蕩若咸陽燼。且自慚遺軀，寧能答熙運。胸羅萬斛愁，才讓千人俊。駕言訪西山，抖擻凌百仞。有人踞上頭，横槊結堅陣。袁劉勢不齊，軍容强自振。可笑雨後苔，莫藏亂轍印。敢就君子謍，復奮螳螂愠。犄角贏卒持，幽燕大纛近。謂中丞。三北慣所經，不作羞頳暈。摩壘試鼓旗，追鋒走轂軔。願學古戰法，捷凱揚清韻。

士旦曰：一鼓作氣，精銳無前，謹退三舍以避。

詶袁士旦送別原韻六首

翩翩雙紫燕，呢喃尋故樓。白雲掠樓角，直北飛悠悠。撫時傷遊子，眷言懷故丘。離別豈云易，洪崖挂千憂。

之子流盛名，雄吟傾公讌。灼灼芙蓉花，涉江誰不眷？江水逝莫停，行人風檣便。相期歲寒心，嚴霜不可變。

虛舟了不繫，何曾有觸迕？涼風託羲皇，悠然快平素。今日南浦花，明日隋堤樹。隋堤鬱濃烟，常能結遠慕。

迢迢遠行役，嗟季想北堂。潑潑貫江鯉，言歸佐霞觴。况經匡君廬，許我却老方。此行足慰藉，其如黯然腸。

幸無封侯骨，逍遥放岩林。藜藿耐含咀，詩書許泆淫。要期百年内，保此三古心。憐君尤不羈，閲世寧無深。

四山助行色，紅雨飄春華。回首念高閣，有人睇中車。往來囑候鴈，河沙及江沙。天遠暮雲起，情結終無涯。

纏綿真摯，一往情深。不襲漢魏一字，神於漢魏者也。

疊前韻留别宋中丞六首

一櫂楚江水，上君明月樓。樓前春陰緑，鄉思忽悠悠。由來野麋性，合不忘林丘。别卮行三勸，揮手集百憂。

不才託葭莩，笙簧日歡讌。久枯北風枝，輒受東皇眷。春意本盈谷，一吹郊原便。樂觀楚山深，次第繁華變。

臨風彈古調，俗耳多乖迕。獨君皎月懷，照我清霜素。朝挹磵底流，夕倚雲中樹。深長車笠情，望古有遐慕。

無求政自暇，吟思結漫堂。中宵不遑寐，分題申罰觴。何來杜宇聲，惱人天一方。風正鼓颿席，行行迫中腸。

折柳拜南浦，班馬嘶平林。山吐澗聲激，天銜虹氣淫。詎知經年客，早懸并州心。晚節期修竹，託根深復深。

豈不感維縶，陟屺念歲華。歲華且易轉，何容滯行車？駕言尋歸路，江濤吞岸沙。沙頭强延佇，離懷兩無涯。

古調新聲，言盡而意不盡。

已賦别矣，又維縶不得行，作呈士旦

江郎賦就枉銷魂，又脱征衫卧晝軒。客已無從雙覓轄，酒還有意一留髡。閒衙月儘三更立，細雨詩徒五夜論。數到瓜期瓜正熟，何堪白髮望衡門。

訓宋中丞送別原韻四首

深山深不厭，與世慎從違。獨捧明公檄，悠然遠興飛。霜清新鎖院，露冷舊漁磯。忽整歸林翮，回翔有戀依。

一箸無能借，終朝讀我書。方消狐火候，輒飽澤鴻餘。暖雨披蘭早，薰風促櫂初。別魂殊黯淡，幾度摻行裾。

披懷無可道，脉脉悵離分。酒且加行色，衣還惹德薰。清風孤白月，絶嶺變蒼雲。穩下章江水，停橈只念君。

後四語有味其言。

多時疎子舍，去意豈容留？況有鵑啼血，而兼汐漲舟。雲璈仙奏發，瓦缶祖筵酬。後夜開公讌，西園少一劉。

留别宋似齋

雲水蒼茫一鴈臣，别情直付酒千巡。朝帆逐網收魚婢，晚泊驚雷厭黍民。有夢清齋莎徑闢，署中新闢讀書臺。無愁白髮荔裳紉。穠香十丈西陂藕，西陂似齋别業。采擷寧能待主人。

歸至皖城再疊前韻報宋中丞

一挂蒲颿雨，飄然宴笑違。過牕山翠動，驚櫓水漩飛。蟹舍藏疎葦，鳧翁狎晚磯。蒼凉棲未穩，回首只依依。

公欲知歸况，裁詩作報書。湖平煙織後，酒醒櫂歌餘。水葒承筐嫩，鬘華照盎初。還憐香藕渡，故故襲人裾。

陰霖迷六日，客路割三分。寒得饞蚊斂，濕勤睡鴨薰。纔開遥浦樹，亂卷隔宵雲。繫纜聞蠻婦，時平解頌君。

歘然陳迹過，鴻爪幾何留？離合文梁燕，竭來暑雨舟。漁榔清不散，秧唱遞相酬。偏有忘機鳥，却迎前度劉。

卷二十四　《董園詞》起乙巳訖己未

董園詞序

匡廬之下無所謂濂溪也。周先生不忘其故，引江水而假名之，蓋迹寄南康，而心未嘗一日不繫於祖宗丘墓之區。雖然，豈獨人之賢者有是心哉？子規之啼必北，鷓鴣之翥常南，其依依戀慕之私，即禽烏亦具其性矣。予於今僦屋而棲，安有所謂董園也者？念昔小築於西南別墅，取『江都不窺園』以自勵，蓋累世祖宗綢繆之所，而三百年之丘墓在焉。

及予學詞於乙巳，而是園已爲势家所有。至積詞成帙，而仍以董園假名之，非敢上希周先生而襲取其義，蓋子規之啼，鷓鴣之翥，有不自知其情之所向耳。若夫考聲按律，翻巧生新，區區之小技，不足以濡壯夫之毫端。然而發情止義，不敢畔大雅之歸，而宣其淫蕩，則亦未始不可陶詠，而附於典樂言志之餘。雖然我庵先生嘗誡我矣，則又敢背死友乎哉？

康熙己未冬自題。

十六字令・雨

休，暮雨絲絲惹畫樓。誰消受？分付可憐秋。

荷葉盃・旅夜夢石廊

笑倚一株香楝，真見，明月曉鷄時。家鄉路遠又何之？思摩思，思摩思。

桂殿秋・得其年書

言抵家數日即爲試檄所迫。投鉛擲槧，既病未能逐隊隨行。又添顔甲，惟足下知我且憐我耳，感賦小詞，用寄一慨。

魂黯澹，鴈殷勤。數行老淚寄愁人。情知白髮難承寵，誤放朱顔不戀春。

介山曰：白髮亦竟承寵矣，又何有乎朱顔之慕？。

如夢令・秋葵

嬌趁西牕秋淺。香傲東籬先展。欲借洞庭春，來酌盧郎金盌。天晚，天晚。秦女衣裳輕卷。

牧仲曰：天然香倩，清真集中不多有。

如夢令·芭蕉

心事一生難盡。愛把綠羅偷褪。禁受雨痕多，來送小牕秋信。休問，休問。隔夜惱人還恁。

篔山曰：極刻畫之巧，却不失雅人深致，故佳。

如夢令·夜雨

疎雨聲聲何意。只在枕頭邊際。放下繡羅帷，還入傷秋滋味。慚愧，慚愧。心與芭蕉俱碎。

醉太平·瓶桂

媚秋一枝。濃香異姿。月中幾許繁滋。乃居然砍之。浸吾酒巵。簪吾鬢絲。錯呼金粟名兒。博花魂笑時。

石廊曰：自然清雅，斧削無痕。

戀情深・送春

纔得春來春又去，歸將何處？忍教風雨報花殘，恁闌珊。　人生安許寸陰閒，九十已難攀。欲問别時情緒，看眉端。

其年曰：字字攝俏真，所謂本色當行。

愁倚欄令・秋意

秋初老，菊初花，雨初零。濃倩白雲封巷户，省逢迎。　小牕吟思凄清。好勾引、蟋蟀相賡。誰遣落桐來按拍，打簾旌。

愁倚欄令・不寐

三更雨，四更雞，五更鐘。斷送愁人推不去，鳳帷中。　鴈兒却解憐儂。忍悽楚、略叫西風。多謝行雲辜負也，曉巫峰。

牧仲曰：瘦硬之筆寫倩婉之詞，風神自異。

菩薩蠻・聞子昭納妾戲贈

其一

燕姬十五春風面，隔牆宋玉初相見。不解是佳期，羞推合졸巵。纔從銀漢渡，定傍薇垣怖。子昭官中書省。珍重近黄昏，恐還向月奔。

其二

牀頭銀燭窺人切，卸裙雙露纖纖月。莫怪玉顔紅，嗔郎太侮儂。高唐容易曉，恰種宜男草。九錫到檀郎，休憑麈尾長。

其年曰：古樂府云『當日近前面發紅』，此同其穠麗。

減字木蘭花・懷其年

三春又了，滿地落紅休便掃。去歲如今，把酒臨風別恨深。幾番相見，兩夢荒唐都不戀。彷佛虬髯，昨夜霜華似更添。

採桑子·九日寄懷子昭

其一

西風若解寬離恨，直到儂家。放了黃花。遠道濃將暮靄遮。　西風若故添離恨，直到儂家。放了黃花。袁道濃將暮靄遮。

其二

登高走馬當年也，秋色淒迷。豆雨霏微。共向風前唱大堤。　登高走馬今朝也，秋色淒迷。豆雨霏微。徒向風前認大堤。

簣山曰：語境都化，此之謂自得。

洛陽春·綠牡丹

其一

葉底春光全掩。風來微閃。檀郎輕薄畫眉梢，戲并粉頣齊染。　雲錦天孫親剪。翠痕不淺。沈香亭畔未相逢，萼綠仙人初貶。

牧仲曰：妙想天開。

其二

穠豔一枝低放。風流別況。移來切莫近章臺，柳色模糊難望。狡獪花神情狀。天香新創。石崇樓下弔芳魂，恍見那人無恙。

其年曰：繪水繪風，不數黄荃花鳥。

其三

百寶欄中春足。青霞一簇。明君自恨點污塵，玉體鴨江新浴。蝶蝶蜂蜂迷目。尋香亂逐。隴山鸚鵡悄無言，飛入芳叢深伏。

介山曰：風華秀絶。

其四

改様衣衫妝點。丰神澹遠。江南有意鬬新妝，天水宫娥争染。結緑一堆香輭。媚人春晚。瑶階夜雨上苔痕，試比芳容深淺。

簣山曰：慧心靈腕，字字鏤刻，而意態風流不爲篇章繩尺拘束，真足奪古人之席。

憶秦娥·雪上人乞酒戲侑以詞

其一

香冽恁。小槽滴滴珊瑚嫩。珊瑚嫩。十千一斗，有人無分。　持瓢解索枯喉潤。劉伶荷鍤遥相問。遥相問。西天何若，酒泉之郡。

其二

荔枝緑。公能飲也公之福。公之福。豈如公者，佛能拘束。　酒星照寺明於燭。醺醺笑殺人間秃。人間秃。誰粲杯裏，堪澆葵足。

上人字葵巔，名大足，别號雪立。

憶秦娥·用前韻代雪公解嘲

其一

盈尊恁。洞庭春色浮浮嫩。浮浮嫩。畢生爲盗，老僧安分。　糟丘願似黄河潤。長鯨吞盡休來問。休來問。還將托鉢，槐安之郡。

其二

杯中緑。大家藉作容容福。容容福。百篇一斗，受君要束。老來羞滅留髡燭。季孫一笑同吾禿。同吾禿。蟹螯相讓，禪門知足。

牧仲曰：四詞詼笑風流，妙極自然，此之謂天成。

阮郎歸・戲送陳其年

一聲折柳不堪聞。長途誰伴君？六郎憔悴益丰神。深閨當妒人。無恙月，有分春。魂隨去馬塵。今朝先比舊緗裙。來時寬幾分。其年留妾南下時，有錢郎相隨。

其年曰：芊綿婉約，美成之遺。

唐多令・雨牕遣懷

夜色雨痕霑。憑陵欲度簾。斂秋思儘上眉尖。不是空悲搖落也，將訴説，恐人嫌。强起探牙籤。禿毫又懶拈。暈青燈紅豆空占。欲問愁懷多少積，如落葉，滿堦添。

漁家傲・有感

莫恨一錐無可立。紛紛好笑褌中蝨。間架索錢何處匿。瀟灑極。那曾要我泉刀一。　尤快衡門安作息。廟犧豈得爲吾匹。履畝加征渠自出。吾不恤。閉門穩睡清秋日。時以兵餉征房稅，又職官田皆增賦，予兩幸其免也。

石廊曰：我輩亦有快意時，貧賤驕人不可信耶。

定風波・野趣

謝盡塵緣野趣長。柴門静鎖白雲鄉。自在行吟籬菊畔，欣見，鵝黃小綻飽含香。　旭日黄綿真欲獻，休厭，攀藤摘豆落清霜。臺榭西風蕭爽甚，還恁，瓜兒茄子媚秋光。

篔山曰：本色好語。

行香子

其年貯姬粱園，飄然南下，比其來也，兒已五齡矣，匆匆買舟攜歸，戲贈以詞。

潛貯阿嬌，翠髻雲翹。種宜男一夜根苗。自君出矣，水遠山遥。待君來也，兒上樹，似猿猱。

烏衣舊巷，隨爺歸去。不須仗桂楫蘭橈。秋江千里，直破洶濤。休困黄卷，羞白髮，似吾曹。

豸巖曰：調笑詼謔，《草堂》佳構也。

行香子・陳躬一攜閔徐二生過飲

花外鳴騶，來踏清秋。小槽紅足了千甌。高陽朋類，同氣相求。莫曠談塵，寬酒政，冷詩籌。一聲畫角，兩河鐵馬。看驚心浴鷺眠鷗。時有大兵渡河南下。茅堂曲徑，月爽風幽。正顔堪破，懷好放，悶當勾。

恭士曰：最老辣，又最自然，此境不易到。

陽關引・送其年

摇落秋容老。慘澹霜華曉。遊梁倦客，歸思切，離筵悄。問鷄聲茅店，此夜情多少。便自今、明月兩地隔江表。　愛爾駕風舸，攜窈窕。想人猜説，鴟夷子，泛湖了。看匝天烽火，後會當須早。休故人、消息但向鴈行討。

介山曰：情詞凄淡。

千秋歲・次韻和潛庵先生八月十六夜翫月

謝莊振綺。又喚月華起。迆邐到，篩花細。略殘丹桂影，微倦嫦娥睡。休負也，一年幾得連宵醉。　好悟人生寄。圓缺難相倚。秋乍老，雲如洗。清飄隣舍杵，寒浸當樓袂。依舊似，剪裁萬頃吴江水。

粉蝶兒・訊牧仲餽菊

多少秋光，大都彭澤籬下。肯分我、金英無價。一枝枝，幽香暗，襟懷滿惹。似花神，故逞風流文雅。　傲骨陵霜，不隨他家開謝。恁清疎、羅羅如畫。念多情，來伴我，金尊玉斝。細端相，人淡如君誰也。

牧仲曰：詞淡如君誰也。

傳言玉女・銅雀臺

兒女情愚，枉殺高樓繐帳。幾行紅粉，淚眼遥相向。疑塚徧野，那是西陵堪望。斷煙衰草，雀臺無恙。　千古英雄，到頭來、共惆悵。榮名厚實，總如斯佳況。漁陽摻撾，贏得遊人高唱。一聲聲道，老瞞無狀。

其年曰：漳水東流，銅臺高揭，一聲弔古，滿目悲涼，令我輒喚奈何也。

鳳樓春・送牧仲入京

暗柳嫩鶯啼。攀折驚飛。短亭西。畫橋流水草萋萋。人去也，晚煙迷。今夜雞聲茅店月，有隻影相隨。　泛醁醾。不醉何爲？縱饒天下，人皆知爾，其如此地分離。禁闥重登，不須北鴈説相思。家鄉路熟，有夢堪期。

祝英臺近・宿州元夜

雪闌珊，春迆邐，燈火他鄉醉。多少愁人，强吐太平氣。也虧霽月清風，隔牆簫鼓，解相慰、客中滋味。　聽長喟。説當年好風光，鼇山鬭佳麗。豔舞妖歌，驕殺遊兒意。可憐澤國殘魂，王師過處，只消受、米珠薪桂。

恭士曰：滿目蕭然，誰復念此？

最高樓・九日飲牧仲振衣樓

疎懶久，爲爾一登臨。秋色恁蕭森。西風遥送千林暝，東籬强被二毛侵。問聲聲，何處笛，那家碪。　目不管，煙燒秦月黑。耳不管，笳吹衡嶽坼。歡樂也，且如今，孟嘉自分元無帽，陶潛何必果能琴？夜初長，歌再發，酒重斟。

其年曰：音節短勁，如秋空鶴唳，響徹雲霄。

蕙蘭芳引・雪中邀躬一、恭士、介山小飲

纔説春歸，却因甚、柳花飄滿。看裊裊輕輕，偏逞舞容嬌緩。春愁多少，一片片、啼痕清泫。想向人索句，白雪東皇先撰。　不改當年，風流佳景，妝點梁苑。况枚叟鄒生，依舊都堪授簡。金醅盈甕，玉梅照眼。齊到來，春色與君分管。

法曲獻仙音・示丕、忱兒

忙跳雙丸，那年弧矢，屈指已經十八。中下之間，樂安身分，還兼虎頭癡黠。吾自不嫌遲鈍，而莫愛挑達。　甘虀糲。要齩定、菜根滋味。然後好、圖箇身之察察。堪笑薛家婆，只自矜、年少

塗抹。萬里康莊，定乘時、秣馬脂牽。鑒爾父秋霜，坐待鬢邊先撒。

簣山曰：其旨厚，其情深。

滿江紅·柬簣山用曹顧菴先生韻

寄語田郎，肯辜負、雪融溪漲。問兩月、詩思多少，别來無恙。五鬼未驅荒徼外，一琴迭奏高山上。霜風寒、自起摘園蔬，遲相餉。　清夢月，憐相漾。停雲句，愁相唱。況梅開新蕊，甕存餘釀。指顧函關當有氣，徘徊剡水空扶杖。想爾時、閉户傲虞卿，窮愁狀。

滿江紅·用前韻懷雪上人

雨意因循，添多少、南湖新漲。想幽寂、佛燈明滅，老僧無恙。得趣能游文字外，息機欲槁蒲團上。問買山、幾斗得田家，來牟餉。　捕魚艇，隨風漾。采蓮曲，迎人唱。想詩懷正渴，鉢貯清釀。有夢只同杯渡醉，何緣長侍瞿曇杖。對秋容、嘿嘿念伊人，清狂狀。

滿江紅·紀兵用豸巖韻

雄武王師，逢迎處、家清户潔。便仗此、先聲震世，三苗當格。萬井煙消軍幕壓，兩河鞭斷陣雲結。令森嚴、雞大静無譁，將軍悦。　馬磬控，旗揺曳。刀掣電，弓開月。愁清笳對壘，一聲凄絶。卷地正騰征戰氣，長天莫辨風塵色。又傳道、後隊益桓桓，何消得。

其年曰：中天懸明月，令嚴慘不驕，是如此氣象耶？

滿江紅・次韻和潛庵先生千葉蓮

嫩緑田田，禁多少、風高波漲。想消受、珠圓玉潤，亭亭無恙。照水新妝明鏡裏，含情微步清波上。太液池、解語正堪羞，風流狀。　采蓮櫂，誰爲漾。隔浦曲，誰相唱？我欲餐秀色，榜門受餉。玉貌偏憐當雨泣，芳魂莫便傷秋宕。問幾時、分製野人衣，吾之望。

滿庭芳・秋日閒居和潛庵先生韻

望古興懷，攤書自喜，笑予大嚼屠門。寒牕掃迹，獨許入朝暾。眼看荷錢枯了，自無分、開邸西園。還堪慰，白雲紅樹，争與媚山村。　休論。身外事，榮名厚實，匪我思存。儘覆雲翻雨，錯節盤根。贏得閒愁盡去，采秋菊、好薦盤飧。陶陶也，牀頭桂釀，還足了黃昏。

牧仲曰：曠懷逸致，灑然自得。

金菊對芙蓉・九日和牧仲韻留其年

木葉飄零，登高四顧，已堪宋玉悲秋。況黯然別恨，更上眉頭。憐君四載無消息，望天涯、蓬轉如毬。菊花開處，陽關一曲，誰忍輕謳？　才藻獨擅風流。扳倡酬抵掌，共老糟丘。豈茂陵有女，願與同遊。許長麈尾催班馬，能消受、罨畫清幽。庾樓皓月，梁園修竹，差可淹留。

簣山曰：詼嘲中殊有雅趣。

解語花・南歸見盆開並蒂蓮戲作

江煙湖雨，夕翠朝紅，看徧天南色。小桃初摘。時光媚、頓觸去年鄉國。摩天健翮。追不上、牙檣金勒。三徑荒、松菊依然，霧鏁先生宅。　何故藕花雙坼。雖過時零落，房菂堪擘。東阡西陌，人都向、小盎卜歸時刻。天乖地隔。偏巷外、馬鳴車迫。笑負他、多事花神，孤榻棲衰白。

玉燭新・丙午元宵有感

微雲籠皓月。正燈火千門，上元佳節。看多少珠嬌翠豔，笑把繡簾高揭。遊兒歸去，當不至、鳳衾寒怯。憐我也、踏徧芳塵，誰知頓成愁結？　去年楚國今宵，念千里刀頭，深閨望切。幾回圓缺。斷腸是、轉盼香消蘭折。憂來難絶。忍見翠帷空設。算只有、潘岳多情，好同悲咽。

其年曰：足抵安仁一賦。

玉燭新・正月十六夜雪

怪東皇忒妒。問細剪瓊瑶，擲來何故。想今夜縞妝粉飾，欲賽銀蟾玉兔。梁園布景，終不似、廣陵遊處。儘人望、燈火黄昏，却教羅襪休步。　因知桂殿嫦娥，爲乍缺冰輪，羞臨下土。深藏何所。止落得、片片淚痕堪數。催歌勸舞。正有麴生爲侣。也虧殺、點綴殘宵，寒花如許。

念奴嬌・次韻和牧仲遊龍泉寺

東華塵滿，怪君行、偏逞風流詞客。選勝龍泉，豪詠處、想像山蒼水碧。旅鴈回時，停雲望斷，杳杳關河隔。故人若問，兔園穩守殘册。　也解賦月觴花，吾儕多事，過眼皆陳迹。但共良朋，幽意愜、還欲焚膏繼夕。采菊西園，探梅東圃，樂事争如昔。倡予和汝，天涯如逐遊屐。

念奴嬌・七月初八日雨中戲作

昨宵天上，果然是、隔歲人兒相就。霪霔陰雲遮曙色，聊展别離時候。送巧工夫，渡河情事，淚雨絲絲瘦。凄凉一陣，飛來偏惹襟袖。　久矣兒女癡懷，冰銷灰冷，不似當時幼。却怪幽歡容易散，故故把人挑逗。往事休題，佳期縱到，難得天無晝。留些淚眼，明年今日還又。

介山曰：風流諧趣，可入《詞的》。

念奴嬌·讀宋名家詞

詩亡騷變，下梢到、蕩子尖新詞曲。緑妖紅争抹飾，那是男兒氣骨。風月多情，柳郎第一，開卷羞人目。相思譜就，可憐癡恨千斛。　儒雅本色風流，稼軒吾友，還後山吾族。太史文章工部詩，箇裏游行元足。下令詞壇，爲劉左袒，爲柳長戈逐。管城先拜，義辭巾幗之辱。

其年曰：飛揚豪健，居然辛、劉。

念奴嬌·遊識舟亭步周雪客韻

草茵花徑，莫匆匆、踏破人間車馬。觸處風光争媚客，引惹胸懷瀟灑。應接春山，憑陵烟水，一笠亭如畫。倚欄收盡，櫂歌多少咿啞。　眼見今古銷磨，長江不返，何論閒臺榭。好景撩人偏愛惜，酒盞花籌齊下。哀鴈横來，嫩鶯低出，若逗興亡話。有人能賦，定知含恨多者。

念奴嬌・榆錢

漢家泉府，不知朽、多少無名緡貫。拋向人間無吝惜，那數何曾十萬。鵝眼圓開，綖環輕颺，小字人爭羨。每年三月，富儲阿堵無算。　且莫隨例呼兄，却愁輕薄，去買春閨怨。羞澀囊中穿不得，空借章臺金線。枌社風光，收之晚景，饒有黃虀伴。笑摩雙肋，學人滿貯千串。

簀山曰：雕鏤處，自然工妙，直奪天巧。

萬年歡・丙辰自壽

一夜涼颸。又清秋到也，先生初度。烏兔無情，不念美人遲暮。四十二年輕誤，俯清沼、祇徊自顧。帽邊誰、遣漸星星，將偕心曲爭素。　此生何務，却贏得夕餐菊蕊，朝飲蘭露。本分行藏好語，同盟鷗鷺。省却歸來草賦，儘消受、南山煙霧。看三島、獻壽人來，先教雨洗塵路。

石廊曰：雙丸如梭，七尺竟老，令人憮然生嘆。

水龍吟・次韻和壽岱咏雪

誰教細柳營中，欻然落絮侵油幕。嬌翻蝶粉，香零梅玉，臨風婉約。欲逗春光，恐嘲鬢色，乍前還却。怪梁園景物，依然在眼，詞賦客、歸冥寞。　好是袁安卧慣。那思量、銷金行樂。門殘白板，房疎老瓦，齊飛花萼。野竹休扶，閒階休掃，幽情堪託。儘從今不厭，橋頭驢背，爾酬予酢。

牧仲曰：豪邁淋漓，其風肆好。

綺羅香·同邇黄、介山、雪笠飲，恭士紅梅花下步介山韻

無厭陰寒，欺花困柳，霽景恰纔偷曙。索笑巡檐，絳質陵風競吐。寄情人、驛使難逢，點嬌額、宫娥當妒。好春光、强半匆匆，須防一夜飛紅雨。　風流肯負今夕，正酒傾何署詩，催曹步。僧興翩翩，象外尤多佳句。弄玉笛、休令花驚，卧疎影、要攀春住。狂醉也、夢斷羅浮，却憐卿不去。

送入我門來·答牧仲論詞

累牘連篇，高談何綺，恍如玉麈親承。牛耳詞壇，仔細論新聲。君真頌酒吟花手，念我拙風雲月露形。游戲也，聊亦噴胸吐臆，寫興排情。　最愛風流本色，那知析宗别派，依尺循繩。覆粕傾糟，倔强恨平生。羞爲怨緑愁紅態，更笑謝騷人韻士名。嗟疎狂自命，筌蹄忘矣，所得何曾。

篔山曰：真是本色風流，有獨往獨來之樂。

永遇樂·柳絮和牧仲

蕩蕩飄飄，依依颺颺，亂人情緒。蝶使都迷，蜂媒枉趁，那是堪歸處。緑條不綰，紅英相襯，日晚隨風無據。怪多情、恁般留戀，何不挽春同住？　章臺人老，隋隄曲冷，又拚一年輕悮。芳草連天，狂踪無定，空惹王孫路。梁王苑裏，謝娘庭畔，彷彿那時相遇。休流落、無情燕觜，連泥銜去。

牧仲曰：骨節珊珊，如藐姑仙子，未食人間烟火。

凉州令·壽岱塑雪猴於几，未終筵而銷，戲賦

欲呼王孫起。却怪一寒如此。冰肌玉骨倚黄昏，移燈微照，新沐蘭湯體。暮三朝四休相詭。臣也心如水。試詢名爵居里，穆王營内稱君子。　方寸人争擬。羨他湛寧如彼。自從擇木恥窮奔，緋袍供奉，一讓君王喜。梁園妝點風流幾。好翫炎凉理。可憐一霎金爐畔，先生烏有公亡是。

簣山曰：典麗而自然生動，真可與其年並驅一時。

春霽·壽岱卜雨不應代恭士戲柬索負

九十流光，將次歇，愁懷萬種如砌。北郭尋花，西湄看鶴，故作一春活計。望雲徧野，天心不管人心碎。須倩我高唱，數聲驚起神龍睡。　也虧細柳，老將螺紋，算知谷風，習習陰濟。儘同人、登高四望，畢星果送滂沱未。眼見巫山昏自閉。息壤盟在，好教膾鯉邀朋，傳觴分賦，共消春霽。

春霽·又用前韻戲柬介山協力索負

爲愛西湄，煙水上，天然山色高砌。徐幹恭士。風流，葉顒子巍。豪邁，共作留春佳計。吴兒解事，新聲不惜檀痕碎。只拚得花下，一番潦倒齁齁睡。　彷彿曾記，大樹將軍，掐指前知，陽倡陰濟。想濛濛、無邊靈雨，他方有分吾偏未。臺榭莫教閒草閉。君亦消得，一紙傳檄招邀，傾盤倒盞，重澆清霽。

恭士曰：極老極趣趣，兼之良難。

傾杯樂·月正五日同躬一、恭士、牧仲、介山攜尊訪雪上人不遇

幾曰東風，春光已滿，南湖之涘。便聯轡、尋芳去也，渚煙微暖，僧門深閉。兩行岸柳新抽翠。一

花開，一花謝，一春須醉。雪公應在，試問宿酲醒未。　入其室、闃無人爾。空悵恨、圖書盈案几。大都是、好景良朋，易逢造物之忌。　醉倒也、無聊賴耳，重過也、已非今矣。徙倚處，暮靄橫、盈盈春水。

恭士曰：縱筆自如，都成逸調。

風流子・邀其年、梁紫、牧仲、雪笠小飲

重陽雖已度，東籬畔、菊蕊正飛香。柬神父宋登，史才陳壽，虎溪惠遠，京兆田郎。高軒過，白蓮重結社，清夜對稱觴。促膝論文，分籌索賦，不嫌人醉，越愛僧狂。　薄霜侵素月，卷珠箔、送來一座微涼。正是雄談深處，悲慨飛揚。又雞鳴到耳，劍光射目，數聲橫笛，一曲清商。知道來年何似，此會休忘。

篔山曰：清響簿雲。

沁園春・題其年《烏絲詞》

游泳詞源，縱橫筆陣，泣鬼雄才。似海濤洶起，雙蛟疾鬬，陣雲深結，萬戟森排。醞籍風流，悲壯裏豈，俯仰窮途潦倒哉。雖小道，亦入神超聖，繼往開來。　分明盛時鼓吹，宜薦郊奏廟，雅頌

齊譜。何江皋霧隱，裳裁薜荔，天涯蓬轉，雪上髮鬢。空博浮名千百世，説十六英雄君與偕。時有《十六家詞》行世，其年與焉。吟諷下，當漸離擊筑，曼倩詼俳。

篔山曰：此亦入神超聖矣。

其年曰：忼慨激昂，沈雄頓挫，此先生自言所得耳。若以似鄙人，則何敢當。

賀新郎・次韻和豸巖《秋思》

河朔能消暑。況西風、迎人瀟灑，送來疎雨。醉裏歸鴻傳書信，來自錦襄洲渚。恍相對、王郎談麈。大地風光群領略，有心人、偏繪清秋譜。蕭瑟意，堪吾語。　舉頭霽月還如許。也應知、江東渭北，兩情都苦。唧唧寒蛩似嘖道，冷落范張雞黍。又早逼、重陽佳序。五柳閉門籬菊静，問騷人、若箇同探取。寂寞殺，吾書圃。

其年曰：稼軒耶？後村耶？頓挫感激，直是公孫大娘渾脱舞。

賀新郎・次韻和潛庵先生《秋思》

搖落何時了。待從今、兩眉舊恨，一齊都掃。古去今來須臾耳，那論紅衰緑老。可惜費、閒愁多少。無恙西風吹斷鴈，送秋聲、一片歸縹緲。乘爽氣，豁襟抱。　尊罏此際家鄉好。問有誰、由由林下，亭亭物表。彼美人兮睢之涘，能挽狂瀾既倒。莫漫説、天空路杳。一日看君千里足，願執鞭、追逐如飛鳥。箇裏意，牕前草。

簣山曰：一往神行，何處追其超逸之迹？。

賀新郎·次韻和徐方虎太史燈下菊影

其一

夜色屏山卷。就疎燈、香魂弄影，一回消遣。剛到重陽偏恨雨，故故背人含泫。羞圖上、剡藤蜀繭。憐我文園空壁立，把青錢、滿座抛深淺。看遠近，許那展。　迎風越越精神顯。溷歌筵、釵光斜横，杯痕圓扁。點綴韓家村景媚，趁是有人學犬。愛秀色、欲餐還免。意態模糊疑月際，夏侯姬、并把簾衣典。雲錦碎，天孫剪。

其二

寂寞湘簾卷。問黄花、同人清苦，如何排遣。已挤東籬形影弔，却笑蘭膏淚泫。傲秋色、甘隨冰繭。不信曹劉堪摸索，恁虚懷、略露風流淺。疎散態，幽情展。　莫猜淡墨淋漓顯。恍澄波、荇蹤牽亂，荷錢匀扁。到眼乾坤皆幻影，不見白雲蒼犬。着色相，庶乎其免。真假憑人看仔細，差勝如、渣滓留墳典。歸烏有，殘釭剪。

其三

獨夜羅幃卷。飽經秋、一懷蕭索，與花同遣。纔近短檠憐瘦質，瓶膽先爲凄泫。不須上、羲之蠹繭。廿谷潭邊曾寫照，漾幾痕、疎横臨清淺。看不盡，更籌展。雲屏笑倚丰神顯。是陶家、白衣未至，黄英揉扁。骨節珊珊仙欲化，當伴桃源雞犬。餐畫餅，靈均應免。誰妒徐吾遮壁鏬，煞風光、初犯論輕典。紅穗暗，休忙剪。

牧仲曰：押韻穩妙，奇思焕發，堪與浙西六家並轡齊驅。

篔山曰：山蔚之於詞，真有自得之趣。與摹擬雕飾者，生死不同。我庵先生惜其耗精神於無用也，上書誡之，而即絶意不復爲，亦勇矣夫。

後記

《劉榛集》是列入『清代中州名家叢書』中的一部圖書，這一書名源於河南大學文學院古代文學教研室發起的『中州文獻叢書』整理計劃，目標是選取清代各時期知名的中州學人，整理標點他們的别集，由中州古籍出版社出版。由於規劃爲一套叢書，爲了統一體例，决定統一以這些入選名家的姓名命名文集的名稱，《劉榛集》因而得名。劉榛一生所著，大都收入在其生前已經編集完成的《虚直堂文集》中，他編撰的另外兩部書籍《女史》是雜史，《韻統》爲字書，並非别集，所以不宜收入，故而此《劉榛集》實際上就是對《虚直堂文集》的整理和標點。

此整理本採用的底本是康熙刻補修本，並參考了康熙二十七年初刻本進行了一些文字辨識校改。此書的整理工作量較大，在整理過程中，學生蔣慧茹、王菊陽、裴芳、陳雪锜、張富玉、元芳璐、黄春暉等都曾付出了辛勤的勞動，在此向她們表示感謝。

在文集的整理過程中，河南大學文學院王宏林教授多次給予鼓勵，中州古籍出版社的馬達先生、王建新先生、賈保倩女士也十分關心此書的完成情況，劉曉編輯對於此書的最終出版付出了大量心血，在此一併表示感謝！

劉軍政於河南大學
二〇二〇年二月